ENNEMIES PUBLIQUES

Hannah Deitch

ENNEMIES PUBLIQUES

Traduit de l'anglais (États-Unis)
par Cindy Colin-Kapen

SONATINE ÉDITIONS

Directeurs de collection : Arnaud Hofmarcher
et Marie Misandeau
Coordination éditoriale : Fabienne Reichenbach

Titre original : *Killer Potential*
Éditeur original : William Morrow, une maison du groupe
HarperCollins Publishers

Sonatine Éditions
92, avenue de France
75013 Paris
lisezsonatine.com
info@sonatine-editions.fr

Ouvrage réalisé par Cursives à Paris

ISBN 978-2-38399-172-4
N° d'édition : 1172/01 – Dépôt légal : mai 2025

À ma famille

PREMIÈRE PARTIE

LE COÛT DE LA VIE

1

J'ai été une meurtrière célèbre, à une époque. J'ai assassiné une famille entière de gens très riches, façon Charles Manson, et j'ai fui la scène de crime. Mais contrairement à Manson, mon but n'était pas de déclencher une guerre raciale afin d'atteindre un pays de cocagne, et je ne nourrissais pas non plus le rêve secret de devenir un membre des Beatles. À en croire les médias, je n'étais qu'une autre tueuse avide de gloire, qui voulait faire sculpter son visage sur le mont Rushmore des grands psychopathes américains.

C'est complètement faux, mais tout de même : cette phrase sur mon passé de meurtrière célèbre en jette pas mal. J'ai envisagé de l'inclure dans mon profil sur les applis de rencontre. Deux vérités et un mensonge : (1) j'ai abandonné mon doctorat, (2) je comprends comment fonctionne la bourse et ça m'a rapporté des millions !!! (3) j'ai été une meurtrière célèbre.

J'ai aussi été prof à domicile. Tutrice pour l'examen du SAT, pour être plus précise, le test d'admissibilité à l'université. C'est d'ailleurs comme ça que je suis entrée en contact avec la famille que, non, je n'ai assurément pas tuée. L'une des règles de grammaire à la con que nous enseignons (j'utilise le pluriel de majesté des tuteurs de SAT, mes pairs, mes camarades, mes collègues, ces escrocs qui comme moi paient leur loyer en bourrant de connaissances inutiles le crâne des gosses de riches) concerne la différence entre la voix active et la voix passive. Je fais des choses. Des choses sont faites par moi. La voix passive suggère. Elle invite à la rumeur, laisse place à l'imagination, au folklore.

Des crimes commis sans criminels. Des sujets occultés, effacés. La voix active est généralement supérieure, mais la voix passive peut se révéler très utile. Pour les meurtriers, notamment.

Des actes ont été commis par moi. L'histoire est plus facile à raconter ainsi. Le « moi » devient une précision, un détail relégué au second plan ; la partie la moins importante de la phrase. L'accent est mis sur l'action. À savoir : les Victor ont été retrouvés morts. Les corps sans vie des Victor ont été retrouvés. Par moi.

Quand je pense au jour où je me suis présentée chez les Victor pour faire cours à Serena et que j'ai trouvé son père flottant dans le varech du bassin des carpes koï, tout bleu et boursouflé, et indubitablement décédé, j'arrive presque à visualiser le tableau comme un décor de film. Lorsque je tombe sur sa mère et contemple son visage ensanglanté et défoncé, je suis un fantôme qui découvre une scène de crime. Je n'ai pas de forme matérielle. Je ne touche à rien. La loi de l'entropie ne s'applique pas à moi. Je ne suis qu'une passagère.

Néanmoins, j'ai fait des choses. Des décisions ont été prises : c'est moi qui les ai prises. Des scènes de crime ont été fuies : c'est moi qui les ai fuies. Des gens ont été blessés : c'est moi qui les ai blessés. Une personne a été aimée : c'est moi qui l'ai aimée. Je n'ai pas fait que de mauvaises choses. Mais presque.

Je pense souvent à une nouvelle que j'ai lue quand j'étais ado, « Le Jardin aux sentiers qui bifurquent » de Jorge Luis Borges. Dans cette histoire, un professeur chinois enquête sur l'œuvre d'un de ses ancêtres, le gouverneur Ts'ui Pen, qui avait pris sa retraite pour mener à bien deux projets : l'écriture d'un grand roman labyrinthique et la construction d'un véritable labyrinthe inextricable. Le premier était resté au stade de brouillons incohérents, et le second n'avait jamais été localisé ; en réalité, le roman et le labyrinthe ne faisaient qu'un. Le professeur rencontre un spécialiste de Ts'ui Pen, qui lui explique que ce que le gouverneur envisageait était un labyrinthe non pas spatial – une structure matérielle et concrète – mais temporel. Le roman devait illustrer sa théorie selon laquelle nos décisions ne sont pas des choix qui éliminent toutes les autres possibilités par leur certitude, mais une multiplication du temps qui façonne une réalité parallèle pour chaque choix possible, si bien qu'une multitude de lignes temporelles coexistent.

Dans l'une de ces réalités, je ne me rends pas chez les Victor. J'aurais trop bu avec mon coloc la veille, alors je leur enverrais un texto : *Vraiment désolée, mais je suis malade. Est-ce qu'on peut reporter ?* Plus tard dans la journée, je découvrirais les meurtres aux infos, de la même manière que le reste du monde. Je dévorerais les hypothèses sanglantes des experts et je passerais des heures sur Reddit à lire les théories plus ou moins farfelues des passionnés de *true crime*. Je raconterais l'anecdote en soirée : Tu sais, les Victor, la famille riche assassinée à Los Angeles ? Je donnais des cours particuliers à leur fille. J'ai pissé dans leurs chiottes, bu leur thé et enseigné la trigonométrie à leur gamine. Dans cet univers, je ne serais même pas une note de bas de page.

Mais dans cette réalité, c'est moi, l'histoire. Je l'ai écrite. Elle m'a écrite.

2

Serena Victor était mon élève du dimanche après-midi. Depuis près de deux mois, on se voyait deux heures chaque semaine : préparation au SAT pendant la première, aide aux devoirs pendant la seconde. Je n'étais pas la première tutrice de Serena : Dinah m'avait informée qu'une autre m'avait précédée, dont ils avaient dû se séparer. Le sous-entendu était on ne peut plus clair. *Si Serena ne progresse pas, vous êtes virée.*

En général, Serena avait besoin d'aide pour ses cours avancés de grammaire et littérature, et parfois de chimie. Elle n'était pas allée au lycée depuis deux semaines, je devais donc veiller à ce qu'elle ne prenne pas de retard. Le mal mystérieux qui l'affligeait n'était pas contagieux, m'avait assuré sa mère, mais c'était tout de même assez grave pour que Serena reste à la maison, où ses parents pouvaient garder un œil sur elle. La préparation au SAT demeurait notre objectif principal. Elle obtenait en moyenne un score de 1 350 aux examens blancs. Son meilleur résultat était 1 480, son plus mauvais 1 220. Pour une gamine qui aspirait à étudier les lettres et les sciences humaines dans une fac hors de prix, elle était étonnamment douée en maths. C'était la discipline que je préférais enseigner. J'aimais ses formules élégantes, ses pièges et ses répétitions. Il est plus compliqué d'appliquer une méthodologie fiable à la compréhension écrite, par exemple. Les progrès de mes élèves dans ces matières étaient irréguliers et imprévisibles, les baisses de scores et les échecs plus difficiles à expliquer à leurs parents.

Des parents qui pouvaient être classés en deux catégories. Il y avait ceux qui dégoulinaient de gratitude et me remerciaient avec effusion pour « l'aide précieuse » que j'apportais à leurs gosses, et ceux qui doutaient aussi bien de mes compétences que de la légitimité d'un taux horaire aussi élevé, et ne s'en cachaient pas. Les Victor, cependant, semblaient réellement m'apprécier. Peter, le père de Serena, bossait dans la finance. Une sorte de banquier, c'est tout ce que je savais. Je l'imaginais bâtir des fortunes sur les dettes d'autrui, laisser les zéros se multiplier sur les comptes en banque pendant qu'il passait ses étés à Majorque, Monaco ou Martha's Vineyard. C'était un homme petit, au bronzage artificiel et aux cheveux blond foncé striés d'argent. Il était en général absent pendant mes sessions avec Serena, mais les rares fois où il m'avait accueillie à la porte, il l'avait fait avec la douceur désarmante d'un homme qui se retrouve seul dans une maison remplie de femmes. Je connaissais bien les hommes de son genre. Il se voyait comme un médiateur, la voix de la raison, la seule personne capable de contrebalancer par sa placidité cette hystérie nourrie aux œstrogènes.

Je ne sais pas exactement quand Peter a rencontré Dinah ni dans quelles circonstances, mais je sais que c'était une actrice relativement célèbre avant qu'ils se marient. Elle avait abandonné sa carrière à la naissance de Serena. Au sommet de sa gloire, elle avait joué dans un drame nommé aux Oscars sur un jeune athlète sorti de l'ombre qui devient une star après avoir remporté une victoire inattendue. On avait décidé de le mater un jour avec des potes après avoir fumé quelques joints. Dinah incarne la petite copine sexy du protagoniste, qui refuse de le quitter quand il se blesse au genou ; grâce à son soutien indéfectible, il surmonte courageusement cette douloureuse épreuve. J'ai aimé ce film plus que je ne voulais l'admettre.

Et puis il y avait Serena. Serena Victor était une jeune fille timide de dix-sept ans, aux cheveux de lin lisses et brillants, qui ressemblait à une poupée de porcelaine. Elle portait des robes et des jupes avec des gros pulls boulochés qu'elle avait dénichés dans des friperies, et ses jambes étaient recouvertes d'un duvet blond soyeux. Quand je l'ai rencontrée pour la première fois, ses cheveux lui descendaient presque jusqu'à la taille. La troisième semaine, elle les avait fait couper à la Jean Seberg : c'est elle-même qui m'avait donné cette référence, sans doute pour me montrer qu'elle savait qui était Jean-Luc Godard. Malgré sa beauté, je suspectais qu'elle n'était pas très populaire au lycée. Elle faisait partie de ces ados qui essaient de se forger une identité basée sur leurs goûts littéraires, musicaux et cinématographiques, et elle était facilement gênée et prompte à juger les autres. C'était assez injuste, mais j'étais prédisposée à ne pas l'aimer. Sa timidité me rappelait les gosses de riches asociaux avec lesquels j'étais allée à la fac, qui déambulaient sans but sur le campus en fumant des clopes et en tirant la gueule. Je n'avais aucun mal à visualiser son avenir. Un master en poésie, un doctorat en littérature baroque. Elle jouerait à la vie de bohème dans une maison victorienne de Mission District à San Francisco. J'en savais assez sur son petit ami, Lukas, pour comprendre le genre de mecs qui lui plaisaient. Grâce au fond d'écran de son iPhone et au Polaroid qu'elle avait glissé à l'arrière de la coque, je voyais à peu près de quoi il avait l'air. Une tignasse de cheveux longs et négligés, d'un blond sale, la version grunge des boucles d'or de Serena. Une mâchoire carrée et des joues concaves, si bien que sa peau ressemblait à de la cire fondue sur un crâne. Lukas était végétarien et fumait des roulées. D'ici quelques années, Serena l'échangerait contre des modèles plus rutilants, des variations sur le même homme, dont les goûts culturels pointus assureraient leur crédibilité dans les milieux alternatifs. Tee-shirts délavés à l'effigie de groupes dont personne n'avait jamais entendu parler, cheveux gras, baskets vintage, moustache, tatouages *handpoke*. Ils seraient riches, tout comme Serena, mais ils le cacheraient bien. Elle finirait par se fiancer à un mec qui bosse dans la tech, peut-être d'origine suédoise ou norvégienne, qui développerait des applications, prendrait régulièrement de la MDMA et se considérerait comme un expert du hip-hop américain. Ou bien un fils à papa new-yorkais qui travaillerait dans l'immobilier et jouerait le week-end dans un groupe de reprises de Dinosaur Jr. Pendant ce temps, Serena peindrait, collectionnerait les œuvres d'art, ou ouvrirait un centre de bien-être haut de gamme tout en terminant sa thèse sur la mélancolie et le corps féminin dans la poésie pastorale anglaise.

Cette analyse vous paraîtra peut-être cruelle ou mesquine, et sans doute l'est-elle un peu, mais je n'essaierai pas de me justifier. Si ça peut vous rassurer, sachez que Serena n'a jamais été exposée à mes mauvaises pensées. J'excellais dans l'art de feindre que je l'appréciais, et soyons honnêtes : mon opinion sur sa personne n'avait aucune importance. Elle vivait dans la plus belle maison que j'aurais jamais l'occasion de visiter, une maison que je n'aurais jamais les moyens de me payer, une maison si fabuleuse qu'elle ne semblait pas appartenir au même monde que moi. Et pourtant elle existait bel et bien, nichée dans les collines de Los Feliz, au milieu des villas de style néo-Tudor, colonial espagnol et chalet suisse.

Dans le salon, un puits de lumière vert d'eau filtrait à travers un prisme de vitraux inspirés de *L'Arbre de vie* de Klimt. Un dédale de couloirs traversait la maison sans logique apparente, imprévisible et presque surréaliste. Le mobilier choisi par Dinah Victor évoquait l'âge d'or d'Hollywood avec ses longs canapés en velours et ses lustres médiévaux. Des tapis persans, du carrelage marocain bleu-vert dans la salle de bains, des baignoires opalescentes comme des ventres de coquillages avec des serres dorées en guise de pieds. Deux heures durant, chaque semaine, nous travaillions dans la salle à manger, parfois dans le salon ou la cuisine. Au cours de ces deux heures, la moitié de mon esprit se concentrait sur la tâche pour laquelle j'étais payée : enseigner à Serena les paraboles, les anacoluthes et le théorème de Pythagore. L'autre moitié voyageait à travers ces pièces, se délectant de chaque détail. Le pain de savon à 100 dollars l'unité fait de jasmin et de safran. Les asyndètes. La table à bords bruts taillée dans du bois portugais. Les polynômes. Le papier peint de Gournay, fait de soie peinte à la main. Le parallélisme.

Je n'en suis pas fière, mais je dois admettre que je fais partie de ces gens que les belles baraques émoustillent. Plus elles sont vieilles, mieux c'est. Dans des moments de faiblesse, j'assouvis mes besoins en matant les petites annonces immobilières sur Zillow. Mais pour appréhender la villa des Victor, il m'a fallu mettre à profit mon coûteux diplôme d'histoire de l'art. L'architecte était l'artiste surréaliste Emmanuel Besos, un aristocrate espagnol venu en Californie pour travailler dans l'industrie du cinéma, laquelle n'en était à l'époque qu'à ses balbutiements. Il construisait des décors pour des comédies musicales et des épopées historiques : des escaliers si hauts qu'ils disparaissaient dans les nuages, des salles de bal féeriques, des jardins et des chaînes de montagnes. La maison des Victor est l'une des trois résidences qu'il a conçues à Los Angeles dans les années 1920. Il voulait s'en servir pour explorer une nouvelle façon de bâtir les quartiers des domestiques et avait, dans cette optique, imaginé un labyrinthe de passages secrets et de portes cachées, qui devait permettre au personnel de circuler à l'abri des regards. D'après l'article que j'ai lu, ces passages étaient un mythe : nul n'avait jamais trouvé la preuve de leur existence, et ils ne figuraient pas sur les plans officiels de la maison. Ce n'était qu'une lubie de Besos, un caprice qui ne s'était jamais concrétisé.

Je suivais toujours la même routine quand je venais faire cours à Serena. Je garais dans sa rue le PT Cruiser de 2003 que j'avais hérité d'un grand-oncle décédé, qui avait l'air particulièrement merdique et un peu menaçant dans ce quartier où s'alignaient les Tesla. Je sortais quatre livres du coffre : *Princetown Review SAT*, *College Board SAT*, un manuel de mathématiques, et le roman au programme de son cours de littérature. Cette semaine, c'était *Frankenstein*. Je remontais l'allée, franchissais la douve (oui, une vraie douve) et traversais le jardin luxuriant planté de cactées et de citronniers pour rejoindre l'imposante porte d'entrée en chêne qui, le dimanche où commence cette histoire, était déjà grande ouverte.

C'était inhabituel.

« Serena ? »

Je ne suis pas entrée. Depuis le seuil, je percevais l'odeur familière de la maison : ces relents de renfermé caractéristiques de toutes les propriétés construites autour des années 1920 dans les collines de Los Angeles auxquels se mêlaient des effluves de l'encens coûteux et du thé à la menthe qu'affectionnait Dinah Victor.

« Serena ? »

Encore une fois, personne n'a répondu, sauf le chien, qui a surgi de l'obscurité dans un dérapage et s'est jeté sur mes jambes pour me mordre la cheville.

« Pickle, ça suffit. »

La sale bête m'a mordue de plus belle, des petits coups de dents humides, pas assez féroces pour percer la peau mais extrêmement agaçants.

« Dinah ? Y a quelqu'un ? »

Je me suis souvenue que la mère de Serena n'était pas à la maison ces dernières semaines. C'était Peter qui m'ouvrait.

« Peter ? »

Pas de réponse. J'ai franchi la porte. Le vestibule était sombre et bas de plafond, et s'ouvrait à gauche sur une salle à manger. C'était là que je travaillais avec Serena. J'ai posé ma pile de livres. J'entendais des bruits. Un coup, un claquement sourd et lointain, qui a résonné dans les profondeurs boisées de la maison. Et un robinet qui coulait.

J'ai regagné le couloir principal. Les rayons du soleil imploraient la maison de les laisser entrer, s'immisçant par une fissure dans les volets pour disperser des ronds de lumière sur les lames du plancher. À côté de la salle à manger se trouvait une petite salle de bains, que j'utilisais normalement dès mon arrivée. Ça faisait partie de ma routine dans toutes les maisons où j'enseignais : un moment d'intimité que je m'accordais pour pisser ou chier dans des toilettes de riche et me préparer à me glisser dans la peau d'Evie Gordon, tutrice pour le SAT. Les Victor disposaient des serviettes en papier dans un plat doré, et je me demandais parfois si c'était pour dissuader le personnel de se servir de leurs jolis essuie-mains en coton. Le « personnel » en question était une catégorie floue, à laquelle je n'étais jamais certaine d'appartenir. C'est le problème, quand on fait ce boulot. Les tuteurs ne sont pas tout à fait des enseignants. Ils ne détiennent pas l'autorité que confère ce statut. Et pourtant, entre l'élève et moi, il y avait au moins l'illusion que c'était moi qui commandais : un contrat tacite que nous respections tous les deux, par lequel nous consentions à nous prêter au jeu. Parfois, pour donner plus de réalisme à ce simulacre, les parents m'appelaient « mademoiselle Gordon ». Je les rassurais, pleine de bienveillance : « Non, non. Je vous en prie, appelez-moi Evie. »

J'ai regagné la salle à manger, où je m'attendais à trouver Serena. Elle n'était toujours pas là. Je me suis assise quand même. J'ai envisagé un instant d'allumer la lumière ou d'ouvrir les rideaux. Mon portable était dans ma poche. J'ai envoyé un SMS à Serena et Dinah séparément : *Bonjour ! Je suis arrivée.*

Un téléphone a vibré, quelque part dans la maison.

Il y avait donc quelqu'un. J'ai songé à leur envoyer un deuxième message, un simple emoji. Serena et Dinah appréciaient ce genre d'attentions. Ça atténuait la gêne liée au fait qu'elles me payaient, leur permettait de me voir non comme une employée mais comme une amie de Serena un peu plus âgée qui aimait corriger sa grammaire. Avec certains parents, cette illusion était bénéfique : ils n'aimaient pas penser à la nature transactionnelle de notre relation, ça les mettait mal à l'aise. Les Victor en faisaient partie. Dinah m'offrait toujours du thé. Elle voulait savoir ce que je pensais de l'Afghanistan, quel roman de Virginia Woolf était mon préféré, et ce que signifiaient mes tatouages.

Personne ne venait.

J'ai consulté mon téléphone. Ni l'une ni l'autre n'avait répondu. J'ai tendu l'oreille pour écouter les bruits de la maison, les soupirs et les murmures du parquet. J'étais certaine d'avoir entendu un robinet couler. Maintenant, je n'entendais plus rien.

Lentement, je me suis levée. Il me semblait important de faire le moins de bruit possible, pour des raisons que je ne comprenais pas encore. Je me suis engagée dans le couloir sombre à pas feutrés, je suis passée devant la salle de bains avec les savons et les crèmes hors de prix, le bureau de M. Victor plongé dans le noir, pour finalement atteindre la cuisine.

J'y étais déjà venue à plusieurs reprises, pour prendre le thé, papoter, et une fois pour donner un cours au petit déjeuner, à la table du coin repas installé sous la fenêtre à vitraux. Elle était décorée dans un style rustique français, avec une cuisinière à l'ancienne et des casseroles en cuivre suspendues à un épais chevron en bois. Les murs et le sol étaient en pierre : on se serait cru dans un château, ou dans un autre monde. Une double porte cintrée menait au jardin derrière la maison.

L'un des battants était ouvert. Il y avait une valise à proximité, et un sac à main, abandonné par terre. Peut-être Dinah était-elle revenue de son séjour je ne sais où. La lumière, épaisse et sirupeuse, s'engouffrait dans la cuisine par l'ouverture arquée, chargée de grains de poussière qui tourbillonnaient dans l'air.

« Dinah ? » Timidement, j'ai poussé la porte et je suis sortie, une main en visière pour protéger mes yeux du soleil.

Des carreaux de terre cuite traçaient un chemin sinueux flanqué de treillis en fer qui disparaissaient sous des entrelacs de lierre. Il y avait une piscine bleu foncé qui semblait tout droit sortie de thermes romains. Des effluves de menthe et de basilic qui s'échappaient du potager. Des plants de tomates mûres. Un jardin qui s'ouvrait sur une arrière-cour drapée de cyprès. Un jacuzzi, qui ne devait pas souvent servir. Des plantes grasses et des cactus lovecraftiens aux épaisses langues épineuses voilées de toiles d'araignées. De la chair végétale lisse aux teintes extraterrestres : violet, vert menthe, orange mandarine. Des rangées et des rangées de dents. Un bassin à carpes koï surmonté d'une passerelle. Il y avait tant de choses à regarder, tant de couleurs, tant de vie et de soleil que je n'ai pas immédiatement vu Dinah et Peter.

C'est le corps de Dinah que j'ai fini par remarquer en premier. Il ne me reste que peu de détails en mémoire. Dans ces moments-là, le cerveau s'anesthésie. Je la voyais clairement – elle était aussi tangible et matérielle que vous et moi – mais elle a d'emblée revêtu une sorte d'irréalité. Dinah n'était plus une personne. Dinah était de la viande. Son visage n'était que tissus et viscères. Une grosse pierre tachée de sang reposait à côté d'elle.

Peter était dans le bassin. Sa figure et sa gorge étaient d'un bleu violacé, son corps blanc comme du plâtre. Une carpe koï nageait distraitement près de sa bouche ouverte. Elle a contourné sa tête en laissant derrière elle un sillon de bulles, si bien qu'on aurait presque pu croire qu'il respirait. Je n'avais jamais vu de cadavres, mais j'en savais assez sur le sujet pour comprendre que leur mort était très récente. Le sang sur le visage défoncé de Dinah était humide et brillant, et il n'émanait aucune odeur de leurs corps.

Incapable de crier ou de produire le moindre son, j'ai décidé de foutre le camp. J'ai trébuché sur un obstacle. Un rocher, peut-être. Le sang grondait dans mes oreilles, un marteau-piqueur au fond de mon crâne. Mes membres se mouvant de leur propre chef, j'ai remonté l'allée carrelée, traversé le lierre et la menthe, regagné la cuisine sombre et le couloir encore plus sombre, puis je suis passée devant le bureau, la salle de bains et la salle à manger pour enfin atteindre la porte d'entrée, toujours grande ouverte.

Alors que je m'apprêtais à sortir, j'ai entendu un son glaçant. Un son humain.

Quelque chose qui sonnait comme « à l'aide ».

Je ne suis pas quelqu'un de bon ou de vertueux : je tiens à le préciser. À ce stade, je ne comptais même pas appeler les flics avant d'avoir mis une certaine distance entre la scène de crime et moi. Je pensais dire la vérité : Bonjour, monsieur l'agent, je donne des cours particuliers chez ces gens et je me suis retrouvée au mauvais endroit au mauvais moment, vous savez ce que c'est, vous comprenez, n'est-ce pas ? Je vous en prie, dites-moi que vous comprenez. Vraiment désolée de m'être enfuie, mais je n'avais pas envie de mourir, pas tout de suite en tout cas, pas aujourd'hui. Pas pour eux.

Mais pour une raison qui m'échappe, je n'ai pas réussi à ignorer ce cri de détresse. J'ai suivi le bruit jusqu'à l'escalier. Il y avait une petite porte en dessous. Elle était arrondie, comme une porte de chalet, et un peu sinistre.

« Pitié », a supplié la voix, grave et enrouée.

Ce n'était pas celle de Serena.

J'ai entendu comme une déchirure, puis un gémissement de douleur. Un sanglot, étranglé et plaintif. J'ai essayé d'ouvrir la porte. Elle était verrouillée.

« Je n'arrive pas... je n'arrive pas à l'atteindre. »

Ce même croassement, cette voix rauque, chuchotée.

« Merde. »

J'ai secoué la poignée de toutes mes forces, en vain. La personne pleurait plus fort à présent.

« S'il vous plaît, a haleté la voix. S'il vous plaît...

– Merde, merde, merde. »

J'ai jeté tout mon poids contre la porte. Les gonds ont tremblé. J'ai recommencé encore et encore, ignorant la douleur dans mon épaule, jusqu'à ce qu'enfin la porte s'ouvre à la volée. J'ai regardé à l'intérieur.

Des yeux dans l'obscurité. Des yeux hantés, enfoncés dans un visage tout en creux. Je n'arrivais pas à savoir s'ils appartenaient à un homme, une femme, ou un enfant. La tête de la personne était un fouillis de cheveux mi-noirs mi-décolorés, avec des racines sombres si grasses qu'elles semblaient mouillées. Ses traits se sont peu à peu révélés, comme un écran d'ordinateur qui redémarre. Des lèvres déchiquetées. Des pommettes sales et osseuses. Une empreinte de main meurtrissait sa gorge, enflammée et piquetée de sang sur les bords. La pièce sous l'escalier avait un plafond bas et incliné, et la prisonnière – car c'était une femme, je m'en rendais compte à présent, qui avait à peu près mon âge – était recroquevillée près du mur, la tête calée contre le rampant. Elle ressemblait à un petit garçon, ou à un membre d'un groupe de punk des années 1970 vivant d'héroïne, de cigarettes et de restes de nourriture récupérée dans des bennes à ordures. Elle portait des rangers noirs, un jean noir fin comme du papier de soie qui collait à ses jambes filiformes, un tee-shirt jaune que je soupçonnais d'avoir été blanc et une veste en cuir. Nous nous sommes dévisagées, abasourdies. Sa poitrine, aussi plate que celle d'un garçon, se soulevait tandis qu'elle essayait de reprendre son souffle. Elle ne bougeait pas.

Je suis entrée. Il m'a fallu une seconde pour remarquer que la femme était ligotée. Pas avec une corde, mais avec une sorte de câble électrique parsemé de traces de morsures. Elle avait essayé de se libérer avec ses dents. Elle était attachée au chevron le plus bas, à environ un mètre cinquante de la porte. La pièce était étroite et longue, si longue que je ne parvenais pas à en distinguer le fond qui se perdait dans l'obscurité. La femme a tressailli quand je me suis approchée. C'est à ce moment-là que j'ai remarqué l'odeur. Une puanteur infecte émanait d'elle, mais ce n'était pas de la sueur ou de la crasse. C'était une odeur de pourriture. Un mélange de fruits gâtés et d'animal crevé. Combien de temps avait-elle passé sous cet escalier ?

« Je vais te détacher », ai-je dit doucement.

Pendant un instant, j'ai craint qu'elle n'essaie de m'attaquer, instinctivement, comme un animal terrifié. Une image m'est venue de chiens errants acculés contre un mur, les babines retroussées sur des crocs pleins d'écume. Mais elle s'est laissé faire, elle a même reculé autant qu'elle le pouvait pour me céder de la place. Le câble s'enroulait autour d'un chevron et il n'y avait presque pas de mou. Elle a serré les poings puis tendu les doigts plusieurs fois pour essayer de faire circuler le sang.

Elle a sursauté quand j'ai touché sa main. Sa respiration était sifflante, comme si chaque souffle s'échappait douloureusement d'un organe perforé. Ses lèvres, si proches des miennes que je sentais l'haleine âcre qui s'en exhalait, étaient gercées jusqu'au sang. Une patience étrange et froide m'a envahie tandis que je m'affairais sur le nœud qui enserrait ses poignets jusqu'à ce qu'il soit assez lâche pour que je parvienne à les libérer. Un spasme s'est emparé de ses mains. Elle a fixé ses jointures et ses doigts comme s'ils ne lui appartenaient pas. Elle a levé les yeux, et son regard a trouvé le mien dans l'obscurité.

J'étais tellement concentrée sur la femme et le sifflement douloureux de sa respiration que je n'ai pas entendu le bruit des pas qui approchaient. C'est la femme qui m'a alertée : elle m'a saisi le bras et entraînée dans le couloir.

Il a fallu quelques secondes à Serena pour nous remarquer. Elle est entrée sans lever les yeux de son portable et son visage s'est transformé lorsqu'elle a fini par nous voir.

La femme s'est aussitôt ruée vers la porte ouverte, mais Serena lui a bloqué le passage en poussant un cri de surprise.

La femme s'est figée, terrifiée, la main agrippée à la rampe, ses yeux faisant la navette entre Serena et la porte.

Serena s'est énervée en essayant de déverrouiller son téléphone puis, d'une voix rendue perçante par la panique, elle a dit : « Siri, appelle la po… »

La femme s'est de nouveau élancée vers la porte. Serena l'a claquée, toujours agrippée à son téléphone.

« Siri, appelle la… », a-t-elle crié, mais la femme a réussi à lui arracher le portable des mains et l'a envoyé voler à travers la pièce. Il a atterri à mes pieds.

Serena a posé les yeux sur moi, puis sur le téléphone.

Sans réfléchir, je l'ai ramassé et j'ai levé la main en signe d'avertissement.

« Serena, ai-je dit lentement. Laisse-moi t'expliquer ce qui se passe. Je suis pas sûre que tu comprennes. »

Moi non plus, je ne comprenais pas ce qui se passait, mais je n'avais aucun mal à imaginer ce qu'elle pensait : la femme était entrée par effraction, et Serena devait appeler la police.

Qui nous arrêterait toutes les deux.

Serena a reculé lentement vers l'entrée, le souffle court, nous fixant avec l'air effaré d'une biche aux abois. Dans un sanglot, elle a attrapé une lampe avec une lourde base dorée sur la table près de la porte.

« Ne vous approchez pas de moi…, a-t-elle bafouillé en brandissant la lampe comme une batte de base-ball. Je vais… je vais…

– Serena, s'il te plaît, laisse-moi juste t'expliquer… »

Elle a poussé un cri de terreur lorsque je me suis approchée, et s'est mise à tâter le mur à l'aveugle comme si elle cherchait quelque chose.

Le téléphone fixe.

Voici comment j'ai imaginé que se déroulerait la suite des événements :

Étape un : convaincue qu'elle nous avait surprises, moi et une vagabonde, en train de cambrioler la maison, Serena appellerait la police, qui nous arrêterait.

Étape deux : la police et Serena découvriraient les corps fraîchement assassinés de ses parents dans le jardin, et nous serions immédiatement accusées de meurtre.

Étape trois : un procès retentissant.

Étape quatre : *Orange Is the New Black*, le spin-off sur Evie Gordon. Une condamnation à perpétuité.

C'est donc avec cette conclusion en tête que j'ai commis ma troisième grosse erreur de la journée, après avoir sauvé la femme enfermée sous l'escalier, et être venue travailler ce jour-là.

J'ai essayé d'attraper le téléphone.

Serena n'a pas hésité. Elle a soulevé la lampe et l'a abattue de toutes ses forces sur mon crâne.

Il m'est impossible de décrire la douleur que j'ai ressentie, et encore plus difficile de m'en souvenir. Je n'avais jamais été frappée aussi fort par un objet aussi lourd. J'avais l'impression que l'espace entre mes oreilles était vide, une cavité sans cerveau qui, lentement, se remplissait de sang. J'ai vu mon crâne se briser comme une coquille d'œuf, le jaune et le sang ruisseler sur mon visage. J'ai titubé à reculons, heurté l'escalier et la femme. Le portable de Serena a glissé sur le sol. Du sang coulait dans mes yeux, et j'ai senti la femme me prendre la main pour m'aider à me relever tout en éloignant le téléphone de Serena d'un coup de pied.

Celle-ci revenait à la charge. J'ai titubé en arrière et saisi le premier objet que j'ai trouvé pour parer le coup. C'était un vase, beaucoup plus lourd que je l'imaginais.

« Serena, arrête ! »

Elle poussait des cris inarticulés. Des sons primaires, involontaires. Alors qu'elle brandissait de nouveau la lampe, j'ai lancé le vase, aussi fort que j'ai pu.

Un son mat et spongieux s'est fait entendre lorsqu'il a heurté le crâne de Serena. Elle s'est écroulée au sol et a essayé de ramper pendant quelques secondes pour s'enfuir.

Puis elle s'est affaissée et a roulé sur le dos avant de s'immobiliser, les yeux révulsés.

Je me suis approchée d'elle à quatre pattes, sous le choc.

Elle ne bougeait pas.

J'ai tâté son pouls.

Rien.

Je l'ai cherché en enfonçant mes doigts dans les tissus mous de sa gorge, mais je ne sentais toujours rien.

Je me suis mise à califourchon sur elle et j'ai soulevé ses paupières, mais il n'y avait rien d'autre que des stries bleues qui s'enroulaient autour du blanc de ses globes oculaires. J'ai passé le dos de ma main sur son visage. Sa tête s'est affaissée mollement sur le côté.

Elle ne pouvait pas être morte. Ce n'était pas possible.

J'ai de nouveau cherché son pouls.

Toujours rien.

« Non... » Ma voix sonnait étrangement à mes oreilles. « Non. Non... »

Mon esprit commençait à fléchir.

« Une ambulance... on devrait... on pourrait... »

Non, bien sûr que non. Si on appelait une ambulance, on inviterait les secours sur une scène de crime et ils me feraient arrêter sur-le-champ pour le meurtre de tous les membres de la famille Victor.

C'est ce que font les gens, pourtant. À la télé, quand ça arrive – quand un décès survient, quand une personne est vivante et soudain ne l'est plus, quand sa mort n'est pas due à la vieillesse ou au cancer, quand c'est un pistolet-un couteau-le colonel Moutarde avec le candélabre dans la salle de bal, quand c'est quelqu'un qui s'empare de l'objet le plus lourd qui lui tombe sous la main et l'abat de toutes ses forces sur la victime – on appelle les flics, les acteurs de *New York, police judiciaire* débarquent, les méchants vont en prison, la justice est rétablie, et on passe à l'épisode suivant, et ça recommence encore et encore et...

Je pleurais. La femme – qui ne pleurait pas – m'a attrapé la mâchoire pour faire pivoter mon visage vers le miroir à côté de la porte d'entrée. J'avais regardé tant de fois dans ce miroir. Pour prendre en douce des selfies à poster en story sur Instagram, ou vérifier que je n'avais pas entre les dents une feuille de laitue échappée du Taco Bell que je m'étais enfilé dans la voiture en chemin. Ce miroir valait sans doute des milliers de dollars. Une pièce d'antiquité précieuse, encadrée d'or. Je me suis confrontée à la réalité de nos reflets. Mon jean de chez Target, mes chaussures chinées. Le sang qui coulait sur mes mains et mon visage. Une image que j'avais déjà vue, dans des documentaires Netflix sur des tueurs en série, des photos d'identité judiciaires, des thrillers à petit budget. Je savais exactement quelles conclusions un flic tirerait s'il me voyait à côté du cadavre de Serena.

Dans le reflet du miroir, les yeux de la femme étaient rivés aux miens. *Regarde-nous*, disaient-ils. On aurait dit qu'elle venait d'émerger de la cuvette des toilettes de *Trainspotting*. Quant à moi, je ressemblais à Carrie au bal du diable.

Elle voulait s'enfuir.

« Pitié. »

C'est le seul mot qu'elle a réussi à prononcer, et il lui a fallu convoquer toutes ses forces pour le faire. Elle a fermé les yeux, les lèvres frémissantes, tandis qu'elle essayait d'articuler un autre mot. Elle tremblait.

Il lui était arrivé quelque chose dans cette maison. On lui avait fait du mal. L'un des Victor lui avait fait du mal. Peter ou Dinah. Peut-être même Serena.

Peut-être tous les trois.

« Serena ? » a soufflé une voix derrière nous.

Un ultime spasme a ébranlé mon système nerveux. J'ai failli éclater de rire. Évidemment, il y avait quelqu'un d'autre.

C'était un adolescent. Lukas, plus précisément. Je l'ai reconnu dans l'instant grâce aux photos sur le téléphone de Serena.

Il m'a vue, couverte de sang. Il a vu la femme. Il a vu Serena, sa petite amie, qui gisait au sol, aussi inerte qu'un cadavre.

« Putain, mais qu'est-ce qui s'est... » Il s'est précipité vers elle. « Oh merde, Serena. *Oh merde...* »

Cette fois, on n'a pas traîné. La femme m'a attrapé la main et entraînée vers la sortie. On est passées devant Lukas, qui s'était mis à hurler. Le monde tournait autour de moi, kaléidoscopique, les plantes, la douve, l'herbe, le soleil aveuglant. La rue. Ma voiture. Elle m'a prise par les épaules et m'a secouée jusqu'à ce que mes yeux parviennent à faire la mise au point sur elle. Ses yeux, encore. Noirs et alertes.

« Clés, a-t-elle dit.

– Clés », ai-je répété.

Je n'y voyais presque rien.

Elle a plongé la main dans la poche avant de mon jean et en a sorti les clés elle-même, avant de les enfoncer dans mes paumes tremblantes. Dieu sait comment, on a réussi à monter dans la voiture. J'ai tourné la clé dans le contact, et l'adrénaline a pris le dessus. Assise sur le siège passager, la femme fixait avec stupeur la rue inondée de soleil devant nous. On entendait une sirène de police au loin.

« Où est-ce qu'on va ? » ai-je demandé.

On. La décision était déjà prise.

3

Le soleil se couchait quand nous avons quitté la ville. Il y avait toujours des embouteillages monstres à Los Angeles et même si la circulation était légèrement plus fluide le dimanche, je n'avais jamais autant apprécié les routes sales et encombrées de cette ville, où il était facile de se fondre dans le décor chargé de graffitis, de disparaître entre les voitures anonymes des travailleurs, les camionnettes Amazon et les dépanneuses, les Tesla, les Porsche et les Camaro de collection, les Civic et les Corolla rouillées et même, ce jour-là, une élégante limousine blanche. Mon PT Cruiser s'est inséré dans le trafic. Ma tête bourdonnait. Mon esprit grouillait de questions, un brouhaha si dense qu'il aurait pu passer pour du silence. Je ne reconnaissais pas les mains sur le volant. Elles appartenaient à quelqu'un d'autre. Evie n'était pas là. Evie était chez elle, en train de soigner sa gueule de bois avec un brunch dominical. Elle matait des émissions de téléréalité débiles avec Harvey, son coloc, affalée sur le canapé rouge qu'ils avaient acheté pour 40 dollars sur Craigslist.

La ville défilait derrière la vitre. Des panneaux publicitaires pour des films de superhéros et des avocats véreux avec des numéros en 1-800 à appeler en cas d'accident de la route. Des immeubles d'habitation, des campements de tentes, des cafés-laboratoires. Une église de Scientologie. Un tiki bar, un magasin Valvoline, un McDonald's. Un hôtel hanté. Nous avons réussi à atteindre la route 101. Le sang se solidifiait dans mon oreille, épais comme de la cire. J'ai sursauté quand la femme m'a touchée.

Elle avait retiré son tee-shirt en lambeaux et ne portait plus que son soutien-gorge sous sa veste en jean. Il y avait une bouteille d'eau à moitié vide et tout écrasée dans le vide-poches de la portière passager, qui croupissait là depuis des semaines, voire des mois. Elle en a bu une gorgée tremblante, portant le plastique chaud à ses lèvres comme un sacrement. Puis elle a versé quelques gouttes sur son tee-shirt et l'a posé sur mon oreille.

J'ai continué à naviguer entre les voitures pendant qu'elle me nettoyait d'une main délicate. J'ai dû retenir mon souffle pour ne pas respirer son odeur.

« Il a peut-être noté ma plaque d'immatriculation », ai-je dit soudain.

C'était ça, ce qui m'inquiétait le plus. Je pensais à ma voiture, la plaque rouillée de Caroline du Nord que je n'avais jamais pris la peine de changer. Lukas l'avait sans doute relevée en nous regardant partir. Auquel cas, il donnerait le numéro à la police dès leur arrivée. Étaient-ils déjà là ?

La route s'est brouillée pendant quelques instants avant de retrouver ses contours. Des voitures. Un panneau publicitaire pour une nouvelle série HBO sur une représentante de l'industrie pharmaceutique shootée à ses propres médocs. Un camion rempli de poulets s'est rangé à notre niveau. Trois véhicules derrière nous, il y avait une voiture de flics.

« Ma plaque d'immatriculation », ai-je répété.

À la marge de mon champ de vision, j'ai vu la femme hocher la tête.

La plaque d'immatriculation était un problème.

Serena, morte, était aussi un problème.

Un problème à la fois.

« Est-ce qu'on ne devrait pas… », ai-je commencé à dire. J'ai passé ma langue sur mes lèvres sèches, qui avaient un goût de sang. « Est-ce qu'on ne devrait pas… »

Est-ce qu'on ne devrait pas appeler la police ? Non, jamais de la vie. Pour des milliers de raisons, c'est une très mauvaise idée. S'arrêter pour réfléchir ? Non, on ne pouvait pas non plus s'arrêter pour réfléchir, on devait à tout prix quitter LA au plus vite. Est-ce qu'on ne devrait pas appeler nos parents pour demander de l'aide, alors ? Dire à nos parents que nous avions accidentellement tué quelqu'un ? Demander à nos parents s'ils nous aimaient toujours même si nous étions des meurtrières ? Passer un coup de fil à notre coloc pour le prévenir qu'on ne rentrerait pas à temps pour regarder *RuPaul* ?

Un étrange sentiment d'exaltation, à la fois démentiel et merveilleux, a enflé dans ma poitrine. Un ballon de frénésie palpitant comme un cœur, qui me donnait l'impression de souffrir du mal de mer tout en étant défoncée à la coke.

Mon esprit a convoqué les visages de gens auxquels je n'avais pas pensé depuis des lustres. Mon institutrice, Mme Cuttler, qui me laissait choisir des livres dans la bibliothèque de la salle de classe et les ramener à la maison pour que je puisse continuer ma lecture. La mère de ma meilleure amie d'enfance, Mme Diane, qui avait remarqué ma peur des escalators quand elle nous avait emmenées dans un magasin de jouets au centre commercial et qui, pour me récompenser de ma bravoure, m'avait acheté un bretzel mou chez Auntie Annie. Des camarades de l'école primaire et du collège, à qui je n'avais pas parlé depuis des années, qui étaient devenus dentistes, institutrices ou mères au foyer, vivaient dans des maisons grouillant d'enfants en bas âge et n'avaient jamais quitté Hendersonville, en Caroline du Nord. Je ne sais pas pourquoi ce sont leurs visages que j'ai imaginés scotchés devant leur télévision, leurs mains plaquées sur leur bouche, choqués d'apprendre ce qu'Evie Gordon – *la petite Evie Gordon, tu te rends compte ?* – avait fait à cette gentille famille de Los Angeles. J'étais une gamine adorable. Première de ma classe. Mes parents étaient des gens bien, des membres respectés de notre communauté. *Comment est-ce possible ?* diraient-ils. *Comment a-t-elle pu si mal tourner ?*

J'ai pensé aux amis du lycée dont j'étais encore proche, avec lesquels je partais en road trip tous les ans : les reverrais-je un jour ? Mes potes de la fac, qui vivaient toujours à New York : combien de temps la nouvelle mettrait-elle à atteindre leur orbite ? La police allait-elle les contacter, ou peut-être les journalistes ? Et mes amis de Los Angeles ? Les flics allaient-ils cogner à leur porte, à ma recherche, et leur poser toutes sortes de questions ? Mon ex – est-ce qu'ils iraient la voir, elle aussi ? Comment allais-je pouvoir leur expliquer tout ça ?

Qu'allais-je dire à mes parents ?

À cette pensée, mon esprit s'est vidé. Une ligne plate sur l'écran d'un moniteur cardiaque. C'était inconcevable. Ma mère, qui sentait la laque Pantene et le chewing-gum à la menthe, un déodorant bon marché appelé Juniper Breeze et les cigarettes Virginia Slims. Ma mère, qui traitait chacun de mes retours à la maison, si banals soient-ils, comme si j'étais un soldat revenu de la guerre. Elle garait sa Chrysler Sebring de 1998 dans le parking de l'aéroport, m'attendait dans le hall, et poussait un cri quand elle me voyait émerger du tunnel. Mon père et ses lunettes de lecture, ses yeux agrandis comme ceux d'un petit garçon. Sa grosse montre étanche, ses étagères chargées de livres d'histoire. Son bronzage de fermier, la marque de ses chaussettes. Mon père, qui claudiquait légèrement depuis qu'il s'était déchiré le ligament croisé antérieur pendant un match de la ligue de base-ball pour adultes dans laquelle il jouait tous les mercredis soir. Ils étaient divorcés, mes parents, mais ils étaient restés bons amis. Nous fêtions toujours Thanksgiving et Hanoukka ensemble, en famille. Mes parents, qui n'avaient jamais su me discipliner, parce qu'ils n'en avaient jamais ressenti le besoin. Mes parents, qui me faisaient implicitement confiance. Allaient-ils coopérer quand le FBI viendrait frapper à leur porte ? Quand les mots « EVIE GORDON RECHERCHÉE POUR MEURTRE » feraient la une des journaux, y croiraient-ils ?

La route palpitait devant moi. Il y avait tellement de voitures à Los Angeles. Tellement de monde. Dès que la circulation ralentissait brusquement, me forçant à freiner, mon crâne se mettait à bourdonner. La femme s'est de nouveau penchée sur moi pour nettoyer le sang. Chaque fois qu'elle s'approchait, son odeur me prenait à la gorge. Je ne m'y habituais pas.

« On a besoin…, ai-je commencé à dire, espérant qu'elle finisse ma phrase. On a besoin… »

De tout un tas de trucs. Une trousse de premiers secours. Un couteau, peut-être. De l'argent. Du cash, plus précisément. On ne pouvait pas utiliser ma carte bancaire. On ne pouvait même pas utiliser mon téléphone. Si j'appelais mes parents, si je leur disais ce que j'avais fait, que j'avais besoin d'aide, les flics se serviraient des antennes-relais pour nous localiser. Tout comme ma carte bleue usée et le compte courant pathétique auquel elle était associée. C'étaient des miettes de pain qui les conduiraient directement jusqu'à moi.

« Mon téléphone, ai-je dit. Tu peux le prendre dans mon sac ? »

Elle l'a récupéré d'un air hésitant.

« Donne-le-moi », ai-je ajouté.

Elle a scruté mon visage, comme si elle se demandait si c'était une bonne idée.

« Je ne vais rien faire de stupide, ai-je grommelé entre mes dents. Allez, donne-le-moi. »

Elle s'est exécutée.

Je l'ai jeté par la vitre.

La femme m'a regardée fixement.

« Les antennes-relais, ai-je dit, comme une détraquée. Sérieusement. C'est un vrai truc. Enfin, il paraît. Ils s'en servent pour nous traquer. À distance, avec leurs ordinateurs. Grâce aux signaux. J'ai entendu ça dans *Serial*. Tu sais, le podcast ? »

La femme me fixait avec l'air épuisé d'un parent contraint d'écouter les élucubrations sans queue ni tête d'un enfant en bas âge. Mais je savais que cette histoire d'antennes-relais, c'était du sérieux. L'animatrice, Sarah Koenig, l'avait bien expliqué.

« Qu'est-ce qu'on... Où est-ce qu'on... », ai-je balbutié, cherchant la bonne question.

La panique rampait sur mon crâne, en quête d'un moyen de s'insinuer dans mon cerveau pour s'y abreuver, pour me paralyser.

« Où est-ce qu'on va ? » ai-je fini par demander.

La femme n'a pas répondu. La bouteille en plastique a craqué dans son poing lorsqu'elle en a bu une autre gorgée. Elle me l'a tendue, sans un mot. J'ai secoué la tête. Ses lèvres étaient fendillées et ensanglantées. Sa bouche était trop sombre à l'intérieur, comme si elle avait avalé de l'encre ou bu trop de vin rouge. Hors de question que mes lèvres entrent en contact avec un objet que les siennes avaient touché.

« Finis-la, ai-je dit. On va... s'en procurer d'autres. »

Je ne savais pas trop comment, mais on trouverait bien un moyen.

La femme a hoché la tête. Elle a fini la bouteille. J'entendais l'eau qui s'écoulait dans sa gorge, pénétrait les organes assoiffés de son corps et s'y déposait comme des pièces de monnaie au fond d'un puits.

Les flics étaient sans doute en train de questionner Lukas. Il leur dirait ce qu'il avait vu, et sa parole suffirait. Son uniforme de lycéen, son teint de membre de la Jeunesse hitlérienne, le courrier dans sa boîte aux lettres qui lui annonçait son admission à l'université de Vassar. Serena m'avait déjà dit qu'il avait été accepté. Elle m'avait beaucoup parlé de lui. Il se déplaçait à vélo parce que c'était plus écolo. Son écrivain préféré était Jack Kerouac. C'était le seul élève de son lycée qui utilisait un vieux portable à clapet au lieu d'un iPhone. Il possédait une guitare Les Paul de 1957 qui, d'après mes recherches sur Google, valait plus de 7000 dollars.

Que savait-il de moi ? Qu'est-ce que Serena avait bien pu lui dire ? « Evie, ma tutrice, elle sent toujours la *weed* et s'énerve quand je mets trop de temps à résoudre des problèmes de géométrie. Elle se la raconte parce qu'elle sort d'une école ultra réputée, mais regarde comment elle a fini, cette tocarde. » Probablement quelque chose dans ce goût-là.

Et lui, que dirait-il aux flics ? « Deux femmes couvertes de sang. C'est ce que j'ai vu. L'une d'entre elles était Evie je sais pas quoi, je connais pas son nom de famille. Elle donne des cours particuliers à ma copine. L'autre était maigre et crasseuse, avec des cheveux courts noirs à moitié décolorés. Elle était pas d'ici. Asiatique, je crois. Oh, vous ne m'avez pas interrogé là-dessus ? Laissez-moi quand même spéculer sur ses origines ethniques avec autant de détails que possible... »

La police devait déjà avoir envahi la maison à l'heure qu'il était.

Ils devaient être en train d'encercler le bassin des carpes koï avec du ruban adhésif. De prendre des photos. Le sang, effroyable sur la peau translucide de Serena, qui dégoulinait dans ses beaux cheveux dorés et formait des croûtes sur son front, sur sa gorge nacrée sillonnée de veines bleues. Je la voyais, façon Laura Palmer, jolie et souriante sur la photo de l'annuaire de son lycée. Un présentateur de journal télévisé dirait au monde entier combien elle était discrète, intelligente, sympathique, et des mères au foyer rongées d'ennui l'écouteraient en buvant leur café à petites gorgées tremblantes, avides de connaître l'identité des meurtrières, de tout savoir de nos passés tourmentés, nos familles désunies et nos cœurs vengeurs, autant de détails savoureux qui leur permettraient d'assouvir leur soif de sang.

« C'était sa *tutrice* », déplorerait le journaliste en secouant la tête. Les mères retiendraient leur souffle, une main posée sur le cœur, mystérieusement excitées. « Evie Gordon. »

La circulation se fluidifiait à mesure qu'on s'éloignait de la ville. Le soleil, droit devant nous, embrasait nos visages. J'ai baissé ma visière, mais la femme s'est contentée de fixer la lumière, le dos droit, figée tel un vampire confronté à l'inéluctabilité de sa mort. La route s'enfonçait à présent dans le désert.

Nous avons longé les différents types de paysages californiens : les douces crêtes jurassiques des montagnes, les collines broussailleuses, la terre brûlée assoiffée d'eau. Nous n'étions pas assez loin de la ville, pas encore. Le soleil se couchait, peignant le ciel d'un violet sanguinolent, apocalyptique.

La femme tremblait violemment sur le siège passager.

« La personne qui a tué les Victor, ai-je dit, choisissant mes mots avec soin. C'est elle qui t'a ligotée ? »

Elle avait l'air abasourdie à présent.

Elle ne savait pas que Peter et Dinah étaient morts.

Son regard s'est perdu dans le vide. Elle grelottait toujours mais son visage était redevenu impassible, comme si la dissociation était une habitude pour elle, un état dans lequel elle tombait si fréquemment qu'elle n'y prêtait plus attention.

Si la femme ne savait pas que Peter et Dinah étaient morts, ça signifiait qu'elle n'avait pas vu le tueur, et qu'elle était déjà attachée dans ce sinistre cagibi sous l'escalier au moment où celui-ci était arrivé.

« Qui t'a attachée ? »

La femme regardait le désert d'un air hébété.

Mon estomac s'est noué.

« C'est eux, n'est-ce pas ? Les Victor. »

Je me demandais si c'était une chance qu'elle ne les ait pas entendus se faire assassiner, ou une tragédie. Peut-être lui avaient-ils fait tant de mal qu'elle aurait aimé les entendre mourir.

Je l'ai de nouveau observée du coin de l'œil. Elle n'avait pas prononcé le moindre mot depuis qu'on s'était enfuies. À cause du traumatisme, peut-être. L'hématome d'un marron vif autour de son cou semblait douloureux. Elle avait sans doute besoin de voir un médecin. Mais c'était trop risqué. Je pourrais en revanche la déposer à l'hôpital et filer.

Mais je me retrouverais seule. Et je ne voulais pas être seule. La femme m'avait aidée. Je l'avais aidée. Je l'avais sauvée. Ça devait bien signifier quelque chose. Mais sauvée de quoi ? Les réponses défilaient dans mon esprit, toutes plus cauchemardesques les unes que les autres. Je voyais des chambres de torture et des donjons sexuels. Les maisons de Los Angeles n'ont pas de sous-sol. Je l'avais appris lorsque j'avais déménagé sur cette côte. Alors j'ai imaginé une deuxième maison, une version miniature, cachée dans le placard telle une maison de poupée oubliée. Une copie en miroir de la luxueuse villa des Victor, comme dans un film d'horreur. Des toiles d'araignées et un noir absolu. La femme recroquevillée dans un coin. Les rires qui traversaient les murs, la musique des couverts, des casseroles, des assiettes. Les Victor étaient des philanthropes. Parfois, quand Dinah donnait une réception le samedi soir, elle m'offrait les restes du buffet le lendemain. Les Victor organisaient des soirées de collecte de fonds, présidaient des associations caritatives, parrainaient des phoques et des éléphants, toutes les espèces en voie de disparition à l'exception de leurs semblables. Des promesses de dons faites en grignotant des canapés et en buvant du champagne. Un brouhaha de conversations sur des vacances à Bora Bora, des documentaires visionnés pendant le week-end, des articles du *New-Yorker* et des rénovations de résidences secondaires. Le claquement de mes pas lorsque je passais devant cette porte le dimanche. Ma voix, qui discourait sur Shakespeare, *Beowulf*, Mark Twain ou Nathaniel Hawthorne, selon ce qui était au programme du cours de littérature de Serena. Qui passait en revue ses devoirs de géométrie, qui lui expliquait comment isoler x. Venaient ensuite les questions chronométrées. Huit sur dix : « c'est très bien, Serena ! » m'exclamais-je avec tout l'enthousiasme que j'étais capable de convoquer. Après quoi je rangeais mes livres, j'échangeais quelques banalités avec Dinah en me dirigeant vers la sortie, je pissais ou chiais une dernière fois dans leurs toilettes de luxe. Je me séchais les mains avec la serviette moelleuse, et non celles en papier destinées aux domestiques, car mon seul moyen de résistance résidait dans ce genre de petites mesquineries. De nouveau le claquement de mes pas. La porte d'entrée qui se ferme, mes pneus qui crissent. La laissant seule, encore une fois. Le *tic-tac* d'une horloge de parquet de l'autre côté du mur. Des pas encore, lents et inquiétants. La longue ombre de Peter Victor apparaissant dans l'embrasure d'une porte ouverte, une fois les invités enfin partis.

« Tu veux que je t'emmène quelque part ? ai-je demandé. Chez toi ? Il doit y avoir des gens qui te cherchent, tes parents, ils doivent se faire du souci pour toi. Je pourrais… est-ce qu'on ne devrait pas… »

Aucune de mes suggestions ne semblait pénétrer sa conscience.

« Et les flics ? ai-je proposé. Je pourrais te déposer quelque part ? La police pourrait… »

Arrêter les corps fraîchement assassinés de Peter et Dinah Victor pour [insérer le crime qu'ils avaient commis : kidnapping ? Torture ? Trafic sexuel ?].

La femme n'a rien dit.

La route se déployait devant moi, un interminable ruban d'ébène. Le ciel était plus sombre à présent, d'un vrai noir. Les étoiles, enfin, constellaient la nuit. Les yeux rouges des semi-remorques nous fixaient.

« Je suis désolée », ai-je dit.

Elle m'a regardée. Son visage était parfaitement inexpressif, comme si elle consacrait toute son énergie à ce vide. Mais ses yeux étaient hébétés, épuisés d'une manière qui dépassait mon entendement.

« Pas pour eux. Pour… pour toi », ai-je dit maladroitement. J'espérais que cette excuse était assez vague pour englober tous les crimes dont elle avait pu être victime, quels qu'ils soient.

La femme a détourné le regard, la mine presque renfrognée, comme si je la gonflais.

« Écoute, ai-je repris. Je peux aller voir les flics. Je peux dire… Je ne sais pas. Un truc bien, pour te disculper. La vérité. Ça pourrait fonctionner. Tu ne devrais pas être ici. Tu n'as pas à faire partie de ça. Je peux te ramener chez toi. »

Elle s'est mise à gratter la peau ensanglantée autour de ses ongles abîmés.

« C'est moi qui ai fait ça, ai-je dit en baissant la voix. C'est moi qu'ils cherchent. C'est moi qui ai… »

Tué Serena.

Et même si je n'y étais pour rien dans la mort de Peter et Dinah, les flics penseraient que c'était moi qui avais fait le coup, c'était certain.

« J'ai l'air coupable, ai-je dit à la femme. Mais pas toi. Tu n'as pas à être impliquée là-dedans. Je veux dire, tu étais leur… leur… »

Je ne savais pas ce qu'elle était. Je ne voulais pas dire « victime ».

La femme s'est crispée. On aurait dit que son corps tout entier luttait pour contenir une détonation. Je voulais entendre de nouveau sa voix.

« Combien de temps es-tu restée dans ce placard ? »

La lueur rouge des feux de stop lacérait son visage. Une larme a tracé un sillon dans la crasse sur ses joues. Elle l'a essuyée de ses phalanges craquelées, comme si elle l'agaçait. L'idée de lui poser d'autres questions me rendait malade. Tout me rendait malade, en fait. Son odeur de sang et de pourriture. Son silence. Combien de dimanches avions-nous partagé les murs de cette maison ? Combien de dimanches avais-je bu le thé de Dinah, sorti des blagues de merde, et fait défiler mon flux Instagram sous la table pendant que cette femme souffrait à quelques mètres de moi ?

La bile est remontée dans ma gorge puis redescendue. Je voyais des fantômes surgir des ténèbres bordant la route et s'avancer brusquement vers nous pour aussitôt disparaître. Je voyais des filles avec des sacs enfoncés sur la tête du côté passager des voitures qui nous dépassaient. Des cordes qui pendaient derrière les semi-remorques, enroulées autour de cous brisés, des pieds qui traînaient sur la route. Un instant plus tard, tout avait disparu.

Je ne sais pas ce qui serait arrivé à la femme si je ne l'avais pas trouvée. Elle avait dit « pitié » – j'avais entendu sa voix. Elle avait demandé de l'aide et je la lui avais donnée. Enfin, je pensais l'avoir fait. Et si, au lieu de l'aider, je l'avais condamnée à un sort encore plus sinistre ? La police aurait fini par fouiller la maison. Ils l'auraient trouvée et seraient arrivés à des conclusions bien différentes de celles qu'ils étaient très certainement en train de tirer. Les gros titres auraient pu être : « L'HORREUR DANS LES COLLINES » ou « LES SOMBRES SECRETS D'UNE RICHE FAMILLE EXPOSÉS AU GRAND JOUR ».

Maintenant, elle était comme moi. Son destin était lié au mien.

« Il nous faut de la nourriture, ai-je dit d'une voix rauque. Tu as besoin de manger. Et de boire. »

Elle ne m'a pas contredite, mais n'a pas non plus acquiescé.

« Il va nous falloir de l'argent, ai-je poursuivi. En liquide. »

Elle m'a regardée d'un air morne, un peu cynique.

« Je peux en avoir, ai-je ajouté. Si on trouve un distributeur. »

Le retrait trahirait notre position, bien sûr, mais nous n'avions guère le choix. Si on continuait à rouler ce soir – si on allait assez loin – ça n'aurait peut-être plus d'importance.

Nous avons atteint un supermarché Walmart près de la ville d'Indio. Dans les coins obscurs aux extrémités du parking, des familles dormaient dans des voitures remplies de sacs de fast-food, de déchets et d'animaux en peluche.

Je me suis garée loin de l'entrée. J'ai coupé le moteur. La femme se léchait l'intérieur de la bouche avec sa langue sombre. J'ai réalisé que c'était du sang.

« J'y vais », ai-je dit.

Elle avait l'air sceptique. Elle savait que je n'avais aucune idée de ce que j'étais en train de faire.

« Reste ici et essaie de te nettoyer un peu », ai-je ajouté.

Son visage s'est empreint d'une indifférence maussade, mais son genou tressautait fébrilement. J'ai compris qu'elle avait peur.

Peur d'être laissée seule ici. À contrecœur, j'ai extirpé de ma poche les clés de la voiture et je les ai déposées dans le porte-gobelet. Je n'aimais pas l'idée de m'en séparer, mais peut-être que ça la rassurerait.

« Tiens, ai-je dit. Tu peux laisser tourner le moteur, si tu veux. Pour rester au chaud. »

À l'intérieur du magasin, les néons dispensaient une lumière froide et aveuglante. J'ai longé rapidement les allées à la recherche des toilettes qui, évidemment, étaient tout au fond. J'y ai trouvé une employée, une ado aux cheveux gras qui passait la serpillière d'un air indifférent. Elle a croisé mon regard dans le miroir. Horrifiée par mon apparence, je me suis réfugiée dans une cabine. J'ai pissé pendant une éternité. Enfin, j'ai entendu la porte se fermer et les pas de l'employée qui s'éloignaient. J'ai tiré la chasse et je me suis dirigée vers les lavabos.

La femme m'avait plutôt bien nettoyée, mais j'avais l'air d'une épave et je puais le sang. J'en ressentais la perte dans mes membres tremblants, mon corps drainé de son fer. La sclère de mes yeux était jaunâtre, mes pupilles dilatées. J'ai pris une grande inspiration, et j'ai tâché de me composer un visage normal, désinvolte.

Prenant soin d'éviter l'attention des autres clients nocturnes – mères au bout du rouleau, bandes d'adolescents défoncés –, je suis retournée à l'avant du magasin pour prendre un chariot. J'ai arpenté les allées caverneuses en attrapant sans réfléchir des articles sur les rayons. Je n'étais pas une survivaliste. Je ne faisais pas de camping. Je n'avais pas la moindre idée de ce que je faisais. J'ai rempli le chariot de tout un tas de trucs qui me paraissaient utiles : bouteilles d'eau, boîtes de paracétamol, une trousse de premiers secours, des conserves de soupe et autres denrées non périssables, de la viande séchée, des fruits secs et des noix. J'ai aussi pris un couteau pliant. Du savon Irish Spring pour qu'on puisse se laver. Des fringues : des tee-shirts et des pantalons de jogging, en essayant de deviner la taille de la femme. Elle était tellement maigre que j'ai failli acheter ses vêtements au rayon enfants.

À la caisse automatique, j'ai gardé la tête baissée et payé en liquide. Puis, munie de mes sacs de courses, je me suis dirigée vers le distributeur de billets à l'extérieur. Un vigile fumait près des portes. Il m'a regardée introduire ma carte dans le lecteur et retirer tout l'argent que je possédais. J'ai dû le faire en plusieurs fois car les retraits étaient limités à 500 dollars. J'avais environ 650 dollars sur mon compte courant et 2300 sur mon livret d'épargne. Je sentais que l'agent de sécurité m'observait pendant que je fourrais les billets dans ma poche, ramassais mes sacs de courses, et me dirigeais vers le parking.

J'étais sûre de me souvenir de l'endroit où nous étions garées. Il y avait une Kia Soul rouge à proximité, et une Honda Civic bleue. La première était toujours là. Mais il n'y avait aucun signe de mon PT Cruiser.

Le cœur battant à tout rompre, j'ai fouillé du regard le bloc de voitures, me faufilant entre les lampadaires pris d'assaut par les papillons de nuit, les bras endoloris par le poids de mes sacs de courses. Je sentais toujours le regard du vigile, ses yeux qui me suivaient tandis que je passais d'un véhicule à l'autre, cherchant désespérément le mien.

Mais il avait disparu, et elle aussi.

4

Croyez-le ou non, je n'ai pas toujours été une idiote. J'étais intelligente, autrefois. Surdouée, même.

Ce titre m'a été décerné à l'âge de huit ans. J'étais une élève brillante et je lisais vite. En début de primaire, mon institutrice a décidé de me faire passer un test pour intégrer le TAG, un programme destiné aux enfants intellectuellement précoces. Le test était étrange : une des pages était constituée d'une série de formes ressemblant à des boîtes de conserve aux étiquettes vierges. Armés de notre seule intelligence, nous devions les transformer en autre chose. J'en ai fait des animaux : un teckel, petit et gros, un perroquet, un requin-baleine. Un autre gamin, Greg Cusimano, s'est contenté d'écrire différentes saveurs Campbell's sur l'étiquette. Greg Cusimano n'était pas un surdoué. Une autre page montrait une série de formes dans une matrice, et nous devions trouver la suite logique. Ceci afin de déterminer si nous étions capables de raisonnement séquentiel.

Mes capacités en raisonnement séquentiel sont exceptionnelles. Tous les jeudis, nous autres, les Élus, étions envoyés dans une salle distincte pour nos cours de niveau avancé. Queues-de-cheval se balançant énergiquement au sommet de nos crânes, sourires suffisants aux lèvres, nous laissions les simples d'esprit derrière nous. À l'âge de onze ans, je suivais ce genre de cours pour toutes les matières, qu'il s'agisse des maths, de la grammaire ou des sciences humaines. Ma précocité intellectuelle s'est confirmée au collège puis au lycée, si bien qu'en terminale, mon emploi du temps était toujours entièrement composé de cours de niveau avancé.

J'ai grandi à Hendersonville, une petite ville de montagne située près d'Asheville, en Caroline du Nord. Nous n'étions qu'à une demi-heure de voiture du domaine de Biltmore, « la plus grande demeure privée d'Amérique ». Des panneaux publicitaires pour le domaine s'alignaient le long de la route. Je l'avais visité pendant une sortie scolaire avec ma classe de surdoués quand j'avais neuf ans, et je me souviens qu'on s'était extasiés devant la piscine et le bowling. Mon père était prof dans le public ; il avait connu sa modeste heure de gloire lorsqu'un groupe de parents d'élèves conservateurs l'avait accusé de promouvoir la sorcellerie. L'affaire avait fait l'objet de plusieurs articles dans la presse locale. D'après ses détracteurs, les livres de sorcellerie – en l'occurrence, *Sacrées sorcières* de Roald Dahl – n'avaient pas leur place dans une salle de classe. Ma mère travaillait quant à elle dans un salon de coiffure. Gamine, je pensais que les riches, c'étaient ceux qui avaient une piscine dans leur jardin, les filles de mon collège avec d'authentiques sacs à main Coach, et Paris Hilton. Je n'appartenais à aucune de ces catégories. Dans ma famille, quand on voulait se faire plaisir le vendredi soir, on réservait une table au Chili's et on s'offrait le menu avec entrées incluses.

Je ne sais pas si c'est cette sortie au domaine de Biltmore ou trop de soirées passées à me gaver de Chips Ahoy! devant des épisodes de *MTV Cribs*, ou peut-être le fait que tous mes enseignants ne cessaient de me répéter que j'étais brillante, mais toujours est-il que mes parents et moi, on s'était mis en tête que j'irais loin dans la vie. Que je deviendrais « quelqu'un ». J'ai décroché une bourse qui m'a permis de fréquenter un lycée privé. Après les cours, je balayais les cheveux dans le salon de coiffure de ma mère. Je faisais du baby-sitting le week-end. Ma première entreprise vaguement lucrative était un service d'écriture de dissertation au noir. Je faisais payer 40 dollars par copie. Mon business s'est fait connaître par le bouche-à-oreille, et ma clientèle était principalement composée de footballeurs et de petits génies des sciences à la grammaire sous-développée. La seule à s'être rendu compte de la supercherie était ma prof d'histoire des États-Unis niveau avancé : elle m'a questionnée un jour avant le cours, après que j'avais fait l'erreur d'utiliser la même tournure de phrase dans les disserts de trois élèves différents, y compris la mienne. Je me suis tirée d'affaire en expliquant que nous faisions partie du même groupe d'étude. Elle n'a pas pu prouver le contraire.

J'étais l'une des rares boursières du lycée et, à ce titre, j'aurais sans doute dû être traitée en paria dans cet établissement privé cossu d'Asheville. Mais ce n'était pas le cas. J'avais un petit ami, un goy du nom de Nick Faust. C'était un beau blond pas très futé qui conduisait une Jeep Wrangler motif camouflage et s'embrasait comme un vampire s'il ne portait pas d'écran total. Il venait d'une de ces familles qui élèvent des golden retrievers et regardent le foot ensemble le dimanche soir, et qui, même s'ils s'efforçaient de le cacher, vivaient assez mal le fait que leur fils sorte avec une juive au caractère bien trempé. J'étais la reine du bal de promo et la capitaine de l'équipe de foot des filles. À cette époque où Facebook commençait à remplacer timidement MySpace, j'avais acquis un certain talent pour le cyberharcèlement. Je travaillais et révisais comme une folle jusqu'à ce que le soleil pointe derrière les doux sommets des Blue Ridge Mountains et dormais une heure et demie avant de partir au lycée. Le soir, après l'entraînement, le boulot, le dîner, les heures sans fin à faire mes devoirs, résoudre des équations et rédiger mes dissertations et celles d'autres élèves, je me rasais les jambes, je me blanchissais les dents, et je soumettais mes cheveux bouclés à la tyrannie d'un fer à lisser bon marché jusqu'à ce qu'ils soient aussi raides et étincelants que la lame d'un couteau.

J'ai terminé le lycée deuxième de promo, en fin de compte. Le titre de major est revenu à un certain Warren Calvin Manning III, dont le père était conseiller municipal et la mère une ancienne reine de beauté à la tête d'un empire de pilules amaigrissantes. Pour se venger, mes amis et moi – des amis que j'avais volés à Warren, des amis pour lesquels je m'étais battue, des amis que je n'aurais jamais dû avoir –, on a fumé des joints et on est allés recouvrir sa maison de PQ, un manoir de style plantation situé dans le cul-de-sac le plus chic du country club. Un country club où vivait tout mon groupe de potes, sauf moi.

Tu es comme nous, je les entendais penser tandis qu'ils me couvraient d'attentions et d'admiration. Ils ne pouvaient pas imaginer plus beau compliment.

Et je me disais : Non. Je suis meilleure que vous. Vous êtes nés comme ça. Moi, je le suis devenue.

Non, ce n'était pas tout à fait ça non plus. Le verbe « devenir » implique une certaine passivité. Or, c'est moi qui me suis façonnée ainsi. Je suis ma propre créatrice.

L'ironie, c'est que je pensais qu'ils étaient riches. Je ne savais pas encore ce que signifiait réellement être riche. Ce n'est qu'à la fac que je l'ai découvert. Paradoxalement, j'en ai choisi une qui ne prenait pas en compte les résultats du SAT dans ses critères d'admission. Les frais de scolarité avaient triplé depuis la génération de mes parents, et l'école qui m'a acceptée était l'une des plus chères de toutes. J'ai bénéficié d'une bourse d'études et d'une allocation supplémentaire substantielle, mais nous avons quand même dû contracter plusieurs prêts. Ça en valait la peine, apparemment. C'était une université d'exception et nous autres, futurs étudiants, étions des êtres exceptionnels car nous faisions partie des rares chanceux à y avoir été admis. Ils ne nous notaient même pas, c'est dire à quel point nous étions exceptionnels. Nous transcendions ces obscurs systèmes de jugement. Ici, nous pouvions regarder des films en noir et blanc, pondre de mauvaises pièces de théâtre en un seul acte, et nous endetter pour payer nos études sans y réfléchir à deux fois. Une école exceptionnelle remplie d'étudiants exceptionnels vêtus du même uniforme exceptionnel : rangers aux pieds, résidus de coke sous le nez, un Sylvia Plath dans notre tote bag *New Yorker*. Nos autres caractéristiques communes et non moins exceptionnelles incluaient le rejet de nos noms de naissance et de nos couleurs de cheveux naturelles, des adaptations queers de pièces de théâtre comme *Un violon sur le toit* joué par des marionnettes, la maladie mentale, les citations de Foucault pendant le sexe, et un penchant pour les hommes plus âgés. En somme, nous étions tous aussi exceptionnels les uns que les autres.

Je me suis liée d'amitié avec des filles qui étaient techniquement des princesses de petits pays africains et qui étaient assez riches pour partir en vacances outre-Atlantique avec leurs chevaux de compagnie. Des ados dont les parents dirigeaient des empires du divertissement et dont les villas à Malibu feraient passer la maison de Warren Calvin Manning III avec ses cinq chambres et sa piscine – la plus grande baraque que je pouvais imaginer à l'époque – pour un modeste pavillon de la classe moyenne. Et j'étais là, parmi ces gens. Je roulais des joints dans des dortoirs éclairés par des guirlandes électriques. Je faisais la tournée des bars de Manhattan. J'étais invitée en vacances à Saint-Tropez.

Là non plus, je n'ai eu aucun mal à m'intégrer. J'ai très vite adopté les codes exceptionnels de cette école exceptionnelle. Projetée dans ce nouvel environnement privilégié où des jeunes de dix-huit ans utilisaient des mots tels que « tartare » et « fiduciaire », je me suis approprié leur langage, que je m'injectais en intraveineuse comme une junkie. Ce n'est pas que je pensais pouvoir disparaître parmi eux. Au contraire, ils convoitaient mon amitié pour sa dimension transgressive, le capital social tordu que mon statut de clocharde leur conférait. Il ne m'était jamais venu à l'esprit que je pourrais m'y sentir encore plus provinciale que dans mon lycée privé. Le monde était plus grand et plus effrayant qu'il ne l'avait jamais été sur MTV, l'ascension vers le sommet bien plus sombre et difficile que je ne l'avais imaginé.

Le fossé qui nous séparait m'embarrassait, et mon embarras m'embarrassait plus encore.

Tu as tellement de potentiel, disaient mes parents et mes professeurs. J'avais entendu cette phrase toute ma vie. Cette conviction unanime devait bien signifier quelque chose. J'étais un champ gravitationnel chargé d'ions, en quête d'une ligne à haute tension à électrifier.

Et puis j'ai obtenu mon diplôme et, contre toute attente, je n'ai pas trouvé de travail. Ce n'est pas faute d'avoir essayé. J'ai continué à chercher pendant deux longues années. Il y avait sans cesse des opportunités. Il y en a toujours. Le fantasme de l'ascension sociale fulgurante est ancré dans la conscience américaine au niveau cellulaire, le brin invisible dans l'hélice de notre ADN. Une petite ramoneuse aux yeux de biche travaille si dur qu'elle attire l'attention d'un prince charmant de Wall Street. Depuis l'âge d'or, les histoires de millionnaires partis de rien font bander les capitalistes.

Mais le problème avec le potentiel, c'est qu'il est purement spéculatif : c'est le domaine des traders qui jonglent avec des chiffres fantaisistes, des recruteurs de sportifs universitaires qui jouent à Dieu avec le bétail adolescent, des météorologues qui prophétisent la fureur des océans. Lentement, mes illusions ont commencé à se dissiper. Je comprenais à présent que je m'étais fait avoir par des promesses trompeuses. Et pourtant, malgré tous les bouquins que je lisais sur le sujet, toute la théorie que je m'efforçais d'intégrer, j'éprouvais toujours un profond mépris pour moi-même et pour ma naïveté de souris des champs, pour ma famille et mes origines, nos meubles de mauvais goût, nos assiettes en carton, notre collection de bons de réduction, nos vacances dans des Holiday Inn. J'exécrais la foi idiote de mes parents en mon intelligence, ma propre foi idiote dans le mirage de l'ascension sociale, et la façon dont j'avais foutu en l'air mes chances de réaliser la promesse de l'une ou l'autre.

Quand j'étais gamine, le sujet de l'argent me paraissait simple comme bonjour. Paris Hilton en avait parce que c'était une héritière, les Real Housewives en avaient parce qu'elles avaient épousé des hommes riches, Leonardo DiCaprio en avait parce que c'était un acteur célèbre, les Huxtable en avaient parce que l'un était médecin et l'autre avocate et, pour être honnête, je n'ai jamais bien compris comment les personnages de *Gossip Girl* pouvaient être aussi friqués, mais j'en savais maintenant assez sur les fonds fiduciaires pour formuler une hypothèse plausible.

Dans les années qui ont suivi l'obtention de mon diplôme, la richesse a pris une forme différente, moins évidente, plus insaisissable, celle d'une meuf avec un foulard et des lunettes de soleil en forme d'œil de chat, une *femme fatale*[1], une tueuse en série : autrement dit, un grand mystère. *Le* grand mystère. Comment ce stagiaire avait-il pu se payer un si bel appartement à Chelsea ? Comment les comiques de stand-up avec lesquels je gobais des benzos pendant des soirées merdiques dans des dortoirs universitaires pouvaient-ils déjà posséder une maison à Westchester alors qu'ils sortaient tout juste de la fac ? Que fait un « consultant » ? J'ai cherché des indices. J'ai subtilement essayé de questionner les suspects pendant l'happy hour. J'ai fait des tentatives pitoyables pour relier les points entre eux : un tableau en liège, des ficelles rouges qui ne menaient nulle part, un Post-it qui disait *secrètement une star du porno ???*

J'ai fini par devenir tutrice pour le SAT. L'histoire de mon déclin postuniversitaire n'est pas très intéressante, je ne vais donc pas m'attarder dessus. Après avoir obtenu mon diplôme, j'ai vécu dans un grand appartement de Bed-Stuy avec huit à douze autres personnes exceptionnelles (certaines inscrites sur le bail, d'autres qui squattaient, et d'autres qui sortaient avec ceux qui squattaient : pour ma part, j'étais sur le bail). Des universitaires, des rappeurs en herbe, des livreurs de weed, des assistants, des

1. En français dans le texte original. (*N.d.l.T.*)

nounous, des serveurs et des DJ. L'appart était dégueulasse, le canapé couvert de miettes et de cendres, l'évier encrassé des vestiges de nos repas nocturnes : lentilles et pâte à pancakes de fin de soirée, coquilles d'œuf et pelures de fruits. Des champignons sauvages poussaient dans la douche, qui n'avait pas de rideau. Sans l'université pour m'injecter ma dose régulière de savoir et me rappeler combien j'étais exceptionnelle et sans emploi stable pour occuper mes journées, ma confiance en moi a dégringolé. Pendant treize mois, j'étais défoncée vingt-quatre heures sur vingt-quatre, du réveil au coucher. J'ai été malade comme un chien au printemps et j'ai décidé d'arrêter de fumer, même du tabac. Le manque de nicotine m'a plongée dans la dépression et pour ne rien arranger, je n'avais plus un rond. J'ai vendu mes ovocytes. J'étais tellement désespérée que j'ai essayé de me trouver un *sugar daddy*. Je me suis inscrite sur le site Seeking Arrangement et je suis allée à des rencards avec des vieux pleins aux as : j'ai gagné quelques centaines de dollars pour une heure et demie de conversation laborieuse autour d'un dîner hors de prix. En fin de compte, par l'intermédiaire d'un ancien coloc, j'ai décroché une mission d'intérim dans une agence de communication de Manhattan. Des bureaux partagés en forme de parabole, des plafonds d'entrepôt, un robinet dispensant du café infusé à froid, un frigo Smeg rempli de kombucha. J'étais payée 14 dollars de l'heure pour « saisir des données », mais en réalité, j'étais surtout là pour faire joli, la touche féminine et branchée de l'*open space*. J'ai cherché du travail, généralement depuis mon poste de travail. J'ai flirté sans enthousiasme avec quelques collègues. J'ai consulté mes e-mails. J'ai postulé à d'autres emplois. Je suis retournée pour la dernière fois sur Seeking Arrangement et je suis allée au resto avec un type qui a passé tout le dîner à essayer de me convaincre qu'il était le cousin de Keanu Reeves. En désespoir de cause, sur un coup de tête, j'ai postulé pour un master après avoir vu une pub pour une formation en histoire de l'architecture sur LinkedIn – si vous vous êtes déjà demandé qui sont les pigeons qui se laissent avoir par ces annonces, la réponse est : moi. La date limite d'inscription était dix jours plus tard.

J'ai été acceptée. J'ai déménagé à Los Angeles et obtenu mon diplôme. Désormais, quand mes parents ou des proches trop curieux s'enquéraient de mon avenir professionnel, ou quand mes ennemis du lycée m'espionnaient sur Facebook, ils apprenaient que j'étais titulaire d'un master en histoire de l'architecture, ce qui en jetait un peu plus qu'*Intérim payée au smic* chez *Boîte dont je n'ai jamais compris ce qu'elle faisait exactement*. J'ai donc héroïquement retrouvé mon exceptionnalité, pour être aussitôt recrachée sur le marché du travail inexistant. Trop exceptionnelle pour conserver un véritable emploi et trop fauchée pour rembourser mes 99 000 dollars de dette étudiante, je me suis rabattue sur le boulot précaire qui m'avait permis de survivre pendant et après ma licence : la préparation au SAT. À New York et Los Angeles, c'était payé 60 dollars de l'heure. J'avais en moyenne quatre ou cinq élèves par semaine, et j'organisais des séances d'au moins deux heures. Je vous laisse faire le calcul et déterminer si oui ou non je vivais sous le seuil de pauvreté : ça pourrait faire une question marrante à l'examen.

Si l'on omet le fait qu'il me permettait à peine de payer mon loyer, le boulot en lui-même n'était pas si terrible. Il m'a donné l'occasion de voir de belles maisons, en tout cas. Tous les mardis et jeudis, je me tapais près d'une heure et demie de route d'East Hollywood à Calabasas pour faire cours à une fille qui s'appelait Spencer. Oui, en hommage à Diana Spencer. Elle vivait dans une sorte de country club tentaculaire, et ses voisins étaient Drake et une des Kardashian. Le mercredi, je me rendais à Bel-Air pour Jagger, un garçon adorable mais paumé, fils d'un producteur de R'n'B récompensé aux Grammys. Sa mère ressemblait à une Real Housewife de Beverly Hills. On travaillait sur son test d'admission à côté de sa piscine à débordement en sirotant de l'eau pétillante LaCroix. Le lundi, c'était une fille belle, intelligente et parfaitement insupportable qui vivait dans une maison au bord du Silver Lake Reservoir et fréquentait l'une des meilleures écoles privées du pays. Elle passait la majeure partie de nos séances à tester mes compétences en mathématiques, déterminée à me prendre en défaut. Elle n'y est jamais parvenue, bien sûr. Elle était rusée, mais je le suis encore plus. J'étais une enfant surdouée, ne l'oubliez pas.

5

Aucun de mes cours pour surdoués ne m'a appris comment traiter avec les flics de supermarché. Je n'avais eu des ennuis avec la police qu'à deux reprises, pour des peccadilles liées à la consommation de stupéfiants. Ma plus grosse frayeur remontait au lycée, quand je m'étais fait prendre en train d'acheter de l'herbe à un dealer qui se trouvait être en liberté conditionnelle. Ils avaient fait venir trois autres flics et un chien pour fouiller ma voiture, comme si j'étais un baron de la drogue, et pas une lycéenne qui essayait d'acheter trois grammes pour fumer avec ses potes.

Le vigile de Walmart approchait. Je me suis préparée au pire. Il a écrasé sa cigarette sous son talon et s'est dirigé vers moi d'un pas tranquille. Sans se presser. Il avait tout son temps.

« Hé ! » a-t-il aboyé. Même cette simple apostrophe semblait me désigner comme une criminelle. « Vous cherchez quelque chose ? »

De près, il paraissait jeune. J'avais tout juste vingt-neuf ans, et j'étais plus vieille que lui d'au moins quatre ans. Il n'était pas bien grand, un mètre soixante-dix environ, soit un peu moins que moi. Ses cheveux étaient coupés en brosse et ses grands yeux sérieux injectés de sang lui donnaient un air de chien battu.

« Pardon ? ai-je fait, pour gagner du temps.

– Vous cherchez quelque chose ? » Il a répété la question lentement, comme si j'étais simple d'esprit. « Vous errez dans ce parking depuis bien... » Il a jeté un coup d'œil à sa montre. « Dix minutes.

– Vous m'avez chronométrée ? » ai-je répliqué sans réfléchir, avec mon insolence habituelle.

Son visage s'est assombri. Il me ferait payer ce manque de respect. Je voyais déjà la tournure qu'allait prendre cette conversation : l'interrogatoire, la fouille de mon sac. Les choses auraient pu se passer différemment. J'aurais pu sourire ou feindre la peur. C'était tout ce qu'il voulait : la déférence mêlée de terreur qu'était censé susciter l'insigne de flic de supermarché épinglé fièrement à son revers. Néanmoins, il avait un pistolet bien réel dans son étui.

« Vous avez retiré beaucoup d'argent, a-t-il dit. Qu'est-ce que vous comptez faire de tout ça ?

– Je n'ai pas à répondre à cette question. »

Il m'a regardée droit dans les yeux.

« Qu'est-ce qu'il y a dans ces sacs ?

– Des trucs.

– Des trucs », a-t-il répété d'un ton monocorde.

Je commençais à flipper.

« Je peux y aller ?

– J'ai pas l'impression que vous ayez quelque part où aller. Je vous ai vue vagabonder dans ce parking.

– Je suis pas là pour voler. Vous voyez bien que je viens d'acheter tout un tas de trucs dans votre magasin.

– Hé, tout va bien. Je ne vous ai pas accusée de quoi que ce soit. »

Sa bouche a tressailli. Ma nervosité l'amusait.

« J'essaie de trouver ma voiture. Je crois que la personne qui m'a déposée est partie.

– Elle vous a abandonnée ici ? Mince alors, a-t-il dit d'un ton railleur. Ça craint.

– Ouais.

– Donc vous avez besoin d'un chauffeur ?

– Non.

– Vous venez de dire qu'on vous avait abandonnée ici.

– Non, j'ai dit qu'elle était partie.

– Qui ça, elle ? »

Ses yeux étaient vides, impassibles.

« Personne. »

Merde. C'était une mauvaise réponse.

Il a arqué un sourcil.

« Personne ?

– Mon amie », ai-je corrigé, mais c'était trop tard.

J'avais l'impression qu'un poing se resserrait autour de mon cœur. Je me suis forcée à soutenir son regard, refusant de rompre le contact visuel en premier.

« Il faut savoir. C'est personne, ou c'est une amie ?

– Une amie.

– Donc… votre amie n'est personne pour vous ? C'est pas très sympa pour elle.

– Je ne sais pas pourquoi j'ai dit ça.

– Vous avez l'air nerveuse, a-t-il remarqué, toujours aussi amusé. Vous êtes nerveuse ?

– Non », ai-je répondu en m'efforçant d'empêcher ma voix de trembler.

J'étais en train de lui donner ce qu'il voulait. Il allait sans doute s'astiquer en repensant à ce moment.

« Je peux y aller ?

– Bientôt. Une dernière question. C'est quoi tout cet argent que vous avez retiré ?

– Je n'ai pas retiré tant que ça.

– C'est pas l'impression que j'ai eue.

– Vous me surveilliez ?

– C'est mon boulot.

– Super boulot. »

Une réaction, enfin. Il avait compris que je me moquais de lui. Je le voyais prendre une décision.

« Je comprends. Je suis pas un vrai flic, c'est ça ? Vous vous êtes dit, ce type est un loser, il peut rien faire contre moi.

– C'est une chose à laquelle vous pensez souvent ? Le fait que vous n'êtes pas un vrai flic ? »

Encore une fois, c'est sorti tout seul. C'était plus fort que moi.

Il a esquissé un rictus et fait un pas vers moi.

« Non. » Il avait de petites dents, un sourire tout en gencive. Gêné, il a fermé la bouche. « Je gagne plus qu'eux.

– Ah oui ? Tant mieux pour vous. C'est bon, je peux y aller ?

– Non », a-t-il dit d'une voix égale. Son sourire avait disparu.

Un frémissement a parcouru mes bras. Mes muscles tremblaient, en partie sous le poids des sacs, mais surtout sous l'effet de la peur et de la fatigue. Je n'arrivais pas à croire que c'était comme ça que j'allais finir. Coffrée par un flic de supermarché, trois heures à peine après ma fuite.

« Je plaisante, a-t-il ajouté. Bien sûr que vous pouvez y aller. »

Je n'ai pas éprouvé le moindre soulagement. Son autorisation ressemblait à un autre coup de force, un autre combat que j'étais condamnée à perdre.

Il était trop près. J'ai reculé d'un pas. Il a hoché la tête d'un air indulgent, feignant la générosité. J'ai tourné les talons et commencé à m'éloigner. La colère et la peur brouillaient mes pensées, mais j'étais aussi bourrée d'adrénaline. Continue à marcher vers la rue. Ne t'arrête surtout pas.

« Hé ! » a-t-il crié derrière moi.

Je me suis figée, saisie d'effroi.

« Ha, ha. Vous vous êtes vraiment arrêtée. »

Je me suis retournée, les sourcils froncés, la confusion se mêlant à la peur.

« Qu'est-ce que…

– Tout va bien, je vous taquine. Sérieusement. Vous pouvez y aller. »

Je n'ai pas bougé.

« D'accord », ai-je dit lentement.

Il a croisé les bras en me regardant. Je me suis retournée et j'ai recommencé à marcher, résistant à l'envie de prendre mes jambes à mon cou. Si je cours, il va me poursuivre, ai-je pensé. Il se joindra à la traque, avec tous les autres. Respire, reste calme, et continue à marcher. Ne t'arrête pas. Tu vas trouver une solution. Il le faut. Tu n'as pas le choix.

Ce n'est qu'en atteignant le bout de la rue que j'ai risqué un regard en arrière. Il ne me suivait pas. Il n'avait pas bougé d'un pouce.

J'ai continué à cheminer sur le bord de la route en grelottant. Il n'y avait que des palmiers et le désert à perte de vue, et il fait froid, la nuit, dans le désert. J'étais à quelques kilomètres de la vallée de Coachella. Peut-être que des jeunes hippies allaient passer par là et avoir pitié de moi. Palm Springs n'était pas loin non plus. Je pourrais peut-être me faire prendre en stop par un couple en route vers son Airbnb. Pour aller où, bonne question. Ce n'était pas très réjouissant, mais je ne savais pas quoi faire d'autre, à part marcher. Marcher sans but. Marcher jusqu'à ce que les flics me trouvent, ou peut-être le vigile, quand il aurait fini son service.

Je n'arrivais pas à croire qu'elle m'avait abandonnée.

Un rire sauvage a enflé dans ma poitrine. Elle m'avait abandonnée. Plus je répétais les mots dans ma tête, plus ça me paraissait irréel. Mais bon, je ne pouvais pas vraiment lui en vouloir. Sans moi, elle avait une chance de s'en sortir.

Je ne portais pas de montre et mon téléphone était échoué quelque part sur la route 101. Ça devait bien faire une heure que j'avais laissé la femme dans la voiture. Qui sait jusqu'où elle avait pu aller ? Un hôpital. Le Nevada. Chez elle, où que ce soit. Je l'ignorais et je m'en fichais. Toute la bonne volonté que j'avais ressentie, tout désir de la nourrir, l'habiller ou la soigner s'était envolé. Qu'elle aille se faire foutre.

J'ai continué à marcher. Trente minutes au moins ont dû s'écouler. La nuit se transformait autour de moi tandis que je longeais le bas-côté, la tête baissée contre le vent qui rugissait. Les réverbères, trop espacés, éclairaient à peine ma route.

Les palmiers se dressaient avec une régularité inquiétante. Quelque part, une meute de coyotes hurlait. Mes bras tremblaient sous le poids des sacs remplis de soupe, de bouteilles d'eau et de fringues – des choses que j'avais principalement achetées pour elle.

La police devait être en train de passer Los Angeles au peigne fin à l'heure qu'il était. J'étais certaine qu'ils avaient déjà fait un saut à mon appartement. Mon coloc, Harvey, s'était sans doute extirpé de son lit en les entendant cogner à la porte, terrifié à l'idée de leur ouvrir. Nos visages devaient faire la une des JT. Le mien, en tout cas. Les téléspectateurs nous regarderaient, convaincus de notre culpabilité. Les tentacules de l'affaire se déploieraient assez loin pour que, dès demain, toutes les personnes que je connaissais voient mon nom associé à un meurtre. Mes amis, mes ex, mes anciens professeurs et collègues apprendraient la nouvelle par les réseaux sociaux ou le bouche-à-oreille. Demain matin, mes parents allumeraient leur télé et découvriraient que leur unique enfant – leur miracle, leur petite fille chérie, leur Evie – était une meurtrière.

J'ai chassé cette pensée avant qu'elle ne s'insère plus profondément dans mon esprit. Si je m'attardais dessus trop longtemps, j'étais capable de faire quelque chose de stupide.

Le désert était impitoyable. Il n'y avait nulle part où se cacher, aucun buisson derrière lequel se réfugier, aucun arbre touffu à escalader. Ce n'était qu'une étendue de sable et d'épines, qui grouillait de serpents et de scorpions prêts à surgir de leur cachette pour m'attaquer. Les lampadaires étaient si rares que je ne voyais pas à plus d'un mètre devant moi. Il n'y avait rien d'autre à faire que marcher. J'aurais pu m'avouer vaincue et me rouler en boule dans la poussière, mais je n'avais pas le courage d'affronter les scénarios catastrophes qui se succéderaient l'un après l'autre dans mon cerveau. Mon squelette presque entièrement décharné, un coyote affamé rongeant joyeusement son dîner. Une tarentule s'installant sur mon visage endormi. Un flic de supermarché me prenant en chasse juste pour le plaisir.

Qu'importait que je sois à bout de force, je ne pouvais pas m'arrêter de marcher. J'avais des visions d'héroïnes de films d'horreur trempées de sang, les dernières survivantes qui s'éloignent en titubant du tueur qui a massacré leurs amis à coups de tronçonneuse ou de couteaux de boucher, un masque de hockey brillant d'une lueur sinistre dans l'obscurité.

D'une main fébrile, j'ai commencé à fouiller dans mes sacs de courses jusqu'à ce que je trouve le couteau à cran d'arrêt que j'avais acheté. Je n'en avais jamais utilisé de ma vie. En fait, j'avais même une peur panique des couteaux. Je suis capable de tourner de l'œil devant *Grey's Anatomy.*

J'ai enroulé mes doigts autour du manche et essayé de m'imaginer en train de m'en servir. C'était impossible. Mes mains étaient moites. L'immensité béante du désert menaçait de m'engloutir.

C'est alors que des phares ont transpercé l'obscurité derrière moi, illuminant brièvement la route solitaire. Le vrombissement du moteur s'est rapproché avec une lenteur éprouvante avant de s'arrêter à ma hauteur.

Ce n'était pas le vigile.

6

C'était elle, au volant d'une Nissan grise. Elle s'est garée sur l'accotement, quelques mètres devant moi. Abasourdie, je me suis dirigée vers la vitre côté passager, qu'elle avait déjà baissée.

Elle a déverrouillé la portière et m'a fait signe de monter. Elle mâchait du chewing-gum en tapotant le volant d'un air distrait. Son coude était posé nonchalamment sur le cadre de la vitre ouverte et elle avait une casquette rabattue sur les yeux.

« Où est-ce que t'as trouvé ça ? » ai-je dit.

Un muscle bougeait à un rythme régulier dans sa mâchoire tandis qu'elle mastiquait.

« Et qu'est-ce que t'as foutu de ma voiture ? » ai-je ajouté en haussant le ton.

Elle a fermé les yeux d'un air impatient et a tendu la main le long du tableau de bord pour ouvrir la portière passager.

J'étais en colère. Une colère amorphe, sans réelle origine, comme si j'avais fait un rêve exaspérant dont je n'arrivais pas à me souvenir. Mais maintenant, ma colère avait une cible, et c'était elle. Je voulais qu'elle parle. Je n'avais plus aucune patience.

« Sors, ai-je dit. C'est moi qui conduis. »

Elle a soutenu mon regard, intriguée et méfiante.

« Allez, bouge », ai-je ajouté en me dirigeant vers le côté conducteur, et elle a obéi.

J'ai jeté les sacs de courses à l'arrière et je me suis installée derrière le volant en examinant le boîtier de vitesses, qui ne m'était pas familier. Le réservoir était à moitié vide. Il faudrait qu'on fasse le plein très vite, avant d'atteindre la longue portion désertique de l'I-10 qui se profilait au loin. J'ai passé la première plus brutalement que nécessaire. Les mots *Elle m'a abandonnée* martelaient mon cerveau comme un chant scandé par une foule en colère.

Mais elle était revenue. Elle nous avait trouvé une nouvelle voiture. Je lui avais dit que la plaque d'immatriculation allait poser problème, et maintenant, ce problème était réglé. À moins qu'elle n'ait commis un acte grave pour l'obtenir.

Je l'ai observée du coin de l'œil tandis qu'elle fouillait dans les sacs de courses, en sortait une bouteille d'eau, crachait son chewing-gum par la vitre, et la vidait d'une traite. Elle semblait en meilleure forme. Elle avait même nettoyé une partie du sang. Je ne voyais pas de nouvelle blessure, aucun signe de bagarre. Juste cette empreinte de main géante qui assombrissait sa gorge maigre. Je m'étais dit que c'était moi qui allais devoir voler une voiture, même si je n'avais pas la moindre idée de la façon dont j'allais m'y prendre. Mais elle s'en était chargée.

À côté de moi, la femme a décollé l'opercule d'une boîte de soupe et l'a bue comme ça, froide, en longues goulées humides qui m'ont retourné l'estomac. Elle a croisé mon regard au moment où je m'engageais sur l'autoroute et m'en a offert une gorgée. J'ai secoué la tête.

Je me suis soudain rendu compte que je ne connaissais même pas son nom ni elle le mien.

Je pouvais le lui donner. Ce serait comme un gage de bonne volonté. Je ne lui faisais pas confiance, mais je voulais qu'elle, elle me fasse confiance. Ça pourrait être utile.

« Je m'appelle Evie », ai-je annoncé.

Surprise, elle a levé les yeux de sa boîte de soupe, les lèvres entrouvertes. Elle avait l'air plus jeune, soudain, même si elle devait avoir le même âge que moi, peut-être un peu moins. Trente ans, tout au plus.

Evie. J'ai vu sa bouche bouger, la forme des syllabes sur ses lèvres. Elle n'a pas émis le moindre son.

« Tu n'es pas obligée de me dire le tien. Ou peut-être que tu ne peux pas, vu que tu… ne parles pas. »

Un nœud s'est formé dans sa gorge. Elle a détourné le regard.

« Mais je sais que tu en es capable. De parler, je veux dire. Je t'ai entendue. Dans la maison. Tu as dit "pitié". Et "à l'aide". »

Elle n'a pas répondu. Bien sûr qu'elle n'a pas répondu. Elle s'est contentée de masser ses poignets meurtris sans rien dire.

L'adrénaline se dissipait lentement. J'étais si fatiguée. Les ténèbres s'insinuaient dans mon crâne. Ma vision était trouble. De nuit, le désert qui défilait derrière les vitres ressemblait à une autre planète. Des montagnes semblables à des mirages au loin, un vent sec. Je n'avais pas de carte, mais je connaissais le chemin. J'avais déjà roulé vers l'est à deux reprises. La première fois sur la I-10, la seconde sur la I-40, pendant un road trip avec un ex – Christian, un étudiant en art avec qui je suis sortie durant presque quatre ans après la fac. On avait randonné dans le Grand Canyon, et il s'était plaint non-stop de la chaleur. On s'était fait chier comme des rats morts à Las Vegas, à errer entre les machines à sous que j'étais trop pauvre pour utiliser. J'avais rompu avec lui quand on était rentrés à Los Angeles dans l'après-midi, alors qu'on buvait de la bière tiède sur la terrasse du bar La Cita dans le centre-ville. La seule autre personne présente était une drag-queen avec une splendide moustache recourbée. Lorsque Christian était allé aux toilettes, sans doute pour pleurer, elle s'était penchée, avait baissé ses lunettes à barreaux roses, et m'avait dit qu'elle pensait qu'on était le plus beau couple qu'elle ait jamais vu.

Le gravier a violemment crissé sous les roues quand j'ai fait une embardée sur le bas-côté. Il était 2 heures du matin. J'étais tellement épuisée que j'avais du mal à réfléchir. Une voiture nous a dépassées dans un concert de coups de klaxon mélodramatiques.

La femme a intercepté mon regard. Elle a désigné du menton un panneau d'affichage au bord de la route. Rodeway Inn, 66 dollars la nuit.

« On ne peut pas dormir dans un motel, ai-je dit. Ils nous laisseront jamais réserver une chambre sans pièce d'identité. »

La femme a plongé la main dans sa poche et en a sorti une carte en plastique. Je l'ai prise pour l'examiner, incrédule. Le visage d'une inconnue me regardait. Elle faisait à peu près la même taille et le même poids que moi, mais autrement, elle ne me ressemblait pas du tout. Elle avait les cheveux bruns, c'était déjà ça. Elle était laide, mais ce n'était pas le moment de m'en offusquer. *Naomi Morgan.* Trente et un ans, un mètre soixante-dix, cinquante-sept kilos. Elle venait de Fresno, en Californie, et elle était donneuse d'organes.

J'ai observé la femme, qui regardait par la fenêtre, et j'ai perçu dans ses yeux une petite lueur de satisfaction. Elle avait pensé à tout. Ça aurait dû me rassurer, mais ça n'a fait qu'accroître ma méfiance. Son visage impassible ne m'offrait aucun indice. Sous la surface se cachait une carte mère qui procédait à des calculs défiant l'entendement, un cerveau qui jouait aux échecs avec trois coups d'avance sur son adversaire. J'ai essayé de la visualiser en train de commettre ces vols : la voiture, la pièce d'identité. En vain. Je n'arrivais pas à l'imaginer faire ce genre de choses, mais c'était peut-être la raison de son succès.

J'avais besoin d'elle. C'était embarrassant, mais je ne pouvais pas me passer d'elle.

La voiture a fait une nouvelle embardée. J'étais épuisée, distraite. La femme a tendu la main pour stabiliser le volant, d'une manière froide et sereine qui m'a surprise.

Une autre voiture a klaxonné en nous dépassant. J'ai regardé le compteur. Je ne roulais qu'à 70 kilomètres à l'heure.

D'un coup de volant trop brusque, j'ai bifurqué sur une bretelle de sortie. Je suis montée sur le bas-côté, j'ai enclenché le point mort et tiré le frein à main.

« Tu sais conduire ? » ai-je demandé.

Ce n'était pas vraiment une question et j'ai dit ça d'un ton plus acerbe que je l'aurais voulu. De plus, je savais déjà qu'elle savait conduire. Elle avait volé cette voiture pour nous. Elle était revenue me chercher.

La femme a hoché la tête. Le coin de sa bouche s'est légèrement relevé dans un petit sourire satisfait.

« D'accord, ai-je dit, agacée pour des raisons que je ne comprenais pas tout à fait. D'accord. »

J'étais encore réticente à lui laisser la place. J'aimais conduire. J'ai toujours aimé conduire. Avec tous les partenaires, tous les groupes d'amis que j'avais eus, c'était toujours moi qui conduisais.

Finalement, j'ai ouvert la portière. Elle est descendue du siège passager. Je lui ai lancé les clés, mais elle était trop surprise pour les rattraper. Elles sont tombées par terre, et elle a dû fouiller dans l'herbe pour les ramasser. Je m'en suis un peu voulu.

Nous sommes remontées dans la voiture. Son odeur flottait du côté passager. La conserve de soupe vide a roulé sur le plancher. Devinant que ça allait m'agacer, je l'ai jetée à l'arrière et j'en ai sorti une autre du sac Walmart pour moi. De la soupe au poulet et aux nouilles Campbell's.

« Je vais rester éveillée, lui ai-je dit alors qu'elle s'installait avec précaution sur le siège conducteur. Pour pouvoir t'aider… » Je me sentais déjà impuissante, sans le volant, les clés, le levier de vitesses. « À t'orienter. Et trouver un motel. »

Je n'ai pas dit que je ne voulais pas m'endormir parce que je ne lui faisais pas confiance. Peut-être le savait-elle. Peut-être qu'elle s'était sentie tout aussi mal à l'aise quand c'était moi qui conduisais et elle qui était piégée, vulnérable sur le siège passager.

Elle a tourné la clé dans le contact. Ses doigts étaient longs et fins, parcourus de veines torsadées, craquelés et irrités au niveau des jointures. Elle nous a ramenées en douceur sur la I-10. J'ai avalé la soupe, qui était salée et épaisse comme un jaune d'œuf. Les morceaux de poulet farineux se coinçaient dans mes dents. J'ai fait descendre le tout avec la moitié d'une bouteille d'eau et je lui ai offert le reste.

Maintenant que j'étais sa passagère, j'avais tout le loisir de l'examiner. Elle ne me semblait plus si petite. Elle devait faire plus ou moins ma taille. Ses bras, dans sa veste en cuir tout élimée, étaient fins mais musclés. Son visage au repos était étrangement intimidant ; cela tenait je crois au rictus presque cruel qui tordait ses lèvres, ses traits figés dans une indifférence glaciale.

Elle semblait sentir que je l'observais. Il y avait quelque chose d'affecté dans l'immobilité de sa bouche, une certaine nervosité dans la façon dont ses yeux restaient fixés droit devant elle.

Et puis, très soudainement, elle m'a regardée, examinant mon visage comme je venais d'examiner le sien.

« Quoi », ai-je fait.

Ce n'était pas une question. Juste un truc à dire, pour amorcer une discussion. Enfin, j'ai senti un mouvement entre nous. Une certaine réciprocité, un échange.

Ses lèvres se sont écartées et mon pouls s'est accéléré.

Mais elle s'est de nouveau concentrée sur la route et son visage s'est assombri, redevant impénétrable. On a roulé ainsi, en silence, jusqu'à ce qu'on franchisse la frontière avec l'Arizona. Puis je me suis assoupie.

7

Le lendemain matin, dès 6 heures, nos visages faisaient la une des JT.

Enfin, mon visage. L'identité de la femme demeurait inconnue. Tout ce dont disposaient les journalistes, c'était un portrait-robot très sommaire basé sur la description de Lukas. Nous étions là, côte à côte, sur l'écran du vieux téléviseur cathodique, une lueur bleue solitaire dans la chambre de motel encore plongée dans l'obscurité. Sous les visages moroses des présentateurs, le bandeau annonçait : « MEURTRE BRUTAL À HOLLYWOOD : LES TUEUSES TOUJOURS EN LIBERTÉ ». Un numéro vert avait été mis en place pour communiquer toute information susceptible d'aider les autorités : 1-800-VICTORS. La photo de moi qu'ils avaient choisie était tirée du site web de mon ancienne fac, un cliché pris sur le vif qui me montrait en train de lire dans la cour intérieure, sous un cornouiller. Mes potes n'avaient pas arrêté de me chambrer au sujet de cette photo. On aurait dit une de ces images de banque de données utilisées pour illustrer les mérites de la vie universitaire : le café glacé dégoulinant de condensation dans ma main, le sweat-shirt aux couleurs de ma fac qui prouvait combien j'étais fière de la fréquenter. Dans notre discussion de groupe, un de mes potes avait posté un lien vers le site de l'université – *regarde gordon t'es célèbre ; c'est une ÉTUDIANTE c'est une INTELLECTUELLE* – et j'avais éprouvé, non sans surprise, un petit élan de fierté assez gênant. Seuls quatre autres élèves de ma classe au lycée avaient réussi à quitter la Caroline du Nord pour aller à la fac. Quand j'étais en terminale, une bannière avait été accrochée au fronton du bâtiment, sur laquelle figuraient nos noms et nos futures universités. Ils m'avaient placée tout en haut, comme si j'étais la tête d'affiche d'un festival. J'étais le symbole des mérites de l'enseignement des sciences humaines.

Maintenant, j'étais le symbole des femmes qui tuent.

Une lumière bleue nacrée filtrait déjà à travers les immondes rideaux à fleurs de notre chambre. J'ai cligné des yeux, hébétée, détachant mon regard de l'écran de télévision. J'avais à peine fermé l'œil. Il n'y avait qu'un seul lit. Sans discuter d'un arrangement, la femme me l'avait laissé et s'était installée dans la baignoire, refermant la porte derrière elle. Elle était toujours fermée.

J'ai frissonné. De l'air arctique s'échappait du vieux climatiseur qui cliquetait sous la fenêtre. J'ai jeté un nouveau coup d'œil à l'horloge. Il était 6 h 20. Pendant des heures, j'avais regardé les aiguilles avancer lentement, un interminable *tic-tac* de chiffres rouges. J'avais dormi par intermittence, me réveillant toutes les quinze minutes pour rester étendue sur le lit, paralysée par la terreur. Quand j'ai fini par abandonner l'idée de dormir et allumé la télé, j'avais l'impression d'avoir traversé des centaines de nuits sans fin.

À la coupure publicitaire, j'ai décidé de passer à la salle de bains. J'ai ouvert la porte avec précaution.

Le rideau de douche fermé, incrusté de moisissure, trahissait la forme de son corps. Un coude égaré, une épaule.

« J'entre », ai-je dit inutilement.

Ses doigts osseux se sont enroulés autour du rideau, l'écartant juste assez pour révéler son visage.

« Je dois faire pipi », ai-je ajouté.

Ses yeux étaient encore plus injectés de sang que les miens. Son oreiller serré contre sa poitrine, toujours vêtue des vêtements jaunis et raidis par le sang dans lesquels je l'avais trouvée, elle est sortie de la baignoire puis de la pièce. J'ai fermé la porte derrière elle et j'ai pissé en regardant dans la baignoire. Elle y avait étendu une serviette blanche boulochée. J'ai tiré la chasse et je suis retournée dans la chambre plongée dans la pénombre. Elle se tenait au centre.

« Il y a du savon », ai-je dit à voix basse. Les murs étaient minces. « J'en ai acheté hier. Et des vêtements neufs. »

Je me suis dirigée vers les sacs de courses et j'en ai sorti les articles en question : un tee-shirt noir basique, un pantalon de jogging en coton, un savon Irish Spring. Elle les a acceptés avec méfiance, comme si elle craignait que mon acte de bonté soit une mauvaise blague. Étais-je ce genre de connasse ?

« Tu devrais te laver », ai-je suggéré.

J'ai dit ça sans méchanceté, mais j'aurais sans doute pu formuler la chose avec plus de tact. Elle a plissé les paupières. Peut-être que j'étais bel et bien ce genre de connasse.

Sa douche a duré près de trente minutes. Elle a fini par émerger de la salle de bains dans ses nouveaux vêtements, les joues rougies par la chaleur. Elle ne s'était pas séchée correctement avant d'enfiler son tee-shirt et il y avait une tache humide dans le creux de ses seins. Ses cheveux noir et blond mouillés étaient lissés en arrière, ce qui lui donnait l'air d'un gangster des années 1930, avec quelques mèches rebelles qui lui tombaient dans les yeux. Elle n'avait que la peau sur les os, littéralement. Elle avait dû rouler le pantalon de survêtement plusieurs fois pour qu'il lui aille, mais il glissait toujours sur ses hanches saillantes, révélant la courbe pâle de sa taille. J'ai entrevu un tatouage.

Elle s'est dirigée vers les sacs et en a sorti une conserve de spaghettis, qu'elle a avalés à même la boîte. Elle s'est essuyé la bouche du revers de la main et me l'a tendue, l'air froid et indifférent.

« Peut-être plus tard, ai-je dit. Je vais me doucher. »

Le miroir de la salle de bains était couvert de buée. Dans la baignoire, j'ai penché la tête en arrière sous le jet et ouvert le robinet au maximum. Elle avait utilisé la moitié du savon. Je me suis frotté tout le corps avec le reste et je suis restée là, la tête baissée. L'eau qui s'écoulait par la bonde était rosâtre. Après ça, j'ai étudié ma tête trempée dans le miroir, cherchant des plaies sur mon cuir chevelu. J'avais des visions du monstre de Frankenstein, d'un crâne couturé d'épaisses cicatrices noires. Mais la coupure causée par la lampe n'était pas aussi profonde que je le craignais. Une fine lacération et une bosse, rien de plus. Après m'être séchée, j'ai enfilé mes nouveaux vêtements, un tee-shirt et un pantalon de jogging, et je suis retournée dans la chambre.

La femme était assise en tailleur sur le lit, qu'elle avait fait avec soin. La télévision était allumée. J'ai fini les spaghettis et j'ai porté mon attention sur la petite bouilloire électrique posée sur la commode. Il y avait deux sachets de café instantané Folgers et deux gobelets en polystyrène. J'ai contemplé les gobelets et manqué d'en faire tomber un. Nous étions un *nous* à présent. Un duo. Tout ce dont j'avais besoin, elle aussi en avait besoin.

Je l'ai observée sur le lit pendant que la bouilloire sifflait. Une nouvelle coupure publicitaire avait interrompu les infos – après une bande-annonce de film, un message d'avocat spécialisé dans les dommages corporels et un spot de campagne basé sur le dénigrement de son adversaire, une femme a vanté les mérites d'une crème censée venir à bout du psoriasis, bien que des pensées suicidaires puissent en résulter. À la manière dont elle fixait la télévision, j'ai compris que c'était en fait moi qu'elle regardait. Son cou palpitait de nervosité, son corps était tendu comme si des centaines de cordes invisibles vibraient sous la surface. La densité de son silence était si écrasante qu'elle la rendait presque inhumaine. Ou peut-être surhumaine. Pas sinistre ni malveillante, mais hantée ou susceptible de l'être. Un vide d'énergie gravitationnelle, lié à moi comme une lune, insondable comme une lune. J'étais incapable de me détendre en sa présence, ne serait-ce qu'un instant. Je ne pouvais pas relâcher mon attention, laisser mes pensées dériver. Tout me ramenait à l'impossible matérialité de cette femme, assise en tailleur au milieu du lit, qui m'observait sans en avoir l'air. Comme moi je l'observais sans en avoir l'air.

Le café était prêt. La femme a paru surprise quand je lui ai tendu le gobelet. Ses doigts ont effleuré les miens, et nous avons toutes les deux tressailli au contact de l'autre. Je l'entendais respirer tandis qu'elle buvait des gorgées brûlantes, aussi consciencieusement qu'un enfant prenant ses médicaments. Les organes de son corps semblaient plus vivants, plus demandeurs que la normale.

Le trailer du dernier épisode de la *Guerre des étoiles* s'est terminé, et je suis apparue à l'écran, réclamant de nouveau l'attention urgente du pays. Aucune de nous n'a soufflé mot tandis que les journalistes spéculaient sur tous les détails de ma biographie accessibles au public, des cours que j'avais suivis à la fac au fait que j'étais Bélier, l'Ordure du zodiaque. Ils ont pris soin de mentionner mes petits démêlés avec la justice pour des histoires de drogue, car il est bien connu que la consommation de cannabis est une porte d'entrée vers le meurtre en série. Le présentateur semblait surpris que je n'aie pas d'antécédents de violence. Apparemment, ils n'avaient pas encore trouvé Scott Delahanty, le petit merdeux à qui j'avais foutu un coup de poing au collège après qu'il avait renversé du Mountain Dew sur ma chemise et crié : « Gordon a une fuite aux nichons ! » Je lui avais cassé le nez, ce qui m'avait valu d'être collée trois samedis d'affilée. Les médias allaient s'en donner à cœur joie s'ils découvraient cette histoire.

D'autres nouvelles inquiétantes nous ont été communiquées par les présentateurs de la matinale : les antennes-relais nous avaient localisées sur la I-10, près de Wilmar, avant que je balance mon téléphone sur la route. Mes relevés bancaires indiquaient que j'avais retiré presque 3000 dollars au distributeur d'un Walmart à Indio. Un vigile du supermarché déclarait que j'avais l'air « suspecte » et « hostile ». La voiture dans laquelle j'avais pris la fuite, un PT Cruiser de 2003 immatriculé PAZ6734, avait été retrouvée près de Henderson, dans le Nevada. Ses occupants étaient un homme de quarante-trois ans et sa petite amie de dix-neuf ans, qui avaient expliqué avoir trouvé la voiture sur le parking d'un 7-Eleven à Indian Wells. Les clés étaient encore sur le contact et le véhicule semblait abandonné.

Ils n'avaient que peu d'informations sur la femme qui s'était enfuie avec moi, mais il avait été possible de dresser son portrait-robot.

Une fois de plus, ils ont montré le visage de la femme, dessiné à l'encre. C'était assez ressemblant, même si la plupart de ses subtilités leur avaient échappé. Le poids de ses yeux sombres. La précision des angles de sa mâchoire. La douceur de sa bouche. L'architecture aussi hostile que captivante de son visage.

Le présentateur du JT est passé aux victimes. Peter Victor avait été noyé, selon les rapports préliminaires du légiste. Dinah était morte d'un choc violent à la tête. La mère de Peter est apparue à l'écran pour dire du bien de son fils d'une voix chevrotante. Étrangement, les anecdotes s'arrêtaient à ses quatorze ans. Il était originaire de San Francisco, ce qui ne m'étonnait guère. Sa Tesla, ses gadgets électroniques et son vélo à 28 000 dollars. Les riches de San Francisco n'aiment pas faire étalage de leur fortune. Ils portent des casquettes de base-ball et des vêtements de camping haut de gamme, convaincus que leurs chaussures Teva, leurs vestes Patagonia et leurs petites maisons hors de prix leur donnent l'air de gens ordinaires.

Mais c'était surtout Dinah, l'ancienne actrice, qui intéressait les médias. Le reportage nous a rappelé qu'elle avait joué dans un film nommé aux Oscars, avec des images d'elle à la cérémonie de 1999.

Un de ses anciens compagnons, Anton Vlassic, était interviewé. Un acteur lui aussi, toujours en activité. Je l'ai tout de suite reconnu : il incarnait le méchant dans une série de SF à gros budget produite par Netflix. J'avais essayé de la regarder avec mon coloc un jour, mais on était trop défoncés pour comprendre l'intrigue. Anton et Dinah avaient été en couple de 1994 à 1999. Elle avait rompu leurs fiançailles un mois avant les Oscars, bien qu'ils soient apparus ensemble à la cérémonie. Ils étaient restés bons amis.

« Qui aurait pu vouloir assassiner les Victor ? lui a demandé le journaliste. Et pourquoi ?

– Aucune idée, a répondu Anton. C'est incompréhensible. Ce sont des gens adorables. Humbles, bienveillants, ordinaires. De belles personnes, une belle famille. Je ne vois pas qui aurait pu faire ça ni pourquoi. Par jalousie, peut-être. Je ne vois pas d'autre explication. »

De nouveau mon visage. Mon nom. À côté, le visage de la femme. Anonyme.

S'agissait-il d'un acte de violence spontané ? s'interrogeait le journaliste. Où était-ce prémédité ? Charles Manson a été invoqué à trois reprises, j'ai compté. Entre nos faces émaciées et les cheveux gras et hirsutes de la femme sur le portrait-robot, il était effectivement facile de nous prendre pour des hippies ou des marginales cocaïnées fomentant une révolution. J'avais eu tout le loisir d'étudier l'architecture intérieure de la maison, tous ces dimanches où je m'étais assise dans leur salle à manger, tous ces dimanches où ils m'avaient si gentiment accueillie chez eux. Pendant ce temps, la psychopathe sournoise que j'étais complotait, calculait, mijotait. Une fois mon plan parfaitement au point, j'étais venue accompagnée de ma complice, mon petit toutou hargneux, ma Sadie, ma Leslie, ma Patricia. Mort aux 1 %. Justice pour les 99 % restants. Un avertissement.

Le reportage montrait à présent un inspecteur de police face à une foule de journalistes réunie devant le commissariat. Je voyais Lukas sur le côté, avec ses parents.

« Serena Victor est toujours inconsciente, expliquait l'inspecteur. Nous ne savons pas quand elle se réveillera ni même si elle se réveillera un jour. »

Serena Victor est toujours inconsciente.

Mon café s'est renversé sur mes mains, m'ébouillantant et trempant la moquette.

Inconsciente.

Pas morte.

J'ai posé une main sur ma poitrine, sur mon pouls.

Je n'étais pas une meurtrière.

« Je ne suis pas une meurtrière », ai-je dit à voix haute.

Un bouchon de champagne a sauté dans ma cage thoracique.

Je pouvais rentrer chez moi.

Je pouvais rentrer *chez moi.*

Pas à Los Angeles. Ce n'était pas chez moi. Non, je roulerais jusqu'en Caroline du Nord. Ma maison de famille : la fille prodigue, enfin rentrée. J'irais directement là-bas, sans m'arrêter. Je pouvais partir, immédiatement, et ces vingt-quatre heures cauchemardesques ne seraient plus qu'un horrible souvenir. Une période sombre de ma vie que je pourrais évoquer en déclarant, avec la clairvoyance que seul permet le recul : *Si je n'avais pas été accusée de meurtre et ajoutée à la liste des criminels les plus recherchés d'Amérique, je n'aurais jamais quitté Los Angeles!* Ça ferait une anecdote amusante à raconter en soirée. Mon quart d'heure de gloire.

Je me suis levée d'un bond, mon cerveau tournant à plein régime pour échafauder un plan.

Pour commencer, je déposerais la femme à l'hôpital – elle aussi, ai-je songé distraitement, ne serait bientôt plus qu'un étrange souvenir.

Et puis je roulerais. Je ne m'arrêterais que pour boire un café, manger et aller aux toilettes. Si je me débrouillais bien, je pourrais être chez moi d'ici demain soir. Avant minuit, je pourrais me blottir dans les bras de ma mère, savourer un bon petit plat fait maison, observer la traque du véritable assassin des Victor depuis le confort de son canapé. Combien de fois mes parents m'avaient-ils suppliée de revenir en Caroline du Nord ? C'était extrêmement tentant. Ma ville natale était magnifique. La vue sur le monde depuis notre maison me manquait. Un immense ciel onirique, qui regorgeait de promesses.

Mais quelle humiliation ! Comment pouvais-je rentrer chez moi après avoir pris tant de risques ? Une licence dans une fac hors de prix à New York, un master à Los Angeles, et tout ça pour quoi ? Qu'en avais-je retiré ? Où cela m'avait-il menée ? Même si mes parents ne verraient jamais les choses de cette manière, j'aurais eu l'impression de jeter l'éponge, de renoncer à tous les rêves et tous les espoirs qu'ils avaient nourris pour moi. Ils méritaient bien mieux que ça.

Il n'était pas trop tard, cela dit. Je pourrais enseigner dans l'école de mon père, ou travailler dans ma librairie préférée à Asheville. Je pourrais reprendre mes études, apprendre un nouveau métier. Sortir avec d'autres types de personnes. Une fille qui aime la vie au grand air. Elle me convertirait aux joies du camping. Elle aurait des loisirs un peu ésotériques, comme la cueillette de champignons ou le brassage de son propre kombucha. Fini les influenceuses Instagram de Silver Lake. Fini les « entrepreneuses ». Fini les doctorantes en littérature comparée secrètement bourrées de fric.

Je repartirais de zéro.

Après des années d'échec, des années de croyance délirante en ma propre supériorité intellectuelle, des années de découverts bancaires et de pop-corn au micro-ondes en guise de dîner, et enfin une implication dans un double homicide, je comprenais ce que je devais faire. Évidemment, la solution était sous mon nez depuis le début. C'est toujours le cas, n'est-ce pas ? J'avais déménagé tant de fois, à la recherche d'un foyer. Mais ce foyer existait déjà. Il n'avait jamais bougé. C'était une jolie petite maison avec un bardage jaune et une porte rouge, nichée au creux des Blue Ridge Mountains. Qu'est-ce qui m'avait pris d'aller chercher ailleurs ? Pourquoi avais-je mis si longtemps à le comprendre ? Je m'y suis transportée par la pensée. J'ai senti l'odeur du pétrichor, du laurier des montagnes et des hortensias sauvages. Du tupélo noir, de la ciguë et du sassafras. Du tabac, du babeurre et de la cannelle.

Mon regard a croisé celui de la femme. Son expression était si peu familière, si différente du mépris froid et du stoïcisme qu'elle arborait d'ordinaire, qu'il m'a fallu quelques secondes pour la déchiffrer.

C'était de la *pitié*. Elle me regardait avec pitié.

« Je n'ai tué personne », ai-je répété.

Cette fois, même moi j'entendais le manque de conviction dans ma voix.

Mes yeux se sont posés sur Lukas Taylor-Hogg, à l'écran. Le bandeau en bas de l'image indiquait : « MEURTRE DE LA FAMILLE VICTOR : LE FBI MOBILISÉ POUR RETROUVER LES COUPABLES ». Ma gorge s'est nouée.

Quelle importance que Serena ne soit pas morte ? Ses parents l'étaient. Et il y avait Lukas, qui nous avait vues sur le lieu du crime. Mon ADN était partout. J'ai consommé suffisamment de *true crime* pour savoir que c'est toujours la surface la plus visible que l'on examine le plus attentivement. Le récit que l'on peut reconstituer à partir des traces laissées sur les murs, les empreintes dans la poussière, les saloperies qui remontent à la surface.

Et ces saloperies, c'était nous.

J'ai laissé tomber les clés de la voiture et je me suis rassise sur le lit, me forçant à regarder Lukas dans les yeux. Il portait l'uniforme de son école privée. Nous étions lundi. Allait-il retourner au lycée après ça ? Allait-il s'asseoir dans sa classe de biologie pendant qu'autour de lui, ses camarades échangeraient des théories sur les raisons de mon acte et prépareraient des posts pour les réseaux sociaux en y mettant juste ce qu'il fallait de compassion pour Serena et ses parents ? Qui, parmi les amis, la famille et les proches des Victor, se donnerait pour mission de traquer les coupables et de les faire traduire en justice ? Qui se mettrait au lit tous les soirs en scandant le nom *Evie Gordon* comme une promesse, une incantation ? *Je te trouverai, Evie Gordon. Et tu paieras pour ce que tu as fait.*

Je ne savais rien des Victor. Je connaissais les belles surfaces de leur maison, mais j'ignorais comment ils s'offraient tous ces trésors. Une ancienne actrice, une sorte de banquier. Je leur rendais visite deux heures par semaine. J'avais d'autres étudiants, d'autres familles. Tout bien considéré, les Victor n'avaient eu qu'une importance minime dans ma vie. J'allais chez eux, je faisais mon boulot, je récupérais mon argent et je repartais. Ce qu'ils faisaient des cent soixante-six autres heures de leur semaine ne me regardait pas. J'étais certaine qu'ils se fichaient de ce que je faisais de la mienne.

Et pourtant, désormais, à moins que le véritable tueur ne soit identifié, l'histoire des Victor serait l'histoire du reste de ma vie. Ça n'avait pas d'importance que Serena ait survécu. Ses parents étaient morts, et tout portait à croire que c'était moi qui les avais assassinés. Les gros titres avaient déjà été écrits : « EVIE GORDON TUE PETER ET DINAH VICTOR ».

Je suis certaine que mes parents voulaient croire en mon innocence. Mes amis aussi, peut-être même certains de mes ex, anciens élèves et enseignants, camarades de classe, collègues de travail. Si je calculais mon capital sympathie, j'arriverais bien à huit milliards et des brouettes.

Je ne pouvais pas m'y résoudre. Un avenir de fugitive, à me nourrir de conserves froides dans des chambres d'hôtel sordides avec pour seule compagnie cette étrangère mutique et méfiante que j'avais trouvée attachée dans leur maison. Quoi qu'il lui soit arrivé, c'était forcément lié au meurtre des Victor. Était-il possible d'amasser une telle fortune en menant une vie totalement innocente ? Bien sûr que non. J'avais trouvé la preuve de leur culpabilité sous l'escalier, avec un hématome autour de la gorge.

« Toi », ai-je dit.

Les yeux de la femme se sont rivés aux miens, concentrés et impénétrables.

« Quoi que tu saches, tu dois me le dire. »

Quelque chose a bougé dans ses yeux, comme un fantôme flottant derrière un rideau. Je me suis accroupie. Ce genre de trucs – se montrer douce, patiente, compréhensive – n'est pas naturel chez moi. Je ne suis pas celle à qui l'on s'adresse pour se faire réconforter, rassurer ou dorloter. Je ne suis pas douée pour les câlins. Mes étreintes sont raides et maladroites. Je suis cette amie qui vous secoue pour votre bien, qui dit les choses comme elles sont, sans prendre de pincettes. Je me sens toujours parfaitement incompétente quand quelqu'un se confie à moi après s'être fait larguer ou licencier, ou dans un simple accès de mélancolie. J'étais terrifiée et complètement dépassée par les événements, mais ce que j'avais vécu ces dernières vingt-quatre heures n'était rien en comparaison de ce qu'elle avait enduré.

« Je t'en prie, ai-je repris, les dents serrées. Écoute-moi. La seule chose qui pourrait nous aider maintenant, c'est d'identifier le vrai tueur. C'est tout. On a fui une scène de crime. On a blessé Serena – enfin, *j'ai* blessé Serena… Si tu sais quelque chose, l'ai-je suppliée, n'importe quoi, tu dois me le dire. Tu es la meilleure chance, peut-être même la seule chance qu'on a de découvrir qui les a tués. Je connaissais à peine les Victor. Mais toi… »

Sa bouche a dessiné un rictus amer.

« Tu ne les connaissais pas ? »

Elle a secoué la tête.

« Et tu ne vois pas qui aurait pu les tuer ? » La compassion et la patience que j'avais réussi à convoquer étaient fragiles. Je sentais revenir la colère et l'exaspération, aussi inévitables que des vagues se brisant sur le rivage. « Vraiment, tu n'en as pas la moindre idée ? »

Je commençais à me montrer agressive. Ma colère était brute, sans objet précis, avide de réponses, de mouvement, d'élan. Je voulais entendre sa voix. Elle était là, quelque part, je le savais. Si j'arrivais à l'amadouer, à faire osciller mon pendule d'hypnotiseur à la bonne cadence, je pourrais rompre le charme. Sa voix était une victime de ce qu'on lui avait fait subir, je m'en rendais bien compte. Mais j'avais besoin de réponses. Besoin de me sentir moins seule. Et surtout, j'avais besoin de savoir qu'il y avait une issue. Je n'avais passé qu'une nuit misérable dans ce motel sordide, mais je savais déjà que je ne pourrais pas en supporter beaucoup d'autres. Ce genre de vie, ce n'était pas pour moi. J'avais besoin d'être guidée. Et de savoir à quoi servaient tous mes efforts.

Elle m'a regardée dans les yeux, d'une manière brutale, implacable. Un frisson m'a parcouru l'échine. Elle n'avait pas du tout peur de moi.

« Je sais que tu peux parler », ai-je dit d'un ton accusateur en me rapprochant d'un pas.

J'ai commencé à tourner autour d'elle. Je me sentais comme une bête affamée qui vient de repérer un morceau de viande fraîche. Une carcasse d'animal écrasé sur le bord de la route.

Et soudain, elle s'est hérissée. Ce n'était pas du tout un animal écrasé. C'était une prédatrice, qui faisait la morte pour mieux m'attaquer. Elle avait des crocs et elle n'hésiterait pas à s'en servir.

Elle a soutenu mon regard. Quelque chose rampait sous ma peau, insupportable, oppressant. Je n'arrivais pas à prédire son comportement, ce qui me donnait l'impression de ne pas pouvoir prédire le mien. Je ne reconnaissais plus mes sens. La pièce tournait. Au centre, il y avait cette femme : une étoile polaire, un aimant. Toutes mes terminaisons nerveuses étaient en alerte, à l'affût de ses mouvements.

J'ai fait un pas de plus.

Elle a levé le menton, comme une boxeuse.

« Je sais, ai-je murmuré, d'une voix douce, cruelle, que tu peux parler. »

J'étais trop près.

Elle a posé sa paume sur mon torse et m'a poussée, assez fort pour que je titube en arrière.

Sa poitrine se soulevait. Elle semblait méfiante, mais nullement repentante.

J'étais contente. Une bourrade, c'était mieux que rien. C'était mieux que le silence.

« Je ne vais pas te faire de mal », ai-je dit.

Elle a ri, sans un bruit. Tout se jouait sur son visage. Il y avait un je-ne-sais-quoi de cruel dans la façon dont ses traits se tordaient, presque moqueurs. Son expression était trop brute, trop douloureuse.

Tu ne peux pas me faire de mal, disaient ses yeux.

Les secondes se sont étirées entre nous.

« Je ne vais pas te faire de mal », ai-je répété.

Elle est restée plantée là, raide et crispée, dans l'expectative. Attendant que je tente quelque chose.

Elle ne me croyait pas. Sans doute qu'à sa place, moi non plus je ne me serais pas crue. Si j'avais souffert ce qu'elle avait souffert.

« Tu ne sais pas qui les a tués ? ai-je demandé. Tu n'as rien entendu ? »

Elle a fait signe que non.

« Et le jour d'avant ? Ou celui encore avant ? Tu n'as rien entendu de différent, de bizarre ? »

J'ai fouillé ses yeux. Elle a de nouveau secoué la tête et cette fois, j'y ai aperçu une ombre de contrition. Elle semblait désolée de ne pas en savoir plus.

« Donc tu ne vas jamais me parler ? » ai-je demandé.

Ses poings se sont serrés. Elle n'a pas répondu. Je ne m'attendais pas à ce qu'elle le fasse.

Incapable de passer une seconde de plus dans cette chambre, j'ai ramassé la plupart de nos sacs de courses. Elle a pris les autres et m'a suivie jusqu'à la voiture.

8

Le soleil de l'Arizona brillait si fort que, sous ses rayons, le sable ressemblait à de la neige. Je serpentais entre les semi-remorques et les camping-cars sur l'I-10, en direction de l'est. Je n'avais pas d'autre plan que de rouler le plus loin possible de la Californie, et de nous terrer jusqu'à ce qu'une jeune Nancy Drew maligne et intrépide identifie le véritable tueur.

Des *mesas* surgissaient de la terre, arides et boursouflés, semblables à des mirages dans l'étrange chaleur de l'hiver. Nous sommes entrées au Nouveau-Mexique. Je nous ai acheté du Coca et des sandwiches au jambon sur une aire de repos à Las Cruces. Moins d'une heure plus tard, nous arrivions à El Paso. Des kilomètres et des kilomètres de clôture frontalière nous séparaient du Mexique. Si nous parvenions à rouler quatorze heures d'affilée, nous serions à San Antonio à la tombée de la nuit.

Il m'arrivait de lui laisser le volant, mais jamais plus d'une heure. La panique se dissipait quand je conduisais. Dès que je m'installais sur le siège passager, elle remontait en moi, me nouait la gorge. La femme s'en rendait compte, j'en étais sûre. J'étais une passagère agitée. Elle n'avait pas l'air de voir d'inconvénient à ce que ce soit moi qui conduise, même si, sans sa voix, sans ses mots, il m'était impossible de connaître ses véritables sentiments. Je ne pouvais qu'en déchiffrer la surface. La façon dont elle se mouvait, ses blessures et ses micro-expressions – et ça ne trahissait presque rien de sa vie intérieure. Je ne savais pas si elle se rendait compte qu'elle était pour moi un objet d'obsession. Sans doute que oui. Nous étions trop crispées, trop alertes, trop conscientes l'une de l'autre. Quand mes pensées ne tournaient pas autour des cadavres de Peter et Dinah, elles tournaient autour d'elle. Les hématomes sur sa gorge, sur ses poignets. Mon esprit s'enfonçait dans les recoins inconnus de la maison des Victor, à sa recherche.

Une routine s'est installée. Des conserves de soupe froide échangées sans un mot ; des bouteilles d'eau tendues au moment précis où j'en avais besoin. La radio intervenait quand le silence devenait insupportable, et le silence revenait quand la musique surchargeait nos sens. Ce n'était pas un étrange pouvoir télépathique qui expliquait la facilité de nos interactions non verbales, mais l'observation vigilante de l'autre. Nous étions comme des hors-la-loi rivales installées chacune d'un côté du saloon. En surface, nous feignions la nonchalance, mais sous la table, nos revolvers étaient prêts à tirer.

J'ai fait défiler les stations de radio. La femme avait l'air de préférer celles qui jouaient des classiques, les Stones, les Stooges et les Dead Kennedys, même si le hip-hop ne semblait pas lui déplaire. Je l'ai surprise en train d'articuler les paroles de « Mrs Jackson ». La seule fois où elle a protesté, c'est quand la chanson « Hey Jude » est passée. Elle a abattu sa main sur le poste, nous plongeant dans le silence. Évidemment, elle n'a pas expliqué la raison de son geste, et je n'ai pas pris la peine de demander. Je l'ai juste ajouté à la courte liste des choses que je savais sur elle :

1. Capable de parler mais refuse de le faire.

2. Sait voler des voitures (longue expérience dans le domaine ?).

3. A subi un traumatisme indescriptible dans la maison des Victor.

4. Déteste les Beatles.

Alors que le crépuscule approchait, le moteur a commencé à émettre un étrange sifflement.

« Putain, c'est pas le moment. »

J'ai pris la première sortie, je me suis garée sur le parking d'un Arby's, et je suis descendue de la voiture en claquant la portière.

J'ai ouvert le capot. Tout semblait normal. D'un autre côté, j'étais incapable d'en juger par moi-même. Je n'avais jamais réparé de voiture de ma vie.

Une main s'est posée sur mon épaule. J'ai sursauté et manqué de me cogner la tête au capot toujours ouvert.

C'était la femme. Sa main a effleuré le creux de mes reins, me poussant doucement sur le côté pour qu'elle puisse jeter un coup d'œil. La délicate autorité de son geste m'a tellement perturbée que mon pouls s'est emballé.

Elle s'est penchée sur le moteur. Son dos était long, et son tee-shirt est remonté lorsqu'elle s'est courbée, m'offrant un autre aperçu de son tatouage. Des pétales, une tige. Des tournesols ou des marguerites. Je pouvais voir chaque vertèbre, suivre le contour sinueux du muscle qui descendait près de son coccyx, la peau disparaissant sous la ceinture de son pantalon de survêtement.

Une sensation de chaleur me picotait la nuque, sans que je comprenne pourquoi. Ça m'a rendue nerveuse. Ça m'a donné envie d'être cruelle.

« Tu sais ce que tu fais, au moins ? » ai-je demandé.

Elle s'est retournée et a soutenu mon regard pendant si longtemps et avec un tel mépris que j'ai encore senti mon rythme cardiaque s'accélérer. Puis elle s'est accroupie, a fait courir ses longs doigts délicats sur une sorte de courroie et s'est mise à bidouiller les rouages en dessous. Je l'ai regardée faire, à la fois admirative et gênée. J'étais complètement dépassée. Toute ma vie, j'avais pu me reposer sur mon assurance imperturbable, quitte à la simuler quand il le fallait. Ici, cette stratégie s'effondrait. Je ne pouvais pas feindre de m'y connaître dans un domaine auquel je n'entendais absolument rien.

La femme a réparé la courroie avec des gestes si habiles et si sûrs qu'on aurait pu y voir de la paresse.

Lorsqu'elle a eu terminé, elle s'est levée et s'est essuyé les mains sur ses genoux. Elle m'a fait signe de retourner m'asseoir derrière le volant et de mettre le contact.

J'ai obéi, et le moteur a démarré du premier coup. Le sifflement avait disparu.

Elle a fermé le capot et elle est revenue s'asseoir sur le siège passager. Si elle éprouvait de la fierté ou de la suffisance, son visage n'en laissait rien paraître. Elle s'est juste réessuyé les mains, a pris une bouteille d'eau dans le sac, et l'a bue à grandes goulées. Elle m'a offert le reste avec une expression bienveillante.

« Ça va », ai-je marmonné, toujours contrariée.

Elle a haussé les épaules d'un air désinvolte et remis le bouchon.

J'avais faim, cela dit. J'ai attrapé une boîte de conserve dans le sac, la première que j'ai trouvée. Haricots verts.

« Merde. »

J'en avais acheté une sans languette.

D'un geste fluide, la femme m'a pris la conserve des mains, a sorti le couteau de la boîte à gants, et s'en est servie pour l'ouvrir. J'ai vu les tendons de son avant-bras se gonfler lorsqu'elle a enfoncé la pointe d'un coup sec, puis suivi la courbe de la boîte et soulevé suffisamment le couvercle pour que je puisse manger.

Je l'ai prise avec circonspection. Ce geste avait fait naître en moi quelque chose que je n'étais pas encore en mesure d'identifier. Une sensation sans nom qui s'est insinuée entre mes côtes pour s'y faire une place. J'ai senti une onde de chaleur remonter dans ma poitrine, sous le col de mon tee-shirt.

« Merci », ai-je murmuré, un peu tard.

La femme a haussé les épaules en évitant mon regard.

« Tu veux le reste ? » ai-je demandé.

Elle a secoué la tête. Toutes les zones de mon corps que sa main avait effleurées – le bas de mon dos, mon épaule, mon cou – palpitaient étrangement. Je nous ai ramenées sur l'autoroute.

Je me suis arrêtée à une station Shell pour mettre de l'essence et nous acheter du Coca. Sur un coup de tête, j'ai aussi pris un pack de Coors, que je prévoyais de boire plus tard en m'apitoyant sur mon sort. J'ai fait le plein. Dans un coin du parking, on a pris un déjeuner tardif à base de chips Lay's, de donuts saupoudrés de sucre glace et de tranches de melon au goût un peu rance. Je me sentais mieux après avoir mangé. La femme a proposé de me relayer en désignant les clés. J'ai secoué la tête. Conduire était la seule chose qui me permettait de me sentir moi-même.

Une fois sur l'autoroute, j'ai allumé une cigarette.

« Je veux aller dans une bibliothèque », ai-je annoncé.

Pour toute réponse, la femme a arqué les sourcils.

J'ai contemplé d'un air mauvais sa posture de *bad boy*, ses épaules affaissées, ses jambes maigres étalées devant elle comme un lycéen qui squatte le fond de la classe pour mieux glander.

« Tu as un truc à dire ? » ai-je demandé d'un air faussement préoccupé.

Elle s'est contentée de me regarder froidement. J'ai ignoré son agacement.

« Voilà comment je vois les choses. En gros, on a deux options. La première, c'est de fuir le pays et nous cacher, de façon permanente. La deuxième, c'est de trouver le vrai tueur et rentrer chez nous. La première option est absurde. Il nous reste donc la deuxième. Le plus simple, bien sûr, serait que tu me dises ce que tu sais des Victor pour qu'on puisse commencer à jouer les Sherlock Holmes. »

La bouche de la femme s'est crispée.

« En tout cas, tu lâches rien, c'est assez impressionnant. Mais voilà le problème : je dois *rentrer chez moi*. Et pour rentrer chez moi, je dois découvrir qui a fait le coup. Les flics ne vont pas enquêter davantage. Ils pensent avoir résolu l'affaire. Tout ce qu'ils ont à faire, c'est nous arrêter, nous envoyer en taule, et rentrer chez eux. Mission accomplie. Et nous, on sera foutues. Et j'ai aucune envie d'être foutue. » J'ai expiré un filet de fumée. « Je veux sortir de ce cauchemar. Je veux revoir ma famille. Je veux retrouver ma vie. Et toi aussi, tu devrais pouvoir retrouver... » Je n'avais aucun moyen de savoir ce qu'elle avait laissé derrière elle. « Ta vie d'avant. Ta liberté. Parce que ce qu'on fait, là... »

J'ai agité ma cigarette par la fenêtre, désignant la route sans fin, le ciel sombre et pluvieux. « C'est pas ça, être libre. Ça nous condamne à surveiller nos arrières pour toujours, à ne jamais pouvoir reprendre une vie normale. C'est de la folie. De la folie. Qu'est-ce qu'on va faire, passer le reste de notre vie à voler des voitures ? Braquer des banques et... ne jamais revoir nos familles, ne jamais revoir personne, ne jamais... ? »

Ne jamais parler à un être humain et entendre sa réponse.

« Non. Hors de question. On ne peut pas faire ça. Il faut qu'on se sorte de ce merdier. Quelqu'un a commis ces meurtres. Quelqu'un qui n'est pas nous. » J'ai tiré une dernière taffe sur ma cigarette et je l'ai écrasée sur le rebord de la vitre. « C'est cette personne qui devrait être en fuite. Pas nous. Lukas, Serena – ou quelqu'un à qui nous n'avons pas encore pensé. Il faut qu'on reconstitue les événements, qu'on fasse ce que les flics ne feront jamais. On n'a pas de téléphones. Pas d'accès à Internet. Donc il nous faut une bibliothèque. »

Nous sommes arrivées à Fort Stockton. J'ai suivi les panneaux indiquant la bibliothèque municipale et je me suis garée devant.

« Tu n'es pas obligée de venir avec moi. Mais je pense que tu devrais. Ce sera plus rapide si on s'y met à deux. Il faudra qu'on se sépare, bien sûr. » Je n'aimais pas l'idée de la laisser dans la voiture, pas après ce qui s'était passé au Walmart d'Indio. « Si tu préfères attendre ici, je comprends. »

La femme a secoué la tête, et ça m'a fait plaisir. Je préférais l'avoir près de moi.

« On va faire vite. On a juste besoin de savoir où en est l'enquête, s'il y a d'autres pistes. On sait que les flics concentrent tous leurs efforts sur nous, mais je parie que les journalistes sont en train de déterrer tout ce qu'ils peuvent sur les Victor. Je veux savoir ce qu'ils ont trouvé. »

Ça faisait du bien, d'avoir enfin un but. De faire des recherches, comme pour un devoir maison. J'ai toujours été douée pour ça.

Je suis entrée la première, d'un pas déterminé mais décontracté. En cette journée pluvieuse, il y avait pas mal de monde. C'était un soulagement d'avoir des corps entre lesquels se faufiler et se cacher. L'intérieur était très *seventies*, avec une moquette terne à motifs géométriques. Les ordinateurs étaient un peu trop proches de l'accueil à mon goût, mais la vieille dame derrière le comptoir ne m'a pas accordé la moindre attention.

J'ai ouvert Google en navigation privée. Dans ma vision périphérique, j'ai vu la femme franchir les portes automatiques. J'ai gardé la tête baissée. Je l'avais prévenue : quinze minutes, grand max. On ne pouvait pas se permettre de rester plus longtemps.

J'ai tapé *meurtre dinah victor* dans la barre de recherche. Les titres ont rempli l'écran – Evie Gordon ceci, Evie Gordon cela –, je les ai fait défiler sans m'arrêter jusqu'à celui en bas de la page, sur lequel j'ai cliqué fébrilement.

Une travailleuse du sexe raconte sa rencontre avec Peter Victor.

9

La page s'est affichée. Je ne connaissais pas le site, un média en ligne avec des titres racoleurs. L'article relatait le contenu d'un témoignage publié sur Reddit quatre heures plus tôt. Le post avait déjà été supprimé, apparemment à la demande des avocats de la famille Victor, mais des journalistes avaient fait des captures d'écran et les avaient fait circuler.

Le message avait été rédigé par une ancienne travailleuse du sexe employée par une société appelée *Au plus offrant*. Préférant rester anonyme, elle affirmait que Victor avait dépensé près de 800 000 dollars pour les services de cette entreprise. Il insistait pour que les rendez-vous se déroulent chez lui. Elle n'entrait pas dans les détails du type de services qu'il demandait, mais expliquait que ses goûts étaient « très étranges ». Elle le décrivait comme quelqu'un de « froid mais pas violent » et ajoutait qu'elle avait connu des hommes bien plus irrespectueux, tout en précisant qu'en présence de Peter, elle se sentait « déshumanisée ».

Je suis revenue sur la page de recherche Google, et j'ai cliqué sur tous les articles que j'ai pu trouver sur la société *Au plus offrant*. Beaucoup de sites avaient publié les captures d'écran du post original sans offrir plus de détails, ce qui était assez exaspérant. Je voulais savoir si les autorités exploraient cette piste. Jusqu'à présent, je n'avais pas trouvé une seule citation de la police ou du FBI. Quelques blogs people et des sites d'« informations » de seconde zone s'étaient emparés du sujet. J'aurais peut-être roulé des yeux devant le titre « EVIE GORDON ET SA COMPLICE : TRAVAILLEUSES DU SEXE ? » si je n'avais pas été à deux doigts d'envoyer mon poing dans l'écran. À part ça, aucun site d'informations légitime ne semblait vouloir faire le lien entre le meurtre de Victor et son goût pour les relations sexuelles tarifées.

La femme et moi étions toujours les principales suspectes – les seules, en fait.

J'ai tout de même trouvé un article qui m'a redonné un peu d'espoir : le *LA Times* rapportait qu'en 2008, Peter Victor était vice-président de l'une des banques d'investissement qui avaient transformé des hypothèques fragiles en titres financiers encore plus fragiles, et les avaient transférés aux investisseurs en les présentant comme de super affaires, ce qui avait entraîné l'effondrement du marché de l'immobilier en 2008. Victor, à l'instar de tous les autres banquiers de Wall Street, n'avait écopé d'aucune peine de prison pour le rôle qu'il avait joué dans la récession. Son nom n'avait même pas été mentionné publiquement, conformément à l'accord conclu entre le ministère de la Justice et les banques de Wall Street faisant l'objet d'une enquête, bien que les journalistes ne se soient pas gênés pour le citer par la suite. Victor avait déménagé avec sa famille à Los Angeles en 2009 et lancé un fonds spéculatif modeste mais fructueux. L'auteur de l'article avait même déterré un rapport de police établi en 2012 lorsque Peter et Dinah Victor avaient signalé que leur maison avait été cambriolée. Rien n'avait été dérobé – ni leurs bijoux, ni leur argent, ni leurs œuvres d'art – mais un classeur avait disparu du bureau de Victor qui, selon lui, contenait des dossiers « confidentiels »...

J'ai sursauté en sentant quelque chose effleurer mon épaule. C'était la femme.

Le contact était délibéré, destiné à attirer mon attention. Sans m'attendre, elle s'est dirigée vers la sortie, les mains enfoncées dans les poches, la tête baissée.

Je me suis empressée de fermer la fenêtre du navigateur et de la suivre, d'une démarche aussi décontractée que possible. En partant, j'ai vu un enfant qui me regardait. Âgé d'une dizaine d'années, il portait un maillot des Dallas Cowboys beaucoup trop grand pour lui, et ses dents étaient tachées de bleu. Il me fixait, la bouche grande ouverte. Puis il a tiré sur le tee-shirt de sa mère pour attirer son attention.

J'ai franchi la porte avant que quelqu'un d'autre ne me remarque.

La femme attendait près de la portière passager, la mâchoire crispée, visiblement nerveuse.

Nous sommes montées dans la voiture et j'ai quitté le parking de la bibliothèque aussi vite que possible. L'enfant m'avait sans doute reconnue après m'avoir vue à la télévision. La femme avait dû remarquer qu'il m'observait. Elle remarquait tout.

« Tu as vu le gamin ? »

Elle a dardé sur moi un regard qui disait : *À ton avis, petit génie ?* Puis elle s'est passé les doigts dans les cheveux. Un tic nerveux, je crois.

J'ai quitté l'I-10. On ne pouvait pas rester sur les grandes artères, c'était bien trop risqué. À la tombée de la nuit, on a atteint une ville appelée Fredericksburg. Située au cœur de la région viticole du Texas, elle était aussi excentrique qu'on pouvait l'imaginer. La rue principale, tout illuminée, était flanquée d'établissements aux devantures de style Far West et d'édifices victoriens aux tons pastel. Certaines façades étaient garnies de balcons en fer qui rappelaient le quartier français de La Nouvelle-Orléans, et de splendides magnolias se déployaient vers un ciel infini. Il y avait pas mal de magasins d'antiquités, ainsi qu'un nombre troublant de brasseries allemandes et plusieurs maisons Tudor parées de drapeaux allemands. Je me suis arrêtée dans un drugstore pour acheter de la teinture noire pour cheveux, des ciseaux, des vêtements d'hiver et deux jeans bleus, toujours en devinant la taille de la femme. J'ai pris aussi des baskets blanches pour remplacer ses rangers défoncés, et des casquettes et des bonnets : neufs, contrairement à la casquette volée qu'elle portait en ce moment. J'ai failli craquer et me prendre des bottes de cow-boy, mais je me suis sagement contentée d'une paire de baskets. Enfin, du fond de teint pour couvrir l'hématome sur sa gorge.

On a dormi devant une église, cette nuit-là. C'était une église luthérienne allemande, dont les fenêtres Tudor percées dans sa façade de pierre évoquaient une citrouille d'Halloween. Je savais qu'il était légal de dormir dans sa voiture sur le parking de la plupart des Walmart et de quelques églises, ainsi que sur les aires de camping et sur tous les terrains administrés par le Bureau de gestion du territoire. On a incliné nos sièges et on s'est assoupies immédiatement.

Le lendemain matin, je me suis réveillée seule.

Je me suis penchée en avant si brusquement que j'ai failli me cogner la tête au volant. Quelque chose de blanc est tombé sur le plancher.

Un reçu. Je l'ai ramassé et retourné.

partie chercher à manger + de l'argent

L'écriture était petite et soignée.

Stressée, j'ai allumé la radio pour tromper l'attente. J'ai zappé entre les stations. Pour l'instant, personne ne parlait de nous.

J'ai tiré une cigarette de mon paquet et je l'ai allumée avec impatience en guettant la rue. Enfin, je l'ai vue approcher dans le rétroviseur latéral. Elle a ouvert la portière et s'est glissée sur le siège passager, munie d'un sac McDonald's, 478 dollars en liquide et une deuxième pièce d'identité. Elle appartenait à une certaine Katie Choi. Elle ne ressemblait pas beaucoup à la femme, même si l'âge et la taille correspondaient vaguement.

« Putain de merde », ai-je marmonné en comptant les billets. Elle a sorti des galettes de pommes de terre de son sac, que j'ai englouties avec reconnaissance. « Comment t'as fait ? T'as volé ça à quelqu'un, ou t'as braqué un McDo ? »

Elle a levé un doigt. Première solution.

« Et personne ne t'a vue ? »

Elle a secoué la tête.

« Tu es sûre ? »

Elle a opiné avec impatience.

« Comment ? Montre-moi. »

Je m'attendais à ce qu'elle m'ignore. Au lieu de quoi, elle a glissé nonchalamment sa main dans la poche de son pantalon de jogging, en a sorti un billet, puis l'a fourré dans une autre poche. Elle a levé une épaule, comme pour dire *Tu vois ? C'est facile*, et a bu une longue gorgée d'eau. Je me suis souvenue qu'elle avait volé une voiture. Ma curiosité s'est aiguisée tandis que je regardais ses joues se creuser autour du goulot de la bouteille. Quand je ne l'observais pas – quand elle ne faisait qu'exister sur le siège d'à côté, s'inscrivant à peine dans ma vision périphérique –, la femme était une chose abstraite pour moi. Dans son silence obstiné, elle était aussi anonyme et invisible qu'une adolescente taciturne. Ce n'est que lorsque je l'observais consciemment qu'elle prenait forme et devenait une personne concrète. Je me surprenais à lui inventer des détails biographiques. Son passé s'esquissait dans mon imagination, une histoire très largement inspirée de Dickens, peuplée de pickpockets, de gamins des rues et de directeurs d'orphelinats cruels. C'était une passagère clandestine, une mule transportant de la drogue, deux grands yeux de chouette à l'arrière d'une camionnette. Une fugueuse dormant sur un lit en carton sous une benne à ordures, avec un chien galeux pour compagnon. Venait ensuite l'interlude attendrissant avec un couple de petits vieux qui lui laissait de la nourriture pour chats qu'elle grignotait comme un animal errant, suivi de la rencontre avec un flic malveillant qui la surprenait en train de voler et, enfin, un séjour dans un centre de détention pour mineurs.

Mon regard s'est posé sur sa poche avant, dans laquelle je discernais une forme suspecte.

« Tu avais emporté le couteau ? » ai-je dit sèchement.

Elle s'est tournée vers moi, les sourcils froncés d'un air perplexe, puis a lentement hoché la tête.

« Pourquoi ? »

Une lueur de malice brillait dans ses yeux.

« Pour t'en servir ? »

Elle semblait énervée à présent, sur la défensive. Sa colère était froide et méprisante, contrairement à la mienne, qui était explosive et agressive. Je ne sais pas pourquoi j'essayais de m'embrouiller avec elle. La frustration me rendait impulsive. Mais surtout, je voulais qu'elle réagisse, qu'elle se défende. Qu'elle me pousse, qu'elle me frappe, n'importe quoi. Je n'avais pas d'autre exutoire. Et je savais qu'elle en était capable, elle m'avait déjà donné une bourrade.

Elle s'était rendue dans un McDonald's avec un couteau. Savait-elle au moins se servir d'un couteau ? Si quelqu'un l'avait surprise, si elle avait eu peur, l'aurait-elle sorti de sa poche ?

« Écoute, si tu décides d'emporter un couteau, cache-le mieux que ça. Je le vois dans ta poche. N'attire pas plus l'attention que nécessaire. »

Je voulais l'entendre se défendre. Il y avait quelque chose de menaçant dans sa retenue calme et travaillée. Je voulais voir ce qui se passerait si elle perdait son sang-froid.

Elle a sorti le couteau de sa poche et me l'a tendu avec un haussement de sourcils innocent. Comme pour dire : *Tiens, tu peux le garder si tu veux.*

« Je ne veux pas du couteau. »

Elle a arqué un sourcil, feignant la surprise.

« Mais fais attention. »

Elle a hoché la tête d'un air docile qui a réussi à me faire culpabiliser.

« Je n'essaie pas d'être une connasse », ai-je dit, comme pour confirmer que j'étais effectivement une connasse.

Elle a de nouveau opiné. *Je sais*, disait son visage. *C'est naturel chez toi.*

« Garde le couteau, ai-je dit en enfonçant la clé dans le contact. On s'en va. »

Je n'aurais pas su m'en servir, de toute façon.

10

En Louisiane, j'ai vu Peter Victor. Il était au volant d'un semi-remorque, une main en visière pour protéger ses yeux du soleil de la fin d'après-midi. Je l'ai revu dans une petite rue, appuyé contre le chambranle d'une porte ouverte, inclinant son chapeau. Une femme maigre vêtue d'un minishort en jean l'a entouré de ses bras par-derrière et lui a murmuré quelque chose à l'oreille. Il a glissé une liasse de billets dans sa poche arrière et lui a mis une main au cul. Elle a ri. Une voiture derrière moi a klaxonné au feu. J'ai vu le reflet du conducteur dans le rétroviseur. C'était Peter Victor.

Au plus offrant. 800000 dollars.

Ses goûts étaient « très étranges », d'après la lanceuse d'alerte, et il était « froid, mais pas violent ». Qu'est-ce que ça voulait dire, putain ? Que demandait-il ? De quoi avait-il besoin au point d'être prêt à payer un million de dollars pour l'obtenir ?

Je me suis souvenue de l'article du *LA Times* : il était vice-président de l'une des banques responsables de la récession de 2008. Il s'en était tiré à bon compte et avait déménagé à Los Angeles. Quelqu'un avait cambriolé sa maison en 2012 et volé des dossiers confidentiels.

Qui as-tu contrarié, Peter ?

Une chanson de Bessie Smith grésillait par les haut-parleurs de l'autoradio, dépouillée, désespérée. J'aurais voulu être dans un bar enfumé, ou dans la cuisine de ma mère. Je voyais sa table blanche, les coussins jaunes qu'elle avait cousus elle-même. Les placards en bois, le linoléum au sol. Un sachet de pain de mie sur le plan de travail, à côté d'un pot de margarine Crisco. L'odeur de cigarette froide et d'huile de friture. Ses ongles rouge cerise tamisant de la farine. Elle ne regardait que les chaînes Animal Planet et Golf Channel, et l'une ou l'autre passait toujours à bas volume dans le salon, une habitude qu'elle avait héritée de sa propre mère. Ma grand-mère avait été serveuse : une *shiksa*, comme disait mon grand-père. Mon grand-père était un jeune rabbin de passage à Asheville. C'était la toute première personne juive que rencontrait ma grand-mère. Il l'a mise enceinte de ma mère alors qu'elle avait dix-neuf ans et sa famille ne lui a plus jamais adressé la parole.

Je me demandais si des équipes du SWAT s'étaient installées dans le salon de ma mère ou dans la cuisine de mon père. S'ils respiraient à l'autre bout de la ligne téléphonique, attendant mon appel.

Le long de l'autoroute, les arbres étaient enveloppés de mousse espagnole, qui pendait de leurs branches tels des draps en lambeaux sur une corde à linge. Le ciel était d'un gris boueux. L'air qui s'infiltrait par la vitre entrouverte sentait les eaux usées, l'ozone et le poisson. Des panneaux publicitaires vantaient les mérites d'un sandwich à la crevette cajun et d'un révérend nommé Gus Peppers. « CHACUN DEVRA SE PROSTERNER DEVANT LUI », affirmait l'un d'eux. Exactement un kilomètre plus loin, un autre clamait : « DITES NON À SATAN, SUIVEZ-MOI. GUSPEPPERS.COM ». Il avait le visage de Peter Victor.

Bessie Smith me plombait le moral, j'ai donc changé de fréquence. « Rockin' Around the Christmas Tree » a jailli à plein volume des enceintes. La station suivante passait « Feliz Navidad ».

« C'est pas possible », ai-je soupiré à voix haute.

La femme, qui regardait défiler le paysage d'un œil morne, la tête contre la vitre, a légèrement tressailli.

« On est quel jour ? »

Prenant conscience que je m'adressais à elle pour la première fois depuis plusieurs heures, la femme m'a jeté un coup d'œil méfiant, puis a haussé les épaules et s'est de nouveau tournée vers la fenêtre.

J'ai fait le calcul. Les Victor avaient été assassinés le 11 décembre. Depuis, nous avions passé quarante-huit heures sur la route. Ce qui signifiait que nous n'étions qu'à douze jours de Noël.

Cette idée m'a chamboulée. Je n'avais passé les fêtes qu'une seule fois sans mes parents, quand une ex avait attrapé la grippe et que j'avais proposé de m'occuper d'elle. J'étais rentrée à la maison une semaine plus tard, et ma mère et moi avions organisé notre propre petit repas de Noël. Elle avait laissé les décorations et cuisiné une deuxième poitrine de bœuf. Quelques jours plus tard, j'étais partie voir mon père dans sa petite garçonnière sur les Outer Banks, et nous étions allés pêcher. Du poisson frit dans de la farine de maïs, le caramel maison de ma tante, un échange de présents tardifs. Il m'avait acheté une bonne bouteille de whisky et les petites surprises qu'il glissait tous les ans dans ma chaussette – une cartouche de cigarettes, une barre chocolatée Hershey's et des tickets de loterie. Mon père était un homme économe et pragmatique : il aimait recevoir des cadeaux utiles, comme des coffrets d'accessoires de pêche et des produits d'entretien. Je lui avais offert un aspirateur portatif, une fois. Depuis, il m'envoyait des selfies de boomer chaque fois qu'il s'en servait, dans lesquels il se mettait en scène avec l'appareil dans des poses improbables. J'avais même eu droit à un avant/après de sa voiture fraîchement aspirée.

Il ne m'était pas venu à l'esprit qu'il était réellement possible que je ne revoie jamais mes parents. Mon père, qui mettait Phish à plein volume dans son garage quand il s'affairait dans le jardin, qui soutenait toutes mes décisions, si folles soient-elles, et qui, même lorsque j'échouais lamentablement, ne voyait que mon potentiel. Ma mère, qui travaillait soixante heures par semaine au salon de coiffure et m'envoyait sans raison particulière des SMS juste pour me dire *Je suis si fière de toi !* ponctués de douzaines d'emojis. Mes parents m'avaient donné tout ce dont j'avais jamais eu besoin, et ils avaient consacré jusqu'au dernier dollar de leurs économies à mon éducation. Ils avaient tant sacrifié pour moi. J'avais toujours fait en sorte de leur épargner ma douleur ou ma tristesse – je pouvais y faire face toute seule. Je ne voulais leur apporter que des cadeaux.

Il est possible qu'un léger reniflement ait trahi mon état émotionnel. Si c'est le cas, la femme n'a pas réagi. Peut-être étais-je juste très douée pour masquer mes émotions. En tout cas, j'étais soulagée qu'elle me laisse vivre mon moment de désespoir en paix. Je n'ai jamais été une grande pleureuse. A+ en maths, A+ en histoire, F- en épanchement public. Je préfère rester stoïque, ce qui n'est sans doute pas très sain, mais je n'aime pas que les autres voient mes émotions. Pleurer, c'est un truc qu'on fait sous la douche une fois tous les trois ans, ou dans l'anonymat d'une salle de cinéma pendant un film gay particulièrement triste.

« C'est dingue », ai-je murmuré à la route.

Il m'a fallu un moment pour me rendre compte que pendant plusieurs secondes, j'ai juste répété le mot « dingue » en boucle. La femme me dévisageait.

« Quelque chose à dire ? »

Elle a haussé un sourcil.

« T'as l'air d'avoir très envie de parler. »

La femme m'a ignorée.

« Ne fais pas ta timide. Dis ce que tu as à dire. Vas-y, je t'écoute. »

Je la prenais volontairement de haut pour essayer de la faire craquer. J'aurais craqué, en tout cas, si j'avais été à sa place. Je me serais sans doute flanqué un coup de poing. Mais bon, je réagissais toujours au quart de tour quand on me provoquait. Je ne refusais jamais de m'abaisser au niveau de l'autre, si bas fût-il.

Mais pas elle. Elle était froide et patiente, d'un calme imperturbable.

J'ai essayé de m'imaginer dans la peau d'une autre personne, quelqu'un qui serait capable de dire, à voix haute : *Je me sens seule. Je me sens si seule que je commence à croire que je t'ai inventée. Je me sens si seule que j'ai peur de tendre la main pour te toucher et ne trouver que le vide.* Peut-être verserais-je quelques larmes en l'avouant. La femme se comporterait-elle différemment en ma présence si j'étais moins comme moi-même, et plus comme un oisillon blessé ? Ma vulnérabilité réveillerait-elle quelque tendresse enfouie en elle ?

Je ne pouvais pas faire ça. J'en étais incapable. Nous étions deux brutes, blindées et inflexibles, ensemble et seules à la fois.

« Il faut qu'on trouve à manger pour ce soir, ai-je dit. Avant de chercher un hôtel. »

J'ai suivi les panneaux jusqu'à un supermarché Winn-Dixie et je me suis garée sur le parking.

« Ta virée au McDo va nous permettre de tenir un peu, mais on aura bientôt besoin d'argent, ai-je dit. L'essence nous coûte une blinde. »

À ma surprise, la femme s'est penchée pour me prendre la main. Elle a fait glisser son doigt sur ma paume et mon corps s'est tendu comme une peau de tambour. J'ai fini par comprendre qu'elle traçait des lettres pour que je les lise.

TU ACHÈTES À MANGER

« D'accord », ai-je dit prudemment. Elle tenait toujours mon poignet d'un geste délicat. « Et toi, qu'est-ce que tu vas faire ? »

Elle m'a regardée dans les yeux. Son visage était si proche du mien. J'ai senti le sang affluer dans mon cou.

VOLER

Nous sommes entrées dans le magasin. Je nous ai acheté des hamburgers à la crevette, des chips Zapp's, du raisin et des bananes, un autre paquet de cigarettes. Quand je suis retournée à la voiture, elle m'attendait déjà, un portefeuille à la main et un sac à ses pieds. Le sac contenait un pack de Heineken.

Sa bouche a dessiné quelque chose que je ne peux décrire que comme un rictus. Les lèvres serrées et tordues.

« Qu'est-ce qu'on fête ? » ai-je demandé.

Pendant une fraction de seconde, j'ai cru qu'elle allait parler. Voyant qu'elle ne le faisait pas, je lui ai tendu ma paume.

La femme a observé ma main pendant un long moment. Puis elle a tracé un mot qui m'a donné la chair de poule.

VIVANTES

11

J'ai roulé jusqu'à un bayou à quelques kilomètres de là. L'eau était lisse comme du verre, un miroir parfait des couleurs folles du crépuscule. De l'autre côté de la rivière se dressaient des arbres hirsutes, les derniers rayons du soleil distillant leur or à travers leurs feuillages. L'air avait une odeur aigre et tropicale. Des algues effleuraient la surface. On s'est assises au bord de l'eau avec notre festin. Après avoir mangé, on s'est allongées dans l'herbe. J'ai décapsulé les bouteilles de bière avec les clés de voiture.

La femme semblait étrangement satisfaite. L'ecchymose sur sa gorge jaunissait, et l'œil en son centre prenait en mûrissant une teinte vert intense. Elle portait le bonnet que je lui avais acheté au Texas et ses cheveux courts rebiquaient sous le rebord. Elle ressemblait aux skateurs qui squattaient les marches du lycée à la pause déjeuner, trop rebelles pour la cafétéria. Je l'ai regardée approcher le goulot de sa bouche.

J'ai bu une longue gorgée de ma propre bouteille, puis allumé une cigarette. À ma surprise, elle a désigné le paquet. J'ai moi-même placé la cigarette entre ses lèvres roses gercées. Elle m'a regardée calmement tandis que je l'allumais, entourant la flamme de ma main, mon visage à quelques centimètres du sien. Ses joues se sont creusées lorsqu'elle a tiré une première taffe. Elle tenait la cigarette avec l'aisance de l'habitude, et je me suis encore une fois demandé qui elle avait été avant de se retrouver prisonnière des Victor.

« Tu es heureuse, ai-je dit doucement. D'être libre. »

Elle a tiré sur la cigarette en m'examinant longuement avec un œil fermé, comme si elle m'observait à travers un télescope. Finalement, ses lèvres ont esquissé un sourire amusé. *Bien sûr, espèce d'andouille.*

Obnubilée par mon angoisse, mon anxiété, mes peurs d'être en fuite pour toujours, que le vrai tueur ne soit jamais découvert, de mourir sans connaître la solution à ce mystère, je n'arrêtais pas d'oublier que pendant ce temps, la femme vivait une expérience entièrement différente. Elle éprouvait de la peur, bien sûr, mais aussi du soulagement. De la gratitude. Elle était au bord d'une rivière, avec de l'air frais, des chips, une bière froide, une cigarette. À des centaines de kilomètres de la maison des Victor et des horreurs qu'elle y avait endurées.

« J'ai une idée », ai-je dit.

J'ai récupéré quelques reçus froissés et un stylo que j'avais piqué à la caisse du supermarché.

Elle les a regardés avec appréhension. Peut-être s'y attendait-elle.

« Je sais que tu ne veux pas parler. Et je comprends, vraiment. » Le visage de la femme est resté froid et impassible. « Mais peut-être que je pourrais te poser des questions. Et si tu as envie de répondre… tu pourrais écrire. »

Je ne m'attendais pas à ce qu'elle accepte. Après tout, qu'est-ce que ça changeait, qu'elle écrive les réponses ou les prononce à voix haute ?

« Tu n'es pas obligée de répondre à tout. Tu peux même jeter ça dans la rivière si tu veux, ai-je dit en montrant le papier et le stylo. Mais on pourrait au moins essayer, d'accord ? »

Mon propre empressement me dégoûtait. J'avais l'impression d'être redevenue Evie la tutrice, qui essayait de convaincre une ado allergique aux maths de résoudre une équation.

Mais contre toute attente, elle a pris le papier et le stylo sans que j'aie besoin d'insister, ses doigts effleurant les miens. Elle a commencé à dessiner une fleur, étonnamment réussie. Je ne m'y connaissais pas assez en botanique pour l'identifier, mais ce n'était pas une banale rose. Des rangées de petits boutons, mitochondriaux et réguliers, d'une précision presque sinistre. Une digitale, peut-être. Quelque chose de vénéneux.

Première question.

« Comment était Dinah ? »

Elle était passée à la tige, qu'elle dessinait en traçant de minuscules traits d'encre. Son expression n'a pas changé lorsqu'elle a déplacé le stylo sur une autre partie de la page.

dans son monde

« Elle n'était pas au courant, pour toi ? »

aucune idée

shootée aux médocs

« Shootée aux médocs, ai-je lu. À cause de Peter ? C'est lui qui lui faisait prendre tous ces médocs ? »

La femme a haussé les épaules. J'ai essayé de concilier cette information avec la Dinah que je connaissais. Elle ne m'avait pas semblé particulièrement shootée, mais je ne la voyais que deux heures le dimanche. Peut-être se montrait-elle sous son meilleur jour pour moi. Certains parents étaient comme ça : il y avait quelque chose dans mon métier, dans la raison pour laquelle ils m'accueillaient chez eux, qui les embarrassait. En ma présence, ils redevenaient des élèves. D'autres me considéraient comme un désagrément, un mal nécessaire, une obligation. Ou pire encore, comme la pièce d'une machine capricieuse, un gouffre avide qui engloutissait leur argent, et tout ça pour quoi ? Leur enfant n'était pas moins stupide après mon départ.

Je me suis souvenue d'un ancien élève, Isaac Goldberg. Il vivait à Santa Monica, dans une maison clinquante de style Renaissance italienne, tout en marbre blanc. Pourtant, sa famille la traitait avec aussi peu de respect qu'une chambre d'hôtel. Des serviettes humides abandonnées n'importe où, des vieux gobelets Starbucks et des flacons de pilules entassés sur les meubles hors de prix. Le canapé était tapissé de poils de chien et la table sur laquelle nous travaillions couverte de taches de café, de sachets de sauce soja à emporter et de piles de magazines *People* imbibés d'eau. Isaac lui-même n'était pas si terrible. C'était sa mère que je ne pouvais pas blairer, une femme instable toujours bourrée de médocs. Je ne l'ai jamais vue porter autre chose que des leggings de yoga moulants et des brassières de sport qui révélaient un ventre distendu, comme si elle venait de s'affamer ou d'être sauvée de la famine. Elle était tellement accro au Botox que son visage était indéchiffrable. Elle ne savait rien des cours que suivait Isaac ni des horaires de nos sessions. Mon apparition à leur porte semblait toujours la déconcerter.

Un jour, elle m'a ouvert la porte coiffée d'une sorte de bonnet de bain. Attaché par du Velcro au niveau de son menton et de l'arrière de son crâne, l'étrange accessoire donnait l'impression que quelqu'un pressait un tube pour en faire sortir son visage. Le contour de ses yeux et la partie visible de sa mâchoire étaient couverts d'hématomes vert et jaune pâle, et le bandage blanc sous ses oreilles était taché de sang. Elle s'est mise à m'engueuler. Apparemment, j'avais été « annulée », bien que ni elle ni Isaac ne m'aient informée qu'ils n'avaient plus besoin de mes services. Elle tenait dans sa main un menu de sushis à emporter qu'elle abattait furieusement contre le cadre de la porte. Son petit pétage de câble aurait pu être drôle si j'étais le genre de personne capable de garder la tête froide quand on lui crie dessus, et non quelqu'un qui réagit au quart de tour et se met à crier encore plus fort. Tout ça était assez absurde, en fait. Pas de donner des cours particuliers à des enfants : cette partie était banale et monotone, parfois même étonnamment émouvante. Ce qui était absurde, c'était de devoir le faire au domicile de mes élèves. Je m'immisçais dans une sphère qui était censée rester privée. Je n'aurais pas dû être confrontée à la vision de Mme Goldberg si vulnérable dans son masque de compression postchirurgie esthétique ni assister aux conséquences démentielles de son addiction aux cachetons. Le tutorat avait lieu la plupart du temps avant ou après le dîner, parfois même pendant. Je voyais ces familles à l'apogée de leur performance domestique, quand l'intensité émotionnelle était à son comble.

Si seulement j'avais pu appliquer une politique différente. Des sessions dans des lieux publics – des bibliothèques ou des cafés. Mais non. Les entreprises pour lesquelles je bossais, celles qui s'adressaient aux ultrariches, misaient tout sur la « commodité » des cours particuliers à domicile. Nous étions livrés directement sur le pas de leur porte. Le tourbillon de la vie domestique s'agitait autour de nous pendant que nous travaillions. Les rituels du dîner, les disputes familiales. Les meurtres.

Dinah, au contraire de Mme Goldberg, ne pouvait être décrite que comme une femme « gentille ». Agréable, polie, affable. Son hospitalité n'était pas aussi extrême que celle de Mme Whitehouse, cela dit, la mère d'un garçon à qui je donnais des cours le mardi. Mme Whitehouse affichait toujours un air très magnanime, jouant à la perfection le rôle d'une aristocrate connue et aimée pour son humanité et sa générosité. Sa maison était l'une des plus impressionnantes que j'aie jamais vues, une majestueuse bâtisse coloniale qui s'élevait au bout d'une allée circulaire privée. Son fils Jack et moi travaillions dans le coin repas : une table médiévale flanquée de chaises à haut dossier d'un côté et d'un long banc en cuir bordeaux de l'autre. Nous avions toujours droit à une tasse de thé accompagnée d'une collation, servies dans de la vaisselle très raffinée sur un plateau qu'elle apportait elle-même avec un sourire un peu penaud, comme si elle était gênée par sa propre extravagance. Je savais que ce n'était pas elle qui avait préparé les en-cas : il y avait une gouvernante, que j'avais aperçue à plusieurs reprises. Sur le plateau se trouvaient généralement un quartier de camembert, un pot de confiture à l'orange et à la figue, des tranches de pomme, ainsi que des cubes de cantaloup et des rouleaux de prosciutto transpercés de cure-dents. Tout cela ne servait sans doute qu'à faire joli, mais je ne refusais jamais de la nourriture gratuite.

Dinah avait le même genre d'attentions, mais à plus petite dose. Une fois, elle m'a donné une pochette cadeau qui lui restait d'un événement qu'elle avait organisé cette semaine-là, rempli de conneries dont elle « n'avait pas besoin ». Principalement des cosmétiques de luxe et des produits gastronomiques, des tortues en chocolat, de l'huile d'olive artisanale et des crèmes pour le visage qui sentaient la menthe.

J'avais trop peu vu Peter pour me faire une opinion sur son caractère. Il n'était pas du genre à bavarder. Dinah aimait s'attarder, papoter un peu avec moi jusqu'à ce que Serena descende de sa chambre. Peter se fendait des politesses d'usage, mais dès que je m'installais dans la salle à manger, il se retirait dans son bureau.

« Comment était leur relation ? À Dinah et Peter ? »

La femme a réfléchi un moment, puis a écrit :

lits séparés

« Tu veux dire, littéralement ? Ils dormaient dans des lits séparés ? »

Elle a hoché la tête d'un air blasé.

Ça m'a un peu surprise sur le coup, mais plus j'y réfléchissais, moins ça me paraissait aberrant. Ce n'est pas comme si je les avais déjà vus interagir. C'était généralement Dinah qui m'accueillait alors que Peter était enfermé dans son bureau. Il ne m'ouvrait que lorsque Dinah n'était pas là.

« Il était comment, Peter ? Comment il te traitait ? »

Ses yeux se sont braqués sur moi. Quelque chose de sombre scintillait dans leurs profondeurs. Elle les a détournés, puis de nouveau posés sur moi. Elle a écrit un seul mot :

mal

« Qu'est-ce qu'il faisait ? »

La femme a posé le stylo et s'est repositionnée, plus près de moi.

Je me suis figée lorsqu'elle a enserré ma gorge de sa main.

J'ai soutenu son regard.

Elle a soutenu le mien.

Lentement, j'ai levé le bras et touché son cou. J'ai fait glisser un doigt sur le bord de l'ecchymose en forme de main.

Au plus offrant, me suis-je souvenue.

« Et Serena ? »

Pour une raison qui m'échappe, c'était la question que je redoutais le plus de poser, la réponse que j'étais le moins disposée à entendre. L'idée qu'une adolescente soit contrainte de vivre avec un tel père. Impuissante, peut-être, à faire quoi que ce soit. Ou, au contraire, coopérative. Une complice.

Ou, pire que tout : une victime, elle aussi.

La femme a écrit sa phrase la plus longue jusqu'à présent.

Serena est plus intelligente qu'elle le laisse paraître

« Elle était au courant, pour toi ? » ai-je murmuré.

oui

elle savait

J'ai revu Serena, ouvrant la porte dans sa robe de baby-doll. Sa voix triste et rêveuse. Ses ongles toujours rongés. Elle arrachait de petites bandes de peau autour, tirait dessus avec ses dents. Elle était souvent distraite, ce qui avait le don de m'exaspérer. Elle se présentait à la table de la salle à manger les mains vides : pas de carnet, pas de crayon. Ses devoirs étaient faits sur des feuilles volantes qu'elle ne prenait pas la peine de classer. Elle résolvait les mauvaises séries de problèmes, ne faisait que la moitié du travail que je lui donnais, ou ne faisait rien du tout et me regardait fixement quand je lui demandais des explications. J'ai suggéré à Dinah de lui acheter un classeur. Un cahier dédié au SAT, pour ses devoirs. Elle ne l'a jamais fait. Ce n'était pas une priorité.

Ce qui me frustrait, c'est que je savais, au fond, que ça n'avait pas d'importance si Serena n'en foutait pas une. Elle pourrait toujours s'acheter une place dans une université prestigieuse, quel que soit le score qu'elle obtenait au SAT.

Je me suis souvenue de ma première rencontre avec Serena. J'avais fait une remarque sur la beauté de sa maison, qui m'avait réellement époustouflée. J'avais donné des cours à tant d'adolescents comme elle. J'en avais vu, des belles baraques. Mais jamais aussi belle que celle-ci.

Serena avait paru gênée. Elle avait baissé la tête d'un air penaud et dit : « C'est trop. »

J'ai pensé à Lukas, à son vélo, son téléphone à clapet, leur embarras à tous les deux. Ils me rappelaient certains des gamins avec qui j'étais allée à la fac, tourmentés par la richesse de leurs parents. Je m'étais liée d'amitié avec un garçon de première année qui était tellement gêné de vivre à Palo Alto et d'avoir un fonds d'investissement que chaque fois qu'on sortait en ville, il refusait d'acheter quoi que ce soit de plus cher qu'un hot-dog. Lukas et Serena se présentaient l'un à l'autre des modèles de souffrance adaptés à leurs situations respectives. Serena, en particulier, portait sa souffrance comme un insigne. Elle ne cherchait pas à cacher ses problèmes de santé mentale. Lors de nos premières sessions, elle avalait son Lexapro devant moi. Elle avait arrêté d'aller au lycée pendant quelque temps pour cause de dépression. À deux reprises, Dinah avait reporté nos séances, expliquant que Serena se sentait « un peu déprimée ». Les dernières fois où je l'avais vue, Serena avait les yeux cernés et injectés de sang. Il lui arrivait de fixer un point sur le mur, d'un air subjugué, de la même manière que les chats fixent les fantômes qu'ils sont les seuls à voir.

Ces annulations au motif que Serena était « un peu déprimée » m'avaient exaspérée. En partie parce que j'avais dû me démener pour trouver un autre élève afin de compenser le manque à gagner, mais surtout parce que je ne voyais pas bien ce qui pouvait la rendre si triste. J'avais beau essayer de me rappeler que chacun d'entre nous mène ses propres batailles invisibles et autres maximes dignes d'être brodées sur des coussins décoratifs, quand il s'agissait de Serena, je n'arrivais pas à voir au-delà de cette baraque. Les vitraux, la douve, la piscine. Cette baraque qui me rendait folle et me fascinait à la fois. Comment

Serena pouvait-elle vivre entre ces murs et ressentir autre chose qu'une joie pure et transcendante ? Une maison où tous ses désirs, tous ses caprices, tous ses goûts étaient satisfaits. Ça me rendait malade de la voir débarquer avec son air morose, gober son Lexapro, et faire ses petits gribouillis pathétiques pendant que j'essayais de lui expliquer la géométrie. Quel récit crées-tu dans ton esprit, me demandais-je, pour justifier ta tristesse ? Comment parviens-tu à transformer le palais doré dans lequel tu vis en une prison sordide et misérable ?

J'en ai vu certains, de ces actes de création, se produire en direct, sous mes yeux. À une époque, des lycéens me payaient pour que j'écrive leur histoire à leur place. Je les retrouvais au Barnes & Noble de Calabasas et je les « aidais » à rédiger leurs lettres d'admission à l'université. En réalité, je les écrivais moi-même. Je sirotais un chai latte tiède de chez Starbucks en écoutant leurs histoires larmoyantes, puis je pondais mille mots pendant qu'ils faisaient leurs devoirs en leur posant des questions quand j'avais besoin de plus de matière ou de précisions. Quelques-uns de ces lycéens évoquaient avec une certaine sincérité leurs mères alcooliques ou les moments réellement terrifiants où ils avaient frôlé la mort. D'autres abordaient les épreuves qu'ils avaient traversées avec plus de cynisme. « Tu crois que c'est assez triste ? »

Peut-être leur cynisme était-il justifié. Dès leur plus jeune âge, les gamins d'aujourd'hui apprennent que leurs souffrances – si intimes et inexprimables soient-elles – doivent être extériorisées, rendues cohérentes et accessibles aux autres. On leur enseigne très tôt que les gardiens de leurs succès exigeront d'eux qu'ils exhument leurs blessures les plus secrètes et les racontent, encore et encore, jusqu'à ce qu'ils prennent conscience de leur valeur. Une fois qu'ils auront compris comment rendre leur souffrance intelligible – voire esthétique ou séduisante – ils pourront s'en servir comme d'une monnaie d'échange. Ils doivent se préparer à ce processus avant même d'avoir les compétences ou l'expérience nécessaires pour développer une théorie fonctionnelle de leur valeur personnelle. Nous avons tous eu dix-sept ans un jour. C'est un âge où nos identités se construisent tel un patchwork à partir des ressources limitées dont nous disposons, et nous défendons ces identités bec et ongles. Les informations affluent des manuels scolaires, des enseignants et d'Instagram, réfractées à travers tant de lentilles qu'elles perdent toute intégrité structurelle. Après quoi, pour peu que l'on se conforme au schéma conventionnel de l'ascension sociale, on fait une demande d'inscription à l'université. On distille son fragile système de croyances et les éléments bruts de sa biographie dans une dissertation et un score d'examen, et on croise les doigts pour être admis dans la prochaine étape de sa vie. Ou alors, on paie pour y parvenir.

J'ai travaillé avec – pas avec, *pour* – ces étudiants qui paient pour y parvenir. Mes services coûtaient cher. De temps en temps, j'entrais une adresse dans mon GPS et j'étais surprise de découvrir un appartement modeste dans lequel vivaient une mère célibataire, adorable et débordée, et son fils, un jeune athlète prometteur qui avait besoin d'un petit coup de pouce académique pour décrocher une bourse d'études. Mais la plupart du temps, c'étaient des Serena, des Spencer et des Jagger. C'était Bel-Air, Pacific Palisades, Calabasas. J'avais une montagne de dettes à rembourser, et un loyer à payer.

J'avais mis Serena dans le même sac que tous ces étudiants. Les bonnes âmes sincères. Les cyniques au regard fuyant. Ceux qui sont convaincus d'avoir réussi à contourner le système, qui veulent à tout prix s'émanciper de papa et maman. Des élèves brillants, des élèves normaux, des élèves médiocres. J'avais visité tant de maisons. J'avais pissé dans tant de toilettes. J'avais soumis les mêmes problèmes d'algèbre à tant de visages déconcertés, blasés ou pleins d'espoir.

Et si, pendant tout ce temps, Serena avait appartenu à une tout autre catégorie ?

« Elle était impliquée ? » ai-je demandé dans un murmure.

La femme a commencé à écrire.

oui et non

J'ai froncé les sourcils. Comment ça, oui et non ? Qu'est-ce que ça voulait dire ? C'était soit l'un soit l'autre. Soit tu es impliquée dans la séquestration d'une femme retenue comme esclave sexuelle dans un placard sous ton escalier, soit tu ne l'es pas. Je crois à l'ambiguïté morale, bien sûr, mais en l'occurrence, il n'y avait pas de zone grise.

Le soleil disparaissait presque à l'horizon. Le ciel s'était paré d'une teinte rose onirique et la lune qui s'y accrochait semblait presque irréelle.

« Il est temps de trouver un hôtel », ai-je dit en rassemblant nos déchets. J'avais la nausée. La bière, les clopes, ce que j'avais appris et ce que je n'avais pas appris, tout ça m'avait retourné l'estomac. « Allons-y. »

Une forme se mouvait dans l'eau sombre. Un alligator, peut-être. Ou Peter Victor. L'obscurité trompait mes sens.

12

On a franchi la frontière du Mississippi à la tombée de la nuit. Vers 23 heures, on a atteint une ville appelée Pascagoula. On s'est arrêtées dans un Days Inn à la sortie de la nationale. La décoration du lobby semblait ne pas avoir été rafraîchie depuis les années 1980. Un sapin de Noël blanc enveloppé de lumière bleue se dressait à côté d'une machine à café. Un terrier hirsute dormait sous une chaise pliante en plastique. Il a ouvert un œil lorsque le carillon a signalé notre entrée, et l'a aussitôt refermé.

La réception était tenue par un homme blanc qui aurait pu avoir n'importe quel âge entre vingt-neuf et quarante-cinq ans. Son polo et ses lunettes ringardes lui donnaient l'air de s'être évadé d'une maison de retraite, mais sa peau était aussi rose et lisse que celle d'un nouveau-né.

Un journal était posé sur son bureau. Parlait-il de nous ? Si je revenais à la première page, y verrais-je mon propre visage ?

« Bonsoir », a dit le réceptionniste, avec un accent tout en voyelles traînantes du Mississippi. Ses mains étaient nerveuses. Elles sont passées de sa tasse de café à sa souris puis au clavier de son ordinateur préhistorique. « Besoin d'une chambre ?

– Oui. Deux lits, si vous avez. »

Il a hoché la tête et son regard s'est posé sur la femme.

« D'où venez-vous ?

– Atlanta, ai-je répondu nonchalamment.

– Atlanta, a-t-il répété avec un sourire timide. À la bonne heure. Je n'y suis jamais allé.

– C'est super.

– Le pays du Coca-Cola.

– Tout à fait. »

Un mince sourire.

« Et où allez-vous ? »

Il a adressé cette question à la femme.

« Au Texas. Austin », ai-je répondu à sa place.

Un mensonge facile, pour détourner son attention.

« Pour les fêtes ? »

Grognement d'approbation. Sourire poli.

« Votre amie n'est pas très bavarde, m'a-t-il dit en jetant un coup d'œil à la femme.

– Oh, elle est juste fatiguée. »

L'intéressée s'est fendue d'un sourire pâle et docile. J'ai tendu à l'employé la pièce d'identité de Naomi Morgan. Il a étudié le visage sur la photo un peu trop longtemps à mon goût, puis le mien. J'ai procédé à quelques calculs rapides : jusqu'où la nouvelle s'était-elle répandue ? Nous faisions probablement les gros titres en Californie, la première ou la deuxième page en Arizona et au Nevada. Mais l'information avait-elle atteint le Texas ? L'Ohio, le Maine ou le Mississippi ? Les émissions de radio et les articles que j'avais frénétiquement parcourus à la bibliothèque ne donnaient que peu de détails sur la traque, mais il y avait fort à parier que les autorités californiennes avaient demandé à la police de la route de participer aux recherches. Ils devaient être en train d'arpenter l'I-15, l'I-25, l'I-40 et l'I-10 à l'heure qu'il était, et les US Marshals allaient déterrer tout ce qu'ils pouvaient sur nous. Nous pourrions déjà avoir atteint Salt Lake City, Colorado Springs ou Amarillo. Et si un agent du FBI avait entré tout ce qu'il savait sur moi dans un logiciel ? L'algorithme pouvait-il deviner qu'ils me trouveraient dans un Days Inn à Pascagoula, dans le Mississippi ? Ils n'avaient aucune idée de l'itinéraire que nous avions emprunté. Nous étions relativement anonymes, dans la Nissan. Jusqu'à présent, à ma connaissance, le vol de la voiture n'avait pas été signalé, et personne n'avait vu la femme qui l'avait prise. Mais nous n'étions en fuite que depuis deux jours. Ce n'était qu'une question de temps avant que nos visages soient partout. Nous étions tombées sur quatre émissions de radio différentes qui avaient toutes ne serait-ce qu'évoqué les meurtres. Dès demain, nos portraits feraient la une des JT de New York, Atlanta, Chicago, Miami, Washington. Nous n'avions jamais été autant en danger qu'à cet instant précis.

Le réceptionniste a souri et m'a rendu la pièce d'identité. Je me suis balancée impatiemment sur mes talons pendant qu'il cliquait sur des pages web qui semblaient mettre une éternité à charger pour réserver notre chambre. « White Christmas » passait à la radio, et l'homme l'accompagnait d'un sifflement enjoué. Sa bonne humeur était étrangement menaçante.

Enfin, il m'a tendu une paire de clés rouillées.

« Dites-moi si vous avez besoin de quoi que ce soit », a-t-il dit avec un sourire empressé.

J'ai poussé la femme jusqu'à notre chambre et fermé la porte derrière nous.

J'ai couru pour allumer la télévision et zappé entre les chaînes jusqu'à ce que je tombe sur un programme d'informations qui relatait les derniers développements de l'affaire. Je me suis figée en entendant mon nom.

On voyait des camionnettes de journalistes devant une maison. Il m'a fallu plusieurs secondes pour réaliser que c'était celle de ma mère.

Elle en est sortie discrètement et s'est dirigée vers sa voiture en protégeant son visage des flashs agressifs des appareils photo avec son sac à main T. J. Maxx. J'ai entrevu son chemisier zébré et les chaussures plates qu'elle portait pour ne pas avoir mal aux pieds quand elle passait la journée debout au salon de coiffure. Les journalistes et les photographes se sont jetés sur sa voiture comme des zombies affamés. « Pourquoi Evie a fait ça ? » « Où est

Evie ? » « Vous la protégez ? » « Où est Evie ? » « Pourquoi votre fille a-t-elle tué les Victor ? »

Ma mère est sortie de l'allée en marche arrière. Elle avait l'air terrifiée.

La présentatrice du JT l'a remplacée, dure et austère devant un décor citadin en carton. Ses cheveux étaient coiffés en boucles volumineuses comme une chanteuse country de Nashville et elle préconisait la peine capitale. Pour moi. Elle voulait que je sois condamnée à mort. Quand je serais arrêtée. Car je le serais, c'était inévitable. Ce n'était qu'une question de temps. Vos heures sont comptées, Evie Gordon. Nous sommes des millions, des légions entières de citoyens inquiets qui ne cesseront jamais de vous traquer, les crocs luisant dans les ténèbres, une fourche à la main. *Nous vous trouverons. Vous paierez pour ce que vous avez fait.*

J'ai éteint la télé, résistant à l'envie de balancer la télécommande contre le mur. Je voulais piétiner l'écran jusqu'à ce qu'il se fissure et explose. Je voulais arracher ma mère aux pixels en feu et la mettre à l'abri. Je voulais qu'elle m'arrache à cette chambre d'hôtel et me ramène à la maison. Je voulais pleurer.

Les larmes arrivaient, je le sentais. La sensation enflait dans ma gorge, soudaine et brûlante. J'ai attrapé un paquet de cigarettes et j'ai quitté la chambre. Les cigales hurlaient dans les bois qui s'étendaient par-delà le parking vide du motel. Tous les éclairages étaient éteints, y compris celui qui surplombait la benne à ordures. L'obscurité dans le Sud est tellement plus dense qu'en Californie. Moins de lumière, plus d'étoiles. L'air chargé d'humidité était si épais que j'avais l'impression de pouvoir y passer mes doigts comme dans du sable. J'ai inspiré de grandes bouffées d'oxygène et contemplé les ténèbres comme si je pouvais y discerner des formes reconnaissables.

La maison de ma mère devait être à neuf heures de route d'ici. Je pourrais y être dans la matinée si je roulais d'une traite. Je pourrais m'y faufiler par la porte de derrière, éviter les camionnettes des journalistes. Je n'avais pas de clé, mais si je frappais, elle saurait sans doute que c'était moi. Elle me laisserait sans doute entrer.

Dans l'obscurité, une porte s'est ouverte en claquant, et j'en ai presque lâché ma cigarette.

Quelqu'un se tenait dans l'embrasure, à contre-jour.

« C'est vous ? »

J'ai reculé en trébuchant, tendu la main vers la porte.

« Ne vous inquiétez pas, vous ne faites rien de mal. »

La silhouette a fait un pas de plus, et ses traits se sont révélés. C'était le réceptionniste, qui me souriait.

« Vous ne pouvez pas fumer à l'intérieur, bien sûr, a-t-il dit en désignant ma cigarette. Mais dehors, aucun problème. Je peux vous en piquer une ? »

Incapable de parler, j'ai fini par hocher la tête. Il a tiré une cigarette du paquet ouvert et souri de plus belle. Ses dents avaient l'air fausses. Elles étaient trop larges, trop carrées, trop grandes, comme celles d'un cheval.

« Je n'aime pas tant fumer que ça. Mais bon, une fois de temps en temps. Ça peut pas faire de mal. »

Je le sentais qui me regardait, me souriait. J'ai baissé la tête et écrasé le reste de ma clope, que j'avais à peine commencée. Au moment où j'atteignais la porte, il m'a dit :

« Alors, de quel côté vous partez demain, Naomi ? C'est Naomi, c'est ça ? »

J'ai acquiescé. Naomi. Oui. C'est moi. Je suis Naomi.

« On va sûrement prendre la I-49, ai-je répondu en ouvrant la porte pour lui faire comprendre que je n'avais pas envie de discuter, vu qu'il ne semblait pas comprendre les indices plus subtils. C'est le plus rapide pour rejoindre Dallas.

– Dallas ? Je pensais que vous alliez à Austin. »

Merde.

« Ah, oui. Non, je voulais dire Dallas. Mes parents viennent de s'y installer, ils vivaient à Austin avant. La force de l'habitude.

– Votre amie aussi a de la famille là-bas ?

– Mon amie ?

– La femme qui vous accompagne. Comment elle s'appelle ? Elle n'a pas donné son nom.

– Oh, euh, Katie. Elle passe les fêtes avec ma famille.

– Une amie d'enfance ?

– Ouais. Ma meilleure amie.

– C'est mignon.

– Uh-huh.

– Au fait, je voulais vous demander tout à l'heure, a-t-il dit en tapotant sa cigarette d'un air guindé. Que faites-vous dans la vie ? J'ai l'impression de vous connaître. »

Je me suis figée.

« Je suis étudiante », ai-je réussi à dire.

Il a articulé le mot « étudiante » pour lui-même, comme si ça l'intéressait beaucoup.

« En quelle année ?

– Master.

– Ah oui ? Qu'est-ce que vous étudiez ?

– Le droit, ai-je dit, la main agrippée à la poignée.

– Dans quelle école ? a-t-il demandé en s'avançant.

– Emory. »

Le réceptionniste m'a suivie.

« Désolé, c'est juste que j'ai vraiment l'impression de vous avoir déjà vue quelque part.

– D'accord, ai-je fait mollement. Bon, euh, bonne nuit.

– Bonne nuit, Naomi », a-t-il répondu d'un ton enjoué.

J'ai dû me faire violence pour marcher sans me précipiter vers la chambre. La femme m'a regardée entrer en clignant des yeux, l'air à moitié endormie. J'ai commencé à rassembler nos affaires et les placer devant la porte.

« Il faut qu'on parte », ai-je murmuré.

La femme s'est levée lentement.

« Il faut qu'on parte. *Maintenant.* Le réceptionniste de tout à l'heure a l'impression de m'avoir déjà vue quelque part. » J'ai attrapé les clés de la voiture. « On peut pas se permettre d'attendre qu'il comprenne où. »

On a laissé les clés de la chambre à l'intérieur et on est sorties dans le couloir, en nous déplaçant aussi silencieusement que possible. L'éclairage près de la benne à ordures était allumé, illuminant tout le parking.

Le réceptionniste rôdait autour de notre voiture en regardant à travers les vitres.

Il tenait un téléphone contre son oreille.

« … tout à fait, monsieur, son histoire était assez incohérente. Et la femme avec elle, elle… »

La femme a réagi plus vite que moi. Me bousculant, elle s'est précipitée vers le réceptionniste et l'a projeté au sol. Son téléphone lui est tombé des mains.

J'ai couru vers eux et shooté dans le téléphone, puis je l'ai écrasé sous mon talon jusqu'à ce que l'écran se fissure.

Quand je me suis retournée, la femme et le réceptionniste étaient en train de s'empoigner par terre. Il hurlait.

« C'est vous, a-t-il haleté. C'est vraiment vous, celles qui ont… »

La femme essayait de lui couvrir la bouche. Il l'a mordue. Elle a poussé un grognement de douleur et s'est écartée de lui en tenant sa main ensanglantée contre sa poitrine comme un oiseau blessé.

Il s'est relevé avec effort. La femme a foncé sur lui, le bras dégoulinant de sang, et lui a attrapé la cheville. Il s'est écrasé au sol et elle lui est montée dessus, à califourchon sur son torse.

Elle a sorti le couteau à cran d'arrêt, et l'a ouvert d'un geste fluide et glacial.

Puis elle l'a approché de la gorge de l'homme et a fait « chhh » tout bas pour lui intimer le silence.

Ce n'est que lorsque le réceptionniste a fini par se taire et se calmer que je me suis accroupie de l'autre côté de sa tête. La femme avait épinglé un de ses bras maigres sous son genou.

L'autre s'agitait dans le vide. Je l'ai saisi dans mon poing et je l'ai maintenu contre l'asphalte. La lame brillait sur la gorge de l'homme, patiente et affamée. Ses yeux terrifiés et cerclés de rouge roulaient dans leurs orbites.

« Vous n'avez rien vu ici, ai-je sifflé. Est-ce que vous comprenez ? »

Il a émis un gargouillis étouffé. La pointe du couteau était contre sa pomme d'Adam. La femme n'avait qu'à bouger la lame d'un centimètre pour lui trancher la gorge.

Je me suis penchée sur son visage apeuré, le sang palpitant dans mon crâne comme des basses vrombissantes.

« Est-ce que vous comprenez ? » ai-je répété en détachant les syllabes.

J'ai croisé le regard paniqué de la femme.

C'était une menace en l'air. Je le savais, la femme le savait, le réceptionniste le savait. Dès l'instant où on le laisserait partir, il se précipiterait dans le motel et décrocherait le téléphone pour appeler les flics. Et on serait foutues.

« Merde ! »

Je me suis relevée en résistant à l'envie de lui envoyer des coups de pied dans le crâne.

La femme était toujours assise sur son torse. Je voyais dans ses yeux qu'elle le tuerait si je lui disais de le faire. Je n'avais aucun doute à ce sujet. Elle en était capable. Voleuse de voiture. Manieuse de couteaux. Tueuse de réceptionnistes.

J'ai secoué la tête. Et j'ai vu qu'elle avait compris.

Nous ne pouvions pas le tuer. Nous ne pouvions pas nous octroyer ce droit. Cet homme n'était personne. Ce n'était qu'un employé de motel à Pascagoula, dans le Mississippi. Ça ne voulait pas dire que c'était quelqu'un de bien – il avait peut-être des cadavres dans son placard, des têtes dans son congélateur. Mais il avait peut-être aussi une famille. Un nouveau-né à la maison. Une compagne, son amour de jeunesse, une infirmière, qui travaillait de nuit comme lui pour que leurs horaires coïncident. Une mère malade, un fils adolescent. Des proches qui dépendaient de lui. Il faisait ce qu'il pensait être une bonne action. Il n'avait aucune raison de me croire innocente. Tout le monde – peut-être même ma propre famille – pensait que j'étais coupable.

Tout le monde sauf la femme.

Elle a croisé mon regard. J'ai commencé à compter.

Une liaison télépathique vibrait entre nous.

Un, deux…

Cours.

Elle s'est levée d'un bond et s'est précipitée vers le côté passager de la voiture pendant que j'attrapais les clés pour la déverrouiller. Je me suis jetée sur le siège conducteur, j'ai tourné la clé dans le contact et j'ai quitté le parking en trombe. Dans le rétroviseur, j'ai vu le réceptionniste se lever en titubant et crier à l'aide.

13

On a abandonné la carte, et la route. Je voyais désormais la Nissan, ce misérable sanctuaire, comme un animal de proie, à la merci de tous les prédateurs. Nous devions adopter une vue d'ensemble sur nous-mêmes. Seul un faible pourcentage de notre esprit nous appartenait, le reste était occupé par leur conscience, leurs pensées, leurs prédictions de notre comportement. Nous devions nous déplacer avec l'abandon des anarchistes. Privilégier les chemins de terre, les routes secondaires, les rues résidentielles. Éviter les artères principales. Je ne savais pas vers où nous roulions ni depuis combien de temps. La nuit ensablait les heures et les jalons topographiques, nivelant la terre en un interminable tunnel halluciné fait de ciel et de goudron. Une station-service, une allée sombre pour pisser ou vomir en toute discrétion. La femme a vomi deux fois – calmement, sans expression, à croire qu'elle en avait l'habitude. Aucune de nous n'a dormi. À l'approche d'un CVS ouvert vingt-quatre heures sur vingt-quatre, la femme m'a brusquement fait signe de m'arrêter. Elle m'a montré un emplacement sur le parking, à quelques places d'un pick-up GMC sombre et cabossé. Elle a récupéré un tournevis dans un de nos sacs et s'est éloignée sans m'inviter à la suivre. Quelques minutes plus tard, elle a tapé à la vitre avec son poing, embuant la surface de son souffle glacé. Je suis sortie, j'ai ouvert la portière passager de notre nouvelle voiture et je me suis enfoncée dans le siège en cuir craquelé. C'était son tour de conduire.

Je me suis réveillée dans les montagnes. Des pics givrés contre un ciel rose. Comme l'aube commençait à pointer, on s'est arrêtées dans un Quality Inn, un bâtiment d'allure victorienne avec un parking presque vide. Ce n'était pas l'idéal, mais nous avions besoin de repos et nous étions trop vulnérables pour prendre le risque de dormir sur un autre parking d'église. La femme nous a enregistrées avec la pièce d'identité de Katie Choie. Je portais un bonnet et une grosse écharpe qui couvraient autant que possible mon visage sans que cela paraisse suspect. Le moindre centimètre carré du lobby était orné de guirlandes lumineuses et de décorations de Noël. Des enceintes diffusaient à plein volume « Little Saint Nick ». La réceptionniste était une dame âgée aux yeux pétillants, débordant d'entrain malgré l'heure matinale. Il ne lui restait que des chambres avec lit double. Nous en avons réservé une pour la journée et la nuit.

La déco de la chambre était d'un goût douteux : moquette à fleurs, couvre-lit à fleurs, rideaux à fleurs. De grands imprimés criards et de la broderie anglaise. La baignoire n'avait pas été changée depuis les années 1990, mais il y avait de l'eau chaude, c'était déjà ça.

La femme s'est immédiatement dirigée vers les fenêtres pour tirer les rideaux.

C'est à ce moment-là que j'ai remarqué le sang. Une grosse tache sombre à l'arrière de son tee-shirt, près de son coccyx.

« Viens-là », ai-je murmuré.

Elle s'est retournée, déconcertée.

« Ton dos. Tu saignes. »

Elle s'est touché le creux des reins, et son expression a changé lorsqu'elle s'est rendu compte qu'elle était blessée.

« Je peux ? »

Je me suis approchée d'elle lentement, en tendant la main vers son dos.

Elle a hoché la tête d'un air résigné. Le tee-shirt était collé à sa peau par du sang en partie séché et en partie frais. Je l'ai écarté le plus délicatement possible, comme un sparadrap, et elle a enduré la douleur en serrant les dents.

Du sang s'écoulait toujours de la plaie, qui était épaisse et irrégulière. Un objet pointu avait dû l'entailler quand elle s'était battue au sol avec le réceptionniste.

« Va dans la salle de bains, ai-je dit. Il faut qu'on nettoie ça. »

Elle a serré les poings, mais obéi. J'ai retiré ma doudoune. Noire, en matière synthétique, de chez Walmart. Le chauffage était réglé trop fort et je transpirais déjà. J'ai bidouillé le thermostat. La sueur me piquait les aisselles. J'ai entendu le robinet couler pendant que j'étalais le contenu de la trousse de secours sur le lit, à la recherche de bandages et de désinfectant.

La femme était campée devant le lavabo, dos à moi, son tee-shirt encroûté de sang serré dans son poing. Elle m'attendait, la tête penchée, appuyée contre le meuble.

Son dos était nu. Deux fossettes jumelles encadraient son coccyx, comme si quelqu'un lui avait tenu les hanches par-derrière et avait enfoncé ses pouces dans sa chair, la creusant comme de l'argile. On appelle ces creux les fossettes de Vénus.

Sa cage thoracique se déployait puis s'abaissait rapidement tandis que j'avançais vers elle. Je me suis lavé les mains. Le lavabo était d'un rose saumon très rétro. La femme planait à la périphérie de ma vision. Les ailes de ses épaules étaient anguleuses, la courbe de sa colonne vertébrale étrangement obscène. Elle s'est repositionnée, les longs muscles de son dos ondulant puis se tassant comme une tente qui s'effondre. Son tatouage m'invitait à me rapprocher. Des pétales sombres se déployaient sur ses côtes, flétris aux extrémités. La surface semblait veloutée.

J'ai mouillé un gant de toilette et tamponné délicatement le sang séché. Elle n'a pas bronché. Je la sentais juste respirer tandis que je nettoyais la plaie, l'enduisais de pommade antiseptique et la recouvrais d'un bandage.

Je lui ai apporté un nouveau tee-shirt. Elle l'a enfilé prudemment et a accepté la bouteille d'eau que je lui tendais. Il régnait toujours une chaleur oppressante. Nous nous déplacions comme à travers de lourds rideaux, léthargiques, presque droguées. Le coude de la femme a touché le mien, puis son genou. Ses yeux étaient fixés sur ma bouche, hébétés, comme si elle ne savait pas qu'elle me regardait.

De la sueur perlait sur sa lèvre supérieure. Une petite goutte. J'avais envie d'y poser mon pouce pour l'essuyer.

« Ça va mieux ? » ai-je croassé, et je l'ai immédiatement regretté. La pièce était restée silencieuse pendant si longtemps, sans autre bruit que le susurrement de nos mouvements. Ma voix a retenti comme une porte claquée. « Tu devrais la finir », lui ai-je conseillé en désignant du menton la bouteille d'eau.

La femme a hoché la tête et détourné le regard. Quel que soit le sort qui avait été jeté, il venait de se rompre.

J'ai pris une douche. Puis je suis sortie dans le couloir vide, où j'ai trouvé un distributeur. Des biscuits apéritifs Chex Mix, des cookies Famous Amos, des bonbons aux fruits Welch's. Il nous restait des donuts et quelques bières. La femme a descendu la sienne presque cul sec, et je me suis efforcée de suivre son rythme. Elle en a bu une deuxième dans la foulée et a fini les donuts. Quand je me suis sentie suffisamment rassasiée pour me glisser dans le lit et tenter de dormir, j'ai entendu la douche couler de nouveau.

Elle a émergé de la salle de bains trente minutes plus tard, la peau humide et les yeux rougis. Son tee-shirt collait à son torse. Elle s'est arrêtée au pied du grand lit, comme si elle ne savait pas comment y entrer. Je me suis redressée et j'ai soulevé les couvertures de l'autre côté. Une invitation. Je ne voulais pas qu'elle passe encore une fois la nuit dans la baignoire. Et je n'avais pas envie de dormir seule.

Elle a contemplé l'oreiller d'un regard vide, incertain. Puis elle s'est avancée lentement.

Je n'ai pas soufflé mot lorsqu'elle s'est glissée sous les couvertures et tournée sur le côté, dos à moi. Soudain, j'étais douloureusement réveillée. La lumière matinale qui s'infiltrait entre les rideaux et se diffractait sur le plafond donnait l'impression qu'on était sous l'eau. La respiration de la femme était bruyante et irrégulière, son corps agité. Dans ma vision périphérique, je l'ai vue se mettre sur le dos, dans la même position que moi. Le radiateur était silencieux, la pièce aussi calme et feutrée qu'une chambre anéchoïque. Chaque souffle et chaque bruissement résonnaient comme un coup de feu.

Nous avons passé la journée au lit, à dormir par intermittence. Je l'ai entendue se lever plusieurs fois pour boire ou aller aux toilettes. Vers le milieu de l'après-midi, j'ai réussi à dormir une heure et demie d'affilée. À 17 heures le soleil était déjà couché.

J'ai regardé par la fenêtre. La piscine était couverte pour l'hiver, mais il y avait trois enfants assis sur des chaises longues en plastique, qui jouaient avec des consoles portables. Petit à petit, les éclairages de Noël multicolores ont illuminé la pelouse de l'hôtel.

La femme était réveillée elle aussi. J'ai allumé la lampe et pris la télécommande pour trouver une chaîne d'informations.

Elle m'a brusquement attrapé le poignet.

« Tu crois pas qu'on devrait... ? »

Elle a secoué la tête en me regardant d'un air si suppliant que je me suis sentie obligée de céder.

« D'accord. »

Le soulagement a inondé son visage.

« Pas d'infos. Mais trouve-nous quelque chose à regarder, d'accord ? »

Je lui ai lancé la télécommande.

Je ne pouvais pas rester assise en silence ici toute la nuit. Je l'ai laissée zapper et je suis retournée au distributeur, en vérifiant que la voie était libre. Des biscuits au beurre de cacahuète, des chips Ruffles, des boîtes individuelles de Frosties. Deux Coca, deux bouteilles d'eau. Quand je suis revenue, elle s'enfilait une bière devant *Maman, j'ai raté l'avion.*

J'ai posé les snacks sur le lit et ouvert une bière. Après *Maman, j'ai raté l'avion*, on a regardé *The Holiday*. Puis *Noël chez les Muppets*. On a fini les bières et les snacks. Vers 21 heures, je suis allée me laver.

En sortant de la douche, j'ai trouvé la femme accroupie devant le lavabo, vêtue uniquement des dessous en coton Fruit of the Loom que je nous avais achetés. Elle était en train d'éponger une flaque d'eau. Des fringues mouillées étaient suspendues dans toute la chambre – des tee-shirts, des pantalons de jogging et des chaussettes qu'elle avait dû laver dans le lavabo pendant que je prenais ma douche.

« Oh », ai-je fait mollement. La femme s'est levée prudemment. « Merci. D'avoir fait ça. »

Je me sentais crispée et maladroite, et je n'aimais pas ça. Ce genre de politesses me la rendait étrangère. Les échanges non verbaux, presque primitifs, que nous avions dans la voiture me manquaient.

Elle a haussé les épaules, l'air un peu gênée.

Je l'ai laissée seule dans la salle de bains, ma serviette toujours nouée sous mes aisselles. Elle a ôté ses sous-vêtements et entrepris de les laver dans le lavabo. Son corps n'était que muscles fins et angles saillants. J'ai détourné le regard, laissé tomber ma serviette, et je me suis glissée sous les couvertures.

J'ai éteint la lumière et je l'ai entendue se mettre au lit. Le clair de lune frémissait sous les rideaux. Elle était plus proche de moi qu'elle ne l'avait été pendant la journée : pas au point de me toucher, mais suffisamment pour que son souffle me chatouille la nuque.

Quand j'ai senti un doigt effleurer ma main, j'ai cru à un tour de mon imagination. Quand ça s'est reproduit, je me suis tournée pour lui faire face.

« Quoi ? »

Les yeux de la femme fixaient intensément les miens, comme si elle y cherchait quelque chose.

Elle tremblait.

« Quoi ? ai-je répété. Tu as froid ? Tu veux que je monte le chauffage ? »

Elle a secoué la tête. Ses paupières se sont fermées. Elle a pris une grande inspiration et les a rouverts. Son visage était si proche du mien que je distinguais la frange de ses cils.

« Jae, a-t-elle dit dans le silence. Je m'appelle Jae. »

DEUXIÈME PARTIE

LE RÊVE AMÉRICAIN

14

La vapeur du café acheté à la station-service embuait le pare-brise. Sur le tableau de bord se trouvait le butin que nous avions volé au buffet du petit déjeuner du Quality Inn : une pomme emballée dans du plastique et deux bananes noircies et couvertes de peluches après être restées trop longtemps au fond de nos poches. La voiture était un SUV GMC de 2005. Un sac de sport rempli d'affaires de football puantes traînait sur la banquette arrière, ainsi qu'une barre énergétique Clif fossilisée et une cannette vide de Mike's Hard Lemonade, goût cerise noire. Le plancher était crotté de boue et il y avait dans le coffre une tente de camping sale et des chaussures de randonnée pour homme, pointure 45. Il neigeait. Nous entamions notre cinquième jour sur la route.

Nous étions dans les Ozarks, sur le parking d'une station-service loin de tout. Jae avait pris une carte au motel avant de partir. Je suis plutôt douée avec les cartes. Pour l'heure, tout ce qui comptait, c'était de mettre autant de distance que possible entre nous et l'employé de l'hôtel. Gagner du temps jusqu'à ce que le véritable meurtrier des Victor soit identifié, ou que nous soyons obligées d'élaborer un plan plus ambitieux. J'ai tracé un itinéraire qui nous conduirait plus au sud. Je redoutais ce qui nous attendait si nous allions vers le nord. Le froid. Les villes embouteillées du nord-est, tous ces corps. Tous ces yeux.

« Qu'est-ce que t'en penses ? » ai-je demandé à Jae.

Elle n'avait pas encore parlé aujourd'hui. Pas depuis qu'elle m'avait révélé son nom la veille, dans la chambre d'hôtel. Je commençais à craindre d'avoir tout imaginé. Elle a émis un son en guise d'acquiescement. Ni un oui ni un non.

C'était moi qui conduisais. Les seuls bruits qu'on entendait étaient nos gorgées de café, mon doigt qui tambourinait sur le volant avec impatience et le raclement des essuie-glaces luttant contre la neige. Je n'ai tenu que quelques minutes avant que les cris du réceptionniste ne brisent le silence. Je le voyais tituber sur le bord de la route, comme dans un film d'horreur, enfin échappé de la cabane dans les bois, loin du fou qui le pourchassait avec une tronçonneuse. Ou, en l'occurrence, de la fille muette avec un couteau.

J'ai allumé l'autoradio et cherché une station. Une chanson country a jailli des haut-parleurs : une histoire de cheval qu'il fallait sauver, de cow-boy qu'il fallait monter.

Jae a éteint le poste.

« J'en peux plus du silence, l'ai-je prévenue.

– Je sais. T'es vraiment pas douée pour ça. »

J'ai ri, bien trop fort. J'étais tellement soulagée d'entendre de nouveau sa voix, de savoir que mon esprit ne l'avait pas conjurée, que je n'avais pas atteint un nouveau stade de la folie. Sa voix était différente de ce que j'avais imaginé. Elle évoquait une plainte, un sifflement. Elle avait quelque chose de rouillé, comme si elle émergeait d'une partie blessée de son corps.

J'ai risqué un coup d'œil vers elle. La faible lumière du soleil luttait contre les nuages. Seul un faisceau traversait le pare-brise, qui éclairait son visage. Ses yeux brillaient d'une lueur ambrée. Elle a soutenu mon regard un peu trop longtemps avant de se détourner.

Tu es Jae, ai-je songé en étudiant son visage d'elfe aux traits saillants. Ses longues mains à l'ossature fine et ses ongles rongés. *Jae est qui tu es.*

« Raconte-moi une histoire alors, ai-je dit. Si tu ne veux pas qu'on écoute la radio. »

Je n'avais pas prévu de lui demander une telle chose. La patience et le respect de son intimité faisaient partie des rares cadeaux que je pouvais lui offrir. Son histoire, qu'elle soit tragique ou banale, ne regardait qu'elle. Je ne voulais pas la forcer à faire de sa vie une monnaie d'échange, un tribut que je lui réclamais pour ma loyauté.

Mais il est plus facile d'aborder les sujets délicats en voiture, quand on n'a pas à regarder l'autre personne dans les yeux. De dire des choses qu'on ne dirait pas dans d'autres circonstances. De poser des questions qu'on ne poserait pas.

« Quel genre d'histoire ? » a demandé Jae à voix basse.

J'ai éprouvé un petit frisson.

« Peu importe. »

Je l'ai entendue déglutir tandis qu'elle regardait les montagnes.

« Je ne connais pas de bonnes histoires. »

Mon courage s'estompait rapidement. Apprendre son nom ne m'avait pas rassasiée : ça n'avait fait qu'accentuer ma faim. Après tant de jours passés en sa compagnie silencieuse et solitaire, j'aurais accepté n'importe quoi.

« Alors raconte-m'en une mauvaise.

– Je suis rouillée.

– C'est pas grave, laisse tomber. » J'ai tiré une cigarette du paquet, essayé en vain de l'allumer. J'avais honte de m'être fait remballer – j'en avais trop demandé, trop tôt. « C'était une idée stupide. »

Jae s'est penchée pour m'aider. Elle a entouré la flamme d'une main, stabilisé la mienne de l'autre. J'ai compté la mesure de mon propre souffle, senti ses tentatives maladroites. J'étais soulagée d'avoir des tâches sur lesquelles me concentrer – des rétroviseurs à consulter, des voitures à surveiller, des clignotants à enclencher. J'aurais voulu moins le vouloir. Moins vouloir la connaître. Comme c'était impossible, j'ai comblé les lacunes moi-même. Ses parents étaient des athlètes olympiques, des musiciens itinérants ou des journalistes d'un pays en guerre fuyant la persécution. Petite, elle avait été ballottée entre des gouvernantes cruelles à Paris ou confiée à des proches négligents en Malaisie. Elle avait fui leurs maltraitances et s'était élevée toute seule. Elle volait de quoi se nourrir sur les étals de marchés bondés, escaladait des arbres pour cueillir leurs fruits. Elle s'était cachée dans des caisses pour traverser des océans. C'était une boxeuse qui participait à des combats clandestins en Espagne, une voleuse de voitures à Busan. C'était la muse d'un peintre au Maroc, une musicienne de rue à Carthagène. Elle s'appelait Jae. À part ça, je ne savais absolument rien d'elle.

« Je me suis entraînée, tu sais », a dit Jae.

Sa voix était douce. Je mettais tant d'énergie à l'ignorer que j'ai failli ne pas remarquer qu'elle avait parlé.

« Je murmurais des choses, a-t-elle poursuivi. En secret. Quand tu partais nous acheter à manger. Dans la baignoire, la première nuit.

– Tu t'entraînais à... parler ?

– Oui. Je voulais être sûre d'en être encore capable. Ma voix me paraissait... étrange. » Elle parlait lentement, choisissait chaque mot avec soin pour être certaine d'être comprise. « Ça faisait si longtemps que je ne l'avais pas entendue. Je n'aimais pas comment elle sonnait.

– J'aime ta voix », ai-je dit sans réfléchir.

Elle a dardé sur moi un regard acéré, comme si elle pensait que je me moquais d'elle.

« C'est vrai. »

Je le pensais vraiment. Sa voix était grave et rugueuse, profonde comme peut l'être celle d'une amante au réveil. Une voix qui ne s'adresse qu'à une seule personne.

« Je n'ai jamais été très loquace, a repris Jae, une fois convaincue de ma sincérité. Même petite, je parlais très peu. Mes parents pensaient que ça me viendrait en grandissant. Mais ils se trompaient. Et puis, dans la maison... »

Elle a ravalé le nœud dans sa gorge.

« Ce n'est pas que j'ai oublié comment parler. Ça ne s'oublie pas. Mais j'étais tellement habituée à la solitude que quand tu as enfoncé la porte… la machine s'est arrêtée, et je ne savais pas comment la remettre en marche. Je savais que j'étais toujours capable de parler, qu'il fallait juste que je trouve le levier. Mais… c'était difficile.

– Je ne vais pas te forcer. »

J'ai senti qu'elle étudiait mon visage.

Au bout d'un long moment, elle a dit : « Je sais que je ne t'ai pas facilité la tâche. »

Ne sachant pas quoi répondre à ça, j'ai gardé le silence.

« Mais tu ne m'as pas abandonnée. Tu nous as protégées.

– C'est toi qui nous as protégées. Moi, je suis à la ramasse. Tout ce qu'on a obtenu, les voitures, les pièces d'identité, c'est grâce à toi.

– Je suis douée pour me procurer des trucs, a concédé Jae. Mais c'est toi qui sais t'en servir. Tu parles. Les gens t'écoutent.

– C'est juste parce que toi tu ne parles pas.

– Parce que les gens ne m'écoutent pas. Toi, ils t'écoutent. »

Je n'ai pas pu m'empêcher de rire.

« Moi aussi, je t'écoute », a murmuré Jae.

Ça ressemblait à une confession.

« Raconte-moi une histoire, ai-je dit.

– Pour quoi faire ?

– Comment ça, pour quoi faire ?

– Qu'est-ce que tu vas en tirer ?

– En tirer ? Rien du tout, je veux juste apprendre à te connaître. C'est ça, la récompense. J'apprends à te connaître.

– Me connaître n'est pas une récompense. »

J'ai eu une vision soudaine de l'intérieur de la maison des Victor, un univers où tout était transactionnel, uniquement compris en termes de coûts et de valeur. Ceci vaut plus que cela. Je vaux plus que toi.

« Je veux juste une histoire, ai-je dit. Pour rendre le trajet moins pénible. Tu n'es pas obligée de me parler de toi. Donne-moi quelque chose à écouter, n'importe quoi. »

C'était un peu pathétique. Je me sentais comme un vieux capitaine de navire échoué sur une île déserte. Juste moi et mon ballon de volley. Était-ce un avion de secours que je venais de voir passer, ou un tour cruel de mon imagination ? Je ne savais pas combien de temps je tiendrais si c'était la seconde option.

S'il te plaît, ai-je pensé. Parle-moi, c'est tout.

« D'accord, a dit Jae. J'ai une histoire pour toi. »

Il était une fois une jeune artiste qui s'appelait Mila. Originaire d'Ukraine, elle était d'une grande beauté. Le genre de beauté qui rend les hommes stupides. Elle avait épousé un homme riche en Allemagne, mais elle n'était pas heureuse avec lui. Après leur déménagement en Amérique, l'homme riche interdit à Mila de travailler, alors, pour s'occuper, elle allait tous les jours chez le fleuriste, achetait les bouquets les plus chers et les plus élaborés, et les ramenait chez elle pour les peindre.

Dans cette boutique travaillait un beau jeune homme nommé Jordan Park. Il expliqua à Mila que lorsqu'il avait quitté la Corée du Sud pour s'installer aux États-Unis, il avait choisi le nom de Jordan car c'était celui d'un joueur de basket qu'il admirait. Mila ne savait rien de Michael Jordan, ni des fleurs, ni de la musique des Beatles, ni de toutes les choses dont Jordan aimait lui parler, mais elle se rendait à la boutique presque tous les jours pour le voir. Même si son anglais n'était pas très bon, elle se faisait un devoir de le parler avec Jordan, pour l'impressionner. Le sien était excellent. Elle aimait passer en revue toutes les fleurs et lui demander ce que chacune d'entre elles signifiait. Elle apprit ainsi que le lotus représentait la renaissance. Le rhododendron le danger. La gueule-de-loup la tromperie. L'œillet de poète, la favorite de Jordan, la galanterie. La préférée de Mila était la rudbeckie hérissée, qui symbolisait la justice.

Ils entamèrent une liaison. Jordan vivait dans un petit studio, ce que Mila trouvait charmant. Elle quitta son premier mari pour s'installer avec lui. Au bout de quelque temps, lorsque Jordan se sentit suffisamment en confiance, il révéla à Mila les détails de son enfance, une vie dont il parlait de façon si impersonnelle qu'on aurait pu croire qu'elle appartenait à quelqu'un d'autre. Son vrai prénom était Sung-ho et il était né à Séoul. Sa mère était chanteuse, mais elle avait mis fin à sa carrière à la naissance de son fils. Elle n'avait alors que dix-huit ans. Son père, un homme d'affaires, avait perdu la vie dans un accident de voiture quand Jordan avait quatre ans. Sa mère souffrait de longues périodes de dépression nerveuse quand il était bébé, c'était donc principalement sa grand-mère qui l'avait élevé. Elle cultivait des pastèques sur l'île de Jeju. D'après Jordan, c'était le plus bel endroit du monde.

Plus beau que la Californie ? demanda Mila, surprise, et en réponse, Jordan éclata de rire. *Oui. Plus beau que la Californie.*

Mila ne pouvait imaginer plus bel endroit que la Californie. Certainement pas l'Ukraine, en tout cas, qui était froide et grise, ou Berlin, qui, en plus d'être froide et grise, était en permanence sous kétamine. Elle se demandait souvent pourquoi Jordan n'évoquait jamais cet endroit qu'il disait tant aimer. Selon lui, la beauté ne pouvait remplacer la liberté. Mila finit par comprendre que, dans l'esprit de Jordan, liberté était un autre mot pour désigner l'argent. Il lui parla d'une révélation qu'il avait eue un jour, après une interaction avec un touriste américain qui lui avait acheté une pastèque. Les touristes étaient nombreux à venir sur l'île de Jeju, pour admirer la mer et découvrir la cuisine locale. D'abord méfiants, ils constataient avec stupéfaction qu'elle était délicieuse. Mais ce touriste américain n'était pas comme les autres. Il se déplaçait et faisait ses achats avec une grande assurance ; il parlait même quelques mots de coréen. Il était accompagné d'une belle femme qui portait une longue robe bleue. Lui était tout de blanc vêtu, avec des chaussures en cuir et une montre en or qui scintillait au soleil. Il acheta une pastèque à l'étal que la grand-mère de Jordan tenait au marché des fermiers et lui en donna 200 000 wons, soit environ 150 dollars. Il offrit cet argent avec une indifférence et une désinvolture qui stupéfièrent Jordan. La belle femme à son bras sourit au touriste, puis elle sourit à Jordan, qui se dit : *Un jour. Un jour.* À la maison, il travaillait sans relâche, mais sa situation n'évoluait pas et n'évoluerait jamais, même s'il changeait de travail. Il savait que son père n'avait pas été tué par un chauffard, comme le prétendait sa grand-mère : il avait délibérément quitté l'autoroute pour échapper à ses dettes et à sa charge de travail écrasante. Mais en Amérique, il y avait beaucoup de gens riches. On disait qu'ils étaient des centaines de milliers, voire des millions, et ils ne descendaient pas de rois mais de fermiers, comme lui. Il y avait plus de riches là-bas que n'importe où dans le monde.

Jordan était parti vivre en Amérique à l'âge de vingt et un ans. Cinq années s'étaient écoulées depuis. Il n'était pas encore riche, mais il le deviendrait, il en était certain. Il écoutait à la radio des programmes consacrés au monde des affaires, des émissions animées par des hommes aux voix fortes qui insupportaient Mila. Il acheta un livre intitulé *Père riche, père pauvre,* et en lut des passages à Mila. Celle-ci trouvait l'ouvrage stupide, mais elle gardait son opinion pour elle. Après tout, quel mal y avait-il à ce que son mari ait des pensées stupides ? Essayer de le raisonner, c'était emprunter le plus court chemin vers la folie. Et cette pensée stupide avait au moins le mérite de rendre Jordan heureux, de lui donner un but. Il y avait des choses bien pires.

Bien que Mila n'ait jamais exprimé la moindre nostalgie pour le train de vie luxueux dont elle jouissait autrefois, Jordan se mit en tête de lui acheter une maison. Elle proposa de trouver un emploi pour l'aider, mais lui non plus ne voulait pas la laisser travailler. Il affirmait que son niveau d'anglais n'était pas à la hauteur, mais Mila avait toujours suspecté que la vraie raison était tout autre : l'idée d'être incapable de subvenir aux besoins de sa femme lui était trop humiliante.

Jordan prit un deuxième emploi comme boucher. Il continuait d'écouter des émissions à la radio qui prêchaient l'importance de la propriété et de l'investissement. Il mettait autant d'argent de côté que possible, dans l'espoir d'en amasser suffisamment pour pouvoir verser un acompte. Les projets immobiliers pullulaient, notamment à Irvine et Anaheim. Des maisons avec deux ou trois chambres à coucher, idéales pour un premier achat, que les agences promouvaient avec des photos en couleur mettant en scène des familles souriantes de la classe moyenne.

Mila tomba enceinte. Une grossesse non prévue, qui leur coûta très cher. Quand l'enfant fut en âge d'entrer à l'école primaire, Mila avait sombré dans une profonde dépression. Jordan était convaincu d'en être responsable. Contrairement à la plupart de ses amis, il n'avait pas encore gagné assez d'argent pour acheter une maison. Jordan ne comprenait pas. Ses amis ne pouvaient pas gagner beaucoup plus que lui.

Nous avons fait un emprunt, lui expliquèrent-ils, comme si c'était une évidence. Jordan, embarrassé par son ignorance, décida de suivre leur exemple. Il craignait que ses maigres économies ne lui permettent pas de décrocher un prêt, mais, contre toute attente, la banque lui en accorda un.

C'est ainsi qu'il put installer sa petite famille dans une maison avec trois chambres à Irvine. Le prix de vente était de 245 000 dollars et le crédit, selon Jordan, ne lui coûtait presque rien. Les intérêts étaient simplement intégrés au capital de départ. Comme la maison était située sur Carmel avenue, ils la baptisèrent « la maison Carmel ».

On s'est arrêtées à une autre station-service dans l'Arkansas, tout près de Little Rock. La neige avait cédé la place à une pluie glacée. Jae s'est chargée de nous ravitailler en nourriture, des snacks faciles à glisser discrètement dans les poches – petits sachets de noix et bâtonnets de viande séchée – pendant que je faisais le plein. Elle a ouvert un sachet de noix avec ses dents et en a versé une poignée dans ma paume. Je nous ai ramenées sur l'autoroute en gardant une expression aussi neutre que possible.

Je ne voulais pas que mon enthousiasme l'effraie et qu'elle se mure de nouveau dans le silence.

« Mila et Jordan, me suis-je risquée à dire. C'est tes parents. »

Jae a répondu par un haussement d'épaules. Je n'arrivais pas à l'imaginer enfant. Elle était si compétente dans toutes les situations. Il était difficile de croire qu'elle avait un jour dépendu de quelqu'un ou quelque chose d'autre que sa propre ruse.

« T'étais comment, quand t'étais gamine ?

– J'étais kleptomane, a-t-elle répondu entre deux bouchées de bœuf séché. Je plaisante pas, a-t-elle ajouté en me voyant rire. Les cartes Pokémon, c'est avec ça que j'ai commencé. Tout le monde en avait à l'école, sauf moi. Mon père pensait que c'était une dépense inutile. Je lui ai dit ce que j'entendais à la récré : un jour, ces cartes vaudront beaucoup d'argent. Mais il ne faisait confiance à ce genre de spéculations que lorsqu'elles émanaient des experts du marché boursier qu'il écoutait à la radio. Pas de moi.

– Donc tu les as volées.

– C'était facile. Je comprenais pas pourquoi mon père ne volait pas, lui aussi. Il voulait offrir à ma mère des petites boucles d'oreilles avec des perles. Je me souviens avoir pensé : pourquoi il ne les a pas simplement glissées dans sa poche ? C'est ce que je faisais. Je n'avais même pas besoin de me cacher. Quand j'étais gamine, j'étais convaincue d'avoir des superpouvoirs. Je pouvais marcher à la vue de tous et voler des trucs sur les étagères sans que personne ne me voie.

– Et tes parents ne se doutaient de rien ? Tu ne t'es jamais fait prendre ? »

Jae a secoué la tête.

« Je cachais mon butin dans le bureau de ma mère, là où elle gardait ses accessoires de peinture. Je savais que personne ne risquait de les trouver là-dedans. Elle ne s'en servait plus, elle passait ses journées à dormir.

– Sa dépression ne s'est pas améliorée ? Quand vous avez déménagé ?

– Dans la maison Carmel ? » Jae est restée silencieuse un moment. « Peut-être un peu. Je crois qu'elle aimait cette nouvelle maison. Elle avait retrouvé de l'énergie. Elle passait beaucoup de temps à l'embellir. Elle a arraché le papier peint du salon et repeint les murs, et elle les a recouverts de ses propres œuvres. Des aquarelles d'oiseaux. Une fois, elle a même accroché l'une des miennes. Je n'avais pas son talent, mais elle en a quand même exposé une. Une grue. Mais son bonheur n'a pas duré. Elle avait un secret. »

Un cancer des ovaires. Mila le savait depuis des années, mais elle le cacha à son mari et à sa fille aussi longtemps que possible. Jae pouvait comprendre pourquoi : son père croyait aux vertus du travail, il était persuadé que tout labeur portait ses fruits. Il y croyait aussi fermement qu'il croyait en Dieu. S'il avait été au courant de la maladie de Mila, il aurait pris un autre emploi pour payer le traitement. Il se serait tué à la tâche. Elles le voyaient déjà si peu. À la place de sa mère, Jae aussi lui aurait menti.

Mila retourna en Ukraine pour être avec ses parents. Elle communiquait à peine avec Jordan. Jae non plus ne parlait presque pas à son père. À cette époque, il passait ses journées à travailler. Les rares fois où ils avaient le temps d'échanger plus de quelques mots, il ramenait toujours la discussion à l'université. Il était obnubilé par l'idée de faire entrer Jae à UCLA. Jae s'inquiétait des frais de scolarité, mais Jordan lui assura qu'il leur suffirait de faire un emprunt, comme ils l'avaient fait pour la maison. Ne pas y aller n'était pas une option. Si sa fille allait à l'université, elle obtiendrait un emploi bien rémunéré. Jordan n'était pas allé à l'université, et c'est pour cette raison qu'il n'avait pas d'emploi bien rémunéré. Ainsi fonctionnait le monde. Chaque dimanche matin, il réveillait Jae à 6 heures pour lui faire passer un test complet d'entraînement au SAT. Si elle obtenait un score assez élevé, elle pourrait décrocher une bourse d'études conséquente.

C'était en 2009. Jae était alors au collège. Ils programmèrent son premier examen pour le mois d'octobre.

« Comment tu t'en es sortie ?

– Je n'y suis pas allée », a répondu Jae d'une voix étrange.

Je l'ai regardée. Elle tenait une cigarette éteinte. Un muscle roulait dans sa mâchoire.

« Un mois avant ça, on s'est fait expulser », a-t-elle ajouté.

Jae n'avait pas encore eu le temps de digérer le mot « expulsion » que la police commençait à sortir leurs possessions dans le jardin. On leur expliqua que la banque réclamait 300000 dollars d'arriérés. Le père de Jae était abasourdi.

Trop gêné pour appeler un de ses amis de l'église, il força Jae à contacter son camarade Kevin Ahn, dont il savait qu'il venait d'une famille fortunée. C'était humiliant, mais son père ne lui laissait pas le choix. M. Ahn leur trouva un appartement que la ville d'Irvine qualifiait de « logement abordable », réservé aux ménages à faible revenu, ce que Jordan prit comme une offense personnelle.

Le nouvel appartement se trouvait dans un immeuble baptisé l'Auberge, dans le quartier de Woodbury, un nom suggérant qu'il était destiné à être temporaire. Tous les soirs, Jordan épluchait ses relevés de compte pour essayer de comprendre où il s'était trompé. Il arriva à la conclusion que sa compréhension des prêts hypothécaires était fondamentalement erronée. Jae lui fit part de sa propre théorie, à savoir qu'ils s'étaient fait escroquer. Elle pensait que cette explication pourrait, paradoxalement, réconforter son père. Mais elle eut l'effet opposé. Une erreur dont Jordan portait l'entière responsabilité ne pouvait pas entamer son système de croyances. Il n'était après tout qu'un simple fleuriste. Mais l'idée qu'une banque américaine l'ait floué à dessein, lui, ainsi que des milliers d'autres personnes ? C'était inconcevable.

Ce n'est pas à ce moment-là qu'il frappa Jae. C'est sa remarque suivante – le fait qu'ils étaient désormais des sans-abri – qui lui valut une gifle. Le coup n'était pas très fort, mais il lui laissa malgré tout un bleu. Rongé par la culpabilité, son père la força à rester à la maison les jours suivants. Ce n'était pas une consolation pour Jae. Elle n'était pas particulièrement populaire au lycée, mais elle avait deux amis, Kevin Ahn et Minho, avec qui elle faisait du skate après les cours. Et au moins, là-bas, elle inspirait la crainte : ses vêtements trop larges, son maquillage sombre et son regard glacial intimidaient. Malgré ses notes excellentes, ses professeurs ne l'aimaient pas ; ils voyaient dans son mutisme et son air maussade une provocation. Pourtant, elle préférait aller en cours que rester chez elle, et de loin. À la maison, elle se retrouvait seule avec son père dans leur étrange appartement aux murs blancs, avec la télé posée à même la moquette et les piles de manuels d'entraînement au SAT qui l'attendaient.

Elle put reprogrammer l'examen pour le mois de mars, et obtint un score parfait.

15

« Un *score parfait* ? »

La manœuvre avait fonctionné. L'histoire de Jae avait réussi à captiver mon attention pendant toute la matinée. En début d'après-midi, le soleil eut raison des nuages de pluie et le pare-brise se mit à scintiller innocemment sous ses rayons. J'avais du mal à croire que, trente-six heures plus tôt, nous avions mis un couteau sous la gorge d'un homme.

Jae avait l'air gênée.

« J'ai passé un examen blanc chronométré tous les week-ends pendant au moins quatre ans. Tu t'attendais à quoi ?

– Il n'y a que mille personnes qui obtiennent un score parfait chaque année.

– T'es en train de me dire que ton score était mauvais ? Tu étais tutrice pour le SAT.

– Non, mais il n'était pas parfait.

– Ton père t'obligeait à t'entraîner tous les week-ends ?

– Non. Je l'ai passé qu'une fois.

– Ah. Tu fais partie de ces connards. »

Je n'ai pu m'empêcher de sourire.

« Je suis juste douée pour les tests, me suis-je défendue. Ce qui, soit dit en passant, est l'une des compétences les plus inutiles qui soient. Ça te sert qu'une fois dans ta vie. Tu parles d'un superpouvoir.

– Je suis sûre que ça t'a aidée, à la fac.

– Que dalle. Ma fac était trop exceptionnelle pour nous faire passer des tests.

– Alors comment ils vous notaient ?

– Ils ne nous notaient pas », ai-je admis.

Jae a soupiré, incrédule.

« Ça se passait pas comme ça à UCLA.

– Donc t'y es allée, finalement ? »

Elle a secoué la tête.

« C'est ton tour.

– Mon tour de quoi ?

– De raconter une histoire.

– Ah, c'est ça le deal ? C'est une sorte de jeu ? Œil pour œil ?

– Mes histoires ne sont pas gratuites, a dit Jae, comme si j'étais folle d'insinuer le contraire. J'en veux une en échange. Ma récompense. »

C'est ça, la récompense. J'apprends à te connaître.

J'ai regardé Jae. J'avais toujours du mal à croire qu'elle me parlait. Elle semblait épuisée. Mais quelque chose dans sa voix suggérait qu'elle était aussi soulagée, et elle-même un peu surprise. Elle s'exprimait d'une manière posée, parfois en accélérant, en expédiant certaines parties, peut-être de crainte que je change d'avis et décide que l'écouter parler était une perte de temps.

« Ce n'est pas ce que font les gens en road trip ?

– Comment ça ? Tu n'en as jamais fait ?

– C'est la première fois que je quitte la Californie. »

J'ai froncé les sourcils. C'était difficile à croire, mais son air un peu gêné laissait penser que c'était bel et bien le cas. Tout ce temps passé sur la route, tous ces États que nous avions traversés – Jae n'avait jamais rien vu de tout ça jusqu'à présent.

« J'en ai fait quelques-uns, ai-je dit. Le dernier était assez horrible.

– Pire que celui-ci ?

– C'était avec un ex. »

Jae avait l'air intéressée.

« Raconte-moi.

– Il s'appelait Christian St. Clare. On est sortis ensemble pendant quatre ans. On étudiait dans la même fac. C'était dans le Nord-Est, une fac de sciences humaines qui coûte un bras. Il n'y avait pas beaucoup d'autres étudiants originaires du Sud.

– Tu viens du Sud ?

– Ouais. De Caroline du Nord. Une petite ville près d'Asheville. J'avais l'impression que tous les autres étudiants de ma promo venaient de Manhattan, Boston ou Los Angeles. J'étais la seule à venir de Caroline du Nord. Il y en avait deux qui venaient de Louisiane, et Christian en faisait partie. On a commencé à sortir ensemble à la fin de la dernière année. Il était riche. Il a mis longtemps à me l'avouer. Il avait un fonds fiduciaire et il n'assumait pas, ça l'embarrassait beaucoup.

– Pourquoi ? » a demandé Jae, sincèrement curieuse.

J'ai eu un rire gêné.

« Parce que ce n'était pas mon cas. Et... je sais pas, j'imagine qu'il ne voulait pas que je le voie comme un fils à papa.

– C'est comme ça que tu le voyais ?

– Non. Honnêtement, à ce moment-là, j'avais l'habitude des mecs comme lui. » Je parlais couramment le langage de la richesse héritée. Je m'étais fait les bons amis. J'apprends vite. J'étais à l'aise dans leur monde, même si je n'avais pas le portefeuille qui allait avec. C'est l'avantage d'une bonne éducation en sciences humaines. Le véritable retour sur investissement de mes coûteuses études, c'est que j'avais appris à donner le change. Donc pour faire court, non, je n'avais pas l'impression qu'on était si mal assortis que ça. J'étais devenue si habile pour me mouvoir dans le monde de Christian que j'avais presque oublié que mes parents n'avaient pas déménagé avec moi, qu'ils étaient toujours les adorables collectionneurs de bons de réduction que j'avais laissés en Caroline du Nord.

J'ai expliqué à Jae que c'était devenu bizarre une année à Noël, quand nos parents s'étaient rencontrés pour la première fois. On sortait ensemble depuis trois ans à ce moment-là, et la mère de

Christian avait rejoint ma famille en Caroline du Nord pour les fêtes. Elle s'était montrée extrêmement désagréable, quoique d'une manière très courtoise. Les femmes du Sud excellent dans l'art de l'insulte subtile. « Waouh, je ne bois jamais de vin Barefoot – de quelle région provient-il ? La Californie ? L'Italie ? » J'ai dit ça en faisant une mauvaise imitation de l'accent de Mme St. Clare. Elle était partie un jour plus tôt que prévu, alors que mes parents avaient réservé une table dans le *steakhouse* le plus chic de la ville. Ils avaient versé un acompte non remboursable. Mes parents s'en voulaient terriblement. Ils pensaient avoir fait quelque chose de mal.

Ce qui est arrivé par la suite est entièrement de ma faute. Quelques mois plus tôt, Christian et moi avions planifié un road trip pour la première semaine de janvier. J'aurais dû annuler. On a passé des jours à éviter de parler du fiasco qu'avaient été les fêtes.

« Quand j'ai fini par évoquer le sujet, tu sais ce qu'il a dit ? "Tu as raison. On aurait dû faire ça chez ma mère. Ça se serait passé beaucoup mieux." J'ai rompu avec lui dès notre retour à LA. »

Nous approchions de Birmingham, en Alabama, et nous étions affamées, mais nous avions trop peur de nous faire remarquer pour risquer un passage au drive-in ou un autre vol à la tire dans une station-service. Je me suis garée au fond d'un parking Walmart et j'ai étudié la carte en m'efforçant d'ignorer les protestations de mon estomac vide. Nous étions à environ quatre heures de route de la Floride. La question était : jusqu'où voulions-nous descendre ? L'idéal aurait été qu'on trouve un endroit où dormir dans le Nord-Ouest de l'État. Un endroit qui ne soit pas un hôtel.

C'est à ce moment-là que j'ai eu une idée.

« Et si je te disais que je connais une maison où on pourrait rester ? ai-je dit. Une maison vide. Je sais exactement où elle se trouve, et je suis sûre qu'il n'y aura personne. J'y suis allée au moins quatre fois et ils ne passent jamais les fêtes là-bas.

– À qui appartient-elle ? » a demandé Jae, méfiante.

J'ai ouvert la bouche, puis je l'ai refermée. Les yeux de Jae se sont plissés d'un air suspicieux.

« Les St. Clare », ai-je admis.

Elle a éclaté de rire.

« Quoi ?

– Tu veux te venger, c'est ça ?

– Quoi ? Non. Tu me prends pour qui ? Je suis pas folle. »

Jae a pris un air profondément sceptique.

« Je suis pas... oh, et puis merde. » Plus j'insistais, moins j'avais l'air saine d'esprit. « Écoute, c'est une maison immense, magnifique et vide. On peut s'y cacher pendant quelques jours, le temps de trouver un plan d'action. C'est plus sûr que d'être sur la route. Surtout maintenant que quelqu'un nous a identifiées. »

En plus, je savais où Mme St. Clare gardait ses bijoux de luxe.

Donc peut-être était-ce bien une question de vengeance, en fin de compte. La maison avait un jour été décrite dans le magazine *Southern Living* comme « un petit bijou d'architecture d'inspiration antillaise ». Elle se trouvait dans une rue appelée, tenez-vous bien : Olde Plantation Road. Autant dire qu'elle méritait de se faire cambrioler.

Jae n'avait toujours pas l'air convaincue.

« C'est à quatre heures de route si on roule d'une traite, ai-je dit. Et on va dans cette direction de toute façon. Si on voit que ça ne craint rien, on reste une nuit ou deux. Sinon, on ira ailleurs. »

C'étaient des arguments imparables. Elle n'a rien trouvé à redire.

À la nuit tombante, nous avons franchi la frontière de la Floride. Les nuages étaient gonflés de pluie, sombres dans le ciel nocturne. Nous avons traversé Pensacola. Tiger Point. Navarre. Wynnehaven.

Mary Esther, la Floride profonde. Les chênes festonnés de lichen scintillaient sous les éclairs de chaleur comme des fantômes de l'avant-guerre. Je n'étais pas venue ici depuis des années, mais je reconnaissais quelques lieux familiers, comme le Target où j'avais fait un saut plusieurs fois pour acheter un maillot de bain de rechange, un pack de six, et des ingrédients de dernière minute pour une recette que Christian et moi voulions tester. À l'exception du Target, tout semblait être resté dans son jus depuis les années 1980. Une station-service couverte de graffitis, un supermarché discount, un salon de tatouage et un magasin de plongée se partageaient le terrain d'une petite zone commerciale à ciel ouvert. Les lotissements, qui ne comprenaient qu'une seule rue, portaient des noms comme Sleepy Hollow et Plantation Oaks. Il y avait trois églises différentes à moins d'un kilomètre : baptiste, grecque orthodoxe et méthodiste. Bref, ce n'était pas le genre de ville qui attirait des hordes d'étudiants en *spring break*.

Juste à côté du cimetière – hanté, sans aucun doute – se trouvait la maison des St. Clare. Ils n'avaient pas de voisins ; l'autre côté était occupé par un marécage désert. Le portail, comme toujours, était ouvert. J'ai descendu l'allée familière jusqu'à ce que nous soyons enveloppées dans l'obscurité, seul le clair de lune s'infiltrant à travers la canopée des arbres.

La maison s'élevait au bout de l'allée. Avec ses bardeaux couleur crème et ses finitions d'une nuance vert d'eau très subtile, son style évoquait à la fois l'architecture de Nantucket et de Charleston.

Des cheminées jumelles en brique se dressaient sur le toit, semblables aux yeux pédonculés d'un crabe. Une galerie faisait le tour de la maison, parée de rocking-chairs et de treillis de bougainvilliers. Des fougères hirsutes jaillissaient de paniers suspendus qui se balançaient dans l'air épais de la tempête. Une vedette que je ne connaissais pas était garée dans l'allée, attelée à un pick-up que je ne connaissais pas non plus. À part ça, rien n'avait changé.

Nous sommes sorties de la voiture. J'entendais le fracas de l'océan, le grincement du ponton des St. Clare.

Les portes étaient fermées à clé, comme je m'y attendais, mais pas les fenêtres. Il nous a fallu un certain temps pour en trouver une ouverte, celle d'une chambre à l'étage. J'ai dû laisser Jae grimper sur mes épaules et enfoncer douloureusement les semelles de ses chaussures dans mon cou pour qu'elle se glisse au travers, aussi gracieuse qu'un chat. De l'extérieur, j'ai regardé son ombre se faufiler dans la maison.

Quelques instants plus tard, la porte d'entrée s'est ouverte et je l'ai franchie comme une invitée.

J'ai cligné des yeux, déconcertée. Les St. Clare étaient de ces gens qui résistaient à la modernité. Ils préféraient ouvrir les fenêtres plutôt que de faire tourner la climatisation, appréciaient les après-midi tropicaux et la chaleur soporifique, et buvaient des cocktails forts dès midi. Les plaisirs nostalgiques des personnes bien nées, qui rêvaient d'une époque plus simple, de systèmes de castes stricts, d'aristocratie terrienne. Ils étaient riches depuis très, très longtemps. Dans mes souvenirs, leur maison avait des sols en marbre à carreaux noirs et blancs et des palmiers d'intérieur. Quelques touches de colonialisme britannique çà et là. Des rideaux vaporeux, des plafonds aux poutres foncées, des meubles en rotin assortis de coussins couleur crème. Une malle en cuir au centre de leur grand salon, sur laquelle étaient empilés des livres décoratifs et des magazines vintage. Du lambris au mur, des volets sombres et usés. Des chaises en jonc hors de prix, des lits à baldaquin avec finition en bambou. De la verdure, partout.

Cet endroit était différent. Quelque chose clochait.

Une immense télévision avait envahi le salon. Tous les meubles avaient été remplacés par des modèles génériques aux couleurs neutres : un canapé en daim, une table basse de chez Pottery Barn, un meuble télé rempli de jeux vidéo et de DVD. *Frangins malgré eux*, *Rambo* et *Platoon*. Sur les murs, un maillot de foot de l'université d'Alabama encadré, une banale affiche de plage de chez Ikea, et un panneau qui disait « THANKFUL, GRATEFUL,

BLESSED ». L'architecture intérieure était la même – planchers en pin, cheminée à carreaux bleus, portes-fenêtres. Les appareils électroniques bourdonnaient, comme si leur esprit de ruche avait senti la présence d'intrus.

Jae a remarqué mon expression.

« Qu'est-ce qui ne va pas ?

– Ce n'est pas la maison des St. Clare. »

16

« Tu t'es trompée de maison ? a répliqué Jae dans un murmure féroce.

– Non, c'est la bonne maison. Mais ils ont dû la vendre. Je ne sais pas qui vit ici maintenant. Ça fait trois ans que j'ai rompu avec Christian. »

J'avais à peine fini de parler que Jae se ruait vers la porte.

« Qu'est-ce que tu fais ? ai-je lancé.

– Il faut qu'on parte », a-t-elle sifflé.

J'étais exténuée. J'avais passé la journée à conduire, dans un état de vigilance constante. Je ne m'imaginais pas retourner dans la voiture, dans la nuit, pour rejoindre un monde peuplé de flics et d'US Marshals, d'agents du FBI et de réceptionnistes d'hôtel. C'était un miracle que nous n'ayons pas encore été arrêtées. L'employé du Days Inn avait crié à l'aide. Combien de temps avait-il fallu pour que l'aide arrive ? Pour qu'un client se précipite vers le parking ? Cherche son téléphone à tâtons et appelle le 911 ? Des sirènes fantômes ricochaient dans mon crâne.

« On pourrait juste jeter un coup d'œil », ai-je dit d'un ton suppliant.

Jae semblait sceptique mais elle aussi était épuisée. De mauvaise grâce, elle a acquiescé.

Nous avons vérifié chaque pièce. Deux chambres avaient l'air d'appartenir à des adolescents : couvre-lits à carreaux, crosses et ballons de foot abandonnés. Deux autres étaient des chambres d'amis. La chambre principale était décorée dans un style d'inspiration nautique à la con, avec une épaisse moquette au sol et un lit king size.

J'ai ramassé un courrier sur la commode. Un catalogue *Simple Surroundings* envoyé à une certaine Mme Abigail Carlisle. Sur la table de chevet trônaient une bible et un thriller militaire, le genre de bouquins qu'on achète à l'aéroport.

Le seul élément de décoration un tant soit peu original était la tête d'élan montée au-dessus du lit, qui détonnait dans cette pièce si fade. Ses bois immenses évoquaient la mâchoire d'une créature marine ancestrale, un mégalodon ou une grande baleine. J'ai levé la main pour les toucher, m'attendant à ce qu'ils soient creux et lisses comme un coquillage, mais ce n'était pas une imitation, ils étaient massifs et rugueux. La fourrure était rêche. Les yeux avaient été remplacés par des billes luisantes. C'était la tête d'un véritable élan, qui avait été empaillée et installée au-dessus de leur lit.

J'ai frissonné en apercevant mon reflet dans les yeux impitoyables de l'animal. Un léger mouvement dans la fenêtre a attiré mon regard.

C'était Jae.

« J'ai trouvé des colis à côté de la porte d'entrée, a-t-elle dit. On dirait qu'ils sont entassés là depuis un moment. Et il y a un chenil vide. Je pense qu'ils sont partis depuis quelques jours, au moins. Noël, c'est dans quoi – une semaine et demie ? Moins que ça même, non ? Ils sont sûrement partis pour les fêtes.

– Donc tu veux rester ? »

Elle a poussé un soupir résigné.

« On n'a pas de meilleur endroit où aller. »

Nous avons entrepris de fermer tous les rideaux. Ça nous a pris un certain temps, car la maison était immense. J'ai rejoint Jae dans une pièce qui ressemblait à un cabinet de travail. Moulures au mur, grand bureau en chêne. Elle me tournait le dos et tenait un objet dans ses mains. J'ai jeté un coup d'œil par-dessus son épaule.

C'était un article de magazine encadré. Une photo de la famille était imprimée au centre, avec une légende en dessous : leurs noms, de gauche à droite. Michael et Abigail, les parents. Garret et Devin, les deux fils adolescents. Ils portaient des polos aux couleurs vives comme des emballages de chocolats de Pâques, jaune, rose et vert menthe, brodés d'animaux mignons : le minuscule alligator Lacoste, l'élan d'Abercrombie, la baleine de Vineyard Vines. Ils posaient à côté d'un euphorbe candélabre, sous un vaste ciel bleu. Garret – qui semblait être l'aîné des deux fils – tenait un fusil. À leurs pieds gisait le cadavre d'un grand lion.

« Et regarde », a murmuré Jae en posant la photo.

On s'est retournées et j'ai contemplé l'impressionnante collection d'armes exposées dans un cabinet. Des fusils, des automatiques, et de minuscules pistolets. Des armes blanches, aussi. Des couteaux Bowie, des couteaux de chasse. Une machette.

« Viens », ai-je dit en réprimant un frisson. Je n'avais aucune envie de rester ici plus longtemps. « On va essayer de trouver à manger. »

Dans la cuisine, on a fait une razzia sur le frigo et les placards. Il n'y avait pas grand-chose – les Carlisle n'avaient pas oublié de se débarrasser de leurs denrées périssables avant de partir – mais on a tout de même trouvé de quoi nous rassasier. Des céréales Froot Loops et Choco Krispies ramollies. Du lait proche de la date d'expiration, que nous avons bu à même la bouteille. Quelques tranches de fromage à burger, des pêches hors de saison. Une seule orange que Jae s'est empressée de peler et qu'on s'est partagée, le jus et la pulpe dégoulinant sur nos mentons. On a mangé à genoux dans la lumière bleue du réfrigérateur ouvert, en silence et sans se regarder, tels des loups se repaissant d'un animal écrasé sur le bord de la route.

Il restait de la nourriture dans le congélateur. Des pizza rolls Totino's. Une grande pizza DiGiorno. Des macaronis au fromage. Nous avons enfourné le tout et attendu notre festin en somnolant à moitié sur le sol de la cuisine. Il avait commencé à pleuvoir. Nous avons regardé la tempête s'abattre sur la lucarne, par laquelle filtrait un rayon de lune solitaire. Je vivais en Californie depuis si longtemps que j'avais l'impression de ne pas avoir connu de véritable orage depuis des lustres. De temps en temps, un éclair déchirait le ciel et c'était assez satisfaisant de l'observer depuis l'intérieur de la maison.

Nous étions en sécurité.

Le matin, nous avons entamé notre journée comme un vrai petit couple.

Bien qu'il y eût plusieurs lits disponibles, nous avons jugé plus prudent de partager le grand. Si l'une de nous entendait un bruit, elle pourrait prévenir l'autre, et il valait mieux que nous restions ensemble au rez-de-chaussée, le plus près possible d'une sortie.

Après une grasse matinée bien méritée, nous nous sommes douchées dans la salle de bains principale. Un sol en marbre blanc, veiné d'or et de rose pâle. Des petits plateaux garnis de flocons nacrés. Jae derrière la vitre, un nuage de vapeur voilant sa nudité. Et moi qui me brossais les dents devant le lavabo, l'esprit vagabond. Quel genre de personnes serions-nous si nous vivions ici ? Serais-je médecin ? Ou peut-être une athlète à la retraite ? Une riche héritière ? Jae serait-elle un magnat des nouvelles technologies ? Une avocate ? Que serions-nous l'une pour l'autre ? Mes pensées s'emballaient.

Jae a émergé de la douche. Je lui ai tendu une serviette en prenant soin de détourner le regard, et puis je me suis demandé si ce n'était pas un peu bizarre de détourner le regard, si ça ne donnait pas l'impression que sa nudité me troublait alors qu'elle aurait dû me laisser indifférente.

Dans la cuisine, Jae a déniché des bagels surgelés Costco. Elle a préparé le petit déjeuner pendant que je faisais du café et nous lisais le journal dans une pantomime de bonheur conjugal. Le quotidien datait d'une semaine. Le monde était différent à ce moment-là. J'étais tutrice pour le SAT. Jae était otage des Victor. Différent, pas forcément meilleur.

Repues et reposées après une vraie nuit de sommeil, nous avions enfin la vigueur nécessaire pour faire face au désespoir de notre situation. Ça nous avait fait du bien de nous couper un peu des actualités, mais nous ne pouvions pas nous permettre de les ignorer plus longtemps.

Nous étions là, sur la chaîne ABC. La photo de moi tirée du site de ma fac : mon visage qui arborait ce sourire soudain curieusement inquiétant. Le dessin de Jae à côté de moi, le regard mauvais. Une femme entre deux âges tenait une conférence de presse. Le bandeau en bas de l'écran indiquait « REBECCA FITZGERALD ». Elle était petite et menue, avec une coupe au carré très chic et des yeux très bleus. Il y avait quelque chose en elle, une étrange familiarité, qui me filait la chair de poule. Je l'avais déjà vue, mais où ?

J'ai augmenté le volume.

« … extrêmement décevant que le FBI et les US Marshals n'aient pas réussi à mettre la main sur Evie Gordon et sa complice. C'est pourquoi je suis prête à offrir une récompense de 125 000 dollars pour toute information conduisant à leur arrestation. »

Jae a lâché un juron. Nos regards paniqués se sont croisés.

« Comme nous l'avons appris mercredi matin, nous avons une nouvelle piste, a poursuivi Rebecca. Tom Craddock, le manager d'un hôtel Days Inn à Pascagoula, dans le Mississippi, a contacté la police locale après une altercation qui a failli lui coûter la vie avec Gordon et sa complice mardi soir, le 13 décembre. »

Ils ont montré un extrait d'une autre conférence de presse devant un commissariat dans le Mississippi. Tom Craddock se tenait derrière l'un des officiers. L'enregistrement audio de notre petite prise de bec avait été rendu public.

Évidemment. Il était au téléphone avec les flics quand il nous avait surprises. J'avais écrasé son portable sous ma chaussure, mais ils avaient apparemment réussi à capter le son malgré tout.

La cacophonie de voix et de bruits sourds était aussi inintelligible que si nous étions sous l'eau. On aurait très bien pu être en train d'écouter un combat de chiens ou des sifflements d'animaux dans un zoo. Et puis, au milieu des cris, des coups, des craquements :

« … Vous… C'est vraiment vous, celles qui ont… »

À ce moment-là, Jae lui avait couvert la bouche et il l'avait mordue. J'ai entendu son grognement furieux.

Nous avons écouté l'enregistrement sans échanger le moindre regard, les yeux fixés sur les visages de Tom et des officiers de police, qui nous fixaient en retour.

Un bruit sourd a retenti quand Jae l'a envoyé au sol alors qu'il essayait de s'enfuir. Suivi d'un sifflement. Le couteau, peut-être. Je me suis souvenue du geste expert et glacial avec lequel Jae l'avait placé sur sa gorge. Les secondes s'écoulaient, trop nombreuses. Est-ce que ça avait vraiment été si long ? Et puis…

« Vous n'avez rien vu ici. Est-ce que vous comprenez ? »

Le choc de ma voix émergeant du crépitement comme un serpent tapi dans l'herbe. Une réplique digne d'un méchant de série B. Pour toute réponse, Tom a émis un borborygme pathétique. Une minute entière s'est écoulée. À côté de moi, sa cuisse pressée contre la mienne, Jae retenait sa respiration, parfaitement immobile.

Je me suis entendue jurer, un son métallique et ridicule, grésillant dans le micro du standardiste du 911.

Et puis nous avons pris la fuite.

Nous n'avons pas échangé le moindre mot lorsque l'enregistrement a pris fin. Il n'y avait rien à dire. Dès que nous essaierions de mettre des mots sur notre acte, d'expliquer ce que nous avions dû faire pour survivre, le moteur de notre logique exploserait. Non parce que la justification serait fausse, mais parce qu'elle sonnerait faux. L'événement et la perception de celui-ci étaient deux choses distinctes.

Tom a repris la parole.

« Si terrifiante qu'ait été cette nuit, a-t-il dit d'une voix chevrotante, les mains croisées sur le pupitre, les yeux baissés, Dieu devait veiller sur moi. Je ne sais pas pourquoi Evie Gordon et sa complice m'ont laissé la vie sauve. Depuis que c'est arrivé, je ne cesse de poser cette question à Dieu. Pourquoi ne m'ont-elles pas tué ? Je ne sais pas. Je ne sais pas. »

L'officier de police a récupéré le micro.

« Par chance, M. Craddock a pu nous fournir une description physique plus détaillée de la complice de Gordon, qui nous a permis de dresser un nouveau portrait-wrobot de la jeune femme. »

Le dessin est apparu à l'écran, bien plus ressemblant que le précédent.

« M. Craddock a indiqué que Gordon et sa complice s'étaient enregistrées sous le nom de "Naomi Morgan", avec une pièce d'identité vraisemblablement volée. Le FBI a confirmé que Mme Morgan est étudiante en médecine à UCLA. Elle pense que sa carte d'identité a été volée dimanche soir à Palm Springs, où elle s'était rendue pour le week-end. »

Le reportage d'ABC News s'est conclu sur une dernière remarque de Rebecca.

« Si vous avez la moindre piste, merci de contacter notre numéro vert : 1-800-VICTORS. Les funérailles de Dinah auront lieu dans deux jours. Je ne trouverai pas le repos tant que les meurtrières de ma sœur n'auront pas été traduites en justice. »

Voilà pourquoi Rebecca m'était si familière.

Nous avons parcouru les autres chaînes d'informations. Nos visages s'affichaient sur chacune d'entre elles, accompagnés des mots : « UNE RÉCOMPENSE DE 125 000 DOLLARS OFFERTE POUR TOUTE INFORMATION CONDUISANT À L'ARRESTATION DE GORDON ET SA COMPLICE ».

17

« Il nous faut un plan », a déclaré Jae.

Nous nous étions installées au bord de la piscine, pour prendre l'air et nous changer les idées après avoir regardé les infos. Il faisait frais, mais c'était agréable. Jae avait enfilé un sweat à capuche *oversize* qu'elle avait trouvé dans la chambre d'un des adolescents, sur lequel on pouvait lire : « UNITED CHRISTIAN ACADEMY LACROSSE ». Le pantalon de survêtement trop grand qu'elle portait appartenait lui aussi à l'un des garçons, tout comme la casquette sur sa tête, aux couleurs de l'université de Floride. Elle a fait glisser ses doigts sur la surface de l'eau, attrapé une guêpe morte par son aile, et l'a déposée tendrement sur le rebord en calcaire. Une cigarette éteinte pendait à ses lèvres.

« Un plan », ai-je répété d'un ton morne en faisant tourner la molette de mon briquet.

Il était bien plus facile de dire « il nous faut un plan » que d'en élaborer un. En vérité, je nourrissais toujours l'espoir qu'on puisse s'en passer complètement. Je n'arrivais pas à me défaire de l'idée que les meilleurs détectives amateurs du pays étaient en train de combiner leurs efforts pour identifier le véritable coupable. S'agissait-il d'une travailleuse du sexe qui cherchait à se venger de Peter Victor ? Quelqu'un qu'il avait escroqué à Wall Street, ou qui avait tout perdu pendant la récession ? Ou Serena qui, à bout de nerfs, avait décidé de rendre justice elle-même ? Ou peut-être Lukas, pour protéger sa petite amie de la cruauté de son père ?

Si seulement Serena pouvait se réveiller et nous le dire. Ses cils avaient papillonné : ils l'avaient mentionné aux infos.

Sans le témoignage de Serena et sans accès à Internet – nous avions essayé d'allumer l'ordinateur dans la cuisine et le portable dans le bureau, mais ils étaient tous les deux protégés par un mot de passe –, il nous était impossible d'enquêter par nous-mêmes. Notre meilleur espoir était qu'un émule d'Hercule Poirot flaire l'injustice dont nous étions victimes. Une jeune pirate informatique aux cheveux bleus épluchant les comptes bancaires de Peter dans sa chambre d'ado plongée dans l'obscurité. Une femme au foyer qui, pour tromper l'ennui, se met en tête de se procurer ses relevés téléphoniques. Peut-être que ma famille et mes amis étaient sur le coup. Ils débarqueraient au commissariat et déposeraient un carton de preuves irréfutables sur le bureau de l'inspecteur en chef et hop, emballé, c'est pesé.

Le patron du FBI se confondrait en excuses devant les caméras des journalistes. Jae et moi retournerions à la civilisation. Mes parents m'étreindraient en direct à la télévision. Viendrait ensuite un procès retentissant. Un chèque en guise d'excuses, des millions de dollars de dommages et intérêts. Un biopic hollywoodien. Une jeune ingénue sexy incarnerait mon rôle. Une star de la littérature diplômée d'une des meilleures facs de lettres du pays écrirait mes mémoires à ma place. *Chasse à la femme : l'histoire d'Evie Gordon. Making a Murderer (version Evie).*

Je me sentais suffisamment proche de Jae pour partager mes fantasmes avec elle. Il n'était pas impossible qu'elle nourrisse secrètement les mêmes espoirs.

À ma grande déception, elle m'a répondu par un sourire plein de pitié.

« C'est possible, me suis-je défendue. Je suis innocente. Toi, tu as été leur *victime*, et si tu en savais plus, tu… » Je me suis interrompue en fronçant les sourcils. « Tu me le dirais, n'est-ce pas ? Si tu savais quoi que ce soit susceptible de nous aider, tu le dirais. Maintenant que tu… maintenant qu'on se parle. »

L'expression de Jae est restée impassible.

« Bien sûr que je te le dirais. »

Un silence s'est installé. Si ma question l'avait blessée, elle n'en laissait rien paraître. Je me sentais malgré tout un peu coupable.

« Je ne dis pas qu'il est totalement impossible qu'on soit disculpées, a-t-elle dit d'un ton posé. La police découvrira peut-être qui a vraiment fait le coup, mais… »

Je ne voulais pas entendre de « mais ».

« Mais on devrait quand même commencer à réfléchir à un plan B.

– Un plan B ? Quel genre de plan B ?

– Le Canada. »

Le ballon de mes fantasmes a éclaté.

« Tu veux t'enfuir au *Canada* ? »

Elle a haussé les épaules.

« Pourquoi pas. C'est grand, et sauvage. On peut y disparaître facilement, je pense. Et la frontière n'est pas aussi surveillée que celle avec le Mexique. »

Je me suis passé les mains sur le visage et j'ai fermé les yeux en essayant de visualiser cette solution. Le *Canada*.

« Ce que je veux dire, a poursuivi Jae, c'est que c'est dingue qu'on ait réussi à échapper aux flics aussi longtemps. Ce sera beaucoup plus facile une fois qu'on aura fui le pays.

– *Fui le pays* », ai-je répété, incrédule.

Je me suis souvenue de la présentatrice du JT avec le brushing des années 1980, sa bouche rose exigeant ma tête au bout d'une pique. Ses disciples nous traqueraient sans relâche, excités par l'idée du malheur d'autrui et la promesse d'une récompense de 125 000 dollars.

Jae n'avait pas tort. Au Canada, nous avions des chances de devenir invisibles. Je n'avais aucune idée de la façon dont on allait pouvoir passer la frontière. Mais Jae, voleuse de voitures et manieuse de couteaux, débrouillarde et désabusée ? Peut-être qu'elle saurait.

« S'ils nous attrapent, ai-je dit, on sera extradées vers les États-Unis.

– Alors on ne se fait pas attraper. On a réussi à leur échapper jusqu'à présent, non ?

– Et qu'est-ce qui se passe s'ils ne trouvent jamais le meurtrier ? On disparaît ? Pour toujours ? »

L'énormité de ce que Jae suggérait dépassait mon entendement.

J'étais incapable de m'imaginer vivre jusqu'à la fin de mes jours comme une fugitive. À quoi ressemblerait une telle vie ? Comment peut-on concevoir une chose pareille ? Le rythme d'une journée, le passage des saisons, les hauts et les bas du quotidien. Je me déplacerais dans le temps sans reconnaissance officielle de mon existence. Je serais comme une voyageuse du temps, expulsée des registres de l'Histoire.

Et pourtant.

Nous ne pouvions pas continuer comme ça. Rouler sans but, dormir dans des motels. Nos vies ne pouvaient pas se résumer à ça. Soit on se rendait aux autorités en croisant les doigts pour qu'ils comprennent que nous n'avions rien fait, ce qui n'arriverait pas, soit ils trouvaient le vrai meurtrier, ce qui n'arriverait pas non plus, soit on se forgeait de nouvelles identités à partir de rien. On recommençait de zéro. De nouveaux noms, de nouvelles histoires, de nouveaux futurs.

Je me suis laissée aller à nous imaginer croiser le chemin d'une vieille dame bienveillante qui aurait une chambre à nous louer en sous-main. On vivrait dans un immeuble délabré, on ferait la plonge et on réparerait des voitures pour gagner un peu d'argent. Et si quelqu'un se montrait suspicieux, on irait s'installer ailleurs. Dans les montagnes embrumées de la Colombie-Britannique. Au bord des rivières de l'Ontario. Le monde finirait par nous oublier. La piste se refroidirait, les flics se lasseraient. Un nouveau crime plus clinquant nous évincerait de la une des JT. Quand suffisamment d'années se seraient écoulées, nous pourrions peut-être renouer discrètement avec nos anciennes vies. Je pourrais parler à ma mère au téléphone, de temps en temps. Mes chaussures imprimeraient des traces dans la terre. J'échangerais de l'oxygène contre du dioxyde de carbone. Je laisserais derrière moi une empreinte chimique. Je pourrais encore toucher et être touchée. Embrasser et être embrassée.

Que se passe-t-il, lorsqu'on disparaît ? Quelles nouvelles dimensions de l'existence pourrais-je atteindre, en tant que fantôme ? Affranchie de toute obligation, ne dépendant plus de rien ni personne. Libre de faire tout ce que je voulais.

Tout sauf revoir ma famille. Mes amis. Les gens que je connaissais et que j'aimais. Je n'existerais plus en tant que créature sociale. Je ne pourrais plus jamais aller au restaurant, au cinéma ou dans un bar et observer la vie qui tourbillonne autour de moi, y participer. Je ne pourrais jamais vivre parmi d'autres personnes. Le potentiel sur lequel j'avais tant misé serait irrémédiablement gâché.

« Laisse tomber, a murmuré Jae. C'est une idée de merde.

– Mais tu y as déjà pensé, n'est-ce pas ? ai-je dit en l'examinant. Tu as trouvé un plan. »

Je commençais à comprendre comment Jae fonctionnait. La rapidité avec laquelle son esprit tournait. Un ordinateur jouant aux échecs contre lui-même, trouvant l'unique chemin vers la victoire parmi un million de combinaisons fatales. S'il y avait un moyen de le faire, elle y avait déjà réfléchi. Elle n'aurait pas soulevé l'idée d'un projet aussi impossible si ce n'était pas le cas.

« Oui, a-t-elle admis. J'ai étudié les cartes et je pense que j'ai trouvé une solution, en passant par Washington. Je dis pas que ce sera facile. Mais si on est prudentes, si on fait bien les choses...

– Washington ? Mais c'est si loin. Il faudrait qu'on retraverse tout le pays.

– Je sais que c'est loin d'être idéal. Mais c'est le moyen le plus sûr. On ne peut pas passer par l'est : la plupart des chemins pour traverser la frontière seront soit gelés soit trop fréquentés. Le Midwest aussi est dangereux, trop de nature sauvage. À l'ouest, il fera plus chaud. On n'ira pas jusqu'à Seattle, mais il y a pas mal de petites villes frontalières à proximité qui ne seront pas sous la neige. »

J'ai essayé de mettre à l'épreuve sa logique, de pousser l'idée assez loin pour la visualiser. Il faudrait qu'on passe la frontière en plein cœur du pays. Ça nous prendrait des jours. Il y aurait tant de moments où nous risquerions d'être reconnues. Nos visages étaient sur toutes les chaînes de télévision, tous les sites Internet, tous les journaux.

« Il faudrait qu'on change d'apparence, ai-je dit.

– On a toujours la teinture et les ciseaux qu'on a achetés au Texas. »

C'était insensé, ce qu'elle suggérait. J'avais l'impression de participer à un sketch interminable, une blague qui devenait de plus en plus absurde à mesure que nous la racontions.

« Ce n'est pas forcément pour toujours, a dit Jae. Mais pour l'instant… Je ne pense pas qu'il y ait d'autres solutions.

– On partirait quand ? » Je n'arrivais pas à croire que je posais cette question.

« Demain matin. Ce soir, on change de coiffure. On fait nos bagages, on se prépare. Et on prend la route demain à la première heure. »

J'ai étudié son visage. Avais-je suffisamment confiance en elle pour m'embarquer dans cette aventure avec elle ? Et elle, avait-elle suffisamment confiance en moi ?

Avions-nous le choix ?

Je me suis levée de la chaise de piscine. Jae m'a imitée, prudemment, attendant mon verdict.

« Viens, ai-je dit en rassemblant nos affaires. Je vais nous couper les cheveux. »

18

Des spirales de cheveux recouvraient peu à peu le bord de l'évier. J'ai d'abord coupé les miens. Mon dégradé *seventies*, tondu jusqu'au-dessous de mes oreilles. Je voulais me raser entièrement le crâne – les cheveux bouclés comme les miens exigent un entretien constant, que je ne pourrais pas me permettre sur la route – mais Jae craignait que je ne me fasse remarquer.

« Tu peux m'aider pour l'arrière ? » ai-je dit en me tournant vers elle.

Les ciseaux la rendaient nerveuse. La facilité apathique, presque paresseuse, avec laquelle elle accomplissait généralement ses tâches avait disparu. Je n'étais pas une voiture capricieuse ou une boîte de conserve, et elle était aussi concentrée qu'un chirurgien. Elle a ajusté la position de ma tête pour atteindre le sommet de mon crâne. Ses doigts étaient glacés sur ma nuque, mais c'est elle qui a tressailli en me touchant.

« Tu t'en sors très bien », lui ai-je dit, ce qui a semblé l'embarrasser plus qu'autre chose.

Elle avait pris son air d'adolescente renfrognée, et ses oreilles étaient cramoisies.

Quand elle a eu terminé, le sol était couvert de cheveux. Elle s'est agenouillée et a commencé à les rassembler avec une serviette.

« Je peux m'en occuper », ai-je dit.

Ses yeux se sont levés vers moi, et son expression a changé. J'avais, sans m'en rendre compte, fait un pas de plus vers elle.

Mes hanches étaient à la hauteur de ses yeux, à quelques centimètres de son visage. Elle a reculé brusquement et son regard est remonté jusqu'à ma gorge, sans atteindre mes yeux.

Elle s'est redressée avec raideur.

« Je vais d'abord te teindre les cheveux, puis je les couperai, une fois lavés. On nettoiera tout ça à la fin. »

Jae a haussé les épaules, feignant la nonchalance.

J'avais teint les cheveux de pas mal d'amis au fil des ans, et j'avais regardé ma mère le faire un millier de fois. J'ai préparé le mélange dans la boîte de coloration bon marché et enfilé les gants en latex d'un geste expert. J'étais douée pour ça.

J'ai brossé délicatement les cheveux emmêlés de Jae, à l'aide d'un peigne que j'avais trouvé dans l'un des tiroirs des Carlisle.

« Tu n'es pas obligée de faire ça, a marmonné Jae. Je peux le faire moi-même.

– Ça me dérange pas », ai-je dit en rassemblant ses cheveux dans ma main et les soulevant de son cou.

Je l'ai vue déglutir nerveusement.

« Baisse la tête », ai-je dit.

J'ai commencé par la raie, en déposant une épaisse ligne de produit le long des racines. Son cuir chevelu semblait pâle et vulnérable sous mes doigts. Je me suis servie de mon auriculaire pour séparer ses cheveux, travaillant section par section tandis que Jae s'agrippait au bord de l'évier. Je me sentais comme un chasseur, à l'affût de ses moindres mouvements. Chaque respiration et chaque soubresaut étaient un murmure d'information, une instruction, une réponse, une requête. Mes doigts sur son cou, mon pouce sur son pouls, mon souffle sur son oreille. Sa vigilance inquiète, sa gorge qui se soulevait à un rythme régulier, telle une bille qui roule dans un bol. Ce n'était pas tout à fait de la confiance, ce qu'elle m'offrait – nous devions nous transformer, nous n'avions pas le choix –, mais je sentais qu'elle se détendait un peu plus à chaque minute qui passait. Quand j'ai donné les derniers coups de ciseaux, elle était presque malléable.

« Fini, ai-je dit en retirant les gants. Ne bouge pas. »

J'ai mouillé le coin d'un gant de toilette au robinet et je me suis placée devant elle, prenant sa mâchoire pour incliner son visage. Délicatement, j'ai essuyé la teinture sur son front et ses oreilles. Puis j'ai pris sa hanche et je l'ai fait pivoter vers le miroir pour nettoyer sa nuque. Je l'ai sentie frémir sous mes doigts.

Jae me regardait dans le miroir avec une expression troublée, presque boudeuse.

« Je ne t'ai pas fait mal, au moins ? »

Elle a secoué la tête.

« D'accord, ai-je dit en m'écartant. Alors on a fini. On doit laisser poser trente minutes, ensuite tu pourras te doucher. »

On a ramassé les cheveux, qu'on a jetés dans les toilettes, puis on a essuyé l'évier. Comme il nous restait vingt minutes à attendre, on est descendues à la cuisine et on a débouché l'une des très nombreuses bouteilles de Chardonnay de Mme Carlisle.

Sous l'effet du vin, Jae a continué à baisser sa garde. Elle souriait plus facilement. Ses membres étaient moins tendus. Je l'ai regardée. Je savais que je la fixais, mais je ne pouvais pas m'en empêcher.

Elle était belle.

Une beauté discrète, dangereuse. Je ne m'étais pas encore autorisée à donner corps à cette pensée dont j'avais honte. Elle s'était insinuée dans mon cerveau assez souvent au cours des derniers jours pour que j'apprenne à l'ignorer.

Ce soir, c'était plus difficile.

« Mince, ai-je fait en regardant l'horloge. On a sept minutes de retard. »

Jae a couru sous la douche. J'ai attendu dans la chambre jusqu'à ce que l'eau cesse de couler et je lui ai laissé quelques minutes pour s'habiller. L'air était saturé de vapeur quand je suis entrée dans la salle de bains.

« Viens », ai-je dit.

Jae s'est placée devant moi, face au miroir.

« Non, pas comme ça », ai-je dit doucement. Je l'ai prise par la hanche pour la tourner face à moi et elle s'est laissé faire. Nous étions proches, aussi proches que lorsque je lui avais détaché les poignets dans ce couloir sombre. Je me suis souvenue de la peur que j'avais éprouvée. Du dégoût, aussi. L'aigreur de son haleine, la répulsion que m'avaient inspirée ses dents et sa langue noires. Ses lèvres étaient roses à présent, et légèrement gonflées. Elle évitait mes yeux, fixant un point près de mon lobe d'oreille.

« Je vais les raccourcir un peu, ai-je dit. Peut-être ici. » J'ai fait mine de couper une mèche au niveau de sa pommette. « Et ici. »

Sa nuque.

Les yeux de Jae se sont levés vers les miens, vifs et circonspects. Plus elle jouait la dure, plus je voulais la traiter avec douceur.

« Ce sera joli, lui ai-je assuré. Ne t'inquiète pas. »

J'ai peigné un peu ses cheveux avec mes doigts et soulevé une mèche au niveau de la ligne de ses yeux. Puis j'ai coupé la pointe. Je l'ai retirée délicatement quand elle est retombée sur sa joue. Sa peau était étonnamment douce.

Jae m'a autorisée à poursuivre d'un petit signe de tête. J'ai d'abord coupé les mèches qui encadraient son visage. Puis je l'ai prise par l'épaule pour la tourner vers le miroir et j'ai dégagé sa nuque. Ses cheveux commençaient à sécher. Je ne les ai pas beaucoup raccourcis, ils n'étaient déjà pas bien longs. Je me suis dit qu'ils devaient être encore plus courts avant que les Victor ne la séquestrent. Vu l'état dans lequel je l'avais trouvée, je doutais qu'ils les aient coupés eux-mêmes. Ils ne la laissaient même pas se laver.

J'ai de nouveau tourné Jae vers moi pour peaufiner sa coupe. Elle est restée stoïque pendant que je la manipulais, me laissant incliner son visage selon différents angles.

Enfin, je me suis écartée pour l'observer. J'avais fait du bon travail.

J'ai vu la surprise sur son visage quand elle s'est regardée dans le miroir. Quelques mèches lui tombaient devant les yeux.

Elle ressemblait à un biker des années 1950, un mauvais garçon rebelle et torturé.

Elle aimait sa nouvelle coupe, je le voyais. Côte à côte dans le miroir, on avait l'air de deux petits loubards venus d'une autre époque. Des bandits de grand chemin dans un vieux western. Des comédiennes répétant une pièce sans avoir appris leur texte. J'avais l'impression de jouer un tour à ma propre psyché. Comme si, sans mes cheveux, sans le costume de mon ancienne vie, je pouvais me glisser dans la peau de quelqu'un d'autre et être crédible dans ce nouveau rôle.

Un nouveau nom, une nouvelle histoire. Je m'étais déjà réinventée, au lycée et à la fac. Mais cette fois, j'avais l'impression de tenter le diable.

« Ça te va bien, cette nouvelle coupe, Jae. Tu es jolie », ai-je dit en lui tendant une autre bouteille de Chardonnay.

Son cou s'est empourpré tandis qu'elle portait le goulot à sa bouche.

« Toi aussi, Evie », a-t-elle murmuré avant de boire.

19

Nous avons chargé la voiture pour être prêtes à partir dès le lendemain matin.

Jae a rassemblé tous les aliments utiles – barres de céréales, noix, boîtes de conserve – et les a rangés soigneusement avec les vêtements des ados. J'ai trouvé des accessoires d'hiver dans l'armoire de la chambre des parents : doudounes, gants, écharpes, bonnets. Pour le dîner, nous avons fait réchauffer le dernier plat surgelé, une tourte au poulet. Puis nous avons pris la bouteille de vin et nous avons marché jusqu'à la plage.

Nous l'avions évitée toute la journée, de peur que ce soit trop dangereux. La propriété des Carlisle s'étendait sur plusieurs hectares de bois et de marais et la maison la plus proche se trouvait à près de deux kilomètres, il n'y avait donc aucun risque qu'on se fasse repérer par un voisin. Mais sur le rivage ? On risquait d'être aperçues par des gens sur un bateau ou par des promeneurs qui se rendaient à la plage publique située quelques kilomètres plus loin. Des joggeurs ou des familles jouant avec leurs chiens.

Mais ce soir, nous voulions profiter de nos dernières heures de repos avant de devoir retourner à nos vies de fugitives. Nous doutions de croiser qui que ce soit – et si c'était le cas, nous n'aurions qu'à faire demi-tour, grimper dans la voiture et filer. Nos affaires étaient déjà à l'intérieur.

Nous nous sommes faufilées dans les herbes folles. Il y avait du vent, mais les chênes de Virginie demeuraient immobiles, leurs branches vasculaires et fantasmagoriques se découpant sur le ciel nocturne. La végétation a cédé la place au sable. La bande de plage était étroite : techniquement, c'était une crique. Christian et moi étions venus avec des jouets gonflables une fois, et il avait failli tomber de sa bouée en voyant un bébé raie se trémousser sous la surface. La journée, l'eau était bleu-vert, calme et limpide.

La nuit, en revanche, c'était un miroir noir. La lune flottait au loin. Nous nous sommes laissées tomber au sol, enfonçant nos doigts dans le sable humide. L'écume remontait sur le rivage et nous léchait les pieds. Il ne faisait pas aussi froid que je l'imaginais. Avec un peu de courage, on pourrait peut-être même se baigner.

J'ai allumé deux cigarettes et j'en ai donné une à Jae. Elle a bu une gorgée de vin avant de me tendre la bouteille.

« Je peux te poser une question ? » a-t-elle murmuré alors que je regardais un crabe passer près de mes doigts.

J'ai froncé les sourcils.

« D'accord.

– Est-ce que tu as déjà… » Elle a marqué une pause, choisissant ses mots avec soin. « Fait quelque chose de mal ? Quelque chose que tu ne peux pas effacer ou réparer ?

– Bien sûr. » J'ai haussé les épaules. « Tout le monde a déjà fait quelque chose de mal.

– C'est quoi la pire chose que tu aies jamais faite ?

– La pire chose que j'aie jamais faite ? » ai-je répété, interloquée.

Jae a paru amusée.

« Tu n'es pas obligée de répondre.

– Je m'attendais à ce que tu me demandes, je sais pas, quel est ton animal préféré ? Ta couleur préférée ? Si tu pouvais avoir un superpouvoir, qu'est-ce que ce serait ? Mais pour être honnête, j'ai déjà posé cette question à quelqu'un.

– Qui ça ?

– J'étais euh… » J'ai évité son regard. « À un rencard avec une fille. Je m'ennuyais à mourir. Je me suis dit, et si je lui posais la question la plus tordue possible ? À sa décharge, elle a répondu.

Elle a dit qu'elle avait percuté un mec à vélo sur Laurel Canyon avec sa voiture et qu'elle ne s'était pas arrêtée pour vérifier qu'il allait bien. C'était un accident, mais quand même.

– Et t'es sortie avec elle ?

– Ouais. » J'ai levé les épaules. Jae a arqué un sourcil. « Je veux dire, elle était canon. On s'est vues que deux ou trois fois.

– Et toi, qu'est-ce que tu lui as dit ? La pire chose que t'aies faite ?

– Rien. Elle ne m'a pas posé la question. Elle ne s'intéressait pas trop à moi, je crois.

– Moi je te pose la question. »

J'ai croisé le regard de Jae. Elle savait déjà de quoi j'étais capable, elle m'avait vue me mettre en colère. Avec Serena, et avec le réceptionniste. Ce n'était pas comme si elle me prenait pour un ange.

« Quand j'étais ado, j'étais une vraie peste, ai-je admis. J'ai pas mal tyrannisé mes camarades.

– Qu'est-ce que ça veut dire ? Tu les enfermais dans leurs casiers ? Tu volais l'argent de leur déjeuner ?

– Tu manques d'imagination.

– Bah quoi ? » Elle a eu un sourire penaud. « Je n'ai jamais tyrannisé personne.

– Une vraie sainte.

– Tu dis ça comme si c'était une mauvaise chose. »

Peut-être que pour moi, c'était effectivement une mauvaise chose. Les gens trop gentils me mettaient mal à l'aise. Christian était comme ça. Chaque fois qu'on s'engueulait, il avait cette manie très condescendante de jouer les victimes, ou de me sortir son petit numéro de mec gentil.

« C'est une mauvaise chose ? a demandé Jae.

– Non. Mais je parie que t'étais pas vraiment une sainte, toi non plus.

– C'est vrai. Je vole. Depuis que je suis gamine. Je ne suis pas quelqu'un de bien.

– Tu voles dans les grandes surfaces. Les grosses chaînes. Ce n'est pas comme si tu faisais ça pour t'amuser. Tu ne fais pas partie du Bling Ring. Tu n'es pas allée voler le sac Birkin de Lindsay Lohan pour poster des selfies avec ta bouche en cul de poule sur Instagram – et même si c'était le cas, ma foi, chacun son truc. Mais ce n'est pas le cas. Toi, tu voles de la bouffe. De l'argent. Tu essaies juste de survivre.

– Tu penses que ce que tu as fait est pire que ce que j'ai fait ? La pire chose que t'aies faite, c'est emmerder tes camarades. Tu étais une gamine.

– C'est ça ton critère de jugement ? J'étais jeune, donc ça passe ?

– Il y a des choses bien plus graves.

– Certes, ai-je dit en tapotant ma cigarette pour faire tomber la cendre. Mais ce n'est pas parce que je ne suis pas une tueuse en série que je ne suis pas une ordure.

– Tu sembles très attachée à l'idée d'être une ordure. »

Je ne savais pas quoi répondre à ça. Peut-être était-ce le cas.

« D'accord, autre question, a repris Jae. Quelle est la pire chose qu'on t'ait faite ?

– Ces questions…

– Tu n'es toujours pas obligée de répondre, a-t-elle dit en buvant une gorgée de vin.

– Pire dans quel sens ? Injuste ? Tordu ? Cruel ? De quoi est-ce qu'on parle exactement ? Se faire violer par son rencard ? Se prendre une main au cul dans le bus scolaire ? Ou un truc d'une plus grande ampleur ? Les crimes de, je sais pas moi, Sallie Mae par exemple, ou n'importe quelle autre entreprise de collecte de prêts étudiants ? On utilise quelle échelle de mesure, au juste ? Et merde, je refais ma connasse. »

Je me suis tue, gênée, en remarquant l'expression de Jae.

« Ce sont de bonnes questions, a-t-elle dit.

– Tu parles comme une prof.

– J'aurais bien aimé être prof, a admis Jae, ce qui m'a surprise. À un moment donné.

– C'est vrai ?

– Ouais. Enfin, j'ai abandonné la fac. Donc c'est mal barré. Mais c'est ce que je voulais faire, à une époque.

– Pourquoi t'as abandonné la fac ?

– Longue histoire.

– Tu reprendrais tes études ? Si tu le pouvais ? »

Jae a haussé les épaules.

« Peut-être.

– J'aurais aimé continuer, ai-je admis. J'y ai beaucoup pensé. Faire un doctorat ou autre. Je pensais postuler au prochain cycle de candidatures.

– En quoi ?

– Je sais pas. Histoire de l'art, sans doute. Avec une spécialisation en architecture. J'ai déjà le master, donc pourquoi pas.

– *Waouh.*

– Tu vas me faire le coup du "à quoi va bien pouvoir te servir un autre diplôme en arts appliqués" ?

– Non. Je trouve ça cool.

– C'est faux, ai-je dit, sans méchanceté. Tu penses que c'est de la merde. Et je suis d'accord. Ça ne vaut rien. Mais c'est ce qui m'intéressait. Ça m'intéresse toujours. Et j'aime enseigner. Je n'aimais pas être tutrice pour le SAT, mais j'aime enseigner, en général. »

Je n'avais encore jamais partagé ce projet avec qui que ce soit. Ça m'a fait du bien d'en parler à Jae. D'imaginer mon avenir. Évidemment, cet avenir n'existait plus, mais c'était agréable d'oublier, ne serait-ce que pour quelques minutes.

« Tu avais combien d'élèves ? m'a demandé Jae. Quand tu étais tutrice.

– Environ cinq par semaine.

– Tu avais des favoris ?

– Bien sûr. »

Tous les profs ont des favoris. J'aimais bien les sportifs et les flemmards pleins de bonnes intentions. Les premiers de la classe et les flagorneurs m'insupportaient : leur ambition était trop flagrante, j'étais gênée pour eux. Ils me donnaient trop de munitions, trop de pouvoir sur eux, et je ne me faisais pas confiance pour ne pas en abuser. J'aimais ceux qui étaient trop occupés par le sport, les jeux vidéo ou leur chaîne YouTube pour convoiter mon attention. J'aimais les skateurs paumés que tout semblait déconcerter et que chaque petit succès remplissait de joie. Ils étaient si différents de moi.

« Donc c'est pour ça que tu veux reprendre tes études ? Pour pouvoir enseigner ?

– Je ne sais pas. » Ça paraissait un peu naze de l'admettre maintenant, mais j'avais toujours aimé l'école. C'était un jeu que je comprenais, un rôle dans lequel je n'avais aucun mal à me glisser. « Je pense, oui. Je veux dire, je suis douée pour ça. Ça me plaît. Le salaire est merdique, mais bon. C'est trop tard pour moi, il n'y a rien d'autre sur mon CV. Mon profil n'intéresse personne.

– Je t'imagine bien enseigner. Tu aimes donner des ordres.

– C'est faux.

– C'est pas grave, Evie. » Jae s'est allongée sur ses coudes. C'était dangereux, la façon dont elle me regardait. Un besoin liquide se cristallisait en moi, des atomes vibrant à l'unisson comme une cargaison dans la coque d'un navire. « Il n'y a rien de mal à aimer donner des ordres.

– C'est à toi que je vais donner des ordres », l'ai-je avertie.

Le coin de sa bouche s'est soulevé.

« Tout ce que tu veux. »

J'ai agrippé le sable, juste pour occuper mes mains. Le vin était une mauvaise idée. Je le sentais qui s'insinuait comme une anguille dans les nerfs sombres de mon corps pour me donner du courage.

Mais je n'avais pas besoin de courage. J'avais besoin de retenue. Ce que je voulais n'était pas possible. Pas avec Jae.

Je me suis forcée à détourner le regard. L'océan se résumait à la route bleue ondoyante que dessinait le clair de lune. Le reste n'était que bruit et ténèbres. Des vagues, du vent.

« On va nager ? » a murmuré Jae.

Elle se levait déjà, renversant la bouteille de vin vide. Elle s'est d'abord débarrassée de son sweat-shirt, qu'elle a abandonné dans le sable. J'ai senti, plutôt que vu, son pantalon heurter le sol. Incapable de détourner les yeux plus longtemps, je me suis autorisée à la regarder.

Sa nudité était cruelle. Comme seule peut l'être la beauté.

« Qu'est-ce que tu fais ? ai-je demandé.

– J'ai passé trop de temps enfermée. » Elle était plus ivre que je ne le pensais. Je l'entendais dans sa voix. « J'ai envie de nager. »

L'eau clapotait autour de ses chevilles. Elle s'y est enfoncée de plus en plus profondément, en passant ses doigts dans ses cheveux et en ébouriffant ses mèches de mauvais garçon.

Jae m'a regardée par-dessus son épaule, pour me faire signe de la rejoindre, mais je la suivais déjà. J'avais retiré mes vêtements. L'eau était froide, mais je m'en fichais. Je me fichais de tout.

Elle a marché devant moi jusqu'à ce qu'elle soit immergée jusqu'à la taille, puis elle a plongé. Elle a nagé sur quelques mètres avant de remonter à la surface, et elle a secoué ses cheveux trempés en riant. Le rire a résonné jusqu'à moi et je l'ai avalé, plongeant sous l'eau pour la rejoindre. Je l'ai poursuivie, elle m'a poursuivie, et le courant a conspiré contre nous, ou pour nous, selon la façon dont on voyait les choses. Son genou a frôlé le mien, son coude, ses membres m'encerclant comme une algue, inéluctable. Peut-être avait-elle toujours été inéluctable. Peut-être avais-je eu tort d'y résister.

Peut-être n'étais-je pas seule.

Un croissant de lune luisait au-dessus de nous. Une myriade d'étoiles, si proches contre le velours noir du ciel que j'aurais pu en cueillir une comme un bijou et l'offrir à Jae.

Nos bouches flottaient à quelques centimètres l'une de l'autre. Sous l'eau, j'ai senti sa main s'enrouler autour de ma hanche. Ses cils étaient pointus, ses yeux si sombres et humides que tout s'y reflétait. Même moi. J'ai senti un nœud se défaire, un ruban se dérouler, mes dernières réticences céder.

« Evie, ne bouge pas », m'a ordonné Jae doucement.

Je n'ai pas bougé. Elle s'est avancée. Sa main, lorsqu'elle a saisi ma nuque, était froide. Mes yeux se sont fermés. J'ai senti son souffle contre mes lèvres, puis sur mon cou. J'ai frissonné, gravitant vers la chaleur de son corps.

Elle a placé sa bouche contre mon oreille.

« Derrière toi, a-t-elle murmuré, et ce n'est qu'à ce moment-là que j'ai perçu la terreur dans sa voix. Il y a un bateau. »

20

Le moteur ronronnait doucement. C'était un grand bateau, une sorte de croisement entre un hors-bord et une péniche. Sa proue était un long couteau qui sculptait dans l'eau des ondulations de verre. Il n'y a pas de façon élégante de sortir rapidement de l'océan. Quoi qu'on fasse, on a l'air d'un crétin, à se traîner d'un pas lourd vers le rivage comme si on luttait contre le vent. Nous nous sommes extirpées de l'eau et rhabillées aussi vite que possible en tirant sur nos vêtements pour les enfiler sur nos corps trempés et grelottants.

Le bateau se dirigeait vers le ponton des Carlisle. On a gravi les dunes à quatre pattes avant de partir en courant.

« Hé ! a crié une voix derrière nous. HÉ ! »

Mes muscles se dérobaient, glissants comme de la viande crue.

« PUTAIN, C'EST QUI CES...

– GARRET, VA CHERCHER TON VÉLO, FAIS LE TOUR...

– ELLES ÉTAIENT CHEZ NOUS ? !

– PUTAIN MAIS QUEL TOCARD, T'AS ENCORE PLUS DE BATTERIE...

– SIRI, APPELLE LES FLICS...

– PUTAIN MAIS...

– APPELLE PAPA APPELLE PAPA APPELLE PAPA...

– MAIS QU'EST-CE QUE...

– SIRI, APPELLE PAPA...

– N'APPELLE PAS PAPA, APPELLE LES... »

D'un regard terrifié vers l'arrière, j'ai eu la confirmation que ces garçons étaient les adolescents de la photo. Ceux aux couleurs pastel Abercrombie et aux polos Lacoste. Deux gamins armés de fusils automatiques, un lion mort à leurs pieds.

Ce soir, il y en avait un troisième avec eux. Il a sauté sur le ponton, les deux autres sur ses talons.

Nous étions en infériorité numérique.

« La voiture, ai-je haleté en longeant la piscine en courant et manquant de trébucher sur une chaise de jardin en plastique. Il faut qu'on, il faut qu'on… »

On s'est ruées vers la maison. La poignée de la porte glissait sous ma main moite. J'ai dû m'y reprendre à trois fois avant de réussir à l'ouvrir et de m'engouffrer à l'intérieur. Dans ma précipitation, j'ai heurté une table basse. Une douleur fulgurante m'a traversé le genou.

Je n'entendais plus les garçons derrière nous, mais ça n'a fait qu'accroître ma peur. Où étaient-ils passés ? Nous n'avions pas le temps de nous poser la question. J'ai foncé vers la porte d'entrée.

Le GMC était toujours dans l'allée. On s'est précipitées à l'intérieur. Jae a enfoncé le tournevis dans le contact et le moteur a démarré au quart de tour.

« Tout va bien. » Jae psalmodiait les mots telle une prière, une incantation, comme si les répéter pouvait les rendre vrais. « C'est bon, tout va bien, tout va… »

Le mot « bien » a crissé entre ses dents. La voiture des ados est arrivée si vite que tout ce que j'ai vu, c'est un tourbillon de lumière dans le rétroviseur, la clarté lunaire de leurs phares juste avant qu'on se retrouve projetées contre le pare-brise.

L'odeur de mon sang était riche, sa texture épaisse comme de la soupe. Il coulait le long de mon visage, dans mes oreilles et mon nez, s'échappait en filets sombres de ma bouche. J'ai rampé à l'aveugle sur mes coudes déchiquetés en crachant du sang.

Une chaussure s'est posée sur ma nuque.

Pendant près de dix secondes, ma vision s'est obscurcie. Mes yeux étaient ouverts, je crois, mais je ne voyais rien. J'étais peut-être aveugle, qui sait. Je venais de passer à travers un putain de pare-brise.

« Oh merde, c'est...

– C'est quoi son nom déjà...

– C'EST QUOI SON NOM !

– EVIE !

– ... ne la tue pas...

– ... récompense...

– ... où est l'autre...

– ... complice...

– ... j'ai dit *ne la tue pas...*

– ... *cent vingt-cinq mille dollars...*

– ... OÙ EST L'AUTRE FILLE...

– ... OÙ ! EST ! MON ! PUTAIN ! DE ! PORTABLE ! »

Ils étaient ivres. Leurs voix se mélangeaient en un fouillis de mots inarticulés. Des pétales de sons inutiles. J'ai cligné des yeux. Mon visage était dans la terre. Je voyais des chaussures. Cinq mocassins Sperry. Des chevilles maigres et poilues. Des pieds qui trébuchaient, s'agitaient nerveusement dans la poussière. Où était le sixième mocassin ?

Ah, oui. Sur mon cou.

« Toby, va la chercher, a sifflé l'un d'eux.

– Je suis pas ton putain de majordome, Garret », a répliqué l'intéressé. Il avait l'air plus sobre que les autres.

« TOBY ! a explosé Garret. VA ! LA ! CHERCHER ! »

Voilà ce que je savais : il y avait un adolescent relativement sobre prénommé Toby – qui *n'était pas* un majordome – et un adolescent complètement torché prénommé Garret. Plus un troisième adolescent dont le pied était posé sur ma nuque.

« Enlève ton pied, connard », ai-je grogné en enfonçant mes doigts dans la terre pour essayer d'avancer.

Un autre mocassin a frappé ma cage thoracique avec une telle violence que je n'ai même pas pu crier. J'ai senti le son remonter des profondeurs de mon corps et se perdre dans ma gorge.

Soudain, le pied a quitté mon cou. Je me suis mise à genoux, haletante, les mains agrippées aux côtes.

« Chope-la, Devin, a ordonné Garret à l'ado derrière moi. On les emmène toutes les deux à la *pool house*. On utilisera la ligne fixe pour appeler les flics. »

Ils m'ont attrapée par l'arrière de mon tee-shirt pour me relever et ont tiré mes bras derrière mon dos. L'échafaudage de mon corps avait perdu toute intégrité structurelle.

Le visage d'un des ados a flotté dans mon champ de vision. Il avait tellement de taches de rousseur qu'on aurait pu croire qu'il était bronzé. Ses cheveux étaient d'un blond roux. Des lunettes de daron pendaient autour de son cou. Il portait un short couleur saumon et une chemise à rayures ouverte sur un torse sous-développé et brûlé par le soleil. Il avait une petite tête de tortue posée sur un long cou maigre. Ses yeux, lorsqu'ils ont fini par prendre forme, étaient comme des taches de peinture bleue. Des boutons aveugles.

Il était complètement pété.

« Toi, a-t-il grondé, tu es *morte.*

– Non, Garret, a dit Devin, les dents serrées, de plus en plus exaspéré. Les flics la veulent *vivante.*

– Je m'en cogne de ce que veulent les flics ! a explosé Garret, nous aspergeant de postillons à la tequila.

– Lâchez-*moi* », ai-je croassé.

Soudain, celui qui me tenait a plaqué sa main sur ma bouche, si violemment que j'ai senti mon crâne vibrer.

« *La ferme* », a-t-il sifflé, me soufflant au visage son haleine chargée de bière.

J'ai fermé les yeux et tâché de calmer ma respiration. Si j'arrivais à garder mon sang-froid, j'arriverais aussi à réfléchir. *Jae.* C'était la priorité. Où était Jae ? Quand j'ai rouvert les yeux, la lame d'un couteau scintillait à deux centimètres de ma gorge.

La pointe s'est enfoncée dans ma chair. Si je respirais trop fort, elle transpercerait la peau. *Ma* peau.

La terreur a inondé mon système comme une drogue. Mon cœur tambourinait si vite que j'avais l'impression qu'il forait un puits dans la terre molle de mon corps pour y disparaître.

« Je n'ai rien fait. » Ma voix me semblait lointaine, désincarnée. « Ce n'est pas moi, je n'ai rien fait... »

Le garçon derrière moi – Devin – a de nouveau plaqué sa main sur ma bouche. Mon esprit et mon corps se sont séparés. Lorsqu'ils se sont retrouvés et emboîtés tant bien que mal, comme les mauvaises pièces d'un puzzle, les ados se disputaient pour savoir ce qu'ils allaient faire de moi.

Garret s'est jeté sur son frère, les yeux exorbités par la haine.

J'en ai profité pour me faire la malle. Le couteau de Devin a glissé sur ma peau lorsque je me suis libérée de son étreinte. Je sentais le sang frais qui affluait à la surface et coulait le long de mon cou, mais je courais trop vite pour m'en préoccuper. J'ai entendu un cri au loin. Des pieds qui foulaient la terre derrière moi. Un autre cri. Peut-être une chute.

Une joie sauvage s'est propagée dans ma poitrine lorsque j'ai vu Jae sortir des bois à toutes jambes, les mains luisant d'un rouge écarlate. Elle galopait si vite qu'elle a failli me rentrer dedans. Je l'ai rattrapée juste à temps, en saisissant son bras qui a glissé sous ma main, couvert de sang. On a couru. Soudain, un poids s'est abattu sur mon dos. Un axe a basculé. La lumière de la lune se déversait du ciel de minuit. J'ai vu un visage rouge que je ne reconnaissais pas, couronné de cheveux jaunes comme du papier kraft. Des yeux d'un bleu si pâle qu'ils étaient presque translucides.

Devin était beaucoup plus imposant que son frère.

Il m'a soulevée et m'a projetée si fort au sol que j'ai senti quelque chose se casser. De la porcelaine brisée, flottant dans les canaux sombres de mes entrailles. J'ai fermé les yeux. Je les ai rouverts. Le poing de Jae a traversé mon champ de vision et s'est écrasé sur le visage de Devin. Je les ai refermés. Chaque respiration me demandait un effort considérable, c'était comme remonter un seau rempli d'eau du fond d'un puits.

J'ai forcé mes paupières à se soulever. Je savais qu'une bagarre était en cours à quelques pas de moi – Jae contre Devin. J'ai tourné la tête, serrant la mâchoire pour m'empêcher de hurler de douleur. Ils se battaient au corps à corps, avec leurs poings, leurs genoux et même leurs dents. Une chorégraphie lente et primitive, comme s'ils se déplaçaient dans des conditions climatiques extrêmes. Les coups tombaient au ralenti. Jae se mouvait comme une louve, nerveuse et sauvage. Je ne savais pas où était Garret – à l'intérieur, probablement. Il devait être en train d'appeler les flics, qui allaient débarquer d'un moment à l'autre. Je me suis forcée à me relever sur mes coudes. La douleur s'atténuait, ce n'était plus qu'une faible palpitation.

Jae avait immobilisé Devin au sol. Il se débattait comme un diable sous elle, mais elle avait réussi à lui prendre son couteau et elle le tenait contre sa gorge. Il s'est calmé, à bout de souffle.

« Evie, a-t-elle dit d'une voix rauque. Evie, dans ma poche, il y a un… il y a… »

Un pistolet.

Je l'ai sorti de sa poche arrière, tout en gardant les yeux rivés sur Devin. C'était un Glock minuscule. Je me suis demandé à quel moment Jae l'avait pris dans le bureau.

Les bois ont bruissé derrière moi.

J'ai fait volte-face en levant mon arme.

Garret s'est figé. Du vomi coulait le long de son menton et ses yeux étaient hébétés. Il fixait le canon, bouche bée, en état de choc.

« Mets-toi à genoux », ai-je ordonné.

Garret est tombé, secoué de haut-le-cœur pathétiques.

J'ai pressé le pistolet contre sa tempe. Mon bras tremblait.

Quelque chose s'était libéré en moi. Une bête sauvage et insaisissable, qui montrait les dents. J'étais tellement furieuse que je craignais de ne pas réussir à la contenir. La rage couvait depuis que j'avais fui la maison des Victor. Mes poings étaient serrés, ma gorge à vif, ma tension artérielle bien trop élevée. L'injustice de tout ça me mettait hors de moi. Qu'est-ce que je foutais là ? Pourquoi fallait-il que ça tombe sur moi ? Je n'étais pas un ange, certes. Mais ma vie allait-elle réellement se résumer à ça ? Était-elle destinée à se finir ainsi ? Si c'était le cas, j'aurais aimé l'apprendre plus tôt. J'aurais moins étudié. Moins travaillé. J'aurais passé moins de temps loin des gens que j'aimais.

La lèvre de Garret tremblait. Je ne sais pas trop ce qu'il voyait sur mon visage, mais c'était suffisant.

« Ne faites pas ça, je vous en prie… je vous en prie… »

C'était assez jouissif de le voir me supplier.

Derrière moi, j'entendais aussi Devin implorer Jae de lui laisser la vie sauve. Elle l'avait mis sur le ventre, les mains derrière le dos. Garret avait la tête baissée, les mains croisées sur la nuque. Il sanglotait.

Pathétique, n'est-ce pas. Ce n'étaient que des gamins.

J'ai jeté un coup d'œil à Jae par-dessus mon épaule. Elle m'a regardée et a hoché la tête d'un air entendu.

On a couru. Je l'ai suivie vers l'arrière de la maison. On a enjambé un troisième corps, qui venait de s'extirper de la piscine et gémissait doucement. Ce devait être Toby. Il s'est mis à hurler en voyant Jae.

« Où est-ce qu'on va ? ai-je crié. Comment on va… la voiture… »

C'est à ce moment-là qu'on a vu le bateau.

21

Le trajet s'est déroulé dans le calme, au son du ronronnement du moteur, du clapotis de l'océan. J'avais déjà conduit des bateaux. Un ami du lycée avait une baraque au bord d'un lac, et on y allait presque tous les week-ends l'été, avec un groupe de potes, pour picoler et fumer de l'herbe, faire des dérapages avec le hors-bord, jouer comme des gamins avec des bouées gonflables.

Des kilomètres d'océan nous séparaient maintenant de la maison des Carlisle. Je me suis mise à rire, involontairement – la tension qui retombait. Je n'arrivais plus à m'arrêter. C'était un rire gras, tonitruant, à en avoir mal aux côtes.

« Qu'est-ce qui te fait rire ? » a demandé Jae, mais elle devait le savoir, car elle souriait aussi.

Elle a tendu la main vers moi et, de son pouce, a essuyé le sang au coin de ma bouche. J'en sentais le goût. Jae faisait peine à voir. Ses mains étaient tout éraflées et du sang frais coulait de sa lèvre et son sourcil. Je suis sûre que j'avais l'air tout aussi mal en point. J'ai jeté un coup d'œil à mon reflet dans l'écran de navigation noir. Mon cou était rouge de sang. Mes yeux n'étaient plus que deux cavités, semblables à des trous dans un masque d'Halloween.

Mais j'étais en vie. Jae était en vie.

Nous étions libres.

Je sentais que ce qui avait pris possession de moi dans les bois était toujours là, tapi quelque part, un cœur parasite battant en décalage avec le mien.

« Comment va ta tête ? » ai-je demandé en observant la tache sombre à la racine de ses cheveux.

Jae a haussé les épaules, toujours stoïque, et a entrepris de nettoyer le sang sur mon corps avec une serviette qui sentait un peu le moisi, qu'elle avait trouvée rangée sous les sièges.

C'était un bateau haut de gamme, ça sautait aux yeux. Les sièges étaient en cuir blanc crème, le système de navigation à la pointe de la technologie. C'était un yacht de sport, avec une cabine sous le pont. Vu son état, les garçons avaient passé plusieurs jours en mer. Des cannettes de bière écrasées, des glacières pleines d'eau fondue, des chips détrempées, un pain à hamburger gisant dans une flaque. Des maillots de bain humides, des taches collantes de cocktails renversés, des gobelets en plastique au fond desquels une épaisse pellicule de tequila commençait à moisir.

Nous ne pouvions pas rester sur le yacht. Les flics allaient probablement arriver chez les Carlisle d'un moment à l'autre. Ils appelleraient leurs parents. Les autorités sauraient que nous étions parties en bateau, elles connaîtraient la marque et le modèle. Elles contacteraient les gardes-côtes. Notre cavale prendrait fin.

J'ai surveillé le système de navigation tandis que nous longions le détroit de Santa Rosa et passions devant Navarre. Jae avait trouvé des vêtements dans la cabine, qui empestaient la bière et le déodorant Axe. C'était assez étrange de la voir vêtue d'un Chino et d'un pull-over couleur crème. Je portais pour ma part un polo bleu trop grand et mon propre pantalon – il n'y avait pas beaucoup de sang dessus. Des casquettes puantes étaient rabattues sur nos yeux. United Christian Academy. University of Alabama. De loin, on pouvait facilement passer pour deux adolescents.

Un pont est apparu devant nous. Un port. Des restaurants agglutinés le long d'une marina, saturés de lumière et de corps, de la musique country à plein volume. Un château d'eau se dressait au loin comme une montgolfière, peint en rose et orange. « PENSACOLA BEACH ».

J'ai guidé le yacht jusqu'à une place vacante sur le quai. Les établissements étaient collés les uns aux autres, beaucoup de bars à fruits de mer, des terrasses gonflées par la pluie. Des tables de pique-nique encombrées de pichets de bière, de plateaux de coquilles d'huîtres et de citrons pressés, de pattes de crabes ouvertes à mains nues. Une voix lointaine et dissonante chantait « Santa Baby ». Soirée karaoké.

Nous nous sommes approchées du quai. La marina était pleine de bateaux. Quelques-uns étaient illuminés par des guirlandes de Noël. Nous les avons évités. Trop voyants.

Parmi tous ces fêtards alcoolisés, il y en aurait bien un qui avait laissé ses clés à bord.

Jae s'est faufilée jusqu'à un Formula Bowrider pendant que je faisais le guet, les mains enfoncées négligemment dans mes poches, le petit Glock niché dans ma paume. Elle a grimpé l'escalier étroit du bateau et rejoint le siège du capitaine.

Elle m'a fait signe d'approcher, et je suis montée à bord. Ce bateau était bien moins récent que celui des Carlisle ; les sièges en cuir étaient craquelés, le lettrage en partie effacé. Mais toutes les surfaces luisaient de propreté et le pont sentait le nettoyant au citron.

La clé était sous le siège du capitaine.

Nous avons suivi un long rayon de lune solitaire jusqu'aux eaux clapoteuses de la baie. Nous avons évoqué la possibilité d'aller vers le sud, de fuir le pays dans une autre direction. Cancún, par exemple, n'était qu'à un golfe de là. Si nous atteignions l'extrémité sud de la Floride, Nassau ou La Havane n'étaient qu'à une heure de navigation tout au plus. Mais l'idée de traverser un océan en bateau – pas juste un détroit ou un bras de mer, comme dans l'État de Washington, mais un véritable océan – nous terrifiait toutes les deux. Nous imaginions des vagues aussi hautes que des montagnes qui nous engloutiraient toutes entières. Des requins dépouillant nos cages thoraciques de leur chair, nos squelettes dérivant sur des dizaines de kilomètres avant de s'enfoncer dans les profondeurs obscures de l'océan. De plus, nous serions bien plus visibles dans les petites îles des Caraïbes ou les villes d'Amérique centrale, en particulier celles prises d'assaut par les touristes américains.

Il faudrait donc que ce soit le Canada. Ça signifiait qu'on allait devoir regagner le cœur du pays, son ventre affamé où nous attendaient les fourches et les guillotines – et la foule serait plus déterminée que jamais à nous lyncher depuis que nous avions terrorisé deux riches adolescents.

Mais ce soir, juste pour une nuit, nous nous autoriserions à rester sur le bateau.

J'ai attendu d'avoir atteint la baie de Mobile pour jeter l'ancre. À quelques kilomètres de la côte de Fairhope, en Alabama, où des maisons scintillaient au loin. Nous avons éteint toutes les lumières. À moins que le faisceau d'un phare ne se braque directement sur nous – et il n'y avait aucun phare en vue –, nous devrions nous fondre facilement dans l'obscurité.

Jae était collée contre moi sur le siège du capitaine. Nous grelottions de concert, hanche contre hanche, nos genoux s'entrechoquant. Elle avait déniché une bouteille de Malibu que nous avons bue à tour de rôle en regardant le rivage tanguer au loin, de plus en plus brumeux. C'était stupide de boire, mais nous avions tant besoin d'oublier. Mon crâne m'élançait toujours, meurtri comme un fruit tombé d'une hauteur inimaginable. Mais ce n'était pas la douleur qui me donnait l'impression de perdre le contrôle de moi-même. C'était l'humiliation, la profonde injustice de tout ça. C'était ce que j'avais crié, sans réfléchir, comme une gamine, quand la pointe du couteau était sur ma gorge : Ce n'est pas moi, je n'ai rien fait. Pourquoi moi ? Toute ma vie, j'avais cru qu'il y avait des choix à faire, une carte avec mille chemins à tracer. Je pouvais choisir le bon ou le mauvais – en général, je choisissais le mauvais – mais la décision me revenait.

Ce soir, il n'y avait pas de carte. Il n'y avait qu'une route solitaire menant à une fin solitaire : la porte d'une cage qui, grande ouverte, attendait de se refermer sur moi.

Et pourtant, j'étais toujours là.

Les doigts de Jae ont effleuré la coupure sur mon cou, la chair meurtrie sur l'os de mon poignet, l'ecchymose laissée par la chaussure de Devin sur ma nuque. Jae était si douce. Je me sentais mise à nu, désarmée.

Ses doigts étaient sous mon menton. Je l'ai laissée soulever mon visage.

« Evie », a-t-elle soufflé.

Je me suis approchée jusqu'à ce que mes lèvres se posent sur les siennes.

Elle a laissé échapper un petit son plaintif, farouche. Je me suis écartée, une bouffée de chaleur m'embrasant le visage et le cou.

J'ai sauté par-dessus le siège du capitaine, descendu l'escalier en trombe et déverrouillé la porte de la cabine, sourde aux appels de Jae qui criait mon nom. Elle m'a suivie.

Le clair de lune baignait la cabine d'une lueur bleutée. Jae a hésité un instant sur le seuil avant d'entrer, en refermant la porte derrière elle. Le baromètre avec lequel j'avais minutieusement jaugé ses pensées et ses humeurs avait explosé. C'était une créature nouvelle. J'étais une créature nouvelle, privée de mes défenses habituelles. Nous nous sommes observées avec la vigilance de deux fauves se jaugeant de loin. Méfiantes, terrifiées, attendant de voir qui ferait le premier pas.

C'est Jae qui l'a fait.

Elle a traversé la pièce, m'a poussée contre le mur, et a pressé ses lèvres contre les miennes. Je me suis laissé faire, ma bouche figée sous la sienne. Elle n'a pas essayé de me toucher. Il n'y avait que ça, nos lèvres. Je sentais qu'elle retenait sa respiration. J'ai retenu la mienne aussi, jusqu'à ce que je n'en puisse plus. Une expiration chaude, mes lèvres s'ouvrant sous les siennes, et le simple contact de nos bouches s'est mué en un véritable baiser. Dès l'instant où je lui en ai donné la permission, Jae s'est emparée de moi, affamée, presque désespérée. J'étais soulagée. C'était tout ce que je me sentais capable de faire. L'embrasser et l'étreindre, qu'elle m'embrasse et m'étreigne en retour.

22

On s'est endormies rapidement, bercées par l'océan. Une mouette nous a réveillées en tapant du bec contre la fenêtre de la cabine. Le ciel était gris – je distinguais des nuages d'orage au loin. Il faudrait les garder à l'œil.

Les draps étaient amassés autour de nos hanches. La nuit m'est revenue par fragments. Du sang. Un pistolet. Un bateau. Du rhum à la noix de coco. Les lèvres de Jae. Mes lèvres. Une vie de pirates pour nous deux.

Le sommeil m'avait prise par surprise, niché au creux de son cou.

Et puis le cauchemar était arrivé. Encore maintenant, il tournoyait autour de mon cerveau, cherchant un moyen d'y retourner. Dans le rêve, je roule derrière un Range Rover vert foncé. Il s'arrête dans une allée. Une famille en sort. Je les suis dans leur maison. Ils ne me voient pas. Il y a un miroir dans l'entrée, et j'y aperçois mon reflet. Je tiens un couteau. Je porte un masque vénitien à long bec, le mauvais présage d'un médecin de peste.

« Tu es réveillée ? » ai-je murmuré en passant mes doigts dans les cheveux de Jae.

Elle a hoché la tête et ouvert un œil, celui qui n'était pas contusionné. L'autre était gonflé et poisseux, d'une couleur violacée inquiétante. Je me suis penchée pour embrasser sa tempe et Jae m'a attirée contre elle. Elle était toujours trop maigre, mais ses bras semblaient forts autour de moi, musclés et capables, recelant un potentiel de violence insoupçonné. Si quelqu'un montait à bord et enfonçait la porte de la cabine, j'étais certaine qu'elle n'aurait aucun mal à nous en débarrasser.

« Je pense qu'on devrait rester ici jusqu'à la tombée de la nuit. Le temps que tout ça… » J'ai agité la main en direction de la fenêtre, imaginant une armée à cheval, qui nous attendait sur la terre ferme. Des chars. Des canons, des béliers. Des fourches. « Se tasse un peu. »

Jae a acquiescé.

« Il y a à manger ?

– Un peu. Des œufs, du bacon. Quelques snacks dans le placard.

– Qu'est-ce qui se passe si quelqu'un monte à bord ?

– Si quelqu'un monte à bord ? Jae, on est en pleine mer.

– Et si les gardes-côtes fouillent tous les bateaux qu'ils croisent ? Qu'est-ce qu'on fait ?

– J'ai le pistolet.

– Evie.

– Quoi ?

– Si quelqu'un monte à bord, qu'est-ce que tu comptes faire au juste ?

– Lui tirer une balle dans la tête. »

Jae a ri.

« D'accord, c'est toi qui leur tireras une balle dans la tête, ai-je rajouté.

– Je t'ai vue hier soir. Je pense que tu es plus douée que moi avec un pistolet. »

C'était amusant de jouer à faire semblant, de discuter comme des hors-la-loi dans un film. La violence couve en chacun de nous. Il n'y a souvent qu'une porte à ouvrir pour la convoquer.

« J'ai pensé à un truc que j'ai fait, qui est pire que de tyranniser mes camarades, ai-je dit en me levant pour préparer du café.

– Evie, ne fais pas ça.

– Ne fais pas quoi ?

– T'autoflageller. »

Je me suis retournée pour lui faire face.

« Tu crois que je parle des Carlisle ?

– C'est pas le cas ?

– Je ne me sens pas coupable pour ce qu'on a fait. Toi oui ? »

Jae a secoué la tête.

« Je pense à… tu te souviens, la question que tu m'as posée sur la plage ? Quelle est la pire chose que j'aie jamais faite ?

– Oui, je me souviens, a-t-elle répondu prudemment.

– C'est un truc que je faisais avec mes potes, au lycée.

– D'accord.

– La première fois, on était tous bourrés. Il n'y avait pas grand-chose à faire dans mon bled, alors la plupart du temps, on picolait et on faisait des virées en voiture. On était juste une bande d'ados stupides dans une petite ville. Une fois, on était sur la route et on a repéré ce Range Rover vert. Je sais plus qui a eu cette idée, mais on a décidé de le suivre.

– Le Range Rover ?

– Ouais. On a suivi ses occupants jusqu'à leur maison. Enfin, ce n'était pas leur maison, en fait. Quand ils se sont rendu compte qu'ils étaient suivis, ils se sont arrêtés dans une allée, mais ils ne sont pas sortis. On a attendu dans l'impasse. On a même éteint les phares, pour bien les faire flipper.

– Qui conduisait ?

– Moi, ai-je admis en tendant à Jae une tasse de café.

– Qu'est-ce qu'ils ont fait, les gens dans le Range Rover ?

– Rien. Ils ont attendu à l'intérieur. On a fini par en avoir marre, donc on s'est barrés. On s'en voulait un peu. On était des gamins immatures, on essayait juste de leur faire peur.

– Tu as recommencé ?

– Avec mes amis, ouais, quelques fois. Et une fois quand j'étais seule. Mais ce coup-ci, je ne voulais pas faire peur à qui que ce soit. Il y avait une résidence fermée pas loin de chez moi, avec plein de baraques immenses que je mourais d'envie de voir. Avec mon père, on allait souvent à des journées portes ouvertes quand j'étais gamine. Pour visiter les très grandes maisons, celles qu'on pourrait jamais se payer. C'était notre rituel du dimanche après-midi. Mais cette résidence, le seul moyen d'y pénétrer, c'était d'attendre que quelqu'un entre le code du portail et de le suivre. Donc c'est ce que j'ai fait. Je voulais voir à quoi ça ressemblait. Je me sentais... »

C'était difficile à expliquer. C'était comme enfoncer son doigt dans une plaie. Pas pour des raisons masochistes, mais pour trouver les origines de la blessure, une sorte d'expérience scientifique.

« Je sais ce que tu ressentais », a murmuré Jae.

Je me suis assise à côté d'elle sur le lit, ma tasse de café à la main.

« C'est vrai ?

– J'ai bossé pour un service de traiteur. Parfois, on faisait appel à nous pour des événements dans des hôtels, des salles de réunion, ce genre de trucs. Mais la plupart du temps, c'était chez des particuliers. Dans des maisons ridiculement grandes. Quand je travaillais là-bas... C'était comme si on me tendait un pistolet chargé. Je pouvais voler un bracelet, une antiquité, un sac à main, et être tranquille pendant des mois. De temps en temps, j'entrais dans des pièces où je n'étais pas censée aller. Je ne me suis jamais fait prendre. Mais une part de moi avait presque envie que ça arrive.

– Pourquoi ? »

Jae a haussé les épaules.

« Je sais pas. Pour voir l'expression sur leurs visages. »

La peur. C'était de ça qu'il s'agissait en réalité. Je me fichais que quelqu'un appelle les flics ou me chasse de la résidence. Jae se fichait qu'on lui ordonne de partir. Ce qui nous motivait, c'était cette étincelle de peur, juste avant de se faire pincer. C'était réel.

« C'était quand, que tu bossais pour ce traiteur ?

– Après avoir abandonné UCLA.

– Qu'est-ce qui s'est passé ? »

Jae a regardé dans sa tasse.

« J'ai reçu un appel un jour, de mon pote Kevin. On ne s'était pas parlé depuis le lycée. Il a dit que mon père s'était présenté au magasin du sien, qui vendait des voitures, et lui avait demandé s'il y avait des postes à pourvoir. Il était complètement ivre. Il s'était fait virer de ses deux emplois parce qu'il était tout le temps bourré, et il me l'avait caché.

– Merde.

– Ouais. J'ai demandé un transfert à l'université d'Irvine pour pouvoir garder un œil sur lui. Je l'ai aidé à s'inscrire au chômage et à l'assurance maladie, et à demander des bons alimentaires. J'ai reçu un remboursement d'impôts juste à temps, ça nous a aidés un peu. Il a réussi à se faire embaucher dans une usine de sirop Coca-Cola à Ontario, dans l'équipe de nuit. Je l'y emmenais tous les jours, comme on n'avait qu'une seule voiture. J'ai été conductrice Lyft et j'ai fait des livraisons pour DoorDash – c'est ce qui me semblait le plus simple. J'ai abandonné la fac. C'était difficile de m'intéresser aux cours. Je ne pensais qu'à gagner de l'argent. Pour avoir mon propre appart. Mon père passait son temps à boire. Donc je travaillais beaucoup, c'était mieux que d'être à la maison. »

J'ai compris, à l'expression de Jae, qu'elle ne voulait pas parler de son père plus que nécessaire.

« C'était comment, à UCLA ?

– Je ne me souviens pas de grand-chose, pour être honnête. Cette époque est un peu floue.

– Laisse-moi deviner. T'avais une coupe de *butch*, le crâne rasé sur les côtés. Et tu portais des chemises à manches courtes avec des imprimés débiles, comme toutes les lesbiennes qui veulent être sûres qu'on sache qu'elles sont lesbiennes. »

Jae a secoué la tête avec un sourire gêné, et j'ai compris que j'avais tapé en plein dans le mille.

Je passais un assez bon moment.

« T'as couché avec combien de meufs hétéros ?

– Quelques-unes. » Jae a détourné le regard. « Mais c'était pas comme si elles voulaient sortir avec moi.

– Elles voulaient juste coucher avec toi.

– Ouais.

– Moi, je serais sortie avec toi. Sans hésiter. »

Les yeux de Jae ont croisé les miens. Sa bouche a dessiné un mouvement étrange, puis son sourire s'est effacé.

« Non, a-t-elle dit, ça m'étonnerait.

– Pourquoi ?

– Tu étais trop... » Elle prenait sur elle pour ne pas froncer les sourcils. Le sourire crispé qu'elle a fini par esquisser manquait de conviction. « Nos chemins ne se seraient jamais croisés. Là-bas.

– Comment ça ? »

Je n'aimais pas ce qu'elle sous-entendait.

« C'est juste que, tu sais... On vivait dans des mondes différents.

– Des mondes différents ? On n'est pas chez Disney. Tu es Aladdin et moi Jasmine, c'est ça ?

– Non, tu es le singe qui vole le chapeau.

– Abu. Un peu de respect. »

Jae avait l'air à la fois amusée et exaspérée. Elle se trompait. Moi, je n'avais aucun mal à imaginer nos chemins se croiser. Sur une appli de rencontre, à un mariage, dans un bar. Une pièce sombre saturée de corps, des basses profondes qui pulsent dans les murs. Elle, assise dans un box, ses yeux qui me trouvent, me choisissent. La tension érotique du contact visuel. La nonchalance avec laquelle elle passe ses mains dans ses cheveux, la mèche rebelle qui tombe sur son visage.

Je l'aurais ramenée chez moi, à East Hollywood. Je vivais dans une maison jaune, de style colonial espagnol, qui datait des années 1930. Un duplex que je partageais depuis presque quatre ans avec mon coloc, Harvey, un ouvrier du bâtiment originaire de Boyle Heights et, depuis peu, son petit ami Van. J'ai pensé aux citronniers, aux roses couleur pêche et aux tulipes bleues entrelacées dans le grillage. La cuisine orange vif et le sol en pierre, la façon dont la lumière du soleil se répandait dans les pièces, si épaisse qu'elle occupait sa propre dimension de l'espace, onirique et nébuleuse. J'ai pensé au petit restaurant colombien devant lequel je passais pour me rendre à mon bar de quartier, aux décorations de Noël rouges et bleues qui l'éclairaient toute l'année, aux couples de petits vieux qui dansaient la *cumbia* tous les soirs après 22 heures. Le centre culturel ukrainien, la *pupuseria*, les tacos vendus sur des tables en carton au coin de la rue.

À côté de notre duplex se trouvait une maison abandonnée, qui avait été occupée par une famille arménienne. Avec Harvey, on entendait souvent les fêtes qu'ils organisaient. Un jour, sans raison apparente, ils sont partis. Les fenêtres sont restées sombres pendant des mois. Et puis, une nuit, j'ai vu de la lumière dans la cuisine. Le matin, la cour était jonchée de bris de verre et un matelas jauni avait été traîné sur le perron. Un second squatteur n'a pas tardé à rejoindre le premier et bientôt, ils étaient une douzaine. Il nous arrivait de les voir remplir un seau au robinet de notre jardin. Ils ne nous dérangeaient pas, sauf la fois où j'ai entendu des gémissements sous ma fenêtre et vu un type en train de se masturber. On entendait les lamentations des *bad trips*, les disputes qui dégénéraient, les descentes de flics. Une semaine avant le meurtre des Victor, la ville les avait expulsés et avait installé une clôture autour du jardin. Une voiture de patrouille surveillait la rue.

Je me suis demandé si quelqu'un avait fini par escalader la clôture. Si Harvey cherchait déjà un nouveau coloc. Ce qu'il avait fait de mes meubles. Le lit Ikea que j'avais acheté pour 30 dollars sur Facebook Marketplace, la commode bleue dénichée au marché aux puces de Rose Bowl. Jae aurait-elle sa place dans cet appartement ? J'ai essayé de l'imaginer dans ma cuisine, en train de préparer du café, de se brosser les dents dans ma salle de bains. Jae chez Trader Joe's, choisissant une banane pas trop abîmée. La courbe de sa colonne vertébrale sous mes draps. Je suis remontée plus loin dans le temps. Jae en Caroline du Nord, dans mon lycée privé, vêtue de l'uniforme d'écolière à carreaux que j'avais porté pendant quatre longues années, toisant mes professeurs d'un regard paresseux et blasé. Jae, avec ses cheveux en bataille d'ado tombé du lit et son long corps creusé, d'une élégance aussi brute qu'une voiture de course réduite à ses parties les plus essentielles. Ses genoux meurtris dépassant de ses chaussettes montantes, des richelieus à ses pieds. Cette image avait un je-ne-sais-quoi de sale et aberrant, mais aussi de terriblement érotique. J'avais envie de l'embrasser de nouveau.

Alors je l'ai fait. Les mains de Jae ont caressé toute la longueur de mon dos. Par la petite fenêtre de la cabine, je voyais le ciel s'assombrir. Il fallait qu'on se rapproche du rivage.

Un coup de tonnerre a fait tanguer le bateau.

J'ai quitté ses genoux.

« Viens. Je vais nous trouver un endroit pour s'amarrer. On n'est pas obligées de débarquer tout de suite, mais on ne peut pas rester en pleine mer pendant une tempête, c'est trop dangereux. »

Je lui ai tendu la main pour l'aider à sortir du lit. J'ai exhumé une des casquettes et je l'ai enfoncée sur sa tête. Puis je l'ai embrassée. Quand je me suis écartée, j'ai vu l'ecchymose délavée sur son cou, et je me suis sentie coupable. En avait-elle autant envie que moi ? N'était-ce pas injuste de vouloir ça d'elle après ce qu'elle avait enduré – après les Victor –, après ce qu'il…

Jae a noué ses doigts à l'arrière de mon crâne et pressé ses lèvres contre les miennes.

« Arrête, a-t-elle murmuré. Je t'entends cogiter. Arrête. »

Je lui ai timidement rendu son baiser, toujours soucieuse de la ménager. Mais elle ne voulait pas être ménagée. Elle a pris les devants et m'a embrassée avec fougue pour me montrer ce qu'elle voulait, ce qu'elle attendait de moi.

J'ai posé la main sur la cambrure de ses reins puis je l'ai glissée dans son pantalon et elle m'a encouragée d'un gémissement rauque en se pressant contre moi. J'ai embrassé le creux de sa gorge et senti son pouls s'emballer.

« Je vais te baiser tout à l'heure », ai-je dit.

Jae a fermé les yeux et souri – un sourire sincère, spontané, que je voyais pour la première fois.

23

La maison en bord de plage où nous avons accosté était plongée dans le noir. Jae luttait contre les haut-le-cœur tandis que les vagues malmenaient le bateau. Les eaux se calmaient à mesure que nous approchions du rivage, mais à peine.

« On devrait pas essayer de pénétrer dans la maison ? a crié Jae par-dessus le vent. C'est pas dangereux de rester ici ?

– Ça va aller, on va juste s'amarrer et rester dans la cabine, ai-je crié en retour. Je veux pas prendre le risque d'entrer par effraction – si on n'y arrive pas, on sera bloquées en pleine tempête. »

On s'est précipitées dans la cabine sous une pluie qui nous fouettait le visage. Le vent faisait trembler les fenêtres. Jae frissonnait. Moi aussi. Nos vêtements étaient trempés, mais nous n'en avions pas de rechange. Elle s'est ébouriffé les cheveux en les essuyant avec une serviette et, l'espace d'un instant, un éclair a formé un halo de lumière autour de sa tête.

« Tu le pensais, ce que t'as dit tout à l'heure ? a demandé Jae dans un murmure.

– Qu'est-ce que j'ai dit ? »

Je savais très bien ce que j'avais dit.

Elle s'est placée contre le mur en face de moi, les mains ramenées derrière son dos, comme si elle n'avait pas confiance en elles.

Le tonnerre a éclaté. On a toutes les deux baissé la tête instinctivement.

« Il nous faut un plan, pour partir d'ici, a dit Jae, esquivant la question.

– Je te l'ai dit, j'ai le pistolet.

– Ce n'est pas un pistolet qui va nous protéger de la tempête.

– Si ça devient trop dangereux, on quittera le bateau. On trouvera une voiture. Tu feras ton petit tour de magie à la GTA. Problème résolu.

– C'est vrai, a répliqué Jae, jouant le jeu. C'est aussi simple que ça.

– Dis-moi ce que j'ai dit tout à l'heure.

– Tu as dit… » Elle s'est redressée comme un cadet au garde-à-vous. « Que t'allais me baiser. »

Le désir palpitait entre mes jambes. Jae contre le mur, les mains toujours croisées derrière le dos, attendant sagement qu'on lui dise ce qui allait se passer.

« T'en as toujours envie ? » a-t-elle demandé.

Sa question m'a excitée presque au-delà du supportable. Je voulais faire durer ce moment aussi longtemps que possible. Pour graver son image dans ma mémoire. La manière dont ses cheveux humides tombaient sur son front, le rythme de plus en plus rapide de sa respiration.

« Tu veux que j'en aie envie ? » ai-je dit.

Jae s'est empressée d'acquiescer, comme si elle craignait que je retire mon offre si elle y réfléchissait trop longtemps. Ou peut-être qu'elle m'avait assez bien cernée pour savoir qu'avec elle, ma bravoure dépendait entièrement du périmètre qu'elle traçait. Que je ne pouvais faire preuve d'audace que si elle créait les conditions pour que je le fasse.

J'ai réduit la distance qui nous séparait. Mes doigts se sont enroulés dans les cheveux mouillés sur sa nuque. Son souffle était chaud contre le mien. Je ne l'ai pas embrassée immédiatement. C'était la partie la plus agréable – l'anticipation, sa volonté d'attendre ce que j'allais lui donner. Mes lèvres ont survolé le tranchant de sa mâchoire et le creux de sa gorge. Mes doigts se sont faufilés sous sa chemise trempée, effleurant sa cage thoracique, suivant ses mouvements. J'ai glissé ma main sous sa ceinture, entre ses jambes. Sa peau était froide. J'ai trouvé l'endroit où elle était chaude. Presque brûlante.

« Jae », ai-je soufflé.

Ses yeux ont rencontré les miens.

Je l'ai embrassée. Son corps s'est arqué contre le mien. J'ai placé mon pouce sur la jointure de ses lèvres. Elle l'a accepté dans sa bouche en soutenant mon regard.

Mes yeux ont parcouru son visage. Je sentais la douceur de sa langue, le tranchant de ses dents. Un tambour roulait en moi. Quelques secondes plus tard, j'ai senti les vibrations se répandre en elle comme un diapason.

Jae m'a débarrassée de mes vêtements mouillés. Ses lèvres se sont posées sur mon cou. Chaque terminaison nerveuse fourmillait à la surface de ma peau, hypersensible.

Après m'avoir entièrement dévêtue, elle s'est agenouillée sur le sol de la cabine et a approché ses lèvres de mon ventre, déposant un léger baiser au-dessus de mon nombril. Mon estomac s'est creusé. J'ai enfoncé mes doigts dans ses cheveux et Jae a émis un son plaintif, affamé. Elle a déposé un autre baiser, encore plus léger, juste à côté du premier, et un autre plus bas, et encore plus bas, et mon estomac s'est de nouveau noué, et la chaleur entre mes jambes s'est intensifiée, palpitant de plus en plus fort. Une ligne de faille s'ouvrant brusquement. C'était si bon que c'en était presque douloureux. Ça arrive, parfois, avec les sensations agréables. Des caresses assez douces pour faire mal.

Je tenais à peine debout lorsqu'elle s'est finalement relevée et m'a pressée contre le mur pour m'embrasser. J'ai senti le goût de mon corps sur ses lèvres. Elle portait toujours ses vêtements humides. Je les ai ôtés avec impatience.

On s'est installées sur le lit, elle sur le dos, moi entre ses jambes. J'ai agrippé ses genoux pour l'ouvrir. Elle s'est redressée sur ses coudes, ses cheveux tombant sur son visage. Elle m'a regardée poser ma bouche sur son sein, prendre son mamelon entre mes dents, l'apaiser avec ma langue. Elle s'est cambrée avec impatience, pressant ses hanches contre les miennes. Une supplication. J'ai placé ma main entre ses jambes, senti l'humidité et la chaleur. Ses cils se sont mis à papillonner, son regard toujours rivé au mien. J'ai passé mon doigt sur son clitoris et tout son corps a frémi.

« Ça te plaît ? »

Pour toute réponse, elle a attrapé mon poignet et tiré dessus. J'ai glissé un doigt en elle et approché mes lèvres des siennes. Un baiser humide, la bouche ouverte, un souffle partagé. Ses lèvres avides sont descendues sur ma mâchoire, sur ma gorge. J'ai enfoncé un autre doigt en elle et son corps s'est tendu comme une corde. J'ai enfoui la main dans ses cheveux et fait basculer sa tête en arrière.

« Regarde-moi », ai-je dit.

Je l'ai entendue déglutir bruyamment lorsque ses yeux ont rencontré les miens. Je l'ai baisée comme ça, en soutenant son regard, l'amenant à l'orgasme par des mouvements lents et profonds. Ses yeux étaient aussi sombres et lumineux qu'une marée noire. C'était trop, trop intense, presque insupportable de regarder quelqu'un de cette manière, d'être regardée de cette manière. De savoir que quelqu'un vous fait suffisamment confiance pour se dévoiler autant.

Son corps a tressailli, se soulevant une dernière fois contre le mien avant de retomber sur les draps comme une poupée de chiffon. Sa bouche a frôlé la mienne paresseusement, de tout petits baisers pendant qu'on reprenait notre souffle. J'ai enfoui ma tête dans son épaule. Elle a pris ma nuque dans sa main, comme si elle craignait que je l'abandonne.

24

Revenir sur terre, c'était comme se réveiller après plusieurs mois de coma et découvrir que le monde avait été ravagé par une apocalypse en notre absence. Il n'y avait pas âme qui vive. Pas une seule voiture. Il n'y avait plus rien sauf la pluie. Le tonnerre et les éclairs se sont calmés vers 5 heures du matin, mais la pluie a persisté.

Nous avons couru jusqu'à la route. Des décorations de Noël multicolores scintillaient dans la lumière grise de l'aube. Nos souffles formaient des nuages devant nos bouches tandis que nous grimpions péniblement la côte à travers le bois. À environ 500 mètres se dessinait ce qui ressemblait à une maison.

Un nouveau lotissement, encore en construction. Sa forme épineuse, depuis notre point de vue au sommet de la colline, évoquait un site archéologique. Un squelette déterré, émergeant à moitié de l'argile rouge. Au centre, un *club-house*, une piscine vide en forme de haricot, des courts de tennis d'un vert étincelant. Le tout entouré de maisons inachevées. Les charpentes en bois frémissaient dans la tempête. Le vent malmenait les panneaux d'isolation roses et spongieux. Les bâches de protection se soulevaient puis retombaient comme des cages thoraciques. Nous avons descendu la pente en glissant sur le paillis de pin détrempé.

En bas de la colline, un cul-de-sac desservait trois pavillons dont la construction semblait terminée. Jae a porté son doigt à ses lèvres en parcourant les voitures du regard. Penchées en avant, nous avons longé en courant le flanc droit de l'une des maisons.

J'ai collé mon oreille au mur, à l'affût des bruits caractéristiques d'une famille qui se réveille lentement : l'eau qui coule dans les canalisations, les lits qui grincent, le *clic-clac* des griffes d'un Goldendoodle sur le parquet.

Jae s'est agenouillée dans l'herbe mouillée. On avait trouvé une petite trousse à outils sur le bateau, qu'on avait mise dans un *tote bag* incrusté de sable, avec de la bouffe et quelques vêtements de rechange – des sweat-shirts portant les inscriptions « Beaches Be Crazy » et « It's Margarita O'Clock ».

Jae a sorti le tournevis et l'a tenu entre ses dents. Puis elle s'est faufilée vers la voiture garée dans l'allée : une Kia Forte blanche. Après s'être avancée de quelques pas, elle m'a fait signe de la suivre. Elle a ouvert la portière. Le léger cliquètement a retenti comme un coup de tonnerre dans le silence.

Nous nous sommes figées et avons attendu, l'oreille aux aguets. Le lever du soleil était une bombe à retardement, un compte à rebours. La pluie s'était transformée en une brume sourde. Les oiseaux faisaient entendre leurs trilles autour de nous, les feuilles bruissaient, les brindilles craquaient.

Jae a ouvert la portière côté conducteur et s'est glissée derrière le volant. J'ai fait de même, m'installant sur le siège passager.

Elle a enfoncé le tournevis dans le contact. Il y avait quelque chose d'érotique dans ses gestes minutieux, la délicatesse de son regard tandis qu'elle fouillait à l'intérieur, à la recherche d'une zone sensible, du frottement parfait des broches et des fils.

« Avec la plupart des voitures qui datent d'avant 2006, on n'a pas besoin de faire ça, a murmuré Jae. Il suffit de... »

Sa mâchoire s'est crispée lorsqu'elle a exercé plus de pression, puis modifié l'angle du tournevis.

Une vibration profonde résonnait entre nous.

Je me suis baissée, au cas où le grondement du moteur réveillerait les voisins. Les flics cherchaient deux femmes. Jae a retiré sa veste – un coupe-vent aux couleurs des Gators qu'elle avait trouvé sur le bateau – et l'a posée sur moi le temps qu'on sorte du lotissement. J'ai attendu une dizaine de minutes avant d'émerger, toujours enfoncée dans le siège, la casquette rabattue sur mes yeux, les pieds sur le tableau de bord.

Quand j'ai fini par me redresser pour m'étirer, des plaines d'arbres fruitiers baignées de soleil défilaient derrière la vitre. Le pays me paraissait moins effrayant aujourd'hui, moins hostile. Ce n'était qu'une impression, bien sûr. Les apparences sont trompeuses. Mais pendant une heure, tandis que je buvais mon café glacé et mangeais mon Egg McMuffin en regardant le jour se lever sur l'Alabama, je n'ai éprouvé aucune peur.

J'ai fait le plein dans une station-service déserte à la sortie de Montgomery, ma casquette rabattue sur le visage. J'ai sursauté en apercevant ma nouvelle coupe de cheveux dans le rétroviseur latéral. Jae est revenue avec son butin : des Pop-Tarts et un rouleau de journaux. Nous étions le dimanche 18 décembre. Cela faisait maintenant une semaine entière que nous étions des fugitives.

J'ai grimacé en regardant la première page.

« "ELLE NOUS A TRAQUÉS COMME DES ANIMAUX" : TROIS ADOLESCENTS DE FLORIDE RACONTENT LEUR RENCONTRE TERRIFIANTE AVEC EVIE GORDON, LA TUEUSE D'HOLLYWOOD. »

« Et allez », ai-je murmuré.

Jae avait réussi à voler trois journaux et deux tabloïds. Elle a repris le volant pendant que je les feuilletais en lui lisant à voix haute les titres les plus intéressants.

« LES FILS CARLISLE SE CONFIENT : TOUT CE QUE NOUS SAVONS SUR LEUR RENCONTRE CAUCHEMARDESQUE AVEC EVIE GORDON. »

« QUI EST LA COMPLICE D'EVIE GORDON ? LES ENQUÊTEURS PARTAGENT LEURS HYPOTHÈSES. »

« AFFAIRE VICTOR/CARLISLE ET TATE/LABIANCA : CES RESSEMBLANCES TROUBLANTES ENTRE EVIE GORDON ET CHARLES MANSON. »

« "CES GARÇONS ONT DE LA CHANCE D'ÊTRE EN VIE" : LES RÉVÉLATIONS GLAÇANTES D'UN INSPECTEUR DE POLICE DU COMTÉ D'OKALOOSA, EN FLORIDE. »

« "GORDON CIBLE LES FAMILLES RICHES" : UN AGENT SPÉCIAL DU FBI NOUS CONFIE SES THÉORIES. »

« VIOLENCE ET RAGE FÉMININES : UN PSYCHOLOGUE NOUS ÉCLAIRE. »

« "LE MAL À L'ÉTAT PUR" : LE GOUVERNEUR DE CALIFORNIE RÉCLAME "LA PEINE LA PLUS SÉVÈRE POSSIBLE" POUR EVIE GORDON. »

« GORDON, WUORNOS ET LES MANSON GIRLS : POURQUOI LES FEMMES TUENT ? »

« Alors, pourquoi ? » a demandé Jae d'un ton pince-sans-rire.

Je lui ai lu chaque article à voix haute. Plus je lisais, plus je trouvais ça hilarant. J'étais capable de consommer ces histoires d'une manière objective, comme une simple fan de *true crime* sans aucun lien avec l'affaire, ou un adolescent perturbé, avide de détails sanglants. « Evie Gordon » n'était pas moi. C'était un personnage. La nouvelle Aileen Wuornos, Charles Manson 2.0. Une méchante de film d'horreur grand-guignolesque. Evie Gordon : la tueuse marxiste. Dont le projet s'inspirait largement de l'école de schizophrénie de Charles Manson. Manson croyait que l'album blanc des Beatles prophétisait une guerre raciale apocalyptique ; les meurtres de Tate/LaBianca marquaient le début des hostilités. Evie Gordon n'avait fait que reprendre le flambeau. Un journal était même allé jusqu'à inclure une carte sur laquelle une épaisse ligne rouge reliait la propriété des LaBianca à Los Feliz à celle des Victor, à moins de deux kilomètres au nord, dans les contreforts de Griffith Park. La plupart des journaux abordaient l'affaire sous l'angle le plus facile : une star d'Hollywood assassinée au bord de sa piscine, deux jeunes meurtrières en fuite.

D'autres avaient laissé libre cours à leur imagination. Evie Gordon était un cauchemar. Un croque-mitaine. Cachez vos Rolex, messieurs. Mesdames, laissez vos sacs de designers à la maison. Elle est capable de flairer l'odeur des crèmes de luxe, du collagène artificiel, des facettes dentaires, de l'argent massif. Il se pourrait qu'en ce moment même, elle soit en train de sucer la moelle d'une clavicule fraîche, vautrée sur les marches d'un escalier majestueux. À ses pieds gisent les débris d'un chandelier et de meubles importés, les vestiges d'un tableau acheté lors d'une vente aux enchères sous pli scellé. Dans le vestibule, ses disciples l'attendent à genoux. Vous pensiez que Complice Anonyme était la seule ? Oh, non. Sa Famille s'agrandit. La jeune fille discrète qui garde vos enfants, à qui vous avez confié la clé de votre maison ? Ça pourrait être Evie. Le vieillard dont vous avez oublié le nom, bien qu'il vienne chaque semaine tailler vos buissons et tondre votre pelouse ? C'est une Evie, lui aussi.

Un journaliste s'était focalisé sur le fait que j'avais participé à la grève lancée par le syndicat des enseignants lorsque j'avais brièvement travaillé comme assistante pédagogique : preuve s'il en fallait que j'étais Trotski réincarné. Il citait Vera Duarte, mon ancienne patronne, qui expliquait qu'il m'arrivait souvent, je cite, « de dire du mal des clients ». Vera Duarte était une femme au foyer de Beverly Hills qui avait épousé un aristocrate portugais de quatre-vingt-dix ans cloué dans un fauteuil roulant. Leur maison valait 22 millions de dollars. Son entreprise de tutorat, West Side Tutoring, était un projet purement narcissique, une lubie destinée à flatter son ego : elle aimait se voir comme une femme d'affaires. Je pensais qu'on s'entendait bien, elle et moi. De toute évidence, je me trompais. Elle avait déclaré à *USA Today* que j'avais un jour traité la mère d'un élève de « Marie-Antoinette du Jersey Shore ».

Un autre éditorial se moquait de l'état pitoyable de mes finances, en citant pour preuve ma dette étudiante d'un montant de 99 000 dollars. J'étais une ratée pleine de rancœur, qui se vengeait sur de braves gens qui avaient réussi à force de travail. Pour étayer son propos, il énumérait une liste de tous les Américains aux origines modestes qui, contrairement à moi, étaient devenus milliardaires. Des *bootstrappers*, comme il disait, des hommes partis de rien, qui avaient bâti leur fortune à la force du poignet et avaient fait du capitalisme leur esclave. Une armée de cowboys bravant les obstacles et les intempéries pour planter leur drapeau sur Wall Street. J'étais la cible des moqueries de l'éditorial, mais je n'étais que le symptôme d'un mal plus profond. Ces plaies béantes marchent parmi nous, avertissait-il : les endettés, les locataires, les générations de la fin de l'alphabet, nées pour la fin du monde.

« Tu sais d'où vient cette expression ? a dit Jae. *Bootstrapper* ? »

J'ai secoué la tête et allumé une cigarette.

« C'est une blague, à la base. Tout l'intérêt de la métaphore tient au fait que c'est une blague sur un mythomane narcissique. Elle a été inventée par un satiriste allemand, j'ai oublié son nom. On en a parlé pendant un séminaire d'économie. Il a publié les récits d'un baron qui racontait les aventures rocambolesques qui lui étaient soi-disant arrivées, en embellissant ses exploits et se faisant passer pour un héros. Dans l'une des histoires, le baron s'échappe d'un marécage en tirant sur ses propres cheveux. Dans une adaptation américaine, il s'en sort en s'accrochant au tirant de ses bottes. *Bootstraps*, en anglais. Mais comme je disais, le baron est un fanfaron. C'est le dindon de la farce. Ce qu'il décrit défie littéralement les lois de la physique. J'ai raconté la même anecdote à mon père, une fois, et il s'est énervé, comme si j'avais inventé cette histoire juste pour qu'il se sente idiot. Mais j'aurais dû me douter qu'il réagirait comme ça. Ce qu'on était, des pauvres – même s'il ne l'admettrait jamais –, était temporaire pour lui. Un simple accident de parcours avant d'atteindre de plus verts pâturages. » Jae a remarqué mon expression. « Quoi ? Qu'est-ce qui ne va pas ? »

J'ai haussé les épaules sans rien dire. J'avais honte de partager la naïveté de son père. Le rêve américain était un concept auquel je voulais croire. Je ne pouvais pas le rejeter si facilement. J'avais travaillé si dur. J'avais contracté tant de dettes. J'avais vendu mes ovocytes. J'avais dîné avec des vieux pleins aux as. Je m'étais efforcée de mobiliser ma compassion face à tous ces gamins au regard éteint. J'avais tiré comme une forcenée sur le tirant de mes bottes, et pourtant, j'avais à peine progressé. C'était moi, le dindon de la farce : Scooby-Doo qui court en restant sur place ; un nuage d'électrons gravitant autour du vide.

25

« Tu veux apprendre à voler une voiture ? » m'a demandé Jae alors que nous franchissions la frontière du Tennessee. « Celle-ci est merdique. Le voyant de service arrête pas de clignoter. »

J'avais effectivement très envie d'apprendre à voler une voiture.

On a trouvé un centre commercial assoupi qui se résumait à un Target, un Home Depot et un Marshalls. Elle s'est engagée sur le parking en observant chaque extrémité, en quête d'une cible facile.

« Qu'est-ce qu'on cherche ?

– Une Hyundai ou une Kia, idéalement. Une Ford pourrait aussi faire l'affaire, surtout si elle est ancienne.

– Y a une Elantra là-bas. La vitre est à moitié baissée.

– Où ça ?

– À 3 heures. Vers le rosier. »

On s'est garées à une certaine distance de la voiture.

« Prends le tournevis », m'a ordonné Jae.

Je l'ai glissé dans ma poche, j'ai attrapé le *tote bag*, et nous nous sommes éloignées, abandonnant l'ancienne voiture derrière nous.

« Ouais, ça a l'air pas mal », a dit Jae.

L'air de rien, elle s'est appuyée contre le flanc du véhicule pendant que je forçais la portière.

« Tu vois le plastique sous le volant ? a dit Jae en grimpant sur le siège passager. C'est pas très solide, t'as juste à le crocheter avec tes doigts et à l'arracher. »

J'ai dû insister un peu, mais j'ai fini par y arriver.

« OK, tire sur le cylindre du contact. Voilà. Maintenant, enfonce le tournevis – non, pas comme ça, vas-y doucement. »

Je l'ai introduit comme j'avais vu Jae le faire, en le tournant délicatement.

Le moteur a rugi.

Jae a consulté la carte et m'a guidée vers une rue latérale. Je me suis rencognée dans le siège et j'ai entrouvert la vitre.

Inconsciemment, j'avais sorti le pistolet de ma poche et je l'avais posé sur mes genoux. Quand je me suis rendu compte que je caressais la crosse comme si je m'apprêtais à susurrer les mots *mon précieux*, je me suis empressée de le rempocher et j'ai attrapé un des sodas que Jae avait volés à la dernière station-service où on s'était arrêtées. Je me sentais bien. Je n'éprouvais aucune peur, ce qui m'inquiétait un peu, car je n'avais aucune raison d'être aussi confiante. Un pays entier nous cherchait – n'est-ce pas d'ailleurs ce que tant de femmes sont censées vouloir ? Des hommes qui leur courent après, qui attendent à côté du téléphone tard le soir dans l'espoir d'avoir de leurs nouvelles en entortillant une mèche de cheveux autour de leur index ? Une paire de phares qui apparaît au détour d'un virage : serait-ce enfin Evie ?

J'ai toujours trouvé fascinant que le langage de la séduction fasse écho à celui de la chasse et de la guerre. On parle de conquête, de tableau de chasse, d'attirer quelqu'un dans son filet, de l'avoir dans sa ligne de mire. Nous étions devenues la cible de tout ça. Objets de convoitise, objets de peur. Quelle différence, au fond ? Je voyais la façon dont les médias parlaient de moi. Leur hystérie scandalisée. Je n'étais personne. Tout ce dont disposaient les journalistes, c'était une poignée d'images à faire circuler et à décortiquer, disséquer, digérer. Le visage d'une femme n'est jamais juste une chose en soi. Il se prête à toutes sortes de métaphores. Un lac de symboles à contempler, une surface sur laquelle se reflètent les peurs, les jalousies et les désirs. Avec mon seul visage, et les rares détails de ma vie disponibles en ligne, de longs essais avaient déjà été écrits sur mes motivations (mauvaises) et mes défaillances morales (trop nombreuses pour être énumérées). Mon visage était une illusion d'optique, un test de Rorschach. Combien de temps faut-il fixer une femme ordinaire avant de voir le diable en elle ? Soyez patients. Laissez au démon le temps de faire surface. Mon visage au sourire fade sur le site de mon ancienne fac : sous un certain éclairage, n'y décelait-on pas des signes indéniables de déviance sexuelle ? Des posts ont été exhumés de mon compte Instagram, suranalysant chaque détail, cherchant des preuves de psychopathie, voyant de vagues airs de vamp dans les selfies d'une fille aux cheveux bruns.

Le pouvoir de décider de la valeur d'un être humain ne lui appartient pas en propre, je m'en rendais compte à présent. J'ai balayé la route du regard en caressant l'arme dans ma poche. L'homme au beau costume, au volant de cette BMW : connaissait-il mon nom ? Avait-il peur ? La femme au chignon sévère et rouge à lèvres foncé, dans la Porsche Cayenne : scrutait-elle la route à la recherche d'Evie Gordon ? Savait-elle que je n'étais qu'à deux voitures d'elle ? Savait-elle que je l'observais ?

J'ai regardé Jae. Le soleil de l'après-midi nimbait ses cheveux décoiffés, qui bouclaient autour de ses tempes et ses oreilles. Sa bouche esquissait une moue immorale. Je me sentais légèrement grisée, comme si on partait en vacances. Une ficelle avait été coupée. En vacances, on peut être n'importe qui. Jae pouvait être une inconnue rencontrée dans un tiki bar ou un chalet de ski, une voisine de siège qui se serait laissé entraîner dans une liaison fulgurante. Je lui avais déjà raconté une version de ce fantasme, mais il ne semblait pas l'amuser autant que moi. *Ce n'est pas des vacances. C'est notre vie désormais.* C'était le problème, avec Jae : elle était trop froide, trop logique. Elle ne se laissait pas distraire. Quoi qu'il arrive, ses pieds restaient solidement ancrés au sol.

Mon esprit s'est égaré. La plupart de mes rêveries étaient inoffensives. Une vie bucolique dans une maison de campagne au Canada. Un potager. Un chien, un chat, une clôture pour repousser les prédateurs. Un lit partagé. S'endormir avec elle, se réveiller avec elle.

D'autres étaient moins innocentes. Jae et moi faisant irruption dans une banque immense. Colonnes en marbre, sols en marbre. On brandit des mitrailleuses au-dessus de nos têtes, des cartouchières drapées autour de nos poitrines tels des rubans de reines de beauté. On tire des coups de semonce et tout le monde tombe à genoux. Nos pas résonnent sur les dalles de marbre. On porte des masques d'Halloween. Des manteaux de fourrure et des costumes trois-pièces déboutonnés. On emporte notre butin dans notre repaire souterrain. Batman nous prend en chasse, et on finit par l'abattre (il est bien plus facile à tuer qu'on voudrait nous le faire croire). On saccage des chambres d'hôtel hors de prix. On baise dans des piles de billets. Autant de fantasmes où je nous imaginais en super-méchantes de bande dessinée aux couleurs criardes, pixélisées comme dans un mauvais porno amateur ou un clip musical kitsch à souhait.

« À quoi tu penses ? » m'a demandé Jae en pressant paresseusement ma cuisse.

J'ai ouvert une cannette de soda.

« Rien de spécial. »

Memphis sentait le pain de mie Wonder Bread et les gâteaux Hostess, qui étaient fabriqués dans une usine du centre-ville. Derrière l'odeur du sucre et de la levure se cachait l'opulence primordiale et féconde du delta du Mississippi. On a acheté de la viande grillée à un stand de barbecue sur le bord de la route et on a mangé plus au nord, en dehors de la ville, sur les berges du fleuve. L'eau était sanglante, un miroir du crépuscule. Des algues vert bonbon effleuraient la surface. La viande était délicieuse.

Comme Jae avait conduit pendant la majeure partie de la journée, je l'ai laissée dormir toute la nuit. Nous avions décidé de ne pas nous arrêter avant d'avoir atteint Washington. Trois mille huit cents kilomètres. Ça nous prendrait environ quatre jours.

J'ai fait une pause-café à Kansas City, en feuilletant le *Time*. J'étais presque arrivée à la fin quand j'ai vu le titre : « EVIE GORDON : L'ENFANT SURDOUÉE DEVENUE MEURTRIÈRE ».

La première photo me montrait à sept ans avec mes parents. C'était une interview, le sous-titre disait : « LES GORDON SORTENT ENFIN DE LEUR SILENCE POUR NOUS PARLER DE LEUR FILLE ».

J'ai fixé les lettres jusqu'à ce qu'elles se brouillent, humides et illisibles. Je ne pouvais pas me résoudre à lire l'article. Que disaient-ils de moi ? Quel éloge funèbre avaient-ils prononcé pour la fille qu'ils avaient connue ? *On ne se doutait de rien. On pensait l'avoir bien élevée.*

J'ai violemment refermé le magazine, puis je l'ai jeté sur la banquette arrière, ignorant mon désir de serrer leur photo contre ma poitrine, de préserver le souvenir de nous tels que nous étions, tels qu'ils étaient, telle que j'étais. Repoussant à jamais le moment de découvrir celle qu'ils pensaient que j'étais devenue.

Conduire la nuit était particulièrement difficile, surtout quand Jae dormait. Je me distrayais avec la radio. Lorsque mon esprit s'égarait dans des directions trop dangereuses, je devais trouver des moyens plus créatifs de le ramener au présent. J'ai commencé à prendre note des noms de ville amusants, pour les partager avec Jae quand elle se réveillerait. McCool Junction. Funk. Republican City. Madrid.

Le soleil se levait à Madrid quand j'ai entendu mon nom à la radio.

J'ai augmenté le volume.

« … la sœur de Dinah Victor, Rebecca Fitzgerald, refuse qu'elle soit inhumée dans le caveau de la famille Victor à Palo Alto, où Peter Victor a été enterré vendredi. Fitzgerald a organisé une cérémonie funéraire distincte pour Dinah, avec leur famille en France, et a décidé que Dinah serait incinérée. »

Je me suis crispée. Des funérailles distinctes ? En France ?

Le siège passager a grincé. Jae se réveillait.

Pourquoi Peter et Dinah auraient-ils des funérailles séparées ?

Je me suis souvenue d'un reçu froissé. L'écriture petite et soignée de Jae.

« Des lits séparés, ai-je dit lentement.

– Hmm ? a-t-elle marmonné, groggy.

– Quand on était au bord du bayou, tu as écrit que Peter et Dinah dormaient dans des lits séparés. »

Soudain, Jae semblait parfaitement réveillée.

« Et Dinah… Dinah n'était pas à la maison, ai-je dit. Pendant plusieurs semaines. C'était Peter qui m'ouvrait la porte. Je ne l'avais pas vue depuis des semaines quand j'ai trouvé son cadavre. »

J'ai regardé Jae. Son visage exprimait une concentration intense.

« La valise, ai-je poursuivi. Il y avait une valise près de la porte du jardin. Dinah venait sans doute de rentrer. »

Elle a froncé les sourcils.

« D'accord.

– Elle était où ? En France ?

– Sur un tournage, peut-être.

– Je pense pas, la presse en aurait parlé, non ? Dinah n'avait rien tourné depuis des années. Elle a pris sa retraite après la naissance de Serena – elle m'a dit que ça ne l'intéressait plus, qu'elle voulait juste être mère. »

Ça n'avait aucun sens.

« Et Serena n'a jamais rien mentionné à ce sujet », ai-je ajouté.

Je me souvenais combien Serena semblait épuisée. Son regard vide rivé au mur. Sa nervosité. Elle et Peter, qui s'évitaient comme des étrangers.

Serena est plus intelligente qu'elle le laisse paraître.

C'est ce qu'avait écrit Jae quand je lui avais posé des questions au bayou. Le Lexapro de Serena, ses accès de tristesse, son absence au lycée. Son état devait être lié à ce qui se passait avec ses parents. Elle était la seule personne à savoir ce qui se tramait dans cette maison. Si seulement elle pouvait nous le dire.

Mais pour ça, il fallait qu'elle se réveille.

« Serena est au courant, ai-je dit. Quoi qu'il se passait dans cette famille, Serena pourra l'expliquer, quand elle se réveillera. Si elle se réveille un jour.

– Elle se réveillera. »

J'ai éprouvé un mélange familier d'impatience et d'impuissance.

Jae s'est repositionnée sur son siège, frottant ses yeux fatigués. Un Starbucks est apparu à l'horizon.

Elle est allée nous acheter des cafés, ce qui m'a donné quelques minutes pour réfléchir. En revenant, elle a pris ma place derrière le volant. Lorsque nous avons rejoint l'autoroute, je me suis tournée vers elle, déterminée.

« Il y a une autre solution, tu sais, ai-je dit.

– Comment ça ?

– Tu pourrais… tu pourrais me le dire toi-même.

– Te dire quoi, a répondu Jae en fixant d'un regard vide les neiges sinistres du Nebraska.

– Jae, je t'ai trouvée attachée sous leur escalier.

– Oui, je m'en souviens. »

Elle a fait une brusque embardée pour éviter une plaque de verglas sur la route.

« Donc, je me disais, tu dois bien avoir une idée de…

– Evie… »

J'ai insisté.

« La dernière chose que tu m'as dite, c'est que tu as abandonné la fac. Que ton père était devenu alcoolique. Que tu travaillais pour DoorDash et Lyft. Et après ? Aide-moi à comprendre comment tu t'es retrouvée séquestrée chez eux.

– Non.

– Non ? ai-je répété, surprise.

– Je n'ai pas envie d'en parler.

– C'est à ce moment-là que tu as rencontré les Victor ?

– Qu'est-ce que je viens de dire ? » a-t-elle répliqué sèchement.

J'ai ouvert la bouche, prête à insister, à harceler Jae pour qu'elle me parle enfin de son traumatisme. Et puis j'ai vu ses doigts se porter à sa gorge. L'hématome encore vert, comme la trace d'un bijou bon marché.

Après un silence coupable, Jae a soupiré.

« Oui, a-t-elle dit. C'est à ce moment-là que j'ai rencontré les Victor.

– Comment ?

– Je travaillais pour eux.

– Tu bossais pour un service de traiteur », me suis-je souvenue.

Elle a acquiescé.

Évidemment. Il y a deux façons pour quelqu'un comme Jae de s'introduire dans ce genre de maison, de franchir la membrane entre ces deux mondes. La première est la violence. La seconde le service.

« Pendant combien de temps ?

– Assez longtemps. Jusqu'à ce que l'entreprise se sépare de moi.

– Il s'est passé quelque chose ? »

Jae a soupiré.

« Non. C'est juste que… ça n'a pas marché.

– Tu vivais toujours avec ton père ?

– Parfois.

– Où est-il maintenant ?

– Mort. » Sa voix n'a pas flanché. Je l'ai fixée, abasourdie. Jae m'a regardée, me mettant au défi de parler. « Ne le dis pas. Ne dis rien. »

Le besoin de m'excuser le disputait à celui de la questionner, d'obtenir des réponses – le comment, le quand, le pourquoi. Je devais le faire. Je n'avais pas le choix.

« Où est-ce que tu vivais ? ai-je demandé. Où est-ce que tu allais ? »

Jae a agrippé le volant, puis secoué la tête.

« Chez des amis ?

– Je vivais dans ma voiture. »

On est restées silencieuses après ça. Il était presque midi quand elle a repris la parole.

« J'étais désespérée, a-t-elle dit. Désespérée. »

Sa voix était rauque et monocorde. Nous étions arrivées à Cheyenne, dans le Wyoming, où nous avons été accueillies par une splendide attraction touristique de bord de route : un éléphant en ferraille et une girafe faite de barils de pétrole peints, avec des peignes à longues dents en guise de cils. De la neige immaculée s'amoncelait de part et d'autre de l'autoroute.

« J'y suis retournée, a-t-elle murmuré.

– Chez les Victor ? »

J'étais déconcertée.

Jae a hoché la tête.

« Qu'est-ce qui s'est passé ? »

Elle a ignoré ma question, perdue dans ses souvenirs.

« Je ne me souviens pas comment j'y suis arrivée, je me souviens juste que je me suis retrouvée devant leur porte. J'étais épuisée. J'avais faim. Et mon père venait de... » Un muscle s'est contracté dans sa mâchoire. Elle s'est tue de nouveau. Au bout de quelques minutes, elle a dit : « J'étais désespérée. »

Je voulais connaître tous les détails : comment c'était, de travailler chez les Victor ? Qu'est-il arrivé à ton père ? Mais ce seul mot qu'elle n'arrêtait pas de répéter renfermait déjà tout un univers. *Désespérée.*

« Qui a ouvert la porte ? Serena ? »

Jae a secoué la tête.

« Dinah ? »

Elle a de nouveau fait signe que non.

« C'était Peter », ai-je dit.

Quelque chose scintillait dans les yeux de Jae. De la haine. Brute, visqueuse, encore agitée de spasmes.

« Il ne m'a pas reconnue. On n'a jamais beaucoup échangé quand je venais travailler chez eux. Donc il a cru que j'étais... l'une d'entre elles.

– L'une d'entre elles ?

– Les femmes. »

Au plus offrant. Bien sûr.

« J'étais faible, j'étais si *fatiguée*, je... » Elle est restée silencieuse un long moment. « Il m'a invitée à entrer. Et puis il a réalisé que... je n'étais pas là pour *ça*. Que je n'étais personne. » Sa voix tremblait. « C'était tellement facile pour lui. »

Elle s'est interrompue et, pendant un moment, nous avons regardé la neige défiler. J'ai fixé l'ecchymose encore visible sur son cou. Je me suis souvenue de l'aspect qu'elle avait quand je l'avais trouvée. Piquée de sang sur les bords, d'un violet tempétueux au centre.

« Personne ne me cherchait, a-t-elle dit à voix basse. Personne n'a même remarqué ma disparition. »

26

J'ai laissé Jae dormir toute la nuit. Vers 3 heures du matin, nous sommes passées devant un pénitencier d'État dans le Montana, où certaines lumières étaient encore allumées. Dans un autre univers, j'aurais pu être dans ce genre d'établissement, quelque part en Californie. Si Jae n'avait pas volé la Nissan et une nouvelle pièce d'identité dans le désert. Si Jae n'était pas revenue me chercher. Si Jae n'avait pas maîtrisé le réceptionniste. Si Jae ne m'avait pas aidée à repousser les fils Carlisle en Floride.

Jae était le point de divergence. L'intersection où tout s'était joué. La différence entre une vie de fugitive et une vie de prisonnière, un quotidien fait de surins, de viande non identifiée, et d'alcool distillé dans les toilettes. J'étais recherchée pour meurtre, pas pour cambriolage, fraude fiscale ou consommation de drogue. Il y avait une possibilité bien réelle pour que ma peine de prison ressemble davantage au *Silence des agneaux* qu'à *Orange is the New Black*. J'aiderais de jeunes recrues fébriles du FBI à appréhender mes camarades tueurs en série. Je piégerais un agent en attirant sa main dans la chatière par laquelle on me sert ma nourriture. D'un ongle acéré, je découperais son visage comme une tranche de jambon de sanglier, et je le poserais sur le mien à la manière d'un masque de beauté jetable. Et je m'évaderais.

Ou je croupirais dans ma cellule, pendant des dizaines de milliers de jours, jusqu'à ma mort.

Il y avait aussi l'autre possibilité : celle où l'on me déclarait innocente. Je pourrais plaider la légitime défense. Serena essayait de me tuer. Les fils Carlisle essayaient de me tuer. J'avais le droit de me défendre, n'est-ce pas ? L'avocat de Robert Durst avait réussi à le faire acquitter de cette manière alors que son client avait décapité un homme et lui avait scié les jambes et les bras. Je n'étais ni un espoir du football américain ni O. J. Simpson, mais peut-être qu'un jeune ténor du barreau déciderait malgré tout de me représenter.

Mais dans ce cas, qu'arriverait-il à Jae ? Elle avait passé des semaines enfermée dans une geôle d'un autre genre. Jamais elle n'accepterait de revivre ça. Et jamais je ne lui demanderais de le faire.

Scylla, donc : une peine de perpétuité dans une prison fédérale ou, dans le meilleur des cas, un avenir semblable à celui d'Amanda Knox, condamnée à vivre sous la haine et la surveillance constantes du public. Mais j'aurais un accès, certes limité, à ma famille, à mes amis, au monde connu.

Ou Charybde : un exil permanent, sans foyer, dans un monde fantôme, un purgatoire solitaire fait de cambriolages et de boîtes de conserve. Et Jae.

Quand le matin s'est levé, nous étions toujours dans le Montana, près de la frontière canadienne. Jae a fait le plein dans une station-service. Comme la boutique était vide, j'ai pris le risque de parcourir les présentoirs à magazines. Le type à la caisse était un hipster d'une vingtaine d'années au regard vitreux – bonnet de pêcheur orange, tatouages sur le cou, barbe épaisse, un joint calé derrière l'oreille.

J'ai survolé les titres les plus récents. Un député de Floride nous qualifiait de « femmes les plus monstrueuses d'Amérique ». Un pseudo-philosophe *incel* très populaire voulait qu'on soit exécutées en direct à la télévision. Selon le gouverneur de Californie, nous étions « le mal absolu ». Nous étions des créatures infâmes, haineuses, à peine humaines. Chaque description de nos crimes rappelait aux lecteurs que nous n'étions pas simplement des meurtrières, mais des *femmes* meurtrières. Une transgression qui faisait de nous des êtres quasi mythologiques, les représentantes d'un mystérieux mal féminin. Des veuves noires, des femmes fatales, des sorcières. Objets de dégoûts, objets de fantasmes vengeurs, objets d'érotisme pervers. *Bonnie et Bonnie.* Pas de Clyde en vue.

Niché parmi les descriptions de ma vilenie, il y avait l'article du *Time*, celui qui me narguait, celui que je ne pouvais toujours pas me résoudre à lire : « LA FAMILLE GORDON SORT ENFIN DE SON SILENCE ».

Je me suis détournée, et retrouvée face à un présentoir à cartes. *Colombie-Britannique : le guide essentiel. Aventures sur l'île de Vancouver.* Elles étaient assez petites pour que je les glisse dans ma poche. Je n'étais pas aussi douée que Jae en matière de vol à la tire, mais ça ne me semblait pas trop compliqué.

J'ai jeté un nouveau coup d'œil au caissier. Bien que passablement défoncé, il m'observait d'un air suspicieux.

Je me suis immobilisée.

Un lent sourire s'est dessiné sur son visage lorsqu'il m'a reconnue.

J'ai cherché maladroitement le pistolet dans ma poche.

« Il y a des détecteurs de chaleur, vous savez, a-t-il dit. À la frontière. »

Il a désigné du menton la carte que je tenais toujours. *Visiter la Colombie-Britannique.*

Le carillon de la porte a sonné. C'était Jae.

Elle nous a observés, l'employé et moi, figés dans un duel de regards.

« Les capteurs détectent les signatures thermiques non animales, a ajouté le caissier en adressant un signe de tête méfiant à Jae. Je sais que la frontière a l'air facile à franchir à cet endroit, mais c'est une vraie saloperie, ces capteurs. Je suis sérieux. La patrouille frontalière va vous choper en moins de deux. »

Il était plutôt beau gosse, le caissier, dans un style un peu louche et négligé. D'après son badge, il s'appelait Gabe.

Jae a sorti son couteau.

Gabe a levé les mains en signe de reddition.

« Écoutez, vous n'avez pas à dire quoi que ce soit. Sans vouloir vous vexer, les filles, c'est assez évident, ce que vous essayez de faire. Pourquoi vous seriez venues jusqu'ici sinon ? »

Jae a fait un pas prudent vers lui.

« Je ne vais pas vous dénoncer.

– Pourquoi est-ce qu'on devrait vous croire ? ai-je demandé.

– Pourquoi ? Parce que ce Patrick Bateman de mes deux l'a bien cherché, ce connard. » Il a sifflé d'un air admiratif, la main sur la poitrine. « C'est qui le prochain sur votre liste ? Vous prenez des commandes ? Si oui, j'ai quelques noms à vous filer.

– Vous ne savez rien de nous », ai-je répliqué d'une voix mal assurée.

Je l'ai laissé entrevoir le pistolet dans ma poche en croisant les doigts pour qu'il ne remarque pas que ma main tremblait.

« Merde. Pigé. Comme on dit, ne jamais rencontrer ses héros. Je peux juste vous donner un conseil ? »

Un déclic s'est fait entendre quand j'ai ôté le cran de sûreté. Personne n'a bougé.

« Anacortes, a dit Gabe. Dans l'État de Washington. Il y a un ferry. Vous n'aurez même pas besoin de quitter votre voiture. Vous n'aurez qu'à rouler et faire profil bas. Descendez sur l'une des îles San Juan. L'île de Vancouver est de l'autre côté du détroit. Vous n'aurez qu'à nager. »

Jae a plissé les paupières, sceptique.

« C'était une blague, Jesse James. Ne traversez pas à la nage. Trouvez une maison avec un bateau. Y a que des résidences secondaires là-bas – faites-moi confiance, la moitié seront vides. Prenez leur bateau et allez le plus loin possible. J'ai un pote qui a fait traverser tout un tas de… »

Son regard a glissé vers le parking. Une autre voiture se garait devant la pompe. On s'est dirigées vers la sortie.

Alors qu'on passait devant le comptoir, Gabe a fait une drôle de révérence et m'a tendu un sac Burger King graisseux. Je l'ai attrapé sans m'arrêter et j'ai poussé les portes, m'enfonçant dans le froid avec Jae sur mes talons.

Elle a pris le volant et nous avons quitté la station-service à toute vitesse.

« C'était vraiment stupide, Evie, a-t-elle sifflé. Qu'est-ce qui t'a pris ? »

Je l'ai ignorée et j'ai ouvert le sac. Il contenait des frites et un burger non entamés. J'ai déballé le burger à la hâte et je l'ai enfourné dans ma bouche.

« Qu'est-ce que c'est ? a demandé Jae.

– À ton avis ? Un petit déj gratuit, ai-je dit entre deux bouchées. Et ce n'était pas stupide. »

Je lui ai tendu le sac de nourriture humide. De mauvaise grâce, elle a pris une poignée de frites.

« Ça t'inquiète pas plus que ça ?

– Si tu pensais qu'il représentait une menace, tu aurais fait un peu plus d'efforts pour le neutraliser, non ? »

Elle est restée silencieuse.

« Certes. Mais tu ne peux pas faire aveuglément confiance à quelqu'un juste parce que c'est un fan.

– Un *fan* ?

– Je suis surprise qu'il t'ait pas demandé un autographe, a répondu Jae sèchement. Il y en a d'autres comme lui, c'est sûr. »

Je n'ai pas réussi à cacher ma stupéfaction. Les informations sur l'affaire étaient si difficiles à trouver qu'on avait dû se contenter du strict minimum, le plus petit dénominateur commun : les principaux journaux nationaux, les reportages sur les chaînes disponibles dans les hôtels bon marché. Le prosélytisme des présentateurs de JT, des sénateurs, des shérifs et des agents du FBI qui réclamaient nos têtes au bout d'une pique. Il ne m'était jamais venu à l'esprit que l'opinion publique à notre égard pouvait être plus complexe qu'il n'y paraissait, plus schismatique. Des factions dissidentes, des apostats et des hérétiques. J'admets que c'était assez agréable, de savoir qu'il y avait au moins quelques personnes – des étrangers – qui ne voulaient pas nous voir croupir en prison pour le restant de nos jours.

« C'est logique, ai-je dit. Ce qu'il suggérait. Le ferry. Les îles, prendre un bateau. C'est pas comme si on l'avait pas déjà fait. »

Jae m'a tendu le reste du burger. J'ai étudié la carte en mangeant et j'ai trouvé la ville qu'il avait mentionnée.

« Anacortes.

– C'est où ?

– Au nord de Seattle. Au bord de l'eau.

– Donc qu'est-ce qu'on fait ? On trouve une maison vide avec un bateau, on prend le bateau…

– On coupe le système de navigation, comme on l'a fait en Floride, on éteint toutes les lumières…

– Mais comment on rejoint le Canada ?

– C'est pas très loin, ai-je dit en consultant la carte. Regarde, le détroit de Haro est juste là. Et il y a d'autres petites villes du côté canadien. On n'aura qu'à naviguer jusqu'à ce qu'on repère un endroit où accoster en toute sécurité.

– Et après ?

– Après, on trouve une caisse et on roule. »

Jae a pris la sortie suivante, longé une rue déserte, et s'est garée sous un pont. Je l'ai laissée consulter la carte pour aller faire pipi et profiter de l'air frais, qui m'a un peu éclairci les idées.

Je grelottais quand je suis rentrée dans la voiture. Jae a augmenté le chauffage.

« J'aime bien l'idée du ferry, a-t-elle dit. Anacortes. C'est moins dangereux que d'affronter la nature sauvage en passant par la terre. Au moins, on sait à peu près à quoi s'attendre. »

Il n'y avait pas de bonne option. Soit on prenait le risque de se faire pourchasser par des ours et mourir d'engelures, soit on traversait en bateau.

Nous n'avons pas hésité bien longtemps.

27

On a échangé nos places une fois dans l'État de Washington. En louchant un peu, la chaîne des Cascades n'était pas sans ressemblance avec les Alpes suisses. Les montagnes féeriques de la Nouvelle-Zélande. Les collines autrichiennes peuplées d'enfants blonds chantant *La Mélodie du bonheur.* Alors que la nuit tombait, nous sommes arrivées dans un étrange village bavarois, un ancien arrêt de chemin de fer transformé en attraction touristique. Une ville de boule à neige. Une fête des lumières, un belvédère enveloppé de guirlandes. Cet endroit était si charmant qu'il en était sinistre. Sous les avant-toits baroques aux couleurs de bonbons, je m'attendais presque à voir émerger Blanche-Neige, un elfe ou une Gilmore Girl.

Un parking de motel désert nous a permis de nous reposer pendant une heure. Comme c'était de loin la ville la plus fréquentée dans laquelle nous nous étions arrêtées, je suis restée dans la voiture pendant que Jae allait nous chercher à manger. Elle est revenue avec de la bière allemande, des bretzels mous et une pile fraîche de journaux et tabloïds.

« Lukas a été interviewé, ai-je dit, surprise de voir son visage émacié qui me fixait depuis la première page. Il est passé à la télé hier soir.

– Qui ça ? a fait Jae, distraite.

– Le mec de Serena.

– Elle s'est réveillée ? » a-t-elle demandé, soudain alerte, en m'arrachant le journal des mains.

J'ai lu par-dessus son épaule.

« Apparemment, c'est juste son petit doigt qui a bougé.

– Y a un extrait de l'interview, a dit Jae. Elle l'interroge sur *Au plus offrant*. Elle veut savoir si lui ou Serena étaient au courant que Peter faisait venir des *escort girls* à la maison.

– Qu'est-ce qu'il dit ? »

Je lui ai repris le journal des mains avant qu'elle puisse répondre et j'ai parcouru frénétiquement l'article.

LTH : *Je savais rien de tout ça. Peut-être que Serena savait. Elle n'était pas très proche de son père. Elle disait que tout ce qui l'intéressait, c'était l'argent. Il rêvait d'être aussi riche qu'Epstein. De pouvoir se payer des îles privées. Serena disait qu'il en voulait beaucoup à sa mère – comme c'était une actrice célèbre ou un truc du genre, ça a attiré l'attention sur lui, après l'enquête.*

ABC : *L'enquête ?*

LTH : *Après la crise immobilière. Serena dit que beaucoup d'autres vice-présidents de sa banque ont pu rester en poste, mais pas lui. C'est pour ça qu'ils ont déménagé à LA.*

ABC : *Comment Peter traitait-il Serena ?*

LTH : *Je ne pense pas que M. Victor lui ait déjà… fait du mal. Mais je crois qu'elle a entendu des trucs. Je sais pas, il me semble qu'elle l'a vu une fois, avec une des filles – des femmes, je veux dire. Les… heu, travailleuses du sexe. Je me souviens d'un soir où elle est venue chez moi, très tard. Elle était dans tous ses états. Elle disait qu'elle se sentait pas en sécurité chez elle. Elle arrêtait pas de répéter « j'ai vu quelqu'un ». Et le lendemain, elle m'a dit que sa mère demandait le divorce.*

ABC : *C'était quand ?*

LTH : *Il y a un mois, je dirais ? Mme Victor est partie à Paris. Elle ne pouvait pas encore retirer Serena du lycée, mais elle avait décidé de tout préparer, pour qu'elles puissent le faire dès que possible, après avoir présenté les papiers du divorce à M. Victor.*

ABC : *Comment Peter a-t-il réagi en l'apprenant ?*

LTH : *Ben, je crois que Mme Victor n'a jamais eu l'occasion de lui dire. Elle attendait le bon moment. Serena et elle, elles avaient toutes les deux très peur. Mais Serena disait que sa mère avait un bon avocat. Pour la pension alimentaire, tout ça. Je crois qu'il a représenté la femme de Mel Gibson. Ou les Murdoch, je sais plus.*

ABC : *Il a obtenu une pension d'un milliard de dollars.*

LTH : *Sérieux ? Waouh. Ben, je crois que Mme Victor avait embauché ce type.*

Divorce. Mes oreilles bourdonnaient.

Dinah demandait le divorce.

Bien sûr.

D'où les lits séparés.

Et les funérailles séparées.

« C'était ce jour-là, n'est-ce pas ? ai-je dit. Dimanche dernier. Le 11 décembre. C'est là que Dinah est rentrée de Paris pour annoncer à Peter qu'elle voulait divorcer. »

J'ai repensé à la valise près de la porte du jardin. Au sac à main par terre.

Jae était en train de parvenir à la même conclusion que moi, je le voyais sur son visage.

J'étais arrivée à 15 heures pour la leçon de Serena. Combien d'heures de retard avais-je sur le meurtre ? Trois ? Deux ? Une ? Le sang était encore humide quand j'ai découvert les corps.

J'ai fermé les yeux. Je visualisais parfaitement la scène.

Peter entre dans la cuisine. Il est surpris d'y trouver sa femme. Il ne l'a pas vue depuis des semaines. Elle n'a répondu à aucun de ses messages, aucun de ses appels. Il n'est pas idiot. Il sait très bien ce qu'elle essaie de faire. Mais Dinah est intelligente : elle n'ira pas jusqu'à l'attaquer en justice. Elle n'oserait pas.

Il contemple les papiers qu'elle lui tend. L'expression de Dinah est déterminée, mais sa main tremble. Il regarde la somme qu'elle réclame. Le document est signé par un avocat dont il reconnaît le nom. Un avocat qui a gâché la vie de beaucoup d'hommes. Des hommes bons, honnêtes et travailleurs : des hommes qui essayaient seulement de protéger leurs femmes, qui ne voulaient pas les exposer à leurs vices. Dinah était une source alpine, pure et froide. Les hommes ont des besoins. Pour étancher leur soif, ils doivent parfois s'abreuver à d'autres points d'eau, plus appropriés. Peter a des goûts particuliers. Il est le premier à l'admettre. Dinah n'aurait pas compris.

Non, dit-il simplement en lui rendant les papiers.

Ça commence.

Tu demandes trop.

Dinah le regarde comme si elle voulait le gifler. Peter aimerait qu'elle le fasse. Ça ouvrirait une porte qu'il n'a jamais osé pousser. Et derrière cette porte se trouve un monde où il la gifle en retour. Un monde où il enroule ses mains autour de sa gorge – comme il le faisait avec les femmes qu'il payait, comme il le faisait avec celle qu'il ne payait pas – et dit : Non, Dinah. Écoute-moi bien.

Et elle le ferait, n'est-ce pas ? Elle l'écouterait.

Je pars, dit-elle. Les avocats s'occuperont du reste. Une ombre passe sur le visage de Peter. Une ombre qui se réverbère sur celui de sa femme, déformée, comme dans un miroir de fête foraine. De la peur.

Elle fait un pas en arrière.

Il fait un pas en avant.

Le jardin. Elle s'enfonce dans le lierre et la menthe, les bras croisés dans une rage tremblante, son téléphone serré dans sa main. Il la suit.

Elle dit : Ne t'approche pas.

Il dit : Laisse-moi parler.

Elle dit : Non.

Il dit : Laisse-moi juste...

Et soudain, la main de Peter est autour de sa gorge. Elle a la peau douce, grâce à toutes ces crèmes hydratantes dont elle se tartine le corps. Presque trop douce. Il serre.

Dans leur lutte, ils atterrissent dans le bassin des carpes koï. Elle est sur lui.

Furieux, essoufflé, trempé, il attrape l'objet le plus proche.

Une pierre.

Il la frappe avec la pierre. Elle hurle de rage, bascule en arrière, puis s'avance vers lui, du sang dans les yeux. Il ne l'avait jamais vue dans cet état. Depuis combien de temps sa femme rêve-t-elle à côté de lui, dans ses chemises de nuit informes, imaginant ce qu'elle ressentirait en enroulant ses mains autour de sa gorge ?

Il n'arrive pas à respirer. Il doit convoquer toutes ses forces pour la frapper de nouveau. Son crâne se fend. Il la frappe encore et encore. Sa propre vision se brouille. Il gagne. Elle recule en titubant. Oui, il a gagné. Il la tient. Comment ose-t-elle penser qu'elle pouvait… qu'il accepterait sans rien dire…

Si seulement il parvenait à lever la tête. Il coule. Il n'y voit plus rien. Tout ce qu'il a à faire, c'est se redresser.

Si seulement son cerveau voulait bien… s'il pouvait juste…

Si…

Un cri, avalé par les arbres.

Si un arbre tombe et qu'il n'y a personne pour l'entendre…

Si un assassin assassine un assassin assassine un assassin assassine un…

C'est une blague de mauvais goût. Le tueur tué : un circuit en boucle fermée. Pas de témoins. Personne pour nous innocenter. Évidemment, c'était pour ça qu'aucun autre suspect n'avait été identifié. Aucun détective privé ne sortirait jamais de l'ombre en entortillant les extrémités de sa moustache. Serena n'allait pas se réveiller et révéler son plan diabolique. Lukas n'allait pas écarter le rideau et nous expliquer comment il avait fait le coup. Aucun agent du FBI ou inspecteur de police n'allait quitter la meute pour creuser seul une nouvelle piste. Même le plus brillant des limiers amateurs ne parviendrait pas à assembler les pièces du puzzle.

« Peut-être, a dit Jae, désespérée, peut-être que ce n'est pas ça. Peut-être... »

Peut-être. Peut-être que Peter et Dinah ne s'étaient pas entretués. Mais ce qui était clair à présent – ce qui avait toujours été clair, en fait, mais je ne voulais pas voir la vérité en face –, c'est que, dans un cas comme dans l'autre, ça n'avait aucune importance. Ça n'avait jamais eu aucune importance.

Parce qu'il y avait Evie Gordon.

28

Il était 2 heures du matin quand j'ai finalement cédé à la curiosité.

Jae dormait contre la vitre, la bouche ouverte, les sourcils froncés dans un mauvais rêve. Elle avait proposé de prendre le relais cette nuit-là, mais j'avais insisté pour conduire. Je n'aurais jamais pu dormir, de toute façon. Autant me rendre utile. Si je n'occupais pas mon esprit, je n'osais imaginer les endroits où il pourrait s'égarer. C'est dangereux, de perdre espoir. Et sans espoir, j'avais peur de découvrir qui j'étais.

Je me suis arrêtée à une station-service pour faire le plein. Puis je me suis garée, et j'ai contemplé l'exemplaire du *Time* posé sur mes genoux. L'article en question, la pomme empoisonnée à laquelle j'avais résisté pendant deux jours : « LA FAMILLE GORDON SORT ENFIN DE SON SILENCE ».

Au centre se trouvait une photo de moi enfant. Des boucles sauvages à la Shirley Temple, de grands yeux et des taches de rousseur. C'est Halloween. Je suis déguisée en requin. Ma tête émerge de ses dents de feutre. J'ai l'air ravie de me faire dévorer – un grand sourire édenté aux lèvres, une sucette à moitié mâchée serrée dans mon petit poing, un seau citrouille dans l'autre. Mon père me tient les épaules, diaboliquement grand bien qu'il soit penché. Il est déguisé en Dracula. Ma mère porte un costume de sorcière générique de chez Party City. Ils ressortaient le même costume à chaque Halloween avant leur divorce. Mon père aimait décorer le jardin devant la maison de pierres tombales, qu'il avait fabriquées à partir de chutes de bois, et sur lesquelles il avait peint des noms qui ne faisaient rire que lui. Des rock stars mortes, Jimi Hendrix et Jim Morrison. Des présidents morts, Nixon et Reagan. C'était un vrai gamin, il adorait faire des blagues. Il avait même construit un cercueil, dans lequel il se cachait quand des enfants s'approchaient de la maison. Ils sonnaient et attendaient sagement que quelqu'un vienne leur ouvrir, sans se douter de rien. À ce moment-là, mon père surgissait du cercueil pour leur foutre la trouille de leur vie.

Il y avait d'autres photos. Moi, un jour de rentrée en primaire, serrant contre moi mon cahier Lisa Frank. Moi à Destin, en Floride, avec ma mère, dans une crêperie au bord de l'océan appelée le Frisky Dolphin. Ma mère était obsédée par les dauphins : il y en avait partout dans sa maison, sous la forme de posters ou de bibelots achetés dans des boutiques de souvenirs.

« Pensez-vous qu'Evie est encore en vie ? »

C'est la première question que la journaliste avait posée à ma mère.

« Oui », avait répondu celle-ci avec assurance. L'article décrivait son sourire comme *courageux* et *fragile*. « Bien sûr qu'elle est en vie ! Elle est intelligente, elle l'a toujours été.

– Et vous maintenez qu'il n'y a absolument aucune chance qu'elle soit coupable ?

– Évidemment, intervenait mon père. Nous n'avons aucun doute sur le fait que notre Evie est innocente.

– Alors pourquoi ne s'est-elle pas rendue ? Est-ce qu'elle ne devrait pas se soumettre à la procédure judiciaire ? On pourrait dire que plus elle tente d'échapper à la loi, plus elle semble coupable.

– Eh bien, vous savez, le système judiciaire de ce pays est loin d'être parfait, a répondu mon père.

– Les preuves ne jouent pas en sa faveur, vous devez bien l'admettre. Et il n'y a pas d'autres suspects...

– À notre connaissance », l'a interrompue mon père.

Je le voyais avec ses mains expressives à la Jeff Goldblum, agitant un doigt en signe de reproche, ses sourcils broussailleux formant un V inquiet.

« Je veux juste savoir qu'Evie va bien, disait ma mère. Je veux que les gens arrêtent de dire toutes ces horreurs sur elle à la télévision. Et je veux qu'ils arrêtent de *camper devant chez moi.* »

Quelque chose n'allait pas.

Alors que je conduisais, l'obscurité s'est mise à palpiter autour de moi, soudain étouffante. Comme si je me retrouvais tout à coup enfermée dans une peau d'animal. Mes organes corsetés. Chaque vaisseau sanguin et chaque voie respiratoire réduits à une couture.

Je me suis arrêtée sur une aire de repos et j'ai ouvert la portière, haletante. J'ai titubé jusqu'aux toilettes, pressé mon front contre la surface froide d'un distributeur automatique, ignorant la sensation d'engourdissement dans mes doigts et mes orteils. J'ai envoyé des coups de pied dans la machine jusqu'à ce qu'elle éructe une bouteille Aquafina que j'ai vidée à grandes goulées. Ça n'a pas aidé. J'ai essayé de vomir, mais tout ce qui est sorti, c'est un filet de bile. Je suis retournée à la voiture, la respiration saccadée. J'ai donné des coups de tête dans le volant, *bang-bang-bang.* Les paupières de Jae se sont ouvertes. J'ai embrassé ses cheveux. *Rendors-toi.*

Je suis ressortie et j'ai suivi le bruit d'un ruisseau derrière l'aire de repos. J'ai tiré une cigarette de ma poche et pris des petites bouffées tremblotantes. Les phares de la voiture noyaient les étoiles. J'avais l'impression d'être enfermée sous un globe. Un globe vide, sans astres ni planètes ni personne. Rien qu'un noyau d'obscurité, qui bâillait de plus en plus grand. Même le froid ne m'atteignait plus. J'ai regardé mes doigts. Trois d'entre eux étaient engourdis. J'en ai mis un dans ma bouche et j'ai soufflé de l'air chaud dessus, comme une gamine, pour lui rendre ses sensations. Si je restais ici assez longtemps, j'étais certaine que d'autres parties de mon corps perdraient leur sensibilité. Le désespoir était un iceberg. Il était là depuis le début, attendant patiemment notre rencontre fatale.

L'adrénaline est une drogue plus puissante que toutes celles que j'ai pu tester dans des dortoirs d'université. Elle vous fait tomber amoureux. Elle vous rend insensible à la douleur. Elle vous prépare à partir au combat, aveuglé par les visions d'immortalité qui scintillent à l'horizon. Quand elle retombe, la descente est pire que le manque de nicotine.

Et puis l'horloge redémarre. Le sablier se retourne. Le dernier grain se pose et on se réveille avec une croûte de salive séchée sur la joue, dans les vêtements d'un inconnu, dans une voiture accidentée, dans un pays étranger.

29

Quand j'ai fini par revenir à la voiture, Jae était assise derrière le volant. Je me suis enfoncée sans un mot dans le siège passager et j'ai dormi pendant une trentaine de minutes. Le reste du temps, j'ai fait semblant. Mes oreilles n'arrêtaient pas de se boucher à cause de l'altitude. J'étais en train de masser la peau sous ma mâchoire lorsque le soleil a émergé des nuages blancs, une flamme timide au bout d'une mèche.

« Qu'est-ce qui ne va pas ? m'a demandé Jae.

– Rien. »

C'était un mensonge, bien sûr. Quelque chose n'allait pas. Mais ce quelque chose, c'était ma tête, et tant que je n'aurais pas mis de l'ordre dans mes pensées, j'étais incapable d'en parler. L'article du *Time* était serré dans mes mains. J'avais mémorisé la plupart des réponses de mes parents.

J'ai essayé de me rendormir. N'y parvenant pas, j'ai tenté de manger. Mais je n'avais pas faim. Voici une liste de tout ce que je n'avais pas : de l'appétit, un avenir, un lit pour dormir, un toit au-dessus de ma tête, la possibilité de revoir un jour mes parents, l'assurance de savoir d'où viendrait mon prochain repas, rien en soi qui m'appartienne. Et je n'aurais plus jamais rien de tout ça. Même Jae était comme un fantôme aujourd'hui. Des traces d'elle apparaissaient brièvement dans mon champ de vision, telles des formes cristallines sous une loupe – sa bouche rusée, ses doigts habiles, la courbe sombre et ironique de ses sourcils – mais je ne la voyais plus dans son entièreté. Le frôlement de ses lèvres sur mes jointures alors que je faisais semblant de dormir a soulevé une vague de terreur dans ma cage thoracique. Nous ne sommes pas censés ressentir si violemment les choses.

Je n'étais ni une hors-la-loi, ni une pirate, ni la prochaine grande tueuse en série américaine. J'étais une meuf de vingt-neuf ans originaire d'Hendersonville, en Caroline du Nord, qui gagnait sa vie en donnant des cours particuliers. Je voulais rouler jusqu'à Big Sur et séjourner au Madonna Inn avec mes potes de la fac au mois de mai prochain, comme on le faisait chaque année. Je voulais économiser assez d'argent pour aller à La Nouvelle-Orléans en juin avec mes meilleurs amis du lycée, qui vivaient toujours en Caroline du Nord. Deux d'entre eux avaient déjà des gosses, ou en auraient bientôt. Trois étaient mariés. Je n'étais pas sûre de vouloir des enfants ni même de vouloir me marier ; je crois que non. Mais j'aurais aimé avoir la possibilité de continuer à me poser la question. De postuler à un doctorat ou déménager dans une nouvelle région – ou dans ma ville natale. J'aurais pu avoir une maison. Un chien dans le jardin. Une petite amie à aimer. Ce serait une brillante criminelle, professionnelle et compétente. Elle aurait une bouche rusée et des mains intelligentes et un chapelet de fleurs tatoué sur la hanche.

Jae s'est arrêtée pour faire les poubelles d'un supermarché Safeway, et je me suis forcée à manger. Du pain rassis, une orange, des bâtonnets de carotte. Elle s'efforçait de subvenir à mes besoins. Après ça, j'ai fumé d'autres cigarettes et bu d'autres bières et caressé distraitement le pistolet sur mes genoux jusqu'à ce que je m'endorme. Je me sentais un peu mieux quand je me suis réveillée, même si j'avais encore mal à la tête. Sans mot dire, Jae m'a tendu une boîte de Tylenol. J'ai avalé les cachets à sec. Elle a ouvert une bouteille d'eau avec la même prévenance clinique. Son geste m'a serré la gorge.

Elle va s'en sortir, ai-je pensé en regardant ses joues se creuser autour de sa cigarette. Elle n'a jamais eu besoin de moi de toute façon. Jae, cette meuf cool et cynique, manieuse de couteaux et voleuse de voitures. Elle serait sans doute soulagée quand je lui annoncerais la nouvelle, en fait. Libérée de la célébrité qu'elle se traînait comme un boulet.

« Je suis désolée, ai-je dit.

– De quoi ? »

De ne pas être une hors-la-loi, une pirate, ou la prochaine grande tueuse en série américaine.

Et de t'avoir abandonnée, ai-je pensé, même si je ne l'avais pas encore fait.

30

J'étais d'une humeur moins sombre quand on est arrivées à Anacortes. La pluie effleurait les vitres. Un monde vert et humide de rosée, des fougères et du tonnerre. Sous l'épais voile de brume qui enveloppait le port, on distinguait encore la figure nuptiale de la baie de Fidalgo. Des îles plantées de cèdres et de sapins baumiers, des voiliers mouillant tranquillement dans les hauts-fonds au pied des falaises côtières.

Un navire-musée nous a accueillies à l'entrée du port : le *W.T. Preston*. Il ressemblait à un croisement entre une barge industrielle et une de ces embarcations fluviales à la Tom Sawyer, avec une grande roue à aubes. La marina était immense. Des voiliers et des chalutiers, principalement, mais aussi quelques péniches et bateaux de croisière. Des cafés touristiques : le Dockside Dogs et le Zaza Turkish Coffee, installé dans une cabane de mer turquoise. Un stand de barbecue. La fumée d'un feu de bois s'échappait d'une aire de camping pour caravanes. On a acheté à manger dans une supérette. Des sandwiches emballés dans du plastique, des pots de houmous et des bananes noircies. Jae a aussi pris de quoi nous nourrir pendant le voyage : des noix, des crackers, des fruits secs et de la viande séchée. Des nouilles instantanées et de la soupe en boîte.

On est arrivées à la gare maritime à midi, et on a attendu. Un ferry partait à 18 heures, le *Samish*, qui nous déposerait sur l'île de Lopez. J'ai consulté notre carte et étudié l'itinéraire vers Nanaimo, en Colombie-Britannique. Jae s'est plongée dans une liasse de brochures et d'annonces immobilières, à la recherche d'une cible prometteuse. Une maison vide, avec un bateau amarré à son ponton. On avait une solution de secours au cas où ce plan tomberait à l'eau : un terrain de camping près de la gare maritime de l'île de Lopez. On s'y réfugierait jusqu'au matin. À 6 heures, on pourrait reprendre le ferry et tenter notre chance sur une autre île, comme Orcas ou San Juan.

Mon propre projet aussi commençait à mûrir, même si je n'en avais pas encore parlé à Jae. Ma priorité était de m'assurer qu'elle avait toutes les chances de son côté pour réussir. J'attendrais qu'on trouve une maison vide avec un bateau, je vérifierais qu'elle savait comment le conduire et que les conditions météorologiques étaient suffisamment bonnes pour qu'elle puisse naviguer en toute sécurité, et je la regarderais disparaître à l'horizon. Ce n'est qu'à ce moment-là que je prendrais la voiture et roulerais jusqu'au commissariat le plus proche pour me rendre.

Je n'allais pas m'évanouir dans la nuit sans rien lui dire, je n'étais pas si cruelle. Le moment venu, je l'informerais calmement de ma décision en insistant sur le fait qu'elle ne pourrait pas me faire changer d'avis. Je la protégerais, bien sûr, pendant toute la durée de la procédure judiciaire. Jamais je ne divulguerais son nom ou sa localisation, juste la vérité sur ce que Peter Victor lui avait fait. Je leur ferais part de ma théorie, à savoir que Peter et Dinah s'étaient entretués, et si mon plan réussissait, Jae pourrait reprendre une vie tout à fait ordinaire. Évidemment, il faudrait toujours que je me soumette aux vicissitudes du système judiciaire américain, mais j'avais eu une longue nuit d'insomnie pour me faire à cette idée.

Il y avait quatre files d'attente à la gare maritime, qui comptaient toutes plus ou moins huit véhicules. Je me suis couchée sur le plancher entre les sièges et la banquette arrière, une couverture étendue sur moi. Une fois que nous aurions atteint le guichet, je la remonterais complètement. Il n'y avait pas de risque que notre voiture soit fouillée, mais trop de précautions valaient mieux que pas assez. Nous étions arrivées jusqu'ici. Et même si, techniquement, le chapitre de ma vie de fugitive touchait à sa fin, je voulais que ce soit selon mes propres termes – et je voulais que Jae soit très, très loin quand le moment viendrait.

La voiture a avancé un peu. À l'arrière, je m'enfonçais rêveusement dans la quiétude d'une décision prise. J'étais et j'avais toujours été très douée pour compartimenter. C'est une pathologie remarquable. Je me sentais si bien que je me suis surprise à siffler.

« Tire la couverture sur ta tête, a dit Jae d'un ton sec.

– On est déjà au guichet ?

– Fais-le, c'est tout. »

J'ai obéi, avec un léger frisson de peur.

Jae s'est mise à faire semblant de parler dans un téléphone imaginaire. Des murmures et des « hmm », des « oui » et des « non ». Elle a simulé un rire. Près de dix minutes se sont écoulées avant qu'on se remette à rouler. De sous la fine couverture, j'ai regardé Jae payer le guichetier en liquide et diriger la voiture sur le ferry.

« Qu'est-ce qui s'est passé ?

– Reste cachée.

– Jae, qu'est-ce qui se passe ?

– Rien. Je crois que je suis juste parano.

– Mais encore ?

– Y avait deux hommes dans une voiture. Une Ferrari rouge. Je sais pas. J'avais l'impression qu'ils me surveillaient.

– Ils sont où ?

– Juste derrière nous.

– Ils voient sûrement ta bouche bouger.

– Merde. »

La file de voitures s'est mise en place sous le pont.

« Je n'aime pas ça, a murmuré Jae, les yeux fixés sur son rétroviseur. Tout le monde sort de sa voiture sauf eux. »

Elle avait raison. Maintenant que le bateau avait pris la mer, la plupart des passagers se dirigeaient vers le pont.

« Tu peux sortir aussi, tu sais, s'ils te fichent la trouille, ai-je dit en tirant la couverture sous mon menton. Ne t'inquiète pas pour moi, je vais rester ici et faire une petite sieste. J'ai besoin de dormir, de toute façon.

– Je vais pas te laisser seule », a marmonné Jae.

Les mots « laisser seule » ont légèrement perturbé la surface parfaitement lisse de mon esprit. J'ai tâché de les ignorer.

« Je t'en donne la permission », ai-je dit.

Je voyais bien que Jae voulait se retourner pour me regarder, mais elle ne pouvait pas le faire, pas avec ces hommes qui l'observaient dans la Ferrari.

« Quoi ? » ai-je fait.

Jae a mordillé le bouchon de sa bouteille d'eau. Je commençais à croire qu'elle était restée bloquée au stade oral. Elle avait tout le temps un truc à la bouche : une cigarette, ses ongles, divers morceaux de plastique.

« Tu peux me le dire, tu sais, a dit Jae, ses lèvres bougeant à peine. Si tu as peur.

– Je n'ai pas peur. Toi oui ? »

Elle n'a pas répondu. Elle s'est mise à tambouriner des doigts sur le volant. Je me suis redressée autant que possible pour la regarder.

« Je t'ai entendue, la nuit dernière, a-t-elle dit doucement. Tu faisais une crise de panique. »

Mon estomac s'est noué en y repensant. La sensation d'étouffer. La solitude suffocante.

« Tu n'en as jamais eu avant hier soir, n'est-ce pas ?

– Je vais bien.

– Evie.

– J'ai pas envie d'en parler.

– Je pense qu'il le faut.

– Est-ce que je t'ai forcée à parler des choses dont toi tu n'avais pas envie de parler ? »

Soudain, j'étais furieuse. La colère me gagnait bien trop facilement ces derniers temps.

Jae n'a pas bronché.

« Si j'ai parlé, c'est juste parce que je savais que tu voulais que je le fasse », a-t-elle finalement lancé.

Pendant un moment, aucune de nous n'a rien dit. J'ai écouté Jae manger une pomme et j'ai essayé de dormir.

« Ils sortent, m'a-t-elle prévenue à voix basse. Remonte la couverture. »

Je me suis enfoncée le plus profondément possible entre les sièges et j'ai cessé de bouger. J'ai entendu des pas, des voix masculines graves, un rire. Les bruits se sont éloignés. J'ai risqué un regard prudent vers l'extérieur.

« Ils sont partis, a dit Jae. Y en a un qui m'a fait un signe de tête en passant. C'était peut-être juste pour être sympa. Je crois que je deviens parano. »

Elle a frotté ses mains sur son visage. J'avais rarement vu Jae aussi secouée.

Peu à peu, les autres conducteurs ont regagné leurs voitures. Je suis restée sous ma couverture jusqu'à ce qu'on ait atteint la terre ferme. J'ai senti la vibration du gravier, le *tic-tic-tic* du clignotant.

« Attends un peu pour sortir, a dit Jae. Je veux me débarrasser de cette Ferrari.

– Ils nous suivent ?

– Ils sont dans la file d'à côté, à portée de vue. Ils pensent que je suis seule. Ils vont trouver ça bizarre s'ils voient quelqu'un d'autre dans la voiture. »

Je suis restée couchée jusqu'à ce que Jae me donne le feu vert. Et même là, je me suis recroquevillée sur la banquette arrière, prête à disparaître sous la couverture s'ils réapparaissaient.

Jae a consulté les annonces immobilières. Les pontons des deux premières propriétés que nous avions repérées étaient inoccupés, nous avons donc roulé jusqu'à une troisième. C'était une maison isolée, de style Mid-century, qui semblait flotter sur un lac d'herbe fraîche. La lune illuminait la mer qui s'étendait derrière elle. Une moto tout-terrain était garée dans l'allée par ailleurs vide, drapée de toiles d'araignées. On a testé les fenêtres et les portes. Tout était verrouillé. Le garage était plus prometteur : la porte n'était pas motorisée, mais équipée de deux poignées rouillées qui devraient nous permettre de la soulever, avec suffisamment de force brute.

Ça tombait bien, la force brute était l'une de mes rares aptitudes criminelles. Je l'ai soulevée un peu et Jae s'est tortillée pour passer en dessous.

« Oh merde… », a-t-elle soufflé.

J'ai entendu un objet s'écraser par terre.

« Ça va ?

– On y voit que dalle là-dedans. »

Les charnières de la porte ont grincé.

« C'est bon, c'est déverrouillé. »

Avant que je puisse me réjouir de cette bonne fortune, une voiture a tourné dans la rue, ses phares éclairant la route. Je me suis plaquée contre la porte du garage, qui s'est refermée avec un claquement sourd.

« Evie ? » m'a lancé Jae.

J'ai placé une main sur mon cœur pour le forcer à ralentir. Les phares avaient disparu.

Il commençait à pleuvoir.

« Ça va, ai-je réussi à dire.

– Va à la porte d'entrée. Je vais t'ouvrir. »

Le porche était voilé d'une toile d'araignée géante, qui scintillait de pluie. Signe que la maison était sans doute vide.

Jae m'a ouvert la porte et je suis entrée. Il faisait plus chaud ici, mais à peine. Le clair de lune était assez lumineux pour qu'on puisse examiner l'intérieur. Chaque surface était en bois cognac, lisse comme une joue. On se serait davantage cru sur un yacht que dans une maison. Un sol pavé de dalles hexagonales, un Velux, des murs de fenêtres. La cheminée en pierre du salon était aussi haute qu'une église médiévale. Les meubles étaient d'un goût douteux : des canapés à fleurs surannés, de lourdes tables en acajou. Le jardin était une étendue de végétation immaculée plantée de quelques arbres, juste assez pour qu'un meurtrier puisse s'y faufiler facilement. Nous avons commencé par dévaliser la cuisine. Le frigo était vide, à l'exception d'une brique de lait périmée. Le garde-manger ne renfermait que l'essentiel : quelques boîtes de bouillon de poulet, des pâtes, un pot de sauce tomate non entamé.

À travers les fenêtres balayées par la pluie, on distinguait la raison pour laquelle nous avions choisi cette maison : un yacht blanc aux lignes épurées, qui se balançait à côté du ponton. On a décidé de s'accorder quelques heures de repos avant d'embarquer pour le Canada. On partirait au milieu de la nuit.

On s'est fait cuire des pâtes dans le noir. Après avoir mangé, on s'est faufilées dans le couloir pour rejoindre la chambre. Jae nous a fait couler un bain. On s'est enfoncées dans sa chaleur, face à face. Les genoux osseux de Jae contre les miens, nos chevilles entrecroisées. J'ai laissé le pistolet posé sur le bord de la baignoire.

Le clapotement de l'eau. Le goutte-à-goutte du robinet. Le tambourinement de la pluie sur la fenêtre.

« Tu ne viens pas avec moi, n'est-ce pas ? » a dit Jae.

Ses yeux m'étudiaient sans jugement. Un filet d'eau s'est frayé un chemin de la racine de ses cheveux à son menton. Je l'ai regardé s'accrocher à sa mâchoire, puis tomber dans la baignoire.

« Tu le sais depuis combien de temps ? » ai-je demandé.

Elle s'est penchée en arrière, les coudes posés sur le rebord de la baignoire, ses longs doigts effleurant l'eau.

« Depuis l'aire de repos hier soir.

– Je voulais être sûre que tu t'en sortirais.

– Mais oui, je vais m'en sortir. Tout va bien, a-t-elle dit d'une voix inexpressive.

– OK. Tant mieux.

– Et toi, ça va ?

– Oh, ça ira. »

Jae a écarté ses jambes des miennes. Ses traits étaient figés, son visage vidé de toute émotion.

Soudain, elle est sortie de la baignoire. Je l'ai suivie.

« Jae. »

Elle a attrapé une serviette et s'est essuyée à la hâte.

« Jae », ai-je répété en lui prenant le poignet.

Elle s'est dégagée, farouchement, mais elle n'a pas bougé. Son corps s'est incliné contre le mien. Je l'ai embrassée. Elle a agrippé mes cheveux, noué ses doigts entre les mèches. La rage qu'elle savait si bien garder enfouie en elle jaillissait soudain, en coulées de lave incandescente qui me brûlaient la nuque et les épaules. Je l'ai poussée de toutes mes forces contre le mur, mes dents dans son cou. Nos corps vibraient entre deux états opposés : l'envie de se battre et celle de capituler.

On a réussi à atteindre le lit, éclairé par la lune. Les draps étaient propres et tirés au carré, jusqu'à ce que nos corps humides et nos cheveux dégoulinants en fassent un champ de bataille. J'ai embrassé son clitoris. Son visage s'est tordu. J'ai embrassé sa bouche. Elle m'a embrassée en retour, plus fort, plus violemment. Je l'ai embrassée de nouveau, plus tendrement que je n'avais jamais osé le faire.

Après ça, nous sommes restées allongées l'une contre l'autre, à regarder la pluie marteler le Velux, enveloppées dans un silence tourmenté. Ses poings étaient serrés, ses épaules saillantes et immobiles.

« Je vais aller au commissariat, ai-je dit. Seule. »

Elle n'a pas répondu.

« Je ne vais rien leur dire à ton sujet. Ils ne sauront pas ton nom ni où tu vas. J'attendrai jusqu'au matin. Tu seras partie depuis longtemps. Tu seras en sécurité.

– Non, a dit Jae en fixant le plafond.

– Je ne vais pas te dénoncer, Jae. Je ne vais rien leur dire, rien leur donner. À part moi.

– Si tu dois partir, fais-le maintenant. »

C'est à ce moment-là que Jae m'a enfin regardée. Son stoïcisme a succombé, laissant place, l'espace d'un bref instant, à quelque chose d'humide et solitaire. Elle s'est reprise d'un clignement de paupières. Il n'y avait plus rien à voir.

« Je partirai dans la nuit, lui ai-je dit. Quand tu dormiras.

– Je ne dormirai pas », a répondu Jae, et j'ai su que ni elle ni moi n'obtiendrions jamais de confession plus explicite que celle-là.

Jae n'a pas dormi, mais elle a fermé les yeux et s'est détournée, m'accordant en silence la permission de partir.

Nous avions déjà examiné le bateau. Il était un cran au-dessus de tous ceux que nous avions empruntés jusqu'à présent. Jae savait comment éteindre le transpondeur pour qu'on ne puisse pas suivre ses mouvements. On avait fait la manœuvre sur le yacht qu'on avait volé en Floride. Je n'ai pas pris de sac, et je lui ai laissé le pistolet.

Il avait cessé de pleuvoir quand je suis sortie de la maison. J'ai décidé de lui laisser aussi la voiture, au cas où il se passerait quelque chose qui l'obligerait à changer ses plans. Le poste de police était à 6 kilomètres.

Le vent fouettait douloureusement mes joues. Alors que je marchais depuis presque deux kilomètres, des phares sont apparus au détour d'un virage. Une panique familière s'est immédiatement emparée de moi, avant de retomber, remplacée par le soulagement : je n'avais plus besoin d'avoir peur. Si un flic me trouvait sur cette route, ce n'était pas plus mal, ça m'éviterait d'avoir à marcher jusqu'au commissariat.

Sauf que ces phares n'appartenaient pas à une voiture de police, mais à une Ferrari rouge.

Deux hommes d'une quarantaine d'années, visiblement friqués, qui roulaient à une lenteur inquiétante.

Ils se sont arrêtés à ma hauteur et ont baissé la vitre. J'ai remonté mon écharpe pour couvrir la moitié inférieure de mon visage.

« Un peu tard pour une balade, non ? » a dit le conducteur.

Il souriait. On était en décembre, et il avait l'air de revenir d'un long été sur une île grecque. Bronzage parfait, cheveux noirs brillants, dents à 7000 dollars. Il portait des gants d'une blancheur immaculée, comme s'il venait de jouer au golf. Il était presque 2 heures du matin.

« Je pourrais vous dire la même chose, ai-je rétorqué, aussi calmement que possible.

– Qu'est-ce que vous faites dehors à cette heure-ci ?

– Ça ne vous regarde pas.

– On essaie juste d'être de bons voisins. » Il souriait toujours. « On ne vous a jamais vue dans le coin.

– J'étais malade et alitée.

– Votre famille possède une propriété par ici ?

– Oui.

– Vraiment ? Quelle maison ? »

J'ai froncé les sourcils. Sur le siège passager, l'autre homme a décapsulé une fine bouteille d'alcool brun et en a bu une gorgée. Il envoyait des textos, l'air blasé.

« Le truc, a repris le conducteur face à mon silence, c'est que ma famille possède *toutes* les propriétés de ce côté de l'île.

– J'ai jamais dit que notre propriété était de ce côté de l'île, ai-je répliqué d'une voix tremblante.

– Certes, a-t-il concédé. Mais on a vu un véhicule suspect rôder par ici tout à l'heure. Une vieille bagnole toute déglinguée. La conductrice avait une drôle d'allure. »

Jae.

« Donc on s'est dit qu'on allait faire une petite ronde pour vérifier qu'il n'y a personne de louche dans le coin. Je suis sûr que vous comprenez. À cette époque de l'année, pendant les fêtes, il y a beaucoup de cambriolages, vous savez. Et cette île, elle représente beaucoup pour ses habitants. »

J'ai serré les dents, me forçant à sourire.

La voiture s'est éloignée dans un tourbillon de gaz d'échappement qui m'a causé une quinte de toux. J'ai écouté le crissement des roues jusqu'à ce qu'elle disparaisse dans la nuit. J'entendais l'océan qui se fracassait contre les rochers, les chouettes qui hululaient dans les hautes branches. La lune brillait entre les nuages. Mon souffle paniqué formait un panache blanc dans l'air. Dans un autre monde, je marche jusqu'au commissariat de police. Une vieille réceptionniste reste pantoise en me voyant, cherche le téléphone à tâtons et renverse son café. Je tends mes poignets. Je me rends sans faire d'histoire. Dans un autre monde, je dors dans une cellule ce soir. Des téléphones sonnent dans tout le pays. Dans un autre monde, ma photo d'identité judiciaire fait la une des nouvelles du matin.

31

J'ai couru. Les bois de velours noir bruissaient dans le vent. Le sifflement sourd et sinistre des animaux, le martèlement de mes pieds et de mes poumons. Une forêt d'ossements mis à nu, des racines émergeant du sol comme les genoux et les coudes d'un cadavre enterré à la hâte. Une branche m'a entaillé la joue, laissant derrière elle une couture de sang. Je n'arrivais pas à respirer ni à ralentir.

La Ferrari rouge était déjà garée dans l'allée quand j'ai atteint la maison. J'ai vu l'homme du siège passager regarder à l'intérieur de la voiture volée. Puis par la fenêtre de la maison, les mains en coupe autour de ses yeux. Je ne comprenais pas bien pourquoi, dans la mesure où la porte d'entrée était grande ouverte. Son pote devait déjà être à l'intérieur.

« Oh, c'est vous, a dit l'homme en me voyant approcher dans le reflet, mes joues rougies par l'effort et le souffle court.

– C'est moi », ai-je répliqué en l'empoignant par la chemise et en fracassant son visage contre la pierre.

Jae et le conducteur étaient dans la chambre. Il la tenait plaquée contre le mur, un pistolet enfoncé dans sa gorge. Toutes les veines des bras de Jae étaient gonflées. Elle levait la mâchoire en signe de défi, l'air féroce. Mais le courage ne sert pas à grand-chose quand on a un flingue braqué sur soi.

« Je le savais », a-t-il jubilé en me voyant dans l'embrasure de la porte. Sa voix tremblait du plaisir d'avoir raison. Ses craintes de se faire cambrioler, injustifiées durant tant d'années, se révélaient finalement fondées. « Je le savais !

– Qu'est-ce que vous saviez ? ai-je dit.

– *Je le savais !* a-t-il explosé. *Je le savais !*

– Félicitations.

– C'est ma propriété. Vous savez ce qu'on vous ferait si on était, je sais pas, moi, en Alabama par exemple ? Quand vous vous introduisez illégalement chez quelqu'un, il a le droit de vous buter.

– On n'a fait de mal à personne. »

Ce n'était qu'une maison. Elle n'a rien senti. Notre présence entre ses murs la laissait complètement indifférente.

Je me suis figée quand l'homme a détourné son arme de Jae pour la braquer sur moi. Sa main tremblait. Le sourire carnassier qu'il arborait sur la route avait disparu, laissant place au doute. Il avait raison, ses craintes s'étaient concrétisées, mais il devait maintenant décider s'il était prêt à tuer quelqu'un pour ça.

« Vous pensez pouvoir…, a-t-il haleté. Vous pensez que vous pouvez… que vous pouvez…

– On l'a fait », ai-je dit.

Il avait eu tort de quitter Jae des yeux. Profitant de ce qu'il était concentré sur moi, elle s'est emparée du Glock sur la table de nuit. Elle a pressé l'arme contre l'arrière de son crâne alors qu'il continuait de pointer la sienne sur moi. Nous étions tous les trois figés dans une sorte d'éclipse solaire tordue.

« SEBASTIAN ! a crié la voix empâtée de l'autre, qu'on entendait traverser la cuisine en faisant un raffut de tous les diables. SEBASTIAN ! »

Je l'avais laissé évanoui sur le sol en béton et j'avais écrasé son téléphone. Apparemment, il n'était pas aussi sonné que je le pensais.

Le conducteur – Sebastian – a fait un pas vers moi.

« Ne bougez plus, l'a averti Jae. Ou je tire. »

L'autre homme a déboulé dans la chambre en brandissant un couteau de cuisine. Son visage était une ruine ensanglantée.

Jae lui a tiré une balle en plein torse alors qu'il courait vers moi. Il est tombé au sol tel un poisson sur le pont mouillé d'un bateau.

Si je ne m'étais pas écartée pour esquiver son corps, la balle de Sebastian m'aurait atteinte. Jae lui a tiré dessus à son tour, mais cette fois, elle l'a eu à l'épaule. Une gerbe de sang a jailli de la blessure. Il l'a touchée, en état de choc. Son gant blanc s'est retrouvé rouge cramoisi. Sa main tremblait tellement qu'il a failli lâcher son arme. Il s'est enfui en courant et nous l'avons suivi sur la pelouse humide. Jae était à court de munitions. J'avais ramassé le couteau de cuisine, celui avec lequel son pote avait essayé de me tuer. Sebastian visait comme un pied, et on n'a eu aucun mal à le rattraper. Jae l'a maintenu au sol pour tenter de lui arracher son arme. À part ça, je ne me souviens pas de grand-chose. Quand vous commettez un acte aussi peu naturel, une connexion d'urgence s'établit entre vos synapses, une manœuvre électrique astucieuse intervient pour réparer le fusible grillé. L'événement se produit, et vous êtes tout à la fois présent et absent. Ce n'est qu'une fois l'acte accompli que les lumières se rallument et que vous retrouvez toutes vos facultés mentales, mais ce qui a été brisé est si essentiel au fonctionnement de votre cerveau que les souvenirs ne vous reviennent que par fragments. Certains immédiatement, d'autres le lendemain, d'autres encore dix ans plus tard, alors que vous êtes en train de faire les courses et que vous attrapez une bouteille de sauce piquante et que vous laissez tomber la sauce piquante parce que vous êtes maladroite et qu'elle se répand sur vos mains et qu'un adolescent en tablier accourt pour vous nettoyer et vous dit ne pleurez pas, madame, ça arrive souvent, et vous vous rappelez soudain le temps qu'il faut pour tuer quelqu'un avec un couteau, et vous entendez les sons, les craquements et le bruit de succion de la chair qui s'ouvre.

Jae haletait, agenouillée dans l'herbe. Je sentais ses mains sur mon visage, qui me serraient, son front pressé contre le mien. Il y avait tant de sang sur nous. Je me suis agrippée à son tee-shirt pour ne pas m'écrouler. Ma tête a glissé entre ses doigts.

Je ne me souviens pas avoir marché jusqu'à la maison. Si Jae n'avait pas pris la situation en main, je serais peut-être restée étalée dans l'herbe, avec la rosée et le cadavre, et le gant rouge et blanc abandonné à quelques pas de moi. Jae nous a guidées, a préparé un sac avec des vêtements d'hiver volés. Nous n'avions pas le temps de nous nettoyer correctement, juste une toilette rapide dans l'évier, pour nous débarrasser d'autant de sang que possible. Les clés étaient suspendues à un crochet près de la porte d'entrée.

Le bateau a tangué sous le clair de lune, acceptant notre poids. La clé a tourné facilement dans le contact. La mer était agitée, mais je voyais la terre ferme, disséminée un peu partout en petites îles. Si nous naviguions vers le sud, nous pourrions revendiquer l'une de ces îles sauvages et y vivre comme des bandits naufragés. Le bateau était équipé d'une cabine, avec des couchettes, des toilettes, une kitchenette. Jae en a émergé avec un gobelet fumant de nouilles instantanées. Elle l'a enveloppé dans une chaussette épaisse pour protéger mes mains, a soufflé dessus, puis me l'a tendu.

« Comment tu te sens ? » a-t-elle demandé, pressée contre moi sur le siège du capitaine.

J'ai secoué la tête, incapable de parler.

Sebastian allait tuer Jae, alors je l'ai tué. Son pote allait me tuer, alors Jae l'a tué. Ça n'aurait pas dû être aussi facile. Mais ça l'était. J'avais l'impression que j'aurais pu tuer Sebastian et son ami cent fois, de cent façons différentes. Si je n'avais pas eu d'arme, j'aurais pu serrer le cou de Sebastian jusqu'à ce que sa tête éclate comme un ballon. Ses yeux, des raisins furieux sous mes pouces. J'aurais pu crocheter mes doigts dans sa bouche et lui briser la mâchoire comme une planche de contreplaqué. Si le temps n'était pas un problème, je l'aurais fait lentement. Je me serais peut-être même montrée créative.

Autrefois, assassiner quelqu'un de sang-froid me semblait un Rubicon infranchissable. Je m'étais toujours accrochée à l'idée que le bien et le mal étaient des entités stables, une question de fibre morale intrinsèque, des caractéristiques patiemment attribuées à la naissance par un dieu omniscient – et non des décisions que l'on prend à chaque instant de chaque jour de sa vie, sujettes à des changements aussi brutaux que les ondulations d'un moniteur cardiaque.

Pour la plupart des gens, leur capacité ou non à commettre un meurtre ne quitte jamais le domaine de l'hypothèse. Et jusqu'à ce qu'ils se retrouvent avec un couteau dans la main, et qu'ils aient à choisir entre la vie d'un inconnu et celle d'un être aimé, ils ne savent pas de quoi ils sont capables. Je ne savais pas de quoi j'étais capable.

Mais maintenant, oui. L'ignorance n'était plus un sanctuaire dans lequel je pouvais me réfugier.

« À quoi tu penses ? a murmuré Jae. Parle-moi. »

J'ai essayé de parler, en vain. Les mots, étranges et élastiques, glissaient dans ma gorge, informes, et remontaient soudain comme de petits poissons. Dès que j'étais sur le point d'en prononcer, ils perdaient tout leur sens. Je me suis souvenue de ce que Jae m'avait dit dans la voiture, lorsqu'elle m'avait expliqué pourquoi il lui avait fallu tant de temps pour réussir à parler : il s'agissait simplement de trouver le levier. Il y avait tant à dire et à crier que je ne m'en sentais pas le courage. Mais il y avait une chose que je pouvais faire. Je pouvais embrasser Jae. Quand j'ai posé mes lèvres sur les siennes, une cloche a retenti, qui n'en finissait pas de sonner, qui renfermait bien plus de sens que tous les mots que j'aurais pu prononcer.

32

Je tremblais si fort que j'avais l'impression que ma mâchoire allait se briser. Nous avions franchi la frontière maritime canadienne, mais nous étions trop accablées pour nous sentir soulagées. Pour commencer, il y avait le vent glacial, les bourrasques qui nous frappaient comme des poings hérissés d'aiguilles. Bientôt, nous ne sentions plus nos visages. Puis l'engourdissement s'est transformé en une grosse ecchymose douloureuse. Je n'arrivais plus à parler. Jae s'en tirait à peine mieux. Nous étions recroquevillées l'une contre l'autre, partageant notre chaleur corporelle. Les rafales et les vagues refusaient de se calmer. Tout ce qu'il y avait à faire, c'était les endurer. L'humanité avait survécu à bien pire. Les tranchées. Les rats, la neige et les baïonnettes. Je ne sais pas pourquoi c'était à ces images que je revenais sans cesse : des soldats transis de froid dans un fossé, sous une grêle de balles incessante, blottis contre des cadavres qui leur rappelaient à chaque instant qu'il suffisait d'une grenade ou d'une rafale glaciale pour qu'ils en deviennent un eux-mêmes.

Le soleil s'est levé, et le vent s'est calmé. Nous nous réfugiions à tour de rôle dans la cabine pour préparer des tasses d'eau bouillante que nous tenions dans nos mains gantées, laissant la chaleur dégeler nos organes. C'était magnifique par ici, nous pouvions le voir à présent. Mais il n'y avait toujours pas de port en vue. Nous en avions dépassé un, au milieu de la nuit, mais la visibilité était trop mauvaise et le gouvernail figé par le givre presque impossible à manier.

« J'ai une idée, mais ça ne va pas te plaire, a dit Jae, dispersant de son souffle la vapeur qui s'élevait de sa tasse.

– Je suis prête à tout pour quitter ce putain de bateau.

– On jette l'ancre et on nage. »

Nous étions si proches du rivage. Il y avait une plage, une vraie plage. La majeure partie de la côte était trop sauvage, hérissée d'arbres et de rochers. J'ai fermé les yeux. Je les ai rouverts. La plage de sable était toujours là.

« On va mourir de froid.

– Il fait jour maintenant, a dit Jae. Si on continue à naviguer jusqu'à ce qu'on tombe sur une marina, on ne pourra pas l'approcher en plein jour. Tu le sais bien. Si la police a trouvé Sebastian et son pote, ils doivent déjà être en train de chercher ce bateau. On n'a pas beaucoup de temps. Et on ne peut pas refaire la même chose que la nuit dernière. » Une autre nuit de torture sur le Pacifique. On n'y survivrait pas. « Il y a une bouée de sauvetage dans la cabine. On peut s'en servir pour garder le sac au sec. Comme ça, on aura des chaussures et des vêtements secs quand on atteindra la terre ferme. Et regarde, la plage est déserte. Il n'y a personne. On n'aura peut-être plus jamais d'occasion comme celle-ci. On peut amener le bateau aussi près que possible du rivage. Je sauterai en premier. Tu lanceras la bouée et on descendra le sac. Et puis tu sauteras à ton tour. »

Elle semblait si résolue, si sûre d'elle. C'était drôle de voir à quel point la bravoure pouvait être contagieuse. Si vous faites suffisamment confiance à quelqu'un, il peut vous convaincre de faire à peu près n'importe quoi.

Je ne garde aucun souvenir de la traversée à la nage. Un rideau noir s'est abattu sur mon esprit, et la réalité s'est jouée derrière lui. J'ai eu de brefs aperçus de ce que vivait mon corps : mes poumons qui se ratatinaient, l'eau si glaciale qu'elle a paru se solidifier lorsque j'en ai pénétré la surface.

Une fois sur le rivage, nous nous sommes débarrassées de nos habits trempés et nous avons revêtu les autres en tremblant.

Nous avons marché à travers les bois humides. Il faisait froid, mais bien moins que lors de la nuit que nous avions passée sur l'eau. La brume somnolente roulait sur les arbres à feuillage persistant. Après des heures de marche, même la beauté devient monotone. Nos esprits étaient vides tandis que, mécaniquement, nos corps exécutaient leurs fonctions de base : respirer, avancer. Quand la grange rouge est apparue à l'horizon, j'étais certaine que c'était un mirage.

C'était une ferme d'élevage de moutons. Leurs têtes ont pivoté vers nous et ils nous ont observées avec indifférence avant de se détourner. À l'intérieur de la grange, on s'est affalées dans les bottes de foin et on a regardé par la fenêtre. Une cinquantaine de mètres plus loin se dressait une petite maison. Il y avait deux voitures dans l'allée. Une vieille dame faisait la vaisselle dans la cuisine. De temps en temps, elle levait la tête, disait quelque chose à quelqu'un par-dessus son épaule, et se remettait au travail. Soudain, un vieil homme est sorti de la maison par une porte latérale, coiffé d'un gros bonnet comme un hipster de Brooklyn. Il était très grand et avait un air nordique. Il a retiré son bonnet pour se gratter la tête, révélant d'épaisses touffes de cheveux couleur neige. Il portait un coupe-vent qui semblait bien trop léger pour ce froid, et il se dirigeait vers la grange.

« Merde », a murmuré Jae en m'attrapant par le poignet et m'entraînant à l'extérieur.

La porte a claqué comme un coup de tonnerre en se fermant.

« Qui est là ? » a aboyé le vieillard, et Jae m'a poussée dans une petite cabane derrière la grange. On s'y est entassées comme des cadavres dans un cercueil, évitant de justesse de nous faire empaler par une pioche.

La cabane, dépourvue de fenêtres, était plongée dans le noir. Nous avons retenu notre souffle en écoutant le vieil homme grommeler tout seul dans la grange.

Enfin, la porte s'est refermée avec fracas. La tête de Jae était restée si immobile dans le creux de mon cou que je me suis demandé si elle n'était pas morte de froid, jusqu'à ce que je sente ses doigts se nouer dans le dos de ma veste.

Nous avons écouté les pas s'éloigner puis disparaître.

« Attends, a murmuré Jae dans mon cou. Attends. »

On a patienté trente minutes avant de quitter la cabane et de regagner la grange à pas de loup. On s'est vite réchauffées grâce au foin et à la chaleur corporelle des moutons. Jae a posé la tête sur mon épaule et nous avons contemplé la maison.

« Alors, quel est le plan, chef ? ai-je demandé à voix basse.

– On attend qu'il fasse nuit et on prend une des voitures.

– Je m'en veux un peu de voler ces gens.

– Je me disais qu'on pourrait leur laisser la montre.

– La montre ?

– Celle que j'ai prise dans la maison. Une Cartier, que j'ai trouvée dans un tiroir. »

C'était loin d'être parfait, mais ça ferait l'affaire. Nous n'irions pas loin sans voiture, de toute façon.

Alors nous avons attendu. Pendant une heure environ, le soleil a flambé si fort que nous avions presque chaud. Dès que le crépuscule est tombé, la température a de nouveau chuté. Nous avons grelotté dans le foin en écoutant le ronflement lent et régulier des moutons. La lumière était allumée dans la cuisine et le salon. Le couple de petits vieux se déplaçait dans la maison, immergé dans sa routine domestique. La télévision diffusait un match de hockey. L'homme le regardait debout, en faisant les cent pas et buvant au goulot d'une bouteille. De temps en temps, il entrait dans la cuisine pour aider sa femme à préparer le dîner, puis il retournait au salon. Jae et moi parlions à voix basse, ses jambes sur mes genoux. Nous avons partagé une barre chocolatée tout effritée pour célébrer notre passage de frontière réussi.

Les yeux de Jae ont parcouru mon visage.

« Quoi ?

– Rien. »

Elle s'efforçait de paraître distante, mais elle avait surtout l'air timide. J'aimais bien l'idée d'avoir cet effet sur elle.

« Qu'est-ce que tu aimerais avoir ? ai-je demandé, à la fois curieuse de savoir ce que renfermait son esprit et avide d'une distraction. Si tu pouvais avoir n'importe quoi maintenant, ce serait quoi ? »

Jae a pris une bouchée de barre chocolatée, réfléchissant à la question.

« Une maison.

– Une maison, ai-je répété en hochant la tête. Une maison comment ?

– Petite. Enfin, pas trop non plus, juste... cosy. Avec une cuisine sympa.

– Tu sais ce que j'ai toujours voulu ? Un coin repas. Tu sais, avec une banquette. Et un luminaire Tiffany. Un sol en damier noir et blanc, très classique.

– Tu y as déjà réfléchi.

– C'est la cuisine qu'il y avait dans la baraque qu'on visitait tout le temps avec mon père. On expliquait à l'agente immobilière qu'on était "en recherche". Je pense qu'elle savait qu'on mentait. Mais on s'était toujours dit que si on pouvait créer notre maison de rêve, on prendrait la cuisine de celle-ci et l'extérieur de la maison voisine.

– Elle ressemblait à quoi, la maison voisine ?

– Elle était de style néo-Tudor. Elle était vieille, elle datait des années 1920, je crois, et elle n'était pas très grande – deux chambres à coucher, peut-être. Mais elle était tellement belle. Et lumineuse. Il y avait une serre. Et une fontaine.

– Et un jardin ?

– Je crois, oui.

– Ma maison en aura un », a dit Jae. Je l'ai vue déglutir. « Un jardin plein de fleurs. »

Nous arrivions à la fin de notre barre chocolatée. Je lui ai laissé le dernier morceau.

« Quel genre de fleurs ?

– Attends, je crois qu'ils sont allés se coucher.

– Hmm ?

– Regarde la maison.

– T'as raison, ai-je fait en me levant et en époussetant mes vêtements couverts de foin. Ils ont tout éteint. »

Jae a laissé la montre Cartier sur le capot de leur pick-up et on a pris leur deuxième voiture, une Toyota Corolla. Dans le rétroviseur, j'ai vu une lumière s'allumer dans la maison, à l'étage. Quelques secondes plus tard, elle s'est éteinte. Des arbres laineux surgissaient de part et d'autre de la route, des épicéas, des sapins et d'autres conifères. De temps en temps, j'entrevoyais la mer et, au-delà, les montagnes coiffées de glaciers qui longeaient la côte de la Colombie-Britannique.

Le trajet s'est déroulé dans une atmosphère presque surréaliste. J'avais l'impression d'être sous l'eau, ou sur la lune. Dans un monde inhabité, fait de végétation, d'eau et de montagnes. Nous étions des astronautes. Les astronautes doivent s'exercer à la solitude. Ils s'y préparent comme des athlètes olympiques pour un marathon.

On roulait vers l'intérieur des terres. À l'embouchure d'un bras de mer, on est tombées sur une ville de bûcherons qui avait connu des jours meilleurs. À côté d'un McDonald's se trouvait un centre commercial à ciel ouvert : un Dollar Tree, un magasin de matelas, une boutique de vêtements annonçant un déstockage avec des soldes jusqu'à 70 %, un magasin d'électroménager qui avait fait faillite et un autre qui vendait des meubles, appelé The Brick, dont le rideau était baissé et toutes les fenêtres recouvertes de carton.

Jae s'est garée à l'arrière du centre commercial. Il y avait une entrée pour le personnel du Brick, mais la porte était fermée par une chaîne.

« J'ai besoin d'un coupe-boulons, a-t-elle dit.

– On va rester ici ?

– Pourquoi pas ? Ils ont mis la clé sous la porte. Toutes les fenêtres sont condamnées, ça a l'air abandonné. On peut s'y cacher pendant quelques jours, non ? »

J'ai haussé les épaules.

« Je suppose, oui. Mais je pensais qu'on pourrait chercher une autre maison.

– Pas encore. Pas avant deux semaines, au moins. Si les flics ont trouvé Sebastian et son pote, ils vont fouiller les maisons en priorité. Ils vont vite faire le lien avec les Carlisle. Sans parler du fait qu'on a quitté les deux scènes de crime en bateau. »

Elle n'avait pas tort. Il y avait un magasin de bricolage pas très loin du centre commercial. Jae est partie chercher un coupe-boulons. Je nous ai pris à manger au McDo et je l'ai attendue dans la voiture. Elle est revenue quelques minutes plus tard munie d'une boîte à outils. On s'est introduites dans le magasin par l'arrière.

Des piles de cartons aplatis et tachés d'eau étaient entassées près des toilettes du personnel. Dans la salle de pause, un canapé rongé par les mites, un micro-ondes collant, des sacs d'ordures. Une boîte de beignets vide posée sur une table, un ballon d'anniversaire dégonflé attaché à une chaise en plastique. Une table de ping-pong. Une petite télévision qui semblait dater des années 1990.

La salle d'exposition n'était guère plus réjouissante. De fins rayons de lumière s'infiltraient entre les cartons scotchés aux fenêtres. La plupart des meubles avaient disparu. Mais il y avait un grand lit bateau et un ensemble de salon. Une table à manger hideuse et des chaises assorties. D'autres meubles solitaires étaient éparpillés à travers la salle poussiéreuse. Un buffet, sur lequel un autocollant annonçait : « LIQUIDATION TOTALE : -90 % ! » Un fauteuil inclinable. Une pile de tapis persans.

« Je vais me débarrasser de la voiture des petits vieux, a dit Jae en avalant une bouchée de son Big Mac. Je vais nous en trouver une nouvelle. »

Je ne voulais pas rester seule, mais je n'étais pas prête à l'admettre à voix haute.

« Je ne t'en voudrai pas, si tu ne veux pas faire ça, a dit Jae. Tu peux toujours rentrer chez toi. »

Non, je ne pouvais pas. C'était un caprice d'enfant, une dernière crise existentielle avant d'accepter mon sort. Chez moi, c'était Avant. Maintenant, il n'y avait plus que l'Après. Peut-être que, dans un autre monde, nous sommes de bonnes personnes qui font connaissance comme des gens normaux, sur un marché fermier, ou dans une librairie, ou sur une appli de rencontre, et nous ne prenons que les bonnes décisions, et nous sommes récompensées par une longue vie, une maison à nous, et plusieurs animaux de compagnie. Dans ce monde-là, nous ignorons à quoi ressemble l'autre lorsqu'elle vient de tuer quelqu'un. Dans ce monde-là, nous ne nettoyons jamais le sang d'un inconnu sur ses mains.

33

Le temps passait étrangement dans le magasin de meubles. Certains jours, il s'écoulait avec une lenteur indolente. D'autres, il filait sans que je conserve le moindre souvenir de la façon dont je l'avais occupé.

Le Brick était loin de la maison Tudor de mes rêves avec son jardin et son coin repas, mais c'était un refuge. Lorsque nous avons été sûres que le magasin était bien abandonné, nous avons décidé d'y rester quelques semaines. En bonne survivaliste, Jae a imaginé un plan d'évacuation d'urgence par la fenêtre des toilettes du personnel. Tous les trois jours, elle rejoignait discrètement notre nouveau pick-up pour aller nous chercher à manger au McDonald's ou au supermarché Save-On-Foods.

Nous avons fêté Noël tranquillement, quelques jours après notre arrivée. Une bouteille volée de Sangiovese, une virée clandestine au drive-in. Nous avons partagé des frites à la sauce poutine et un milk-shake au chocolat. Le Nouvel An a été encore plus calme : prosecco et ping-pong dans la salle de pause, sexe sur la pile de tapis, des chaussons aux pommes de chez McDonald's. On a réussi à faire fonctionner le vieux téléviseur, ce qui nous a permis de suivre l'actualité. Les meurtres de Sebastian Onasis et Evan Barclay – l'homme dont j'avais écrasé le visage contre le mur, et que Jae avait abattu – avaient fait les gros titres, bien sûr, mais pour l'instant, les autorités n'avaient pas fait le lien avec nous. Quelques experts invités sur les plateaux de télévision avaient émis la théorie que nous étions impliquées, en soulignant les parallèles entre les tentatives de meurtre des Carlisle et les meurtres réussis sur l'île de Lopez. Nashville Hair a réalisé un reportage sur le sujet, reprochant aux « crétins » du FBI de ne pas avoir fait le rapprochement. À notre grand soulagement, les fêtes avaient provisoirement détourné l'attention de notre série de crimes, mais ce n'était qu'une question de temps avant qu'ils comparent les échantillons d'ADN et remontent jusqu'à nous.

J'avais encore l'espoir que Serena se réveille et expose au grand jour les petits secrets de sa famille : le divorce explosif de ses parents, l'*escort girl* qu'elle avait vue dans sa maison, le montant de la pension alimentaire que sa mère exigeait. Mais elle était toujours inconsciente. Dans une interview larmoyante, sa tante Rebecca avait insisté sur le fait que « jamais, en aucune circonstance », elle ne la débrancherait. Pas tant que l'auriculaire de Serena continuerait de bouger, ses cils de papillonner. D'un jour à l'autre, nous assurait Rebecca, sa jolie nièce ouvrirait les yeux.

Nous nous sommes installées dans une routine. Jae était une lève-tôt. Pas moi. Quand je m'extirpais du lit bateau dans l'après-midi, elle avait déjà pris son petit déjeuner – composé en général de café et de céréales sans lait, à moins qu'elle n'ait fait un saut au McDo, auquel cas nous avions peut-être aussi des McMuffins. Nous avions trouvé une vieille cafetière encrassée dans la salle de pause, que nous avions passé plusieurs heures à désinfecter jusqu'à ce qu'on soit sûres de pouvoir l'utiliser sans risque. Le soir, nous avions nos petites habitudes de couple : nous dînions en regardant la télé, lisions un livre de poche volé à Dollar Tree devant une cheminée en carton, baisions dans notre lit bateau. Si nous n'avions pas tressailli chaque fois que le vent faisait trembler les portes, prêtes à dégainer le pistolet que nous gardions toujours sur nous, on aurait pu y voir des scènes de vie ordinaires. Des amoureuses partageant un lit tous les soirs, la routine de la banlieue, le bonheur domestique. Mais jouer à la dînette, c'était comme jouer aux pirates ou aux bandits. Un fantasme tout aussi impossible.

Pendant cette période, j'avais souvent l'impression de ne pas savoir comment m'occuper de Jae. Elle réagissait bizarrement à mes gestes de tendresse, qu'elle recevait comme des coups. Je cherchais des moyens de lui donner de l'affection sans en avoir l'air, mais je commençais à me dire que ce n'était pas ce qu'elle attendait de moi. Il n'y avait qu'un seul type d'affection qu'elle autorisait : le sexe, du genre qui flirtait avec la brutalité. Ce n'était pas la première personne avec laquelle je couchais qui appréciait d'être un peu malmenée, mais Jae tolérait la douleur bien mieux que toutes celles qui l'avaient précédée. Elle la faisait même sourire. Sa capacité à la supporter m'effrayait. Elle était dure et coriace, je le savais déjà : pourquoi avait-elle besoin de le prouver sans cesse ? J'avais presque l'impression qu'elle cherchait à être punie, qu'elle expiait une faute, mais je ne savais pas laquelle ni pourquoi il fallait que ce soit moi qui la lui fasse payer. Cela dit, j'aimais donner à Jae ce qu'elle voulait. Elle était si belle quand elle obtenait ce qu'elle voulait.

Son esprit, pourtant, demeurait un mystère pour moi. J'aurais pu consacrer une vie entière à l'étudier, remplir carnet après carnet de mes observations, mais je ne suis pas certaine que ça m'aurait permis de mieux la connaître. Connaît-on son musicien préféré après avoir lu sa biographie de 500 pages ? Le thérapeute connaît-il son patient après avoir mis au jour sa blessure psychologique ? L'épouse connaît-elle la personne avec laquelle elle dort chaque nuit, avec qui elle partage sa vie ? C'est une chose à laquelle j'ai souvent pensé : l'idée de « partager une vie ». *Je veux partager ma vie avec toi.* Peut-être est-ce possible, du moins en partie. On peut partager une vie, mais pas un corps. On aura beau passer tout son temps avec l'autre, on ne sera jamais dans sa peau, on ne pourra jamais déambuler dans les paysages de son esprit. On peut avoir l'impression de connaître son moi le plus profond, mais ce n'est jamais que cela : une impression. Une impression qui tient peut-être davantage de la fiction, de la projection. La certitude que l'on a de son partenaire, de ce qu'il est et de ce qu'il pourrait être, n'est peut-être qu'une autre façon de le réduire à une dimension que l'on est en mesure d'appréhender. C'est ce genre de partenaires auquel j'étais habituée, ceux qui voulaient donner un nom à ce que j'étais par rapport à eux, comme pour compenser un manque, le yin et le yang. Mais les gens ne sont pas des miroirs de fête foraine : on ne peut pas se camper devant eux et n'y chercher que sa propre présence ou absence. L'idée que « les opposés s'attirent » m'apparaissait comme un reliquat d'une autre époque, médiéval et inerte, condamné à l'obsolescence. Une prophétie autoréalisatrice pour les hétéros en manque d'imagination.

Jae ne m'a jamais nommée comme Ceci afin de se nommer elle-même comme Cela. Dans son infinie et mystérieuse éventualité, elle préservait la mienne. Ce n'est pas le fait de savoir qui nous rend dignes d'être aimées. Ne devrions-nous pas garder certains rideaux fermés, certaines portes verrouillées ? À quel moment la transparence absolue est-elle devenue une condition préalable aux relations amoureuses ?

Peut-être était-ce utopique. Ou peut-être était-ce simplement les termes que l'on me demandait d'accepter, à l'exclusion de tous les autres. Quoi qu'il en soit, j'ai accepté les termes de Jae. Et elle a accepté les miens.

34

C'est le 7 janvier que les autorités ont fini par faire le lien entre nous et les meurtres de Sebastian Onasis et Evan Barclay. L'ADN trouvé sur la scène de crime correspondait à celui que nous avions laissé dans la maison des Carlisle. À partir de là, pas besoin d'être un génie pour en tirer la conclusion évidente : nous nous étions enfuies au Canada.

On s'est préparées à ce que la police prenne d'assaut le magasin. Jae a peaufiné notre plan d'évasion. Le pick-up était garé dans une casse à proximité, à l'abri des regards, avec un sac de survie caché sur le plateau. Nous sommes restées terrées dans le magasin de meubles pendant trois jours, jusqu'à ce que nos provisions soient épuisées.

Le 11 janvier, Jae s'est finalement risquée à quitter notre bunker pour aller chercher à manger. En l'attendant, j'ai préparé du café et allumé la télévision.

Il m'a fallu une bonne minute pour reconnaître la jeune fille à l'écran. De longs cheveux blonds et plats encadraient un visage blanc comme du lait tourné. Sa langue sortait régulièrement de sa bouche pour humidifier ses lèvres gercées. Elle avait une perfusion dans le bras.

La fille a levé les yeux vers la caméra. C'étaient les yeux bleus de Serena Victor.

Lukas était assis à côté d'elle. Il caressait comme un chat la main molle de sa petite amie, qui a tourné la tête vers la fenêtre.

« Raconte-moi comment se sont passées les quarante-huit dernières heures », a dit doucement la journaliste.

Elle était jeune, blonde et jolie : Serena, dans dix ans.

« Je ne sais pas par où commencer. »

La voix de Serena était rauque.

« Je n'ose pas imaginer ce que tu traverses. Se réveiller après près de quatre semaines de coma, et découvrir que tes parents sont morts.

– Pas morts, l'a corrigée Serena. Assassinés. »

Voilà, nous y étions. Le moment dont je rêvais depuis des semaines, le moment qui pourrait enfin me disculper. Je n'avais pas l'impression que c'était réel.

L'enquêtrice a secoué la tête en signe de compassion, la main posée sur la poitrine. Lukas avait l'air ahuri, complètement dépassé par les événements. La cafetière a émis un *bip*, annonçant que le café était prêt, mais je n'osais pas bouger.

Serena a pris une profonde inspiration, comme pour mettre de l'ordre dans ses pensées.

« Ma mère… elle était à Paris depuis quelques semaines. Avec sa sœur. On allait s'installer là-bas, ensemble. Elle et moi.

– Et ton père ?

– Hmm. Non. Ma mère… enfin, mes parents étaient sur le point de divorcer. Ma mère, elle voulait le faire depuis un moment. Surtout à cause de moi, je crois. Elle pensait que ce n'était pas un bon environnement familial.

– C'était comment, à la maison ? »

Serena a baissé les yeux.

« Je sais pas vraiment comment en parler. »

Lukas a caressé sa main.

« L'enquête a relevé que ton père… » La journaliste a poursuivi en choisissant ses mots avec soin. « … aurait fait appel à un service d'*escort girls* appelé *Au plus offrant*. Tu peux nous en parler ? »

Serena a levé la tête, l'air déconcerté.

« Quoi ? »

La journaliste a jeté un coup d'œil nerveux à Lukas.

« C'est, euh... a bafouillé celui-ci. Après sa mort, on a appris que ton père...

– Mon père ? *Mon* père ? »

La journaliste paraissait choquée.

« Tu n'étais pas au courant ? »

Serena semblait partagée entre le rire et le dégoût.

« Mon père est mort. Il a été *assassiné* et vous, vous essayez de...

– Je pensais que tu savais, a dit Lukas.

– Lukas, t'es sérieux ? Tu connais mon père. Il n'est pas... il n'est pas comme ça...

– Est-ce que ta mère était au courant ? l'a interrompue la journaliste.

– Qu'est-ce que j'en sais ? Elle est morte. » La teneur de l'entretien avait changé. La jeune fille calme et maladive avait disparu. Serena avait l'air de vouloir arracher la perfusion de son bras et sortir en trombe du champ de la caméra.

« Quand ta mère t'a dit qu'elle avait l'intention de demander le divorce, a repris gentiment la journaliste, est-ce qu'elle t'a expliqué pourquoi ? »

La colère de Serena est lentement retombée, et son air fragile est revenu.

« Elle a juste dit qu'elle n'était pas heureuse. Je sais... je sais qu'ils faisaient chambre à part. » Serena a dégluti. « Mais elle ne m'a jamais donné de détails. Elle voulait m'épargner. J'étais déjà bien assez malheureuse comme ça. Je détestais cet endroit.

– Cet endroit ?

– Cette maison », a murmuré Serena.

Cette fois, c'est Lukas qui est intervenu.

« C'est à cause de ce dont tu m'as parlé, cette nuit où tu es venue chez moi ? Quand tu n'arrêtais pas de dire que tu avais "vu quelqu'un" ?

– Oui. J'ai vu quelqu'un.

– Qui ? » a demandé Lukas.

Elle a secoué la tête.

« Vous allez penser que je suis folle.

– Personne ne pensera ça, Serena », l'a rassurée la journaliste.

Serena a inspiré profondément.

« Ça a commencé à l'automne. Peut-être deux semaines après la rentrée. Je ne me souviens pas exactement.

– Qu'est-ce qui a commencé ?

– Les bruits.

– Les bruits ? Quel genre de bruits ? Tu veux dire... dans ta tête ?

– Non, a dit Serena avec impatience. *Non.* Pas dans ma tête. Je ne suis pas folle. Je sais que c'était réel. Mes parents refusaient d'y croire, mais c'était bien réel.

– Est-ce que tu peux décrire ces bruits ?

– Ils étaient... » Serena a regardé par la fenêtre pendant un long moment. « Ils venaient des murs.

– Tu as entendu des bruits dans les murs ? a dit la journaliste lentement. Comme un animal ?

– C'est ce que j'ai pensé au début. Des écureuils, peut-être. Ou un raton laveur. Je n'arrêtais pas de demander à mes parents s'ils les entendaient aussi, mais ils disaient que non. J'ai essayé de les ignorer, mais je continuais à les entendre – comme des petits bruits de pas, qui couraient. Notre maison est assez vieille. L'acoustique peut être un peu bizarre ; parfois, on entend un bruit au bout du couloir comme s'il était tout près. C'était ce genre de bruits, que j'entendais. Comme si un animal respirait dans mon crâne.

– Et tu pensais que c'était quoi ? »

Serena a paru gênée.

« Je ne sais pas. Un fantôme. Avec toutes les rumeurs bizarres qui courent au sujet de cette maison. Des gens qui y sont morts, des acteurs célèbres, ce genre de trucs. Des couloirs qui n'existent pas – c'est un mythe, d'ailleurs, cette histoire de passages secrets dans la maison. Apparemment, l'architecte voulait les construire, pour les domestiques, je crois. Mais il ne l'a pas fait, évidemment. C'est juste, vous savez, une légende. Mais à ce moment-là, j'entendais tellement de choses... je ne dirais pas que j'y ai cru, mais, je ne sais pas, je n'excluais aucune possibilité.

– Et tes parents, qu'est-ce qu'ils ont fait ?

– Ils ont fait venir un dératiseur. Il n'a rien trouvé. Mais j'entendais toujours des bruits. J'ai dit à mes parents que ça continuait.

– Est-ce qu'ils t'ont crue ? »

Serena a esquissé un sourire sinistre, sans humour.

« Ils m'ont emmenée voir un psy.

– Qu'est-ce qu'il a dit ?

– Que ce n'était pas un problème psychologique.

– Mais tu suis un traitement, a dit la journaliste avec autant de tact que possible. Pour la dépression, non ?

– Oui. Mais ce n'est pas la même chose que d'imaginer des trucs dans le mur. C'est pour ça que j'ai arrêté d'en parler à mes parents. Eux aussi, ils pensaient que j'étais folle. Mais ça a continué. Des bruits de pas, de... de respiration. C'est là que j'ai commencé à me dire qu'ils avaient peut-être raison. Peut-être que j'étais vraiment en train de devenir folle. C'est arrivé à un stade où j'osais à peine sortir du lit. Je ne voulais pas quitter ma chambre. J'avais peur du reste de la maison. Ma mère m'a même retirée du lycée pendant quelque temps. »

Serena a détourné son regard de la fenêtre et baissé les yeux sur ses genoux.

« Mais après... » Elle a passé sa langue sur ses lèvres. « J'ai découvert que je n'étais pas folle du tout. Il y avait bien quelque chose dans les murs. Une personne.

– Une personne. »

Serena a hoché la tête.

« Un soir, j'ai veillé tard, je révisais pour les examens de mi-trimestre. Je suis descendue dans la cuisine au milieu de la nuit pour faire du café et... » Son regard s'est perdu dans le vide.

« Le frigo était ouvert. Je n'ai vu personne, donc je me suis dit qu'un de mes parents avait dû le laisser ouvert sans faire exprès, mais normalement, quand quelqu'un oublie de fermer la porte, il fait ce petit *bip* agaçant jusqu'à ce qu'on la ferme. Je n'ai pas eu peur, au début. Mais ensuite, j'ai vu cette... créature. »

La respiration de Serena était de plus en plus saccadée. Lukas lui a caressé la main.

« Au début, j'ai cru que c'était une sorte de gros animal parce qu'il était par terre, à quatre pattes, accroupi comme... je sais pas. Un chat sauvage. Un loup. Il y a des coyotes, vous savez, et même des pumas, à Griffith Park. Mais la créature s'est mise à bouger, très vite, comme si elle voulait partir en courant. Elle essayait de se déplacer comme un animal, mais il y avait quelque chose de bizarre. Notre frigo émet une lumière bleue assez vive, donc j'ai pu la voir clairement. C'était un humain, pas un animal. Il y avait quelqu'un dans ma cuisine.

– Un intrus », a dit la journaliste.

Serena a acquiescé.

« La personne s'est enfuie. Je ne l'ai pas poursuivie ou quoi, j'avais trop peur. Elle est sortie par le jardin de derrière. J'ai tout de suite réveillé mes parents. Mais ils ne m'ont pas crue. Enfin, ils m'ont dit que si, mais je sais qu'ils mentaient. Ils ne m'ont pas du tout prise au sérieux. Ils ont changé les serrures mais c'était, je sais pas, trois jours plus tard ? J'ai de nouveau entendu les bruits dans les murs. Et cette fois... » Serena a tiré sur un morceau de peau autour de son ongle, en secouant la tête d'un air affligé. « Je ne pouvais pas m'empêcher de penser que c'était une *personne*. Il y avait un être humain qui vivait dans nos murs, qui venait chercher de la nourriture au milieu de la nuit. Qui me regardait dormir.

– Qu'est-ce que tu as fait ?

– J'ai fouillé la maison. Je me suis dit qu'on avait peut-être des portes cachées ou un truc du genre. Ça paraît fou, je sais.

– Tu as trouvé quelque chose ?

– Rien du tout. » Serena a secoué la tête. « J'ai regardé dans tous les placards, dans le grenier. Il n'y avait rien. Ça m'a fait encore plus flipper. Je devenais folle. Ma mère insistait pour qu'on déménage. Mon père ne voulait pas. Elle m'appelait tous les jours de Paris, pour me tenir au courant de son plan. Le lycée où elle allait m'inscrire, tout ça. » Serena a regardé Lukas d'un air contrit. « Je m'en voulais, de te laisser… mais je devais partir. J'avais l'impression de devenir complètement tarée. Et puis… j'ai revu la femme.

– La femme ? a dit la journaliste, effarée. Tu veux dire, la personne que tu as surprise dans la cuisine ? »

Derrière moi, le grincement d'une porte. C'était Jae, qui tenait mollement un sac McDonald's dans son poing. Je me suis levée pour l'accueillir en lui faisant signe de vite me rejoindre, mais elle n'a pas bougé. Ses yeux étaient rivés à la télévision, son corps figé dans l'embrasure de la porte.

Serena a opiné.

« Je l'ai vue sur la terrasse derrière la maison. Elle est passée par-dessus le portail. Cette fois, je l'ai reconnue immédiatement. C'était ma tutrice pour le SAT.

– Evie Gordon, a dit la journaliste.

– Non. » Elle a secoué la tête. « Pas Evie. Elle s'appelait Jae. Jae Park. On l'a renvoyée. Evie Gordon était sa remplaçante. »

La cafetière a de nouveau bipé.

« Je crois que Jae n'a jamais quitté notre maison. Je crois… qu'elle est restée. » Le souffle de Serena tremblait. « Et qu'elle a assassiné mes parents. »

La porte d'entrée des Victor était grande ouverte quand je suis arrivée.

Ça m'avait paru curieux. La salle à manger était vide : plus étrange encore. Toute la maison, en fait, était vide. Je ne compte pas Dinah et Peter : ils n'étaient plus que de la viande, à ce moment-là.

Sauf que la maison n'était pas vraiment vide. Il y avait quelqu'un dans le placard. Une femme, attachée avec un câble électrique. Le cordon, très abîmé, portait des traces de morsures.

J'avais enfoncé la porte pour la libérer. Je m'étais dit que ceux qui avaient tué les Victor l'avaient peut-être aussi attachée. Ou pire encore, que c'était les Victor eux-mêmes qui l'avaient attachée. Elle ne m'avait donné aucune réponse : traumatisée, elle avait perdu la parole. Et j'avais fait preuve de patience.

Jae a posé le sac McDonald's sur le sol, lentement. Elle est restée dans l'embrasure de la porte, à m'observer. Une voix piaillait dans une publicité pour une assurance auto à la télévision, indifférente à ce qui se jouait. La machine à café s'est remise à biper. J'avais envie de la fracasser au sol.

« Jae », ai-je dit, rompant enfin le silence.

Elle est demeurée immobile, la poitrine haletante.

« Elle ment, ai-je dit lentement, pour la rassurer. Ce n'est rien. On pensait… on pensait qu'elle nous aiderait. Mais tu as toujours été sceptique, et tu avais raison. »

Jae n'a pas bougé.

Je ne comprenais pas.

« Elle ment », ai-je répété.

Jae ne disait toujours rien.

Et moi, je ne comprenais toujours pas.

« Qu'est-ce qui se passe ? » ai-je dit.

Elle est restée immobile.

« Non. Non. Ça ne va pas recommencer. Tu ne peux pas rejouer cette carte. *Parle-moi.* »

Les lèvres de Jae se sont écartées, mais aucun son n'en est sorti.

« Serena ment, ai-je retenté, aussi patiemment que possible. Jae, tu ne vivais pas *dans les murs.* » Le simple fait de le dire à voix haute me faisait douter de ma propre lucidité. « Ce n'est pas… tu n'es pas… Putain, Jae, elle a tout inventé, elle essaie juste de te dépeindre comme… comme un personnage de film d'horreur. »

Ma voix résonnait bien trop fort à travers la salle de pause.

« Dis quelque chose. »

Jae a secoué la tête. Avec précaution, elle a sorti de sa chaussette le couteau à cran d'arrêt. Ses yeux me regardaient fixement, me suivaient à travers la pièce. Je commençais à comprendre.

Elle a reculé d'un pas.

« Non. »

J'ai traversé la pièce et bondi sur elle, mais elle m'a repoussée avec une force qui n'aurait pas dû me surprendre autant.

Elle m'a plaquée contre le mur et a approché la lame de ma gorge.

Sa respiration était un râle de panique. La mienne aussi.

Je voulais crier. Je voulais canaliser toute la rage qui bouillonnait en moi, lui donner une forme tangible et la déchaîner sur le monde. J'étais tellement en colère que j'en étais paralysée. J'étais tellement en colère que ça ne ressemblait pas du tout à de la colère. Plutôt à du chagrin. Ou à de l'horreur. Une émotion que je n'avais jamais ressentie, que je ne pouvais pas encore nommer. Tout mon être s'y opposait, tous les os et les muscles de mon corps s'unissant pour la repousser.

« Qu'as-tu fait ? » ai-je murmuré, mais je savais.

Je savais.

C'était Jae, depuis le début.

C'était Jae dans le jardin. C'était Jae dans le bassin des carpes koï. C'était Jae au bord de la piscine avec la pierre. C'était Jae dans le placard, avec le câble qu'elle avait noué elle-même.

C'était Jae, qui m'attendait.

Ses yeux fixaient les miens d'un air impuissant. J'avais l'impression que mon corps était poreux, pénétrable, transparent.

Le poing qui serrait le couteau s'est relâché. Elle me regardait avec de grands yeux blessés. Elle avait l'air de souffrir. Je lui faisais du mal. Pauvre Jae. Pauvre Jae, qui les a tous tués. Pauvre Jae, qui m'a raconté tant de bobards – y avait-il une seule vérité parmi tous ces mensonges ? Pauvre Jae, qui m'a laissée croire qu'elle était leur victime.

Je me suis souvenue du cri en provenance du placard.

À l'aide.

J'avais presque atteint ma voiture quand je l'ai entendu.

Je serais partie. J'aurais prévenu la police, une fois à bonne distance. Je serais rentrée chez moi et j'aurais appelé mes parents. J'aurais fumé des joints avec mon coloc en regardant *RuPaul.* Je serais allée me coucher, dans mon propre lit, pas dans celui d'un motel ou d'un manoir en Floride, pas sur le siège conducteur d'une voiture volée, pas dans le lit bateau d'un magasin de meubles en faillite. Le lendemain matin, je me serais réveillée dans ce même lit. Et le matin d'après aussi.

Ma vie. Toute ma vie se déployait devant moi.

Et puis j'avais entendu ce « à l'aide ».

Je pouvais m'emparer du couteau. Ce serait un jeu d'enfant. C'était une sensation assez incroyable, de la voir reculer, de la voir encaisser la violence sur mon visage. La violence que j'aurais pu commettre si j'avais été plus rapide. Mais Jae m'a devancée, évidemment. Elle s'est enfuie bien avant que je puisse le faire. Ça ne m'a pas surprise tant que ça, en fait. J'étais rusée ; elle l'était encore plus. Mes talents et mes dons n'étaient rien en comparaison de ceux de Jae Park.

TROISIÈME PARTIE

LA MAISON RÊVÉE

35

Parler a toujours été difficile pour moi. Je m'exprime plus facilement à l'écrit, ou du moins le pensais-je. J'ai longtemps tenu un journal intime.

Mais j'ai perdu la main. J'ai dû effacer tant de débuts et repartir de zéro. Je veux faire ça comme il faut, pour toi.

Je vais commencer par ceci : je sais écouter. Il y a beaucoup de choses pour lesquelles je ne suis pas douée, mais écouter n'en fait pas partie. Quand j'étais gamine, mes enseignants écrivaient sur mes bulletins : « Élève très calme, qui sait écouter et suivre les instructions. » C'était avant que je tourne mal.

À l'époque, je pensais que savoir écouter était un don inutile, ou peut-être une évidence, comme savoir manger ou respirer. Mais il se trouve que c'est un art. La voix renferme toute une vie souterraine, qui ne demande qu'à sortir. La voix est un instrument puissant, même si elle n'est pas aussi facile à déchiffrer qu'un visage, avec tous ces muscles et ces jauges de contrôle. Il suffit de penser à ce que l'on ressent quand on entend sa propre voix dans une vidéo ou un message vocal : elle nous paraît à la fois étrange et familière. Ce n'est pas celle que l'on entend dans sa tête. Mais l'immédiateté de la voix – le vibrato qui s'emballe, toutes ces micro-fréquences subtiles – renferme quantité d'informations. Parfois, j'ai l'impression que la voix est même plus intelligible que les mots. Elle précède le langage, que la plupart d'entre nous ne savent pas utiliser de toute façon, quels que soient l'étendue de son vocabulaire ou le nombre de livres que nous avons lus. Qui a toujours les mots qu'il faut ? Personne.

Mais la voix, c'est la matière première. L'antécédent. Un chevrotement, un murmure, une pause. Pour qui sait écouter, elle en dit bien assez. Et je sais écouter.

Quand j'étais petite, savoir écouter signifiait savoir obéir. À l'âge adulte, c'est devenu une compétence plus pointue, qui s'obtient à force de patience et de pratique. J'ai eu tout le loisir de m'y exercer dans la maison des Victor.

Peter Victor avait la voix calme d'un négociateur de crise vivant au milieu d'un champ de mines. Celle de Dinah était superficielle et affectée, comme si elle ne descendait pas plus loin que sa gorge. Celle de Serena était d'une profondeur empruntée, changeante, peinant à atteindre la maturité qu'elle voulait lui donner. De nouvelles voix allaient et venaient. Sous la forme de clameur pendant les clubs de lecture du vendredi soir. Par paires, masculines, bourrues et maladroites quand la plomberie avait besoin d'être réparée et le jardin entretenu. J'appréciais ces nouvelles voix. J'aimais le jeu des devinettes. Imaginer la personne derrière la voix. Combler les blancs.

Ta voix faisait partie de ces nouvelles voix. Même si je ne l'entendais qu'une fois par semaine, le dimanche, elle est vite devenue ma préférée. Ta voix était comme la corde la plus épaisse d'une guitare, elle résonnait d'autorité et de gravité. Elle évoquait des verres de vin rouge, des cigares, les femmes fatales aux yeux de biche des films en noir et blanc. Elle était rauque et voilée, presque écorchée. Quel genre de visage accompagnait une telle voix ? Je brûlais de le savoir.

Écoute, Evie. Je sais ce que tu penses de moi. Je suis un cauchemar. Je me cache dans les murs. Je mens aux gentilles filles. Je leur fais croire que je suis comme elles. Je suis coupable de toutes ces choses, mais je ne suis pas naïve. J'ai toujours su que ça finirait mal pour moi. Serena allait un jour se réveiller et dire au monde ce qu'elle savait. Je ne pouvais pas rester à jamais un portrait-robot ou une complice anonyme. Je n'ai jamais été complice de rien. Je n'étais peut-être pas le cerveau de l'opération, mais je n'étais pas non plus ton sbire. Non, j'ai toujours été l'ennemie publique numéro un. Tu devais savoir qu'une autre histoire, invisible, se déroulait en parallèle de la tienne. Je sais de quoi ça a l'air. Tout ça doit te paraître horrible, et, de fait, ça l'est. Je me soumets à ton jugement, à ta haine, à tes coups, à tout ce que tu veux. Tout ce qui te soulagera. L'empathie et la compréhension sont des horizons que je n'atteindrai jamais. Mais j'en approcherai mon navire aussi près que possible. Je me fiche qu'ils ne me comprennent jamais. Même toi, je me fiche que tu ne me comprennes jamais. Je veux juste que tu saches. Il y a tant de choses que je n'ai jamais pu te dire.

36

Premièrement : vomir, et encore vomir.

Deuxièmement : enfin démolir cette putain de cafetière qui n'arrêtait pas de biper.

Troisièmement : engloutir le McDo abandonné par terre.

Quatrièmement : vomir encore une fois.

Les genoux flageolants, je me suis assise sur le sol des toilettes, la tête entre les mains. J'ai envisagé de marcher jusqu'au Dollar Tree, d'emprunter le téléphone d'un caissier et de composer le 911.

Puis je me suis souvenue que j'étais au Canada.

Je suis allée à la casse où Jae avait garé le pick-up. C'était peut-être une sale meurtrière fourbe et hypocrite, mais elle avait au moins eu la décence de ne pas partir avec. Elle pourrait facilement en voler un autre, de toute façon. Jae aurait pu faire les poches de quelqu'un et reconstituer tout notre stock en l'espace d'une journée si elle l'avait voulu. Elle m'avait sans doute laissé le pick-up dans un élan de pitié, un geste que je n'étais pas en mesure de refuser, même s'il blessait le peu de fierté qu'il me restait. Certes, Jae m'avait transmis ses connaissances en matière de vol de voiture, mais je ne m'y étais jamais essayée seule, et dans un tel état d'hystérie.

Je lui avais demandé un jour : comment tu es devenue si douée pour le vol ? Pas juste pour le vol, en fait, mais pour la survie en général. Elle me l'a expliqué en ces termes : la misère ne transforme pas uniquement ta façon de penser, la façon dont tu es perçue, la façon dont tu abordes le monde.

Elle transforme l'espace lui-même. Quand tu es pauvre, tu vis sous un ciel différent. Ton soleil est différent. Ton clair de lune est différent. Ce qui est clair pour eux est sombre pour toi – et le contraire peut aussi être vrai. La différence est sensorielle. Ta vue, ton ouïe, ton goût : ils se conforment à tes conditions de vie. Ce qui est comestible, audible et visible pour toi ne l'est peut-être pas pour eux. Les angles morts et les vulnérabilités architecturales t'apparaissent comme si tu étais dotée d'une vision infrarouge. Avec suffisamment d'imagination, tout devient accessible. Tout devient habitable. Quand tu n'as pas d'argent, ton imagination est forcée de s'étendre au-delà des limites de ce qui est tolérable pour les gens riches qui, eux, n'ont pas besoin d'imagination du tout. Quand tu es riche, c'est le contraire qui se produit : le monde se réduit à des spécificités et des routines. Je ne peux boire de l'eau qu'à cette température. Je ne peux dormir que dans des draps avec ce nombre de fils, sur un matelas à cette hauteur. Je ne peux pas vivre dans une maison sans lave-vaisselle, sans machine à laver et sèche-linge intégrés, sans vue sur l'océan. L'imagination se replie sur elle-même. L'espace se cristallise et devient inflexible, opaque. Quand tu es pauvre, c'est l'inverse : l'espace se creuse. Tout peut devenir une porte, un lieu de repos.

Je l'avais écoutée en opinant du chef d'un air entendu, parce que je détestais l'idée de ne pas comprendre. J'aimais me voir comme une meuf débrouillarde, qui connaissait elle aussi les codes de la rue, comme si sa sagesse avait pu déteindre sur moi. Mais il n'en était rien. Gamine, je me considérais toujours comme celle qui en avait le moins, j'aimais m'apitoyer sur moi-même, je me complaisais dans mes difficultés, que j'accumulais avec une fierté têtue : mes insécurités de boursière, mes petits boulots et mes manigances pour me faire de l'argent rapidement. À la fac, j'étais celle qui recevait une aide financière, celle qui devait contracter des prêts étudiants, celle qui ne pouvait pas monter dans un jet privé sur un coup de tête et s'envoler pour Paris pour les vacances d'hiver mais devait économiser son argent durement gagné en donnant des cours particuliers pour se payer un billet en classe économique pour Asheville sur une compagnie aérienne à bas prix. Il fallait vraiment être myope pour penser que c'était ça, être dans le besoin.

J'étais allée dans une école privée, bordel. J'avais fréquenté l'une des universités les plus chères et les plus prestigieuses du pays. J'avais toujours un lit chaud dans lequel dormir, trois repas faits maison par jour, des parents qui étaient encore en vie. Qui m'aimaient.

J'ai roulé sans m'arrêter. Jae m'avait aussi laissé tout notre argent, et nous avions économisé une jolie somme, environ 900 dollars. Je roulais sans but. Je roulais sans égard pour le code de la route. Je roulais comme si j'avais envie de mourir, ce qui n'était pas le cas, sincèrement, même si, après le départ de Jae, je ne tenais pas non plus spécialement à vivre. Je roulais sans destination particulière, mais si on m'avait contrainte, sous la menace d'une arme, à dire où j'allais, j'aurais sans doute admis que j'essayais de rentrer chez moi. Pas à Los Angeles. À Hendersonville, en Caroline du Nord. Quant à savoir comment je comptais rejoindre la Caroline du Nord depuis l'île de Vancouver, je n'en avais aucune idée – pardonnez-moi, je n'avais pas toute ma tête. Je pensais surtout à la façon dont je serais reçue à mon arrivée. Mes parents m'accueilleraient-ils à bras ouverts, après que mon visage avait fait la une de toutes les chaînes de télévision du pays, un grand sourire aux lèvres, accolé au mot MEURTRIÈRE ? Ils croyaient à mon innocence avant que je ne tue Sebastian – y croiraient-ils encore maintenant ?

Je ne pouvais m'empêcher de caresser l'espoir que si je frappais docilement à la porte de ma mère, elle l'ouvrirait. J'étais une gentille fille, autrefois. Ou du moins, j'étais douée pour jouer ce rôle. Est-ce qu'elle m'écouterait, si je lui expliquais les choses telles qu'elles s'étaient passées, si improbable que l'histoire puisse paraître ? Quelles autres options s'offraient à moi, maintenant que Jae avait avoué que c'était elle depuis le début, Evie Gordon, la Robin des bois d'Hollywood. Jae m'avait piégée. Elle m'avait menti. Elle avait peut-être – sans doute, même – prévu de me faire porter le chapeau. Jae savait que je venais tous les dimanches. Elle savait à quelle heure. Quelle autre conclusion étais-je censée tirer ?

Alors que je roulais vers nulle part dans un pays inconnu, j'ai répété un discours que je ne prononcerais jamais. Maman, j'ai été dupée. J'ai été manipulée par un génie du crime. J'ai du mal à y croire moi-même, mais c'est la vérité. Je vais commencer par le commencement. C'est moi qui ai découvert la scène de crime sanglante chez les Victor. Le sang était encore humide, c'est dire à quel point le meurtre était récent, ce qui aurait dû me mettre la puce à l'oreille, me faire comprendre que le véritable meurtrier était encore là, à l'affût. J'aurais bien appelé les flics, mais j'ai entendu quelqu'un crier à l'aide : il y avait une femme attachée sous l'escalier – je n'en dirai pas plus pour le bien de la tension dramatique, mais garde un œil sur elle, maman – et puis la gamine à qui je donne des cours est rentrée à la maison, elle a cru que la femme et moi, on essayait de les cambrioler, et elle m'a attaquée. Je l'ai assommée pour me défendre. C'était un accident, je le jure. Le problème, c'est que son mec est arrivé et m'a vue à côté de son « cadavre ». Alors bien sûr, on s'est enfuies. Je venais de voir des gens morts pour la première fois de ma vie. Je venais de sauver une personne que je prenais pour une victime de trafic sexuel, ou de kidnapping ou, pour être honnête, je n'en avais aucune idée – elle n'a jamais rien dit à ce sujet, elle m'a laissée remplir les blancs moi-même –, et bravo à Jae – c'est comme ça qu'elle s'appelle, Jae –, parce que j'ai tout de suite mordu à l'hameçon. Ce n'est pas entièrement la faute de Jae, cela dit : c'est moi l'idiote qui lui ai posé les mauvaises questions. Et qui ai arrêté de les poser. Une chose à savoir au sujet de Jae – et je ne soulignerai jamais assez l'importance de ce fait –, c'est qu'elle est vraiment canon, d'accord ? Surtout après s'être lavée. *Plot twist* : il est possible que j'aie eu des relations charnelles avec elle. Ne fais pas cette tête, maman. Je me sentais seule, et comme je l'ai dit, le portrait-robot ne lui rend pas justice. Enfin bon, ça a un peu dégénéré. Tu n'imagines pas ce que c'est. La panique, l'adrénaline. La peur. On a volé un bateau. J'ai braqué une arme sur la tête d'un adolescent. J'ai tué un mec. C'est marrant quand j'y pense : combien de fois ai-je été traitée de meurtrière à la télévision ? Combien de temps faut-il pour devenir ce qu'on vous accuse d'être ? Pour moi, ça a pris dix jours. Je n'allais jamais être reconnue innocente, de toute façon. C'est pathétique, je sais, mais c'est le canot de sauvetage auquel je me suis accrochée. Ce n'était peut-être pas une fausse accusation, en fin de compte, mais un appel de clairon. Le vrai noyau autour duquel j'avais toujours gravité. Une prophétie sur le point de s'accomplir, lorsque j'aurais accepté ce que j'étais vouée à devenir.

Une meurtrière. J'étais une meurtrière.

Au moins maintenant, quand j'irai en prison, ce sera pour un crime que j'ai réellement commis. Je vais essayer de suivre tes conseils, maman. Tu dis toujours que, même dans les situations les plus désespérées, il faut voir le bon côté des choses.

J'ai quitté la route et fini dans un ravin. Ce n'était pas volontaire. Juste un accident stupide. Il est possible que le chagrin d'amour, la rage, le désespoir, etc., y aient aussi été pour quelque chose, c'est un peu gênant, mais vous savez ce que c'est. Tout s'est passé très vite. Une minute, je rêvais de ma chambre d'enfant, celle d'après, je rêvais d'enrouler mes mains autour de la gorge de Jae. Et puis je me suis retrouvée dans le fossé, et le capot fumait.

« Merde, ai-je marmonné. Merde, merde, merde... »

J'ai enfoncé l'accélérateur. Le pick-up a poussé un gémissement pathétique.

J'étais sur une route nationale au milieu de nulle part, il n'y avait rien d'autre que des forêts et des montagnes autour de moi.

Je suis sortie de la voiture, j'ai ouvert le capot, et j'ai contemplé le moteur en essayant de faire sens de ce que je voyais. Des lumières rouges et bleues clignotaient dans mon dos.

Une sirène a retenti.

J'ai éclaté de rire.

Le flic s'est arrêté derrière moi. J'ai entendu sa portière s'ouvrir et se fermer.

« Tout va bien, madame ? a-t-il lancé. Vous avez besoin d'aide ? »

Je me suis retournée, j'ai remonté mes lunettes de soleil sur le haut de mon crâne et j'ai affiché un sourire éblouissant.

« Bonjour, monsieur l'agent, ai-je dit. Comme vous pouvez le constater, je suis tombée dans ce fossé. »

Son visage s'est décomposé lorsqu'il m'a reconnue.

« Oh non… » Il a cherché son talkie-walkie à tâtons. « Oh non…

– J'ai effectivement besoin d'aide.

– Des renforts, a-t-il balbutié. Il faut que j'appelle des renforts. Je… »

J'ai levé lentement les mains en signe de reddition.

« À terre ! a-t-il aboyé. Allongez-vous par terre ! »

J'ai obtempéré. Il était vain de retarder l'inévitable.

Les renforts sont arrivés peu après, en grande pompe, avec des hélicoptères et des chiens. Les voitures ralentissaient pour regarder le spectacle. Je comprends. Moi aussi, j'aurais ralenti. Ce n'est pas tous les jours qu'on a l'occasion d'assister à la capture d'une tueuse en série.

« Où est Jae Park ? m'a aboyé un officier au visage. Où est-elle ? Où est Jae Park ? Où est Jae ? »

Où est Jae ? me suis-je demandé placidement, en regardant par la vitre de la voiture de police. Elle pouvait être n'importe où. J'ai envisagé de raconter des salades – histoire de les balader un peu, comme Jae m'avait baladée. Jusqu'où pourrai-je les envoyer avec mes mensonges ?

Mais voilà le problème : comment mentir à propos d'une menteuse ? Par quels mensonges commencer ?

37

La première chose que tu dois savoir, c'est que la majeure partie de ce que je t'ai raconté est vraie, Evie. Je me doute que ça ne veut pas dire grand-chose pour toi, venant de moi. Je ne t'ai pas menti à propos de mon enfance, de mes parents, ou de la maison Carmel. Je ne t'ai pas menti sur notre expulsion ou sur le cancer de ma mère. Si je t'ai menti, c'est surtout par omission, comme pour le tutorat. Dans d'autres cas, notamment en ce qui concerne les Victor, je n'ai fait que suivre le scénario que tu avais écrit pour moi. Tu étais particulièrement crédule au sujet des Victor, toute disposée à voir le pire en eux et le meilleur en moi.

J'ai réellement travaillé pour un service de traiteur quand j'étais à la fac, mais ce n'est pas ainsi que j'ai rencontré les Victor. J'étais la tutrice de Serena pour le SAT. C'était mon troisième boulot après avoir abandonné mes études, avec DoorDash et Lyft. Le problème, c'est que Serena m'appréciait un peu trop. Elle rougissait dès que je lui parlais. Elle n'arrivait pas à soutenir mon regard. Elle insistait pour que je lui fasse cours dans sa chambre. Un jour, je l'ai complimentée sur sa collection de disques, et elle a commencé à se présenter à nos sessions avec des tee-shirts des groupes que j'avais mentionnés en passant. Elle aimait la musique sombre et éthérée des années 1980, le goth, le post-punk et le shoegaze. Elle sortait des phrases destinées à m'impressionner ou à me faire rire. J'étais payée, donc je jouais le jeu. C'était flatteur au début, cette attention qu'elle m'accordait, cette façon qu'elle avait de me regarder avec des yeux pleins d'adoration. Mais ça n'a pas duré. Le changement s'est produit d'une manière imperceptible, une rotation subtile de mes niveaux de tolérance. Serena était une élève nerveuse, qui cherchait toujours à faire bonne impression, et la rassurer était déjà un travail en soi. Chaque séance était un numéro d'équilibriste : je devais être gentille mais pas trop indulgente, professionnelle mais pas froide. Le problème, c'est que j'étais devenue dépendante de ces séances de tutorat. On se voyait deux fois par semaine, pendant deux heures chaque fois. Ça représentait presque la moitié de mes revenus hebdomadaires.

Ce qui devait arriver arriva : Serena a pris son courage à deux mains et m'a invitée à aller voir les Breeders avec elle. Elle avait acheté deux tickets. Je lui ai sorti une excuse à deux balles, en prétendant que j'avais déjà des projets ce soir-là. Je lui ai dit que j'étais désolée, j'ai essayé de paraître sincère.

Le lendemain, j'ai reçu un texto de Mme Victor. Elle me renvoyait pour « comportement inapproprié ». Mon superviseur m'a rapidement envoyé un e-mail pour m'informer qu'il devait se séparer de moi. Quand j'ai postulé auprès d'autres agences de soutien scolaire, je n'ai reçu aucune réponse. J'avais été blacklistée.

Quelques semaines plus tard, j'ai reçu un appel de la prison. C'était mon père.

Le commissariat ressemblait au campus d'un lycée de banlieue, avec des haies géométriques parfaitement taillées et des briques couleur café. J'ai dit à la réceptionniste que je venais chercher Jordan Park. Elle m'a répondu qu'il n'y avait pas de Jordan Park dans leur système. J'ai insisté : mais il a appelé d'ici.

Une femme dans la salle d'attente nous a interrompues pour dire qu'il avait sans doute été emmené à Santa Ana.

« C'est ce qu'ils font à Irvine, a-t-elle dit, davantage à la réceptionniste qu'à moi. Ils balancent leurs problèmes ailleurs. »

J'avais entendu des rumeurs à ce sujet dans le comté d'Orange. Des sans-abri arrachés à leurs bancs, privés de leurs affaires, leurs chariots et leurs tentes, pour être conduits de force dans les villes voisines.

Il était 8 heures du soir lorsque je l'ai trouvé, endormi sur les marches de la bibliothèque municipale. Sa tête était inclinée à un angle étrange et ses yeux étaient à moitié ouverts, une de ses habitudes de sommeil qui me perturbait beaucoup quand j'étais gamine. Je l'ai secoué pour le réveiller. Il m'a regardée d'un air absent avant de vomir sur mes chaussures. Puis il a commencé à trembler.

L'ambulance a mis une heure à arriver. Le trajet jusqu'à l'hôpital a pris vingt minutes de plus. On l'a déposé aux urgences, où le personnel s'est comporté comme s'il les dérangeait. J'ai perdu mon sang-froid. Était-ce trop leur demander que de le traiter avec un peu de respect ? Un peu de dignité ?

Six heures plus tard, l'infirmière l'a déclaré mort.

C'était une attaque. L'intoxication alcoolique avait entraîné des lésions cérébrales irréparables.

Je n'avais pas de quoi payer la facture. J'ai donné à l'hôpital l'adresse du studio de mon père, dont j'ai appris plus tard qu'il n'y habitait plus depuis six jours. Ça faisait plusieurs semaines que je vivais chez mon ami Minho à Northridge. Chaque fois que sa copine se plaignait de ma présence, trop fréquente à son goût, je passais la nuit dans ma voiture.

Pendant une semaine entière, mon père avait dormi ailleurs. Où ça, je n'en avais pas la moindre idée.

Après avoir nettoyé son corps, la morgue m'a orientée vers une entreprise de pompes funèbres locale, mais je n'avais pas les moyens de payer des funérailles. Ils m'ont informée qu'il y avait d'autres options. L'hôpital garderait le corps au maximum deux semaines, après quoi le défunt pouvait être donné à un institut de recherche, ou être confié au comté, qui organiserait un enterrement ou une crémation, sans que j'aie à payer quoi que ce soit. Je ne savais pas à quel institut le donner, j'ai donc choisi la deuxième solution.

Je me souviens à peine des heures qui ont suivi. J'ai conduit. Le soleil inondait la voiture, éclatant et moqueur. Je n'ai rien bu ni mangé. Je ne me suis pas lavée et je n'ai pas pleuré. Si quelqu'un m'avait demandé mon nom, je n'aurais pas été certaine de pouvoir le lui donner.

J'ai accepté une course Lyft à Silver Lake. Une autre à Eagle Rock. D'autres à Pasadena, à Alhambra, à Burbank. Je me souviens d'être restée assise dans ma voiture, mon esprit tournant en boucle sur les mêmes circuits sans fin, sans jamais arriver nulle part. J'ai fini par me retrouver devant la maison des Victor.

C'est Peter qui m'a ouvert la porte. Ça non plus, ce n'était pas un mensonge.

Il était déconcerté de me voir. Il lui a fallu quelques minutes pour se rappeler que j'étais la tutrice de Serena. Il ne savait pas que Dinah m'avait renvoyée. Il m'a dit que c'était un jour d'école, que sa fille n'était donc pas à la maison. Il m'a expliqué qu'ils partaient le week-end suivant pour faire le tour des universités d'Europe, pendant les vacances d'automne de Serena. J'ai fait semblant de le savoir et d'avoir oublié.

Je suis allée au Starbucks pour charger mon téléphone. Je n'avais pas de nouveaux messages. J'ai demandé à Minho si je pouvais venir chez lui. Il a dit non. Sa copine était fâchée contre lui. Je l'ai supplié, en vain. J'ai tapé les mots *mon père est mort* et laissé mon pouce planer au-dessus du bouton envoyer. J'ai contemplé l'agencement des lettres. *P-è-r-e. M-o-r-t.* Plus je les regardais, plus les mots me paraissaient étranges et irréels. J'ai essayé d'appeler Kevin Ahn, mais il avait bloqué mon numéro. J'ai envoyé un texto à une fille de UCLA avec qui j'avais couché et à qui je n'avais pas parlé depuis cinq ans. Elle n'a pas répondu.

Quand je suis retournée dans la rue, ma voiture avait disparu. Dans mon hébétude, je m'étais garée sur une zone rouge et la fourrière l'avait embarquée. Les frais pour la récupérer, plus le remorquage, me reviendraient à 560 dollars. Je ne les avais pas, alors je suis retournée au Starbucks. J'ai dormi dehors, sous une rangée de chaises empilées. J'ai rencontré une femme plus âgée, Sylvia, qui a eu pitié de moi. Elle m'a montré comment entrer par effraction dans différentes voitures. La plupart du temps, elle ne le faisait que pour avoir un endroit chaud où dormir et abandonnait le véhicule au matin. J'ai fait ça pendant sept jours.

Puis je me suis souvenue de ce que Peter m'avait dit. Ils partaient en vacances.

Tu sais comment naissent les idées. Qu'elles soient bonnes ou mauvaises, elles commencent toutes de la même manière. De vilains petits germes. Ce germe avait un hôte, un abri d'encre et de fleurs où faire pousser ses dents et ses tentacules. Il ne fait jamais vraiment nuit à Los Angeles, mais c'est aux alentours de 3 heures du matin que l'obscurité est la plus dense. J'y suis allée à pied et je suis arrivée avant l'aube. J'ai sauté par-dessus la clôture du jardin de derrière, j'ai longé le bassin des carpes et la passerelle, la piscine, le lierre, la menthe. J'ai voulu secouer la poignée de la porte, mais elle s'est ouverte d'elle-même, comme si la maison m'invitait à pénétrer dans son intimité froide et sombre. Je me suis souvenue d'une chose que Serena m'avait dite longtemps auparavant, au sujet de l'architecte de la maison, qui voulait construire des passages secrets pour les domestiques derrière les murs. Ces passages sont un mythe, avait-elle dit.

Ce n'est pas un mythe. Je les ai trouvés. Contrairement aux Victor, je savais où chercher.

38

Ce qui est amusant quand on est recherchée dans plusieurs États, c'est que personne ne sait exactement où vous envoyer. La Californie me voulait pour les Victor. La Floride me voulait pour les Carlisle. Washington me voulait pour Sebastian Onasis et Evan Barclay. Il n'y avait que le Canada qui ne voulait pas de moi. Le FBI était impliqué, ce qui était assez flatteur. Ma série de crimes transcendait les frontières des États et des pays. J'étais une menace au niveau international.

Dans une prison de Victoria, un agent du FBI m'a interrogée dans une pièce lumineuse. J'étais menottée à une chaîne lâche et on m'a apporté du café chaud et des frites. Il s'est présenté comme l'agent spécial Cruz. Il était petit et trapu comme un lutteur, et il avait de beaux cheveux et de belles dents. Il souriait beaucoup. Je flippais et il le savait. Cet interrogatoire a surtout consisté en un échange de détails biographiques superficiels. Il voulait me tranquilliser, m'amadouer pour que je lui offre ma gorge plus facilement quand il sortirait son couteau. Oui, je suis originaire de Caroline du Nord. Oui, j'ai fréquenté une université très prestigieuse. Oui, j'ai vécu à New York. Oui, j'ai déménagé à Los Angeles. Oui, j'ai été tutrice pour le SAT.

« C'était comment ? m'a-t-il demandé.

– Je ne sais pas. C'était un travail. Ça payait mes factures.

– Vous aimiez ce travail ?

– Ça allait.

– J'ai détesté passer le SAT », a-t-il dit avec un sourire de connivence destiné à me mettre à l'aise. Je n'étais pas à l'aise. « Je m'en suis très mal sorti. »

Il semblait avoir plutôt bien réussi dans la vie, pourtant. Je n'ai pas dit ça à voix haute. J'allais garder toutes mes remarques sarcastiques pour moi, à partir de maintenant. J'étais une nouvelle femme, bien élevée, sympathique et innocente. Il n'y avait pas de miroir dans cette salle d'interrogatoire, mais je me suis composé une expression que j'espérais pieuse.

« Vous aviez combien d'élèves ? »

Cruz prenait ses aises à présent. Il avait fait passer ce genre d'interrogatoires si souvent qu'il croyait peut-être sincèrement que moi aussi, j'étais détendue. Le café, les frites, la pièce lumineuse avec plusieurs fenêtres – pas une salle d'interrogatoire sombre avec une chaise bancale et un thermostat en sueur. Comme si on était deux potes en train de bavarder. Les menottes ne sont qu'un accessoire amusant. Ignorez-les.

« En général, cinq par semaine.

– Vous aviez envie d'être prof à domicile ?

– J'étais douée pour ça.

– Mais ce n'est pas la même chose que de vouloir le faire, n'est-ce pas ? Je vois dans votre dossier que vous avez beaucoup de diplômes. Une licence en sciences humaines, un master en histoire de l'art. Vous êtes arrivée deuxième de promo au lycée. Vous avez toujours été une élève brillante. Qu'est-ce que vous vouliez faire ? Qu'est-ce que vous vouliez être ? »

Pourquoi tant d'efforts ? Dans quel but ? Voilà ce qu'il me demandait en réalité. La vérité, c'est que je n'en savais rien. Je ne l'ai jamais su. J'aimais juste les études. C'était pour moi ce qui se rapprochait le plus d'un filet de sécurité. Ou peut-être étais-je victime d'une sorte de syndrome de Stockholm. Le système éducatif était la seule chose que je comprenais. J'aimais la clarté de sa conception, les repères faciles à trouver. Chaque semaine, j'avais des dizaines d'occasions de me distinguer. Je faisais ça pour les A. Les bons points. Pour me démarquer des autres. La réussite était une fin en soi. Les bonnes notes n'étaient pas cumulatives. Je n'amassais pas les crédits en vue de les échanger contre une *raison d'être*[1]. Je voulais réussir – un terme vague qui restait unidimensionnel – mais je n'avais aucun modèle de ce que cela signifiait en dehors de l'école. L'école était mon territoire, et j'en étais l'impératrice. En dehors de ses murs, je n'étais personne.

« Je suppose que j'étais juste bonne à l'école.

– Vous vouliez enseigner ?

– J'aime enseigner.

– Vous aimiez donner des cours à Serena Victor ? »

J'ai soutenu le regard de Cruz. C'était la première fois qu'il mentionnait les Victor, et malgré la nonchalance qu'il essayait d'affecter, il ne pouvait minimiser l'importance de cette question. Un élément nouveau était entré dans la pièce.

« Oui, ai-je dit posément. C'était facile de travailler avec elle. »

Il m'a souri. Je lui ai souri. Il a posé sa joue sur son poing. J'ai posé ma joue sur mon poing. Nous nous sommes contemplés, comme deux amants dans une impasse. Lorsqu'il est devenu évident que cet interrogatoire ne menait nulle part, l'agente spéciale Afuye est arrivée en renfort.

« Voilà le topo », a déclaré celle-ci en se campant au-dessus de moi. Cruz est resté dans la pièce et a continué de m'observer comme si j'étais le tableau le plus intéressant du musée. « La Californie a déjà entamé la procédure d'extradition. Le Canada coopère. Ils ne veulent pas de vous ici, et même si je doute que vous vouliez de mes conseils, croyez-moi, mieux vaut ne pas rester ici.

– J'aimerais avoir un avocat. »

Afuye s'est assise sur la chaise en face de moi, l'air blasé.

« Ça va être un processus très long. Vous êtes sûre d'être prête pour ça ? Parce que nous pouvons vous faciliter les choses. Nous

1. En français dans le texte original. (*N.d.l.T.*)

pouvons vous aider, mais pour ça, vous devez coopérer. En nous disant où se trouve Jae Park, par exemple. »

J'ai ri. Ils ne comprenaient toujours pas.

« Vous ne la trouverez jamais.

– Nous avons beaucoup de ressources.

– Ça ne change rien. Vous ne la trouverez pas. Elle pourrait être n'importe où. Elle s'est cachée dans une maison habitée pendant des semaines sans se faire prendre.

– Jae ne pourra pas nous échapper pour toujours. »

Quels imbéciles. J'étais comme eux, autrefois. J'avais presque pitié d'eux, mais ils allaient devoir apprendre leur leçon comme je l'avais fait, à la dure. Ne sous-estimez jamais Jae Park.

39

Une odeur de pourriture s'est installée dans la maison. Il serait facile de conclure que c'était moi qui en étais la source, mais je soupçonnais plutôt le poulet rôti de chez Whole Foods que les Victor avaient laissé se putréfier dans la poubelle, ou le Tupperware de cantaloup que Serena avait oublié de jeter avant sa tournée des universités d'Europe, et qui moisissait sur sa table de nuit. Une femme de ménage est venue, environ trois jours après mon arrivée, et a tout jeté. Elle ne s'est pas faufilée derrière les murs une fois ses tâches accomplies. Elle est entrée et sortie par la grande porte. Quand elle est partie, l'odeur a persisté. C'était peut-être bien moi, en fin de compte.

Je reste convaincue que c'était la maison elle-même, enfin libre de répandre sa puanteur naturelle. Sans les Victor, elle s'affaissait comme une femme délivrée de son corset. Elle n'avait plus personne à qui jouer la comédie. Des taches d'eau sont apparues, le placo a commencé à s'effriter. Les escaliers gémissaient, même si personne ne les montait. Les planchers grinçaient sans que personne ne les foule. C'était une très vieille maison, et je pense qu'elle voulait mourir.

Une autre explication est possible, bien sûr : je n'étais pas son seul fantôme. Il y en avait d'autres. Des domestiques, peut-être, ou des enfants. Une ancienne star d'Hollywood devenue alcoolique. Un frère revenu traumatisé de la guerre, qui délirait dans une chambre fermée à clé. Je voyais parfois des personnages de ce genre, mais ma vision n'était pas des plus fiables à cette époque. Même en l'absence des Victor, je passais toujours le plus clair de mon temps derrière les murs, dans l'obscurité, de crainte qu'ils ne reviennent plus tôt que prévu.

Contrairement à ce que l'on pourrait croire, ces galeries cachées n'étaient pas des raccourcis. Il fallait beaucoup marcher pour se rendre d'une pièce à l'autre. La maison avait son propre réseau interne de couloirs, comme un contre-récit structurel, une matrice d'espaces sans contrepartie rimée, imprévisible et asymétrique. Des passages surgissaient de nulle part. Un jour, je suis tombée sur une cage d'ascenseur qui menait du grenier au bureau de Peter Victor. Quand j'ai voulu y retourner, elle avait disparu. L'architecture ne suivait aucune logique, hormis peut-être celle du nihilisme. L'illogisme était une règle en soi. Les couloirs étaient assez larges pour qu'un homme trapu puisse s'y faufiler sans toucher les murs, et ils étaient aussi hauts que n'importe quelle pièce. Ils étaient partout, se ménageant de l'espace comme des organes, insistant sur leur importance anatomique.

Bientôt, je connaissais chaque centimètre carré de leur maison comme si c'était la mienne. Je savais au degré près à quel angle positionner le robinet pour faire couler un bain à la température parfaite. Je savais qu'ils ne se servaient jamais de la salle de bains de la troisième chambre d'amis au rez-de-chaussée, et que je pouvais donc l'utiliser sans risques au milieu de la nuit, ou pendant la journée, quand la maison était vide. J'ai appris à contrôler mes fonctions corporelles. Je connaissais les dates de péremption de leurs coûteuses moutardes à la truffe et confitures de figues, de leur fromage de soja et leurs lanières de *tempeh*, et autres curiosités véganes de Serena. J'avais développé mes propres goûts et j'avais désormais des préférences en matière de peinture à l'huile, bougies, savons et crackers gastronomiques. Je faisais attention, bien sûr. Je ne prenais jamais assez pour éveiller leurs soupçons. Je savais qu'ils reviendraient, et ils l'ont fait. Mon plan initial était de rester quelques nuits, le temps de trouver comment retourner à mon ancienne vie. Mais cette route me semblait terriblement longue, et je n'arrivais pas à en localiser l'accès. Je survivais d'un salaire à l'autre. J'étais endettée. Par où commencer ? Qui allait m'accorder un prêt, qui allait m'employer, où dormirais-je la nuit ? Maintenant que j'étais à l'intérieur de la maison des Victor, je voyais toute la place qu'elle avait pour moi, et combien il serait facile d'y rester. Je n'avais même pas besoin de vivre sous terre. J'étais intestinale, nichée en eux comme une poupée russe.

Dès le retour des Victor, la maison s'est redressée. Elle rentrait son ventre et se tenait à carreau. Je ne l'entendais plus respirer. Il y avait trop de sons parasites. J'arrivais encore à me nourrir de leurs restes et boire à leurs robinets avant de regagner mes couloirs secrets. Les Victor avaient leurs habitudes. Avant de s'enfuir à Paris, Dinah suivait le même chemin tous les jours : du lit à la douche, de la douche à la théière, de la théière à la terrasse. Elle allait au yoga. Elle méditait près du bassin des carpes. Elle se préparait une salade élaborée qu'elle ne finissait jamais. Tout cela, je l'ai appris grâce à mes capacités d'écoute. Le seul membre de la famille que j'observais régulièrement, c'était Peter.

J'avais découvert un petit trou dans un couloir, que j'ai réussi à agrandir un peu en y enfonçant mon auriculaire. Il donnait directement sur le bureau de Peter, entre les étagères d'une bibliothèque. Ce n'était pas un lieu particulièrement intéressant. Il y travaillait le soir, après le dîner, sur son ordinateur. Parfois, il venait le matin, le plus souvent pour passer des coups de fil. Je brûlais d'en savoir plus sur la façon dont il gagnait sa vie, mais même après avoir écouté tous ces appels, je n'ai jamais réussi à comprendre en quoi consistait son métier. Ma licence d'économie inachevée ne m'avait pas aidée à comprendre notre expulsion, et elle ne m'aidait pas non plus ici. Tout ce qui avait du sens disparaissait dans un charabia inintelligible, une langue impossible à traduire : CDO, *subprime*, tranche, triple B. J'ai fini par conclure que ce caractère intraduisible était voulu. Le jargon du monde de la finance n'était qu'un moyen de brouiller la chaîne de causalité. De ludifier la relation entre le banquier et l'emprunteur, la conspiration de l'interdépendance. Je me souviens de la façon dont mon père fronçait les sourcils en examinant ses relevés de compte après notre expulsion. Il me les avait tendus, dans l'espoir que je les comprenne. Pourquoi n'en aurais-je pas été capable ? Ma formation m'avait donné les outils nécessaires. Mais je n'y entendais rien, et sur le coup, je me suis sentie stupide. Aujourd'hui, je crois que personne n'y entend rien. Ni Peter ni aucun de ses semblables. C'est une performance. Même les mauvais acteurs sont capables d'apprendre leur texte. Ils montent sur scène et le déclament avec assurance, comme un enfant dans un cours de langue étrangère : mémorisation sans compréhension. Les mots, les chiffres, les gens : rien de tout cela n'était réel pour eux.

Il y avait un tableau accroché au mur de son bureau, qui m'intéressait beaucoup. C'était une reproduction d'un David Hockney, assez célèbre pour que même moi je le reconnaisse. On y voit un homme dans une piscine, vêtu de ce qui ressemble à un slip blanc. Il nage sous la surface, la tête proche de la paroi, comme s'il allait s'y cogner. Un autre homme se tient au-dessus de lui, sur le rebord de la piscine. Avec sa tignasse de cheveux blonds, dorés et lisses, il ressemble à un méchant de *teen movie* des années 1980. Il porte un Chino blanc impeccable et un blazer rose saumon, et ses mains pendent le long de son corps tandis qu'il contemple le nageur. Ce que je trouvais intéressant, ce n'était pas le tableau en lui-même, mais le fait que Peter Victor avait l'habitude de recréer cette scène avec un littéralisme absolu.

Tous les lundis, Dinah partait pour la journée. Le hasard faisant bien les choses, c'était aussi le lundi que Peter « travaillait à la maison ». Il commençait sa journée dans son bureau, que je surveillais à travers mon trou d'observation. Dès que la voiture de Dinah s'éloignait, il passait un appel. Parfois, il se branlait en attendant. Enfin, il se levait de sa chaise et se rendait dans une autre partie de la maison. À ce moment-là, j'empruntais la galerie menant à la chambre principale, qui offrait une vue sur le jardin et la piscine. De là, je pouvais l'observer en toute sécurité. Dinah était partie et Serena était à l'école. J'entendais très clairement ce qui se passait à l'extérieur, puisque Peter et Dinah laissaient généralement la fenêtre ouverte.

Pour commencer, Peter faisait entrer quelqu'un par la porte de derrière. Une sorte de travailleuse du sexe, toujours une femme. C'était apparemment sa seule exigence. Cette caractéristique mise à part, elles étaient toutes différentes. Des femmes noires, des femmes blanches, des femmes coréennes, des femmes mexicaines. Des femmes jeunes, des femmes mûres, des femmes d'âge moyen. Des femmes maigres, des femmes grosses, des femmes petites, des femmes grandes, et tous les entre-deux possibles. Quelques-unes sont venues à plusieurs reprises, mais pour la plupart, je ne les ai vues qu'une seule fois.

Peter Victor ne baisait pas ces femmes, mais il les invitait à se déshabiller. Lorsqu'elles étaient nues, il leur ordonnait d'entrer dans la piscine. Un jour, une femme entre deux âges a protesté qu'elle ne savait pas nager. Peter a répondu que ce n'était pas grave, qu'elle pouvait rester là où elle avait pied. Il leur disait de retenir leur respiration sous l'eau. Il se tenait au-dessus d'elles et les chronométrait. Il ne se masturbait pas. Il ne les poussait pas. En fait, il ne les touchait même pas. Elles demeuraient seules sous la surface. Quand elles remontaient, haletantes, il leur demandait si ça allait. Elles répondaient toujours par l'affirmative. Il les priait alors de recommencer, encore et encore, en les chronométrant chaque fois. Je me souviens d'une femme qui a retenu sa respiration pendant près de quatre minutes. Elle était jeune et bronzée, avec des cheveux sombres et lisses et la poitrine plate. Au bout d'une heure environ, les femmes sortaient de la piscine et Peter leur tendait une serviette. Il ne les laissait jamais entrer dans la maison, ne serait-ce que pour utiliser les toilettes. Une fois qu'elles étaient parties, il revenait à l'intérieur et je retournais dans le couloir. C'était en général à ce moment-là que Peter se masturbait dans son bureau. Dès que j'ai compris que c'était la conclusion de sa routine, j'ai arrêté de l'observer pour aller explorer d'autres recoins de la maison.

L'étrange rituel de Peter m'a amenée à me demander combien de temps je tiendrais, à la place de l'une de ces femmes. Un samedi, alors que Dinah était partie pour Paris et que Peter et Serena passaient un long week-end à Monterey, je suis descendue à la piscine derrière la maison. Je n'avais pas mis le nez dehors depuis des semaines. Je me suis autorisée à profiter du soleil pendant près d'une heure avant de retirer mes vêtements et de me glisser dans l'eau. Je me suis bouché le nez et je me suis laissée couler tranquillement jusqu'au fond du bassin. Sous l'effet du manque d'oxygène, j'ai senti les fibres de mon cerveau s'étirer comme un bonbon au caramel. J'ai levé les yeux. J'étais dans l'océan. Je me rappelle avoir songé que je pourrais rester ici, avec les coraux et les poissons. Je savais ce qui m'attendait si je remontais à la surface. À chaque minute qui passait, l'horizon reculerait d'un océan, la houle serait plus forte, les requins plus affamés. Les embruns gicleraient, la mer ouvrirait sa gorge, et il serait bien trop périlleux de nager jusqu'au rivage. Pour nous, il n'y avait pas de rivage à rejoindre. Nous nagions sur place, travaillant comme des forcenées, et la bouche continuait de s'ouvrir, réclamant toujours plus. Il faudrait quelque chose de laid, de violent et de beau pour faire basculer le monde sur son axe. Un Robin des bois qui inverserait les modalités de la dette et demanderait à être payé en livres de chair. Des flammes vacillant sur les visages rougeauds, les foules d'émeutiers et les manoirs sombres. Du sang et de la brioche. Pourrais-je être sauvée ? J'avais déjà touché le fond. À moins qu'un autre niveau se cache en dessous de celui-ci, une trappe ? J'ai soudain eu peur et, dans ma panique, je suis remontée à la surface. Je me suis agrippée au rebord en calcaire pour me hisser hors de la piscine et je suis rentrée dans la maison en titubant.

Les Victor sont revenus le lendemain. J'entendais les pas lents et traînants de Serena dans sa chambre, qui était la pièce la plus proche de l'endroit où je dormais le plus souvent. Elle m'apparaissait comme le membre le moins dangereux de la famille. Si je devais me faire prendre, je préférais que ce soit par elle.

Et je me suis fait prendre, une fois. Par Serena, justement. Elle avait veillé tard pour réviser. La croyant endormie, je me suis faufilée jusqu'à la cuisine pour aller chercher à manger et elle est arrivée à ce moment-là. Je me suis enfuie par le jardin de derrière, et ce n'est qu'après avoir passé plusieurs heures accroupie dans les buissons que j'ai pu revenir dans la cuisine. Serena a raconté ce qui s'était passé à ses parents, qui ont fait changer les serrures, mais je ne pense pas que Peter et Dinah l'aient vraiment prise au sérieux. Après cet incident, je l'ai souvent entendue me chercher. Elle a failli me trouver, à plusieurs reprises. Le seul autre membre de la famille qui semblait sentir ma présence, c'était leur chien, Pickle, mais il était vieux et sénile, de sorte que personne ne le prenait au sérieux. Il avait beau m'aboyer dessus pour essayer de les alerter, ils ne l'écoutaient pas. Ils tapotaient sa tête blanche hirsute et lui parlaient comme à un bébé. De temps en temps, je le laissais lécher la sauce dans les boîtes de conserve vides avant de les jeter.

J'ai souvent rêvé de partir. La première fois que j'ai sérieusement réfléchi à une stratégie de sortie, c'est le jour où ma remplaçante est arrivée. Je parle de toi, bien sûr. Tous les dimanches après-midi, je me postais dans le passage entre la cuisine et la salle à manger et je guettais patiemment ton arrivée. Tu ne faisais presque jamais cours à Serena dans sa chambre, comme je l'avais fait. Tu travaillais en général dans le salon. Bien plus stricte que moi, tu savais déjouer les tentatives de Serena de détourner ton attention du SAT. Tu avais de l'autorité. Tu longeais les couloirs avec une telle assurance qu'on aurait pu croire que tu possédais une maison comme celle-ci. Même t'entendre poser les questions de type « isoler l'inconnue » que j'avais posées cent fois avait quelque chose d'exaltant. En tant que tutrice, je m'efforçais d'affecter une certaine froideur, ce qui donnait généralement de bons résultats. Je n'étais pas méchante, mais j'étais avare de compliments. Les élèves travaillaient dur pour m'impressionner parce qu'ils avaient du mal à me cerner.

Ton approche était différente. Tu étais plus autoritaire, mais plus bienveillante aussi, et beaucoup moins patiente. Plus que tout, je sentais ton envie de résoudre les problèmes toi-même, et de le faire correctement. En t'écoutant enseigner, j'ai remarqué non sans surprise que ça me manquait.

J'ai commencé à me montrer plus audacieuse après ton arrivée. Plusieurs fois, j'ai fait de petites modifications dans le bureau de Peter. J'ai déplacé des livres. J'ai caché des stylos et des dossiers. Un jour, j'ai même laissé une trace de crayon sur son tableau bien-aimé. Je ne sais pas ce qui m'a rendue si téméraire. Peut-être voulais-je lui faire peur. Ou simplement vérifier que j'existais toujours. Je vivais derrière les murs depuis plus de deux mois. Parfois, lorsque je cédais à la paranoïa, j'imaginais que j'étais passée de l'autre côté, que je n'étais qu'un fantôme de plus dans cette maison. Petite, quand je volais des objets et que personne ne s'en apercevait, je croyais avoir acquis le don d'invisibilité. Ce soupçon revenait à présent. Si je me campais devant Peter, me verrait-il ? Si je refermais mes mains autour de son cou, comme j'en rêvais souvent, laisseraient-elles une marque ? Si je lui tenais la tête sous l'eau, se noierait-il ? Ce genre d'actions demandait de la force physique. Je ne détenais pas le même pouvoir que Peter. Si je voulais faire du mal à quelqu'un, vraiment lui faire du mal, il faudrait que j'aie recours à la bonne vieille violence physique. Que je pose mes mains sur lui. Mais pour ce faire, je devais m'assurer que j'étais toujours réelle. Que j'existais bel et bien, que j'étais une vraie personne avec un corps et une histoire. Une personne de chair et de sang née d'une mère et d'un père qui s'appelaient Mila et Jordan, qui avaient vécu dans une jolie petite maison sur Carmel avenue et qui avaient eu une fille prénommée

Jae. Comme le geai bleu, l'oiseau que ma mère aimait le plus dessiner. D'après mon père, mon nom signifie à la fois « talent » et « bonne fortune ». J'étais destinée à être le vecteur naturel entre les deux.

Regarde un peu tout le chemin que j'avais parcouru. Et celui qui se déployait encore devant moi.

Ce que j'ai fait de plus audacieux, c'est me confronter à Peter lui-même. Même s'il était tellement soûl qu'on ne peut pas vraiment parler de confrontation. Mon apparition n'a pas semblé le surprendre. Assis à côté de son bureau, il fixait d'un air absent le grand verre vide dans sa main. Quand j'ai franchi la porte, comme l'aurait fait une personne ordinaire, il m'a souri. Serena passait le week-end chez Lukas, Peter était donc seul. Plus tôt dans la journée, il avait pour la première fois fait venir deux femmes pour aller sous l'eau en même temps. Je pense que l'idée lui trottait dans la tête depuis un moment. Il y avait une femme d'âge moyen, d'origine asiatique, chinoise peut-être. L'autre était une femme noire, qui semblait beaucoup plus jeune. Elles sont entrées ensemble dans la piscine et Peter s'est campé au-dessus d'elles, un verre de vodka à la main, bien qu'il ne fût que 11 heures du matin. Soudain, la femme la plus âgée est remontée à la surface en suffoquant et s'est hissée sur le rebord de la piscine. Son visage était cramoisi et bouffi et elle se massait la gorge tandis que l'autre, de toute évidence une étrangère pour elle, lui frottait timidement le dos. Peter lui a apporté de l'eau et s'est excusé. Il s'est montré bienveillant. Puis il lui a ordonné de recommencer.

Ça a duré plus d'une heure comme ça. Peut-être est-ce la raison pour laquelle je lui ai rendu visite ce soir-là, bien après que les femmes furent parties et que ma propre nausée se fut dissipée. Peter avait alors sombré dans une ivresse si épaisse que je savais que je pourrais dire tout ce que j'avais à dire et demeurer à ses yeux aussi irréelle qu'un songe.

Je me suis assise sur la chaise en face de son bureau. Il m'a contemplée, le regard trouble, les paupières tombantes. Derrière ses lunettes, ses yeux étaient du même gris que les mèches qui striaient ses cheveux blond foncé. Il était plutôt séduisant, pour qui aime ce genre d'hommes.

« Ma femme est à la maison, a marmonné Peter.

– Non, ai-je répondu. Elle est à Paris.

– Oh. À la bonne heure.

– Est-ce qu'elle sait ?

– Est-ce qu'elle sait quoi ?

– Pourquoi vous faites ça ? »

Il a eu un petit sourire narquois.

« Pourquoi je fais quoi ? »

J'ai désigné du menton sa reproduction de David Hockney.

« Ça. »

Il a tendu le cou pour la regarder.

« Ma femme me l'a offert pour mon anniversaire, a-t-il dit avant de lâcher un rot. Il y a deux mois. Elle me l'a donné devant ma fille, en faisant l'innocente. Un petit jeu de pouvoir stupide, de la part d'une femme stupide.

– Donc Serena n'est pas au courant, mais votre femme, oui. »

Cet horrible sourire sournois est revenu.

« Au courant de quoi ? »

Je me suis levée de la chaise et j'ai fait le tour de la pièce. J'avais l'impression d'être soûle, comme si son ivresse était contagieuse. J'ai soulevé un lourd presse-papier en cristal et j'ai imaginé l'abattre sur le crâne de Peter. Quand je me suis retournée pour lui faire face, il dormait. J'ai laissé tomber le presse-papier, qui s'est brisé en mille morceaux. Je me suis coupée en voulant ramasser un fragment et j'étais soulagée de voir que je saignais. J'ai essuyé ma main ensanglantée sur son visage et l'avant de sa chemise. Ses paupières ont papillonné brièvement, mais il était déjà loin. Que pouvais-je faire de plus ? Ce n'était pas une salle d'interrogatoire. Je n'étais pas une inspectrice de police chargée de lui soutirer des aveux. Je savais déjà ce que Peter avait fait. Il était malin : il était l'architecte de tant de souffrance, mais il ne portait jamais les coups lui-même. Quand la police vient frapper à votre porte pour vous expulser de chez vous en vous laissant trente minutes pour entasser tout ce que vous possédez dans le jardin sous le regard de vos voisins, Peter et ses semblables ne sont pas là. Son invisibilité fonctionnait si différemment de la mienne.

J'ai fait beaucoup de mal. J'en regrette la majeure partie. Mais je ne regrette pas ce que j'ai fait à Peter Victor.

40

Hé, Jae, voici une question de SAT pour toi : combien faut-il de boucs émissaires pour tuer une famille sans se faire choper ?

Une fois que le FBI a renoncé à conclure un marché avec moi en échange de la localisation de Jae – ils croyaient sincèrement que je couvrais la femme qui avait détruit ma vie –, j'ai été extradée vers la Californie. Le procureur de Los Angeles m'a inculpée du meurtre au premier degré de Peter et Dinah Victor, et j'ai été envoyée à LA, escortée par un US Marshal. Ils ont longuement débattu pour savoir s'il fallait me mettre sur un vol commercial mais ont fini par décider qu'étant donnée ma célébrité, je risquais d'attirer une attention malvenue. J'ai donc rejoint Anacortes en ferry, dans un fourgon du FBI. De là, on m'a emmenée en Californie. Une fois à Los Angeles, j'ai été placée dans un établissement fédéral du centre-ville. Une foule immense s'était réunie à l'extérieur, qui brandissait des pancartes témoignant d'un manque flagrant d'imagination (« BRÛLE EN ENFER », « RÉTABLISSEZ LA PEINE DE MORT »). Une petite troupe de supporters ont crié qu'ils adoraient ce que je faisais.

Le processus d'admission a été aussi humiliant que l'on peut s'y attendre. On m'a déshabillée et photographiée sous tous les angles. On a effectué des prélèvements à l'intérieur de ma bouche. On a pris mes empreintes et on m'a fait passer un test de dépistage de la tuberculose. J'ai reçu un tee-shirt et un pantalon beiges assortis aux murs, sols et plafonds beiges. Ma chambre

– ils parlaient de chambres et non de cellules, d'unités d'habitation et non de blocs – était la 105, juste sous l'escalier. Les portes n'avaient pas de barreaux et les fenêtres étaient en verre plat. Les lits superposés dépassaient du mur comme des étagères, et l'épais matelas en mousse de polyéthylène me rappelait les tapis de gym du lycée. Il y avait des toilettes et un lavabo datant de l'ère spatiale, et tout était beige à l'exception du matelas, qui était vert sapin.

Mes parents sont venus me rendre visite en Californie. J'ai fondu en larmes en les voyant. Je n'avais pas pleuré autant depuis que j'étais gamine. Ils ont été gentils avec moi, bien plus que je ne le méritais, comme je m'en doutais. Leur gentillesse n'a fait qu'empirer les choses. J'arrivais à peine à les regarder dans les yeux. Les gardiens ne me laissaient pas les toucher. Lors de leur première visite, ma mère a machinalement ouvert les bras pour m'étreindre – ce qui était autorisé, j'en étais presque certaine – mais ils ne l'ont pas laissée m'approcher à moins d'un mètre cinquante. Ils semblaient prendre un malin plaisir à nous séparer. Ma mère avait peur. Mon père aussi. Ils faisaient bonne figure, prétendaient que tout allait bien, mais je savais qu'ils avaient peur.

La nuit, dans ma cellule, j'essayais de me convaincre qu'ils avaient simplement peur des gardiens – leurs armes, leurs ordres aboyés – mais je savais qu'une petite partie d'eux avait peur de moi. Evie Gordon, la tueuse en série dont le visage s'affichait sur leurs journaux et leurs écrans de télévision depuis des semaines. La meurtrière recherchée par l'équipe du SWAT qui avait pris possession de leurs salons et leurs cuisines, qui répondait au téléphone à leur place et surveillait leurs moindres faits et gestes.

Mon père a pris une deuxième hypothèque sur sa maison pour m'aider à me payer un avocat. Il s'appelait Patrick Heath. Je l'ai rencontré pour la première fois dans le parloir du centre de détention. C'était un homme au teint très irlandais et aux oreilles décollées, plus jeune que moi d'exactement onze mois. Il avait d'épais cheveux bruns et un visage qui inspirait confiance, et même s'il était grand et large d'épaules, sa posture voûtée et son sourire docile le faisaient paraître bien plus petit que son mètre quatre-vingts. Heath avait étudié le théâtre à UCLA, et comme ça n'avait rien donné, il était allé étudier le droit à Berkeley. Il avait grandi à quelques kilomètres du centre de LA, à Manhattan Beach. J'ai appris qu'il était à moitié juif et qu'il avait une fiancée, laquelle était également avocate (« en entreprise », a-t-il admis, penaud, « pour payer nos factures »). Heath m'a accompagnée à la lecture de l'acte d'accusation, où nous avons plaidé non coupable. Une fois la date de mon procès fixée, nous avons passé beaucoup de temps ensemble dans le parloir du centre de détention. Heath était convaincu que j'étais innocente des meurtres des Victor, et que j'avais agressé les fils Carlisle et tué Sebastian Onasis et Evan Barclay par légitime défense. Ou peut-être était-il juste très doué pour faire semblant d'y croire. C'était un acteur, après tout.

Heath m'a accordé une confiance démesurée. Il était impressionné par mes nombreux diplômes, je crois, et par le fait que je comprenais toutes ses références culturelles. Il pensait que je serais « puissante » à la barre.

Lors de notre première rencontre, il m'a demandé de lui raconter ce qui s'était passé chez les Victor avec autant de détails que possible. Je lui ai parlé de la découverte des corps. Je lui ai parlé de la panique et de la confusion. Je lui ai parlé de ma fuite, interrompue par un appel à l'aide derrière la porte. Ce « pitié ». Je lui ai parlé de la femme sale et terrifiée que j'avais trouvée attachée sous l'escalier. J'ai décrit le cagibi. J'ai décrit la manière dont je l'avais détachée. J'ai décrit le moment où Serena était rentrée à la maison et avait essayé d'appeler la police. J'ai décrit la façon dont elle m'avait frappée avec la lampe. J'ai écarté mes cheveux courts pour lui montrer la cicatrice sur mon crâne.

Le problème, lorsqu'on est désignée comme une criminelle, c'est qu'on ne sait plus très bien quand on joue la comédie ou non. Il y avait un léger tremblement dans ma voix lorsque j'ai raconté cette histoire à Heath, et si vous me demandiez si c'était le produit d'une véritable peur ou quelque chose que j'avais affecté comme un mécanisme de survie, je ne sais pas si j'aurais été capable de vous donner une réponse catégorique. « Evie » n'était plus une identité stable. L'animal dénué de raison qui vivait sous ma peau, c'était une chose. Mais il y avait aussi la manière dont j'apparaissais derrière les fenêtres des salles d'interrogatoire, immortalisée par l'encre des journaux, les pixels des téléviseurs et les pages web en mémoire tampon – les petits bouts de moi récupérés sur une scène de crime et recollés pour former une figure tridimensionnelle que l'on appelait également Evie. Quand je riais, quand je pleurais, quand je mangeais la viande mystérieuse qu'on m'apportait dans ma « chambre », quand j'étais assise, quand j'étais debout, quand mon visage se tordait inconsciemment, quand je toussais, quand mon nez me démangeait, quand je croisais les bras, quand je les décroisais, j'étais contrainte de me regarder non pas de l'intérieur de mon propre crâne, mais de leur point de vue. Je n'étais rien d'autre que des surfaces à déchiffrer et juger. Tout ce que je faisais ressemblait à une performance. La différence n'avait plus d'importance. Maintenant, même lorsque je pleurais, je ne savais plus si j'avais appris à le faire pour m'attirer des faveurs, faire pencher une opinion, ou juste survivre.

« Où en étais-je ?

– Vous pensiez que Serena allait vous tuer, m'a gentiment rappelé Heath.

– Ah, oui. Donc j'ai attrapé le premier truc qui m'est tombé sous la main pour me protéger. C'était le vase. Quand Serena m'a attaquée avec la lampe, je l'ai lancé. Je n'ai pas réfléchi. »

Heath ne prenait pas de notes quand je parlais. Il me regardait comme j'imagine qu'un metteur en scène regarde un comédien en train de déclamer son texte.

« Elle est tombée. Ses yeux se sont révulsés. J'étais presque sûre qu'elle était inconsciente. Mais évidemment, je craignais le pire. Je voulais appeler la police. Mais Jae – je ne connaissais pas encore son nom – m'a suppliée de ne pas le faire. En fin de compte, on n'a pas eu le choix. Lukas est arrivé. Le petit ami de Serena.

– Donc vous avez pris la fuite. »

J'ai scruté son visage, à la recherche d'un signe de jugement. Je n'en ai pas trouvé, même si ça ne voulait pas dire grand-chose. Je ne crois pas avoir le moindre talent pour lire les expressions des gens. Je pensais avoir correctement déchiffré Jae, et regardez ce que ça a donné.

« On a pris la fuite.

– Vous et Jae.

– Oui

– Vous étiez ensemble tout ce temps ?

– Oui, ai-je admis. On était ensemble. »

Au sens biblique !

Je n'ai évidemment pas dit ça.

La plupart des heures que j'ai passées confinée dans ma « chambre », je rêvassais. Jae et moi dans une Maserati volée, M. Monopoly ligoté et bâillonné dans le coffre. Nous roulons le long de la plage, aux Hamptons, cheveux au vent, en buvant du bourbon au goulot d'une flasque. Nous nous arrêtons devant une belle maison : des colonnes de style plantation, des Range Rover, des Tesla et des Porsche garées dans l'allée circulaire. Une fête bat son plein à l'intérieur. Nous marchons bras dessus, bras dessous, jusqu'à la porte d'entrée. Une femme vêtue d'une robe de créateur nous ouvre. Elle semble effrayée quand elle nous voit sur son perron. Nous sommes déjà éclaboussées de sang, qui forme des constellations délicates sur notre peau et nos vêtements. Nous pénétrons dans le vestibule en marbre. Elle recule. Nous faisons un pas de plus. Elle tombe. La chute attire l'attention de ses convives. La musique s'arrête. Un silence s'installe. Jae sort un couteau. Je souris.

Je me suis demandé ce que penserait Jae de mes fantasmes. Est-ce qu'elle les apprécierait ? Est-ce qu'elle jouerait le jeu ?

Et puis je me suis souvenue que je haïssais cette sale petite garce.

41

J'adorais tes visites dominicales. Elles sont rapidement devenues le centre de mon univers.

Crois-le ou non, c'est toi qui, sans le savoir, m'as encouragée à quitter les Victor. Pas directement, bien sûr. Tu n'avais aucune idée de mon existence, et je voulais que ça continue. Mais je pensais constamment à toi, je ne pouvais pas m'en empêcher. Il n'y avait pas grand-chose d'autre pour occuper mon attention. J'aimais ta voix rauque, l'assurance avec laquelle tu déambulais dans la maison, les méchancetés que tu murmurais à part toi dès que Serena sortait de la pièce. Tu fais souvent ça, tu le savais ? Comme si ton monologue intérieur en ébullition finissait par déborder. Il y avait tellement de vie en toi. Pouvait-il y en avoir autant en moi ?

Le matin suivant ma confrontation avec Peter, j'ai décidé de partir pour de bon. La maison était plongée dans le silence. Je me suis faufilée dans les couloirs, en écoutant les sons de chaque pièce à travers les murs. Je ne savais pas quel jour on était. Je ne pouvais même pas deviner l'heure depuis le passage derrière la chambre de Serena, puisque l'entrée se trouvait dans son placard. Le meilleur endroit pour ça, c'était le cagibi sous l'escalier du vestibule, auquel on accédait depuis le réseau de couloirs intérieurs par une porte cachée. Dans ce placard, je pouvais au moins voir s'il faisait jour ou nuit.

Je savais que le meilleur moyen de partir serait par la porte de derrière. Je suis sortie des entrailles de la maison. C'était la fin de la matinée ou peut-être le début de l'après-midi, à en juger par la lumière du soleil. Je suis entrée dans la cuisine. Elle était vide. J'ai envisagé de prendre à manger pour la route, mais je voulais être le moins chargée possible, et en plus, je ne savais pas quand Peter et Serena reviendraient. Mon courage était si fugace que si je ne partais pas immédiatement, je n'étais pas certaine d'oser le faire plus tard. Je suis sortie sur la pointe des pieds, en protégeant mes yeux des rayons du soleil. Le jardin était encore plus luxuriant que dans mon souvenir. Quelqu'un avait planté des fleurs.

Les choses se seraient peut-être passées différemment s'il n'y avait pas eu ces rudbeckies hérissées. Aurait-on pu quantifier, en observant mes taux de sérotonine, de cortisol et d'adrénaline, le flot de tendresse, d'angoisse et d'indignation qui m'a envahie quand j'ai pénétré dans le jardin ? Ça m'a mise à genoux. Je n'avais pas vu ces fleurs depuis mon enfance, et elles étaient là, s'offrant à mon regard avec un abandon sauvage. C'était la fleur préférée de ma mère. La justice. C'est ce qu'elle symbolise. Je m'en étais fait tatouer un chapelet sur la cage thoracique. À côté d'elles, j'avais du mal à y croire, il y avait une fleur au bulbe d'un blanc virginal, encadrée de pétales rouges. Je savais qu'il s'agissait d'un œillet de poète, car nous en avions toujours un bouquet sur la table de la cuisine dans la maison Carmel. C'étaient les préférées de mon père.

Les souvenirs, comme les maisons, sont sensibles aux ravages du temps – ils s'altèrent, se ternissent et se désagrègent. J'avais laissé les miens tomber en ruine. Ils résidaient surtout dans la maison Carmel, un lieu interdit. Les murs que ma mère avait peints avec une si douce attention pour y accrocher ses aquarelles de fleurs. Le clavier Yamaha devant lequel mon père s'agenouillait à côté de moi pour m'apprendre les tubes de la pop anglaise qu'il aimait tant, « Hey Jude » et « Your Song », des morceaux que je ne peux toujours pas écouter sans perdre mes moyens. Le lac de soleil matinal que nous traversions dans la cuisine, où ma mère préparait le chou braisé que sa propre mère lui préparait à Kyiv, le chou auquel elle ne parvenait pas à donner le goût du kimchi dont mon père prétendait qu'il ne lui manquait pas, la table où je lisais et faisais mes devoirs de maths, sur laquelle ma mère se penchait pour m'embrasser la joue sans raison particulière, juste parce que j'étais là et qu'elle en avait envie. Parce que j'étais à elle. Parce qu'elle m'aimait.

« Maman », ai-je murmuré.

Cela faisait des semaines que je n'avais pas prononcé un mot à voix haute.

« Debout », a dit une voix derrière moi.

L'espace d'un bref instant, merveilleux et terrifiant, j'ai cru que je verrais ma mère en me retournant. Ses cheveux bruns coupés au carré, les mèches qui tombaient sur son visage, celles que je tirais quand elle me tenait sur ses genoux. Les longs doigts élégants qu'elle passait dans mes cheveux. Peut-être que papa serait à son côté.

Lentement, je me suis levée et retournée.

« Qui êtes-vous ? » a grondé Peter Victor.

J'ai aussitôt détalé. J'ai sauté par-dessus le parterre de fleurs pour rejoindre le portail, en passant à toute vitesse devant la piscine, où j'ai failli glisser et tomber. Des doigts se sont refermés sur le dos de mon tee-shirt et ont tiré dessus d'un coup sec. J'ai essayé de me dégager, de ramper vers la passerelle, mais Peter m'a coincée sous ses genoux. Il avait l'air hagard et sauvage, et son haleine empestait la vodka. Il avait encore bu ce matin. Ses yeux fixaient les miens sans les voir.

Il pensait que j'étais une de ces femmes. Celles qui allaient sous l'eau. Je me suis soulevée et Peter est tombé à la renverse. Il a atterri dans le bassin des carpes. La main serrée autour de ma gorge, il essayait de m'entraîner avec lui sous la surface. Il était trop ivre : sa poigne était féroce, mais précaire. Il prenait de grandes inspirations gargouillantes, se redressait et replongeait sous l'eau dès que je le repoussais. Sa respiration était de plus en plus courte et irrégulière. Il était en train de perdre. Sa tête est remontée pour avaler une dernière bouffée d'air. Des bulles s'échappaient de son nez et son visage tournait au violet. Je ne sais pas combien de temps ça a duré, peut-être cinq minutes, peut-être une heure. Tout ce que je sais, c'est que les bulles se sont arrêtées, puis son souffle. Il était en train de mourir. Il était mort.

Quant à Dinah, je ne l'ai pas vue arriver. Elle se tenait derrière moi, avec son téléphone. Elle a émis un son, pas tout à fait un cri, quand elle s'est approchée pour mieux voir la scène : son mari mort et une meurtrière. J'ai aperçu mon reflet dans l'eau sombre. La femme qui me regardait était une étrangère.

Je me rappelle ce moment, la prise de conscience. Le choc de Dinah. Le mien. Le constat de la mort de Peter. Je me rappelle m'être levée. Ce dont je ne me souviens pas, c'est d'avoir tué Dinah, mais je l'ai fait, ça ne fait aucun doute. Des fragments me reviennent parfois, des images désordonnées, impressionnistes. Une pierre de granit jetée d'un coup de pied du haut d'une falaise. Une pastèque fracassée avec un marteau. Une rudbeckie, immaculée, intacte.

42

Comme tout le monde, Heath voulait savoir pourquoi Jae avait fait ça. Il avait vu l'interview de Serena. J'imagine que tout le pays ou presque l'avait vue. J'étais à l'abri du cirque médiatique en prison, j'avais donc encore du mal à saisir l'étendue de notre notoriété. Mais d'après Heath, c'était Jae qui captivait l'attention générale.

Les gens se demandaient comment nous nous étions rencontrées. Deux tutrices de SAT : est-ce que nous nous connaissions déjà ? Quand avions-nous commencé à planifier les meurtres ? Depuis que Serena avait mis un nom sur le célèbre portrait-robot, les journalistes et les limiers d'Internet avaient exhumé autant d'informations que possible à son sujet. Jae avait une mère qui était décédée d'un cancer des ovaires à Kyiv. Elle avait un père mort de lésions cérébrales dans un hôpital de Santa Ana. Elle avait fréquenté le lycée d'Irvine. Son professeur de maths avait déclaré qu'elle était extrêmement intelligente, si intelligente en fait que c'en était presque perturbant. Selon son professeur d'anglais, elle manifestait de l'intérêt pour l'écriture créative, mais c'était une élève discrète et très réservée. Son professeur d'arts plastiques avait déclaré qu'elle était la meilleure élève de sa classe, tout comme son professeur de musique. Les journalistes ont découvert qu'elle avait obtenu un score parfait au SAT.

Des histoires plus scandaleuses n'ont pas tardé à émerger. Un ami d'enfance, Cho Minho, avait confié à la presse que Jae et lui avaient joué dans un groupe punk appelé Blood Boys (« ce n'était pas mon idée », avait précisé Jae d'un air agacé quand elle m'en avait parlé). Il avait ajouté que sa mère préparait un déjeuner supplémentaire pour Jae parce qu'ils avaient appris que son père ne l'autorisait pas à apporter de la nourriture coréenne à l'école, de peur qu'elle ne soit harcelée – alors même que la plupart de ses camarades à Irvine étaient eux aussi issus de familles asiatiques. Divya Choudhary, une jeune femme avec qui elle avait étudié à UCLA, avait confié à un journaliste avoir fréquenté Jae – ce n'était pas sa « petite amie », mais elles « se voyaient ». Elle l'avait décrite comme quelqu'un de « calme » et « mystérieux ». Divya avait mis un terme à leur relation lorsqu'elle avait découvert que Jae avait aussi couché avec sa colocataire.

Le personnage de la Lesbienne Tourmentée Briseuse de Cœurs était bien plus vendeur que celui de l'Orpheline Surdouée. Les médias ont fait leurs choux gras de ces nouvelles anecdotes. Mais la plus grande révélation concernait le père de Jae : c'était un ivrogne. En 2009, les Park avaient été expulsés de la maison de trois chambres qu'ils avaient achetée sur Carmel avenue. Jordan, sans doute en raison de ses problèmes d'alcool, peinait à conserver un emploi. Dans les semaines qui avaient précédé sa mort, il squattait un appartement, et il avait été arrêté à deux reprises pour ivresse sur la voie publique. Le sous-entendu était clair : les chiens ne font pas des chats.

J'ai expliqué à Heath que Jae était presque muette. Que nous nous parlions à peine. Il m'a suppliée de lui dire la vérité, de lui faire confiance.

« On ne parlait pas, ai-je insisté. Comme je l'ai dit, elle était traumatisée.

– Vous êtes restée avec elle pendant *quatre semaines*.

– Et ?

– J'ai du mal à croire que vous ayez passé un mois ensemble sans parler.

– Je ne sais pas quoi vous dire. C'est la vérité. »

Heath ne me croyait pas, et je ne lui en tenais pas rigueur. Il avait un excellent détecteur de bobards, et je venais de lui en raconter un énorme. Mais je ne pouvais pas admettre la vérité. La dignité ne m'était pas d'une grande utilité en prison, mais c'était tout ce que j'avais. Pour la petite poignée de personnes qui croyaient réellement à mon innocence – mes parents, mes amis, quelques cinglés d'Internet, deux gardiens de prison, et bien sûr Heath –, Jae était une infâme meurtrière, un être au-delà de toute rédemption. Admettre que j'avais couché avec elle ? Que je *l'aimais* ? Jamais je n'aurais pu supporter une telle humiliation. J'étais sous surveillance antisuicide, je n'avais donc rien pour me foutre en l'air, mais je préférais m'étouffer avec mon propre vomi plutôt que de passer pour une pauvre couillonne qui avait pété un câble à cause d'une meuf.

« Ce n'est pas grave, si vous avez des sentiments complexes à son égard, m'a dit Heath gentiment. Vous pouvez me le dire. Vous pouvez me faire confiance.

– Des sentiments complexes ? Du genre syndrome de Stockholm ? C'est ce que vous croyez ?

– Non, ce n'est pas ce que je crois.

– Alors où voulez-vous en venir ? »

Heath a choisi ses mots avec soin.

« Je pense que vous essayez de la protéger.

– Vous êtes libre de penser des choses fausses, ai-je répliqué. C'est votre droit en tant qu'Américain. »

Il a eu un rire amer.

« Si ce n'est pas elle que vous protégez, alors c'est vous. Parce que vous avez honte de quelque chose.

– Donc vous êtes psy, maintenant ? Vous avez raison. J'ai honte de beaucoup de choses.

– Aidez-moi à vous aider. C'est tout ce que je demande.

– D'accord.

– Parlez-moi de Jae telle que vous l'avez connue. »

J'ai observé Heath de l'autre côté de la table. Il a formé un triangle avec ses doigts et a posé son menton dessus, m'observant en retour. Je pouvais jouer à ça pendant longtemps. La prison m'avait rendue patiente.

« Pourquoi ?

– Parce que plus j'en sais, mieux je pourrai vous aider. C'est Jae qu'ils veulent. Mais tant qu'ils ne l'ont pas trouvée – et si ce que vous m'avez dit à son sujet est vrai, ils ne la trouveront peut-être jamais – vous êtes la seule qu'ils peuvent inculper. Mais vous n'êtes qu'un substitut, Evie. Ce n'est pas vous qu'ils veulent voir en prison. Vous n'avez commis aucun crime.

– Si. J'ai tué Sebastian. »

Heath s'est pris le visage dans les mains.

« Parce qu'il essayait de *vous tuer.*

– J'ai organisé plusieurs violations de domicile. J'ai braqué un pistolet sur la tête d'un gamin.

– Evie.

– J'ai volé un bateau. Deux bateaux, même. Oh merde, *trois bateaux.*

– Evie, vous essayiez juste de *survivre.*

– Sans parler des voitures.

– C'était Jae. C'est elle, la criminelle endurcie.

– Je suis quand même complice, non ?

– Je ne sais pas, a dit Heath, fatigué. Êtes-vous complice ? »

Jae m'avait un jour demandé : « Quelle est la pire chose que tu aies jamais faite ? »

– Harceler mes camarades », avais-je répondu.

Et j'étais ce genre de fille, c'est vrai. Il y avait un petit malin dans mon cours de maths de cinquième, avec qui j'étais en concurrence pour le titre de meilleur élève. Pour l'emmerder, je prenais ses affaires dans son casier et je les balançais dans les toilettes des filles, puis je le mettais au défi d'aller les chercher. Je me souviens aussi d'une fille avec un appareil dentaire, à la cantine, qui avait toujours de la bouffe qui restait coincée dans ses bagues, comme des pelures de pomme et des morceaux de pop-corn. Je prenais des photos d'elle peu flatteuses avec mes potes, en zoomant sur son visage, dans le seul but de me moquer. Ça, c'était au collège. Au lycée, je suis passée au cyberharcèlement. Je m'en suis notamment prise à une fille qui faisait comme moi partie du comité des délégués de classe. Parfois, mes amis participaient. Mais la plupart du temps, j'agissais seule. Ça me faisait beaucoup rire. Je prenais plaisir à les humilier.

Jae n'a jamais rien fait de tel. C'est pour ça que je l'avais qualifiée de sainte. Je craignais qu'elle ne soit pas assez cruelle pour tolérer quelqu'un d'aussi peu saint que moi.

43

Après avoir tué les Victor, j'ai dû prendre des décisions rapides.

Je ne pouvais pas sortir de la maison comme ça. J'avais nettoyé les éclaboussures de sang dans la salle de bains, mais je me sentais toujours vulnérable. Je ne savais pas où aller. Des policiers patrouillaient régulièrement ces collines. La rue était entièrement résidentielle : des villas ultrasécurisées, avec des caméras installées à chaque portail qui surveillaient la zone en permanence. Si quelqu'un voyait une femme affolée quitter en courant une scène de crime toute fraîche dans les collines de Los Feliz, elle serait arrêtée sur-le-champ.

J'ai donc imaginé un autre plan. Je me suis attachée moi-même sous l'escalier dans l'espoir que, lorsque les flics viendraient enquêter, ils me prennent pour une victime de la personne qui avait tué les Victor. Je n'aurais qu'à me murer dans le silence, feindre d'être trop traumatisée pour parler. Une fois à l'hôpital, je m'éclipserais discrètement. Ce plan était risqué, bien sûr, mais je n'en voyais pas d'autre. Je ne pouvais pas m'enfuir. Du reste, mettre en scène ma propre agression permettrait d'expliquer la présence de mon ADN sur le lieu du crime. J'ai choisi le cagibi sous l'escalier pour plusieurs raisons. Un : si mon plan échouait, je pourrais me libérer en vitesse et m'enfuir dans les entrailles de la maison. Deux : je savais que j'y trouverais un long morceau de câble électrique, qui était autrefois connecté à la ligne fixe. Trois : si j'étais prise d'un élan de bravoure, je pourrais toujours tenter de sortir par la porte principale. Ce n'était pas un plan infaillible, tant s'en fallait, mais je devrais m'en contenter.

Je me suis donc réfugiée sous l'escalier. Pour commencer, j'ai attaché mes poignets au chevron. C'était plus laborieux que je l'avais prévu, j'ai dû me servir de mes dents en plus de mes doigts, puis frotter mes poignets au câble pour donner l'impression que j'étais là depuis longtemps.

Une fois attachée, j'ai été confrontée à deux nouveaux problèmes. Le premier était Pickle. Le chien n'arrêtait pas d'aboyer en courant à travers la maison aussi vite que son arthrite le lui permettait. Le second, c'était que mes oreilles bourdonnaient si fort que je n'entendais presque plus rien. Je ne sais pas si c'était arrivé pendant que je me battais avec Peter ou avec Dinah, mais j'avais dû recevoir un coup sur le côté de la tête et j'étais pratiquement sourde. Entre ça et le fait que j'étais enfermée dans ce placard obscur, j'avais l'impression d'être dans le ventre d'une créature marine. Tous les sons étaient noyés par les inspirations caverneuses de la maison. Je me suis demandé si elle savait que ses propriétaires étaient morts.

Quand j'ai distingué de faibles bruits de pas, j'ai saisi ma chance et crié à l'aide. La porte a tremblé, puis s'est immobilisée. Elle a tremblé de nouveau. Je me suis ressaisie. D'une minute à l'autre, la police me trouverait et on me ferait monter sur scène. Une nouvelle représentation commencerait.

La porte s'est ouverte. La lumière a inondé le placard. Ce n'était pas la police. C'était toi.

La route me rendait sentimentale. Toutes ces heures passées à regarder défiler les paysages, la tête contre la vitre. Je n'avais jamais quitté la Californie. Je contemplais les montagnes, bleues et immenses, qui palpitaient telles des ecchymoses toutes fraîches contre le ciel sans fin. La Californie est magnifique, ai-je pensé. L'Arizona est magnifique. Le Nouveau-Mexique est magnifique. Le sol s'est retourné, révélant une terre rouge et chaude comme l'intérieur d'une bouche. L'horizon s'est aplani jusqu'à devenir aussi fin que le bord d'une règle. Au Texas, on voyait les tempêtes approcher à plusieurs kilomètres de distance. C'était fascinant de les voir arriver, de savoir que la chimie qui gouvernait ces nuages noirs n'était pas si différente de celle qui gouvernait mes pensées. Nul n'est assez fort pour supporter un tel poids. Il fallait bien qu'il finisse par tomber.

44

Les jours étaient longs et si monotones qu'ils se confondaient. Deux options étaient proposées pour le petit déjeuner : l'une était un petit disque d'œuf, aux bords gélatineux parfaitement uniformes, comme s'il sortait d'une boîte de conserve, accompagné d'une tranche de pain grillé et d'un yaourt nature. L'autre était composée de petits pancakes cuits au micro-ondes, avec un peu de beurre et de sirop d'érable, et deux saucisses Jimmy Dean. Pour le déjeuner, nous avions trois options : sandwich de pain blanc garni de fromage et de saucisson, sandwich de pain blanc garni de fromage et de jambon, et sandwich de pain blanc garni de fromage et de tomate. Servi avec un sachet de chips sans marque et une pomme granny-smith. Au dîner, l'offre était plus variée : *ziti* au four, dures comme du plastique, poulet et ravioles, ragoût de bœuf. Mon repas préféré était sans conteste les tacos, qu'on nous servait une fois par semaine. Je n'avais pas le droit d'interagir avec qui que ce soit – j'étais considérée comme une menace à la sécurité, vous comprenez – mais j'ai appris par les gardiens que c'était aussi le plat préféré des autres détenues. J'étais ravie de savoir que nous avions des choses en commun.

Je lisais beaucoup pendant la journée. Nous pouvions emprunter dix livres à la fois, mais les ouvrages juridiques ne comptaient pas et Heath m'en avait prêté pas mal. Nous disposions de trente décimètres cubes d'espace de rangement pour nos documents juridiques sous nos lits. Je n'avais pas le droit d'utiliser les installations sportives ou la salle de loisirs, mais on me laissait courir dans la petite cour de promenade trois fois par semaine, aux petites heures du jour, quand les autres détenues dormaient encore. Ma cellule était assez grande pour que je puisse faire un peu d'exercice au sol : des pompes, des abdos, du yoga. Je veillais à ce qu'elle reste propre. Je dormais très mal, par intervalles de vingt minutes tout au plus. Les gardiens nous réveillaient aux aurores tous les matins, et ils éclairaient souvent ma chambre avec une lampe horriblement agressive tard dans la nuit. J'étais convaincue qu'ils le faisaient exprès.

Mes parents continuaient de me rendre visite. Les gardiens leur interdisaient toujours de me toucher. Ma mère ne me serrait pas contre sa poitrine en m'assurant qu'elle comprenait toutes mes décisions. On ne parlait pratiquement pas, en fait. Ni de mon procès ni de quoi que ce soit de sérieux. Je leur demandais ce qu'ils regardaient comme séries, le temps qu'il faisait en Caroline du Nord, et s'ils avaient des potins intéressants à me raconter. Ils ont joué le jeu des bavardages futiles aussi longtemps que possible, mais au bout d'un moment, c'était inévitable, ils ont voulu parler de ce qui les intéressait vraiment, à savoir moi. Ce que j'avais fait. Ce que je n'avais *pas* fait. Voilà ce qu'ils voulaient entendre. Mais j'étais incapable de parler. Je m'humidifiais les lèvres, je me raclais la gorge, mais rien n'en sortait. Je ne savais pas par où commencer. Quand je remontais dans le passé pour trouver le début, le temps se distordait d'une façon étrange. Quelles que soient les configurations que me présentait Heath, les différentes manières dont il faisait porter toute la faute à Jae, je n'arrivais pas à me débarrasser du sentiment que c'était moi. Que j'avais fait tout ce dont on m'accusait. Que j'étais tout ce dont on me qualifiait.

Plusieurs semaines se sont écoulées sans qu'il ne se passe rien de notable. Mon premier procès, celui en Californie, ne se tiendrait pas avant plusieurs mois. Le gouverneur est passé aux infos pour déclarer qu'il était convaincu de ma culpabilité et que je méritais une peine de prison à perpétuité pour mes crimes.

Le gouverneur de Floride lui a répondu le lendemain : « Ne vous inquiétez pas, cher ami. Puisque votre État ne peut pas la tuer, le mien le fera. » Je n'avais même pas commis de meurtre en Floride.

Quelques jours plus tard, je me suis réveillée tôt pour aller courir et ma cheville a fait un truc bizarre. Ce n'était excitant que dans la mesure où ça m'a permis de visiter l'infirmerie. En prison, découvrir de nouveaux endroits était toujours un moment palpitant. Après mon séjour à l'infirmerie, j'ai mangé des sandwiches au saucisson et au fromage pendant six jours d'affilée. J'ai lu *Des souris et des hommes* pour la cinquième fois. Pour une raison mystérieuse, la bibliothèque du centre de détention était particulièrement bien fournie en bouquins de Steinbeck.

À 15 heures, un gardien m'a annoncé que j'avais de la visite. C'était étrange. Nous n'avions pas le droit d'avoir des visiteurs après 15 heures le week-end, à l'exception du personnel juridique, et Heath n'était pas censé venir avant mardi. On m'a emmenée dans l'aile nord, au quatrième étage. Heath m'attendait dans le parloir.

« Qu'est-ce qui se passe ? ai-je demandé.

– Je voulais vous l'annoncer en personne, a répondu Heath nerveusement, sans s'asseoir. Je comptais vous appeler, mais je pense que c'est mieux ainsi.

– Vous êtes bizarre et inquiétant. Asseyez-vous.

– Je m'en excuse.

– Asseyez-vous.

– Evie.

– Que se passe-t-il ? »

Heath s'est assis.

« Ils ont trouvé Jae. »

Ils n'avaient pas trouvé Jae. Elle s'était rendue. C'est une différence de taille.

Les détails de son existence clandestine ont fait l'objet d'un article du *New York Magazine* devenu viral. Heath m'en a apporté un exemplaire. Il s'intitulait « LA FILLE DERRIÈRE LES MURS ». Sous-titre : « COMMENT JAE PARK A SURVÉCU DANS LES ZONES LIMINAIRES DE NOS VILLES ».

Nom d'un chien.

Pour éviter d'être reconnue, Jae portait un bonnet gris et un masque chirurgical. Son mode opératoire était toujours le même. Elle braquait des fast-foods, en général des Subway, et en dépit du fait qu'elle les forçait à vider leurs caisses sous la menace d'un couteau, tous les employés interrogés sur leur rencontre avec Jae sont unanimes : c'était une jeune femme extrêmement polie. Selon l'un d'eux, Jae a même un jour donné de la glace à une adolescente chargée de la préparation des sandwiches qui avait été tellement effrayée par son irruption qu'elle s'était brûlé la main dans le grille-pain. Un autre témoin, qui travaille dans un Subway situé près du célèbre Plus Grand Dinosaure du Monde dans la province d'Alberta, a expliqué que Jae avait apporté aux employés des sachets de pain pour qu'ils puissent se nourrir après qu'elle les eut enfermés dans les toilettes.

Bien sûr, aucun de ces employés ne se doutait que la voleuse surnommée au Canada la Braqueuse de Subway était en réalité Jae Park, la criminelle la plus recherchée d'Amérique. Et si elle a pu échapper si longtemps aux autorités, ce n'est pas seulement grâce à son déguisement : elle était simplement trop efficace et trop professionnelle pour se faire prendre.

Une arrestation a pourtant failli avoir lieu dans la ville de Golden, en Colombie-Britannique, quand Jae a glissé sur une flaque d'huile d'olive renversée par un manager. Interrogés sur l'incident, les employés du fast-food décrivent la scène comme un sketch digne des Looney Tunes. Lorsqu'un policier est arrivé sur les lieux, Jae a réussi à lui échapper en le neutralisant avec son propre Taser. Il faudrait attendre deux mois avant que les autorités parviennent enfin à mettre la main sur elle.

Quand les braquages de Subway sont devenus trop risqués, Jae s'est installée dans un magasin Home Depot près d'Edmonton. Elle dormait derrière une cloison d'exposition de terreaux, où elle s'était construit un mini studio. La jardinerie jouxtait l'entrepôt du magasin, et entre ces murs, Jae s'était fabriqué un lit de fortune avec des tapis récupérés dans le rayon des revêtements de sol. Elle avait même réussi à se procurer des caméras de sécurité pour surveiller les allées et venues des employés. Elle volait de quoi se nourrir dans la salle de pause, et la nuit, sur les présentoirs près des caisses. Soumis à des procédures strictes qui leur interdisent de s'aventurer au-delà de leurs zones de travail, les employés du magasin ne se doutaient de rien. La cachette de Jae n'a été découverte que lorsqu'elle a elle-même révélé sa localisation après s'être livrée aux autorités.

Extrait de « LA FILLE DERRIÈRE LES MURS : COMMENT JAE PARK A SURVÉCU DANS LES ZONES LIMINAIRES DE NOS VILLES ».

45

J'étais tellement habituée à la solitude qu'il m'a fallu plusieurs jours pour m'adapter à l'existence fugitive que je partageais désormais avec toi. Le simple fait qu'un autre être humain s'adresse à moi me déboussolait. On me parlait : ça signifiait que j'étais en vie. Tant que je n'avais pas trouvé un moyen de tout expliquer – une tâche qui me paraissait de plus en plus difficile à mesure que le temps passait – je préférais ne rien dire du tout. Me retrancher dans le silence était facile, si facile en fait que je me suis demandé pourquoi plus de gens ne choisissaient pas de le faire dans la vie de tous les jours.

Je t'ai laissée tirer tes propres conclusions à mon sujet, et tu l'as fait, la plupart du temps avec une bienveillance que je ne méritais pas. Ce fut la première de mes nombreuses erreurs.

Peut-être me serais-je confiée plus volontiers si tu avais été différente. Si tu t'étais montrée plus douce, plus flexible, et plus naïve. Mais bien sûr, tu n'es rien de tout ça. Ton esprit est vif et soupçonneux, et de tous les obstacles qui se sont dressés sur ma route, c'est celui que j'ai eu le plus de mal à surmonter. En tant que tutrice, tu m'apparaissais comme quelqu'un qui aimait faire les choses d'une certaine manière et s'attendait à ce qu'on suive ses directives à la lettre. Tu étais respectueuse envers les Victor, mais trop fière pour la déférence, y compris la fausse, celle que l'on affecte pour des raisons professionnelles. Je n'ai jamais rencontré quelqu'un comme toi. J'avais l'impression de courtiser une ligne à haute tension. Tu crépitais d'une énergie violente et imprévisible. Même au repos, il y avait sur ton visage quelque chose d'impitoyable. Je t'imaginais à l'école : une grande gueule qui tenait tête à ses professeurs, aussi brillante que turbulente. Qui pulvérisait tous les obstacles à coups de bulldozer, les affrontait avec un courage féroce et une détermination terrifiante. Qui menait les autres à la baguette, présidait des clubs, dirigeait des équipes de sport. L'exact opposé du genre d'élève que j'avais été : maussade et perturbée, qui effrayait les autres uniquement pour qu'eux ne puissent pas l'effrayer. La fille au regard noir et aux mauvaises fréquentations, qui puait la clope, la laverie automatique et les repas gratuits de la cantine.

J'aimais te regarder conduire. Tu le faisais avec une telle facilité, sûre de toi et impitoyable. Je t'entendais souvent marmonner des insultes et des grossièretés au sujet des conducteurs qui te dépassaient. Je ne sais pas si tu en avais conscience ou non. Tu es assez agitée, d'une manière générale. Tu avais toujours le genou qui tressautait, les mains qui se crispaient sur le volant, les yeux qui scrutaient l'horizon à la recherche de prédateurs. L'énergie qui te propulsait vers l'avant était épuisante. Tu as un sale caractère, mais d'une manière qui ne me dérangeait pas, car contrairement à la plupart des personnes irascibles que j'ai connues (des hommes, pour la plupart), tu ne faisais pas de ta colère ma responsabilité. Tu pouvais te montrer têtue, et je pense que tu as l'habitude que les autres se plient à ta volonté. Tu ne te doutais pas de la patience dont j'étais capable. Une fois que tu l'as compris, la cohabitation est devenue bien plus facile.

Tu es étonnamment attentionnée, une qualité que je n'osais pas mentionner, de crainte que tu en aies honte. Je n'irai pas jusqu'à dire que tu es gentille, mais tu es observatrice et prévenante. Quand j'avais faim ou soif, quand j'étais fatiguée, tu faisais tout pour y remédier. Tu prenais soin de moi et ça me plaisait. Moi aussi, j'aimais bien prendre soin de toi, de cette manière silencieuse, qui n'attend pas de remerciements. On ne demandait jamais si l'autre allait bien, parce que tu es comme moi. Tes besoins t'embarrassent. Les crises émotionnelles, les blessures visibles et invisibles, les peurs, les angoisses, les faiblesses de toutes sortes, sont des choses privées, que l'on préfère régler seules. Tu ne cherchais jamais à être rassurée et, en général, tu n'avais pas besoin d'être choyée. Ta présence ne puisait aucune énergie en moi. Tes humeurs n'étaient pas contagieuses. Tu étais indépendante et capable, ta propre planète, ta propre orbite, qui se satisfaisait de ne croiser la mienne qu'une fois de temps en temps.

Tu es intelligente, mais pas autant que tu le crois. C'est une qualité importante pour toi, alors j'ai toujours joué le jeu. Je ne savais pas comment m'attirer tes faveurs autrement, à part en volant à manger ou en réparant la voiture. Je n'ai pas tout de suite compris pourquoi je tenais tant à te faire plaisir. Peut-être me sentais-je simplement redevable. Tu m'as sauvée. Tu aurais pu m'abandonner des dizaines de fois, mais tu ne l'as pas fait. Face à mon silence qui souvent t'exaspérait, tu ne m'as jamais forcée à raconter mon histoire, tu n'as jamais cherché à t'approprier ma vie privée. Je redoutais des questions qui ne sont jamais venues. Il s'en est fallu de peu, une fois, au Texas. L'une des règles que je me suis fixée, c'est de ne jamais perdre le contrôle de mes émotions, et ce jour-là, c'est arrivé. C'était le crépuscule, on écoutait la radio, et j'ai entendu les premières notes de « Hey Jude ». Je me suis aussitôt retrouvée projetée dans le passé. Moi, enfant. Mon père, avec sa chevelure épaisse, son visage si beau et si doux, agenouillé à côté de moi sur le tapis, guidant mes doigts sur le clavier. J'ai abattu ma main sur le poste, nous plongeant dans un de ces silences lourds de sens qui exigent une explication. Tes yeux se sont tournés vers moi, mais tu n'as pas dit un mot. C'était le cadeau le plus précieux que tu pouvais m'offrir. Le silence est une forme d'intimité.

Malgré tout ce que tu as partagé avec moi, tu demeurais indéchiffrable. Ça explique peut-être l'emprise que tu avais sur moi. Tu étais fuyante et évasive, tu me donnais juste assez pour m'apaiser avant de me montrer un nouveau visage, comme pour me rappeler tout ce qu'il me restait à apprendre. Comme moi, tu étais rusée et calculatrice, tu veillais à ne jamais te retrouver dans une position de vulnérabilité. Nous étions différentes à bien des égards, mais il y avait des moments où je me sentais si proche de toi que j'avais l'impression que tu pouvais percevoir le goût des aliments que je mangeais, souffrir de mes blessures autant que des tiennes. Depuis Minho, qui m'apportait le *kimbap* de sa mère pour le déjeuner, personne ne s'était jamais montré aussi généreux avec moi. Tu n'hésitais pas à partager. Non pas tes sentiments – que tu gardais généralement pour toi – mais ton eau, ta nourriture, tes cigarettes. On ne se connaissait que depuis quelques heures que tu veillais déjà sur moi, comme quand tu me tendais ta bouteille d'eau après avoir bu, la lèvre encore humide. J'aurais accepté tout ce que tu m'offrais.

Quand tu m'as teint et coupé les cheveux en Floride, j'étais tellement tendue que j'arrivais à peine à respirer. Je me suis donné des tâches minuscules sur lesquelles me concentrer, pour me distraire de ta proximité. Tu m'as vaincue sans difficulté. Tu as tenu ma mâchoire avec une tendre autorité, amusée par les efforts que je déployais pour t'ignorer. Quand tu as eu terminé, tu m'as dit que j'étais jolie. Quelle cruauté. En l'espace de quelques jours, chacune de mes terminaisons nerveuses était devenue comme un fil de fer sous l'aimant de ta peau. Toutes les cavités de mon cœur s'étaient creusées pour épouser tes contours.

Bien sûr, je savais que ça ne pouvait pas durer. Le jour où Tom Craddock s'est retrouvé sous la lame de mon couteau en Louisiane, ce n'était qu'une question de temps avant que tu n'apprennes la vérité à mon sujet. On ne peut pas changer sa chimie fondamentale. Le moment venu, je t'ai mis un couteau sous la gorge pour être sûre que tu comprennes. Regarde, Evie, regarde-moi dans les yeux et vois ce que je suis. Les lumières sont allumées, mais il n'y a personne. Il n'y a jamais eu personne.

Peter Victor a été le premier. Puis il y a eu Dinah, et Evan Barclay. Et toi. Ça va peut-être te sembler cruel, puisque tu es ma seule victime qui ne soit pas réellement morte, mais c'est pour ce que je t'ai fait que je me sens le plus coupable. Si je n'avais pas tué les Victor et ne t'avais pas entraînée avec moi sur la route, tu serais encore à Los Angeles. Tu aurais fait cours à Serena comme n'importe quel autre dimanche, et je t'aurais écoutée à travers le mur. Tu aurais regagné ta voiture sans moi, tu serais allée chez toi, ou chez un autre élève, ou quelque part pour dîner. Peut-être aurais-tu retrouvé tes amis, ou une petite copine. Je n'avais aucune idée du genre d'existence que tu sacrifiais pour la mienne. J'étais trop égoïste pour t'imaginer une vie qui ne m'incluait pas. Souvent, mes pensées s'égaraient et je rêvais qu'on se rencontrait sur la route, à un feu rouge ou dans une station-service. Tu croisais mon regard, aussi froide et indifférente que si je faisais partie du décor, et tu te détournais aussitôt. Je t'aurais donné tout ce que tu me demandais, mais je ne pouvais pas te donner ce monde meilleur, plus beau. Tu n'as pas choisi la vie dans laquelle je t'ai entraînée. Tu ne m'as pas choisie.

Je savais ce qu'il me restait à faire.

46

Jae a tout avoué. Elle a avoué avoir assassiné les Victor. Elle a avoué avoir assassiné Sebastian Onasis et Evan Barclay seule, sans mon aide. Elle a expliqué avoir noyé Peter dans le bassin des carpes koï, fracassé le crâne de Dinah avec une pierre. Elle a dit qu'elle l'avait fait parce qu'elle en avait envie. Bien que la transcription des aveux n'ait pas été publiée dans son intégralité, des journalistes ont pu mettre la main sur quelques extraits clés, qui ont été abondamment repris et analysés par les internautes amateurs de *true crime*, les présentateurs de podcasts, et bien sûr Nashville Hair, qui a qualifié son témoignage de « ramassis de conneries ».

« Mais pourquoi vouliez-vous les tuer ? lui demandait l'agent spécial Afuye. Les Victor vous avaient fait quelque chose ?

– Non. Pas à moi.

– À quelqu'un d'autre ?

– Oui, ils ont fait quelque chose à quelqu'un d'autre. Tout ce que l'on fait arrive à quelqu'un d'autre. »

Jae a aussi admis avoir vécu dans la maison des Victor. Elle a décrit son réseau interne de couloirs, qui permettait d'y circuler très facilement en secret. Les clés de la maison avaient été confiées à Abigail Victor, la sœur aînée de Peter. Bien que le testament de Peter et Dinah ait stipulé que l'intégralité de leurs biens devait être léguée à Serena, Abigail avait porté l'affaire devant les tribunaux. La rumeur disait que la maison, considérée comme une scène de crime, avait été scellée par les autorités. Les journalistes qui souhaitaient enquêter sur les déclarations de Jae concernant son architecture interne se voyaient refuser l'entrée par la police de Los Angeles, qui avait installé une barrière. Des patrouilles fréquentes avaient lieu devant la maison, dans laquelle des adolescents en quête de sensations fortes essayaient régulièrement de s'introduire.

Jae a aussi confessé des crimes qui n'ont pas eu lieu, comme le fait de m'avoir contrainte à m'enfuir avec elle. Elle a décrit la scène comme un kidnapping : elle m'avait forcée à monter dans la voiture sous la menace d'une arme et ordonné, sous peine de représailles violentes, de rouler dans telle et telle direction. Je ne mangeais et dormais que lorsqu'elle m'en donnait l'autorisation. Je refusais de lui parler, si ce n'est pour la supplier de m'épargner, lui crier dessus et maudire son nom. Jae avait respecté mon choix.

Déclaration de Mme Jae Park

(21 mars, 9 h 45, interrogée par l'agent spécial Aisha Afuye)

AGENT SPÉCIAL AFUYE : *Pourquoi avez-vous épargné Mme Gordon ?*

PARK : *Je ne sais pas.*

AGENT SPÉCIAL AFUYE : *Il n'aurait pas été plus simple de vous débarrasser d'elle ?*

PARK : *Sans doute, oui.*

AGENT SPÉCIAL AFUYE : *Mais vous ne l'avez pas fait.*

PARK : *Non.*

AGENT SPÉCIAL AFUYE : *Est-ce que Mme Gordon s'est défendue ?*

PARK : *Oui. Elle était intelligente.*

AGENT SPÉCIAL AFUYE : *Comment s'est-elle échappée ?*

PARK : *On était dans un motel au Canada. J'avais réussi à nous faire entrer dans une chambre vide par la fenêtre. En général, la nuit, je l'enfermais dans la salle de bains pour pouvoir dormir un peu.*

AGENT SPÉCIAL AFUYE : *Vous l'enfermiez tous les soirs ?*

PARK : *Oui. Je ne dors pas beaucoup de toute façon, donc cela ne durait pas toute la nuit. Seulement quelques heures. Mais cette nuit-là, j'étais vraiment épuisée, et elle a dû s'en rendre compte. Je faisais beaucoup d'embardées sur la route. Je pense qu'elle s'est dit que j'allais m'endormir comme une masse.*

AGENT SPÉCIAL AFUYE : *Qu'est-ce qu'elle a fait ?*

PARK : *Elle a inondé la salle de bains. On était au premier étage. Elle a fait couler les robinets de la douche et du lavabo jusqu'à ce qu'ils débordent, et les occupants de la chambre du dessous ont dû remarquer la fuite. Ça avait aussi coulé dans notre chambre, mais je dormais. Le veilleur de nuit est venu enquêter. J'ai dû la laisser sortir, et elle en a profité pour prendre les clés de la voiture et s'enfuir. J'ai envisagé d'attaquer le veilleur de nuit, mais ça semblait trop risqué.*

AGENT SPÉCIAL AFUYE : *Donc Mme Gordon a pris la voiture ?*

PARK : *Oui. Comme je l'ai dit, elle est intelligente.*

AGENT SPÉCIAL AFUYE : *Et qu'avez-vous fait, vu que vous n'aviez plus de voiture ?*

PARK : *J'en ai volé une autre.*

47

Même si nous parlions rarement de ce que nous ressentions, mon corps s'en chargeait pour moi. J'avais envie de toi. Mais tu n'as jamais utilisé ce pouvoir contre moi. Je crois que, par miracle, moi aussi je détenais un certain pouvoir sur toi. C'est peut-être la leçon à retenir. Le pouvoir fait partie de toutes les histoires d'amour. Il est essentiel à la transaction. Peut-on courtiser quelqu'un sans rien payer ? Peut-on se laisser courtiser sans rien céder à l'autre ? Existe-t-il une forme de relation amoureuse qui n'implique aucun marchandage, aucune négociation, aucune dette ? Je n'avais pas d'argent à te donner. Tu n'avais pas d'argent à me donner. Nos valeurs respectives n'entraient pas en ligne de compte dans l'attirance que nous avions l'une pour l'autre. Le pouvoir résidait ailleurs dans notre cas, il circulait librement entre nous, de ta bouche à la mienne et inversement. S'agissait-il bien de pouvoir, ou d'une chose pour laquelle je n'ai pas de mot ? J'avais tant de réponses autrefois. Maintenant, il n'y a qu'une ou deux choses dont je suis sûre.

48

Heath a demandé l'abandon des charges contre moi en Californie, ce qui s'est avéré plus facile que je ne le pensais. Il m'a expliqué que l'accusation n'avait pas assez d'arguments convaincants pour gagner, de toute manière. Ils n'avaient aucune preuve matérielle contre moi, aucun aveu. Le seul témoignage réellement accablant était celui de Tom Craddock, lequel avait sapé sa propre crédibilité en déclarant à qui voulait l'entendre qu'il avait été « sauvé par la grâce de Dieu ». Les fils Carlisle étaient eux aussi devenus des personnages controversés après la révélation des nombreuses frasques qu'ils avaient commises sous l'emprise de l'alcool : conduite en état d'ivresse, démolition d'une Mustang, un accident de hors-bord qui avait plongé une adolescente dans le coma. Le seul autre témoin oculaire était le vigile du Walmart d'Indio, qui était passé dans tous les journaux télévisés pour expliquer comment il m'avait interrogée – seule, sans Jae – et avait presque réussi à me faire craquer.

L'État de Washington avait en revanche un dossier très solide – j'allais devoir répondre de ces accusations après mon procès pour le meurtre des Victor – mais là encore, les charges ont été abandonnées. C'était Jae Park qu'ils voulaient, et ils l'avaient enfin. Elle s'était rendue de son plein gré, et avait plaidé coupable.

L'opinion publique n'y croyait toujours pas, évidemment. Les prédicateurs continuaient de prêcher contre moi, imperturbables face aux faits. Nashville Hair réclamait quotidiennement mon exécution. Malgré tout, au bout de trois mois, j'ai été libérée de prison. Je suis retournée vivre chez ma mère, en Caroline du Nord.

Les trois premières semaines, notre rue a été prise d'assaut par les manifestants. Une fois que vous avez une horde de fanatiques contre vous, il est difficile de s'en dépêtrer. La détestation de ma personne était devenue une religion, qui offrait à ces gens un but, une communauté, de la camaraderie, de l'amitié – et peut-être même de l'amour. Je suis certaine d'avoir joué un rôle décisif dans quelques amourettes. Il suffisait qu'un des nombreux adeptes du hashtag #EvieLaMeurtrière, qui se serait senti un peu seul, un peu déprimé, fatigué de sa main droite, croise le regard d'un autre devant ma maison. Des camionnettes de presse étaient garées dans la rue vingt-quatre heures sur vingt-quatre pour documenter l'hostilité à laquelle j'étais confrontée. J'ai envisagé de m'entretenir avec chacun des protestataires un par un, voire de leur apporter un joli gâteau confectionné par mes soins pour leur montrer quelle gentille fille j'étais. Et puis je me suis souvenue que je ne savais pas faire des gâteaux et que je n'avais jamais été une gentille fille, même avant d'être une tueuse en série.

Au fil des semaines, la foule s'est clairsemée. Un mois plus tard, il ne restait que cinq manifestants qui campaient dans la rue. J'avais un peu pitié d'eux. Ça doit être difficile d'avoir une cause qui vous tient à cœur, d'y croire avec une telle ferveur, et de se la voir brusquement retirée. Ceux qui sont restés étaient des fanatiques. Trois d'entre eux étaient des étudiants, les deux autres des adultes d'âge moyen. Un jour, alors que je conduisais ma mère au travail, je leur ai demandé leurs noms. Quand l'un d'eux a ouvert la bouche pour répondre, un autre lui a donné une tape sur le bras pour le faire taire. Deux jours plus tard, ils avaient disparu. C'était en ligne que je subissais les attaques les plus virulentes. Le hashtag #EvieGordonEstCoupable était toujours aussi populaire sur les réseaux sociaux. La Floride était le seul État qui n'avait pas abandonné ses poursuites contre moi. Les Carlisle montaient un nouveau dossier à présenter au procureur. Le gouverneur, apparemment, les avait personnellement encouragés à le faire. Jae Park ne leur suffisait pas : ils voulaient l'équipe au complet. Heath me tenait au courant des développements, au cas où nous aurions besoin de nous préparer à un nouveau procès.

La plupart du temps, je restais chez ma mère, avachie devant Animal Planet. Personne dans ma ville natale ne voulait m'embaucher. J'ai tenté ma chance à la librairie, la bibliothèque, et à l'école publique où mon père avait travaillé. Mais aussi dans plusieurs restaurants et boutiques du centre commercial. L'ado à l'accueil du cinéma mangeait discrètement du pop-corn caché dans sa banane : plusieurs boules sont tombées de sa bouche quand il m'a vue franchir les portes automatiques pour déposer mon CV.

Alors je restais à la maison. Je fumais des cigarettes. Je faisais des mots croisés. Je ne lisais pas de livres. Je ne regardais pas les infos. Une élection entière s'est déroulée sans que je n'en sache rien, ainsi qu'une affaire de viol impliquant un présentateur de JT très populaire, une marée noire, un ouragan de catégorie 5 au Texas, la montée en puissance d'un groupe de nationalistes blancs dans le Nord-Ouest de la Floride, et une querelle mondiale avec la Russie. Je ne regardais rien qui puisse être considéré comme intellectuellement stimulant ou émotionnellement perturbant. Je m'en tenais à la téléréalité, aux sitcoms et au sport. J'ai grossi. Quand j'ai pris conscience que j'étais grosse, j'ai maigri. Des photos de moi, version grosse et version maigre, sont parues dans les tabloïds et ont été partagées en masse sur les réseaux sociaux, assorties de commentaires moqueurs. « IMAGES CHOC : LA MEURTRIÈRE EVIE GORDON EXHIBE SA CELLULITE LORS D'UNE BALADE NOCTURNE. » « PERTE DE POIDS SPECTACULAIRE D'EVIE GORDON : LIPOSUCCION OU MAUVAISE CONSCIENCE ? »

Je courais au moins huit kilomètres par jour, parfois deux fois par jour, le matin et le soir. Pour me distraire pendant mes footings, j'écoutais des podcasts, des émissions joyeuses sur la pop culture et autres inepties pour étouffer le bruit de mon propre esprit. Je ne supportais pas le silence, même la nuit. Je m'endormais devant *Friends*, *The Office* ou *Parks and Recreation*. Ma dépression n'était pas de celles où l'on passe tout son temps à pleurer. Non, c'était la variante de type angoisse existentielle shakespearienne, ruminations sur la futilité de l'homme, être ou ne pas être, dormir et peut-être rêver, pleurer d'être venu sur ce foutu théâtre de fous. Ça me dégoûtait. Je n'en parlais pas, mais ma mère l'a remarqué, évidemment, puisque je ne quittais plus la maison. Quand je me forçais à le faire, même pour un simple saut à l'épicerie, tout ce à quoi je pensais, c'était combien tous ces gens que je croisais devaient détester leur vie. C'était l'aspect le plus étrange de ma dépression. Elle se projetait vers l'extérieur, présomptueuse et arrogante, et m'incitait à imaginer le malheur des autres. Je regrettais l'époque où mon plus grand désir était l'immortalité. Maintenant, l'idée de vivre éternellement me rendait malade. Une connerie sisyphéenne que je ne souhaiterais pas à mon pire ennemi.

J'ai reçu quelques offres d'agents littéraires pour écrire mes mémoires. C'était de l'argent facile. L'agente que j'ai choisie était une boomeuse lesbienne très sympa et bien intentionnée qui vivait à Seattle – « Pas très loin de l'endroit où Sebastian et Evan ont été assassinés ! » pépiait son mail de présentation, comme si c'était une entrée en matière alléchante. On a rédigé une proposition et décroché un contrat d'édition. L'argent que j'ai gagné à la signature m'a aidée à payer ce que je devais encore à Heath, et à rembourser environ un quart de ma dette étudiante. La plupart du temps, j'étais trop déprimée pour écrire, mais c'était un problème pour mon futur moi.

Mes niveaux de sérotonine fluctuaient, avec des mouvements et des ouvertures dignes d'un opéra. Elle déferlait parfois en vagues si puissantes que j'en somnolais. Les visiteurs me plombaient le moral. Un jour, un éboueur m'a souri et j'ai fondu en larmes. Comment cet homme peut-il sourire ? Qu'est-ce qui peut bien le faire sourire ? L'angoisse existentielle est tellement rébarbative. Il y avait des jours où je ne parlais à personne. L'idée même de la parole était inconcevable. Mes joues étaient raides. J'essayais de me forcer à sourire, en vain. J'avais peur de mon propre esprit. Je voulais que tout revienne à la normale. Que toutes mes hormones reviennent au niveau de la mer.

Elles ont fini par le faire, plus ou moins. Au bout d'environ treize mois, j'ai commencé à émerger du brouillard. Mon ennui était intrinsèquement lié à mon insatisfaction. Et si j'étais insatisfaite, il y avait sans doute quelque part en moi la volonté de devenir satisfaite. J'avais donc une direction à suivre. Mon esprit avait de nouveau besoin d'être stimulé. Je pouvais regarder des séries avec ma mère, des séries de qualité, qui étaient nommées aux Emmy Awards. Je lisais des romans. Je regardais les infos et je me sentais émue par les tragédies qu'elles relataient. J'étais presque certaine que je n'arriverais pas à décrocher un boulot, mais comme tant d'autres chômeurs de ma génération, je pouvais compter sur ce refuge fidèle entre tous : les études supérieures.

Après des mois de recherche, j'ai décidé de postuler pour un doctorat en sociologie. Un doctorat avait plusieurs avantages : (1) il était entièrement financé, je gagnerais donc de quoi subvenir à mes besoins ; et (2) il reporterait le remboursement de ma dette étudiante.

La plupart des écoles doctorales les plus réputées se trouvaient dans des grandes villes, principalement en Californie, mais ce n'étaient pas celles qui m'intéressaient. Je voulais rester proche de mes parents.

J'ai été admise dans trois programmes différents. J'ai choisi l'UNC-Chapel Hill et j'ai commencé la formation l'automne suivant. Je me faisais appeler par mon deuxième prénom, Theodora, ou simplement Theo. Theo Gordon, bonjour. Theo, c'est moi. Je répétais le nom en me regardant dans le miroir, *Theo, Theo, Theo,* pour me convaincre que j'étais bien elle. J'ai laissé ma mère me couper les cheveux assez court et les teindre en brun. Ce qu'il y avait de bien, c'est que Theo pouvait être qui elle voulait. J'ai décidé que Theo serait une meuf sympa. En tant que Theo Gordon, doctorante en première année de sociologie, on m'a attribué un studio dans une résidence pour les étudiants de deuxième et troisième cycle. J'en avais fait la demande, mais je ne m'attendais pas à ce qu'on m'en accorde un dès la première année. Peut-être qu'ils avaient peur de me donner une coloc. J'ai été une meurtrière célèbre, après tout.

Le premier semestre s'est relativement bien passé. Je n'étais pas inquiète. J'affichais l'assurance détraquée de quelqu'un qui n'a rien à perdre et personne à impressionner. On ne m'a pas trouvée très sympa, en revanche. On me prenait au pire pour une connasse malpolie, au mieux pour une meuf un peu perchée, selon le degré de bienveillance avec lequel on m'interprétait, parce qu'il m'arrivait souvent de ne pas répondre quand on m'appelait Theo. Je n'étais pas aussi douée pour être Theo que je l'aurais voulu. Comme j'utilisais un nom différent, les gens ont mis du temps à comprendre qui j'étais. Pendant la journée d'orientation, une fille de ma promo m'a dévisagée pendant trente bonnes minutes à travers une table recouverte de petits fours avant de me suivre dans le couloir et d'exiger de savoir si j'avais un lien de parenté avec Evie Gordon. Un autre membre de notre promo, Vivek, fumait une clope dans le couloir ; il l'a entendue et s'est mis à rire.

« Gabby, a-t-il dit en soufflant un panache de fumée. *C'est* Evie Gordon. »

Après ça, pendant les séminaires, Gabby et sa petite clique m'évitaient comme la peste et échangeaient des regards chaque fois que je prenais la parole en classe. Vivek était sympa avec moi : on fumait souvent ensemble après les cours. Personne dans ma promo ne venait me parler, ce qui me convenait très bien. Ils étaient tous beaucoup plus jeunes que moi, de toute façon. Je commençais à me dire que retourner à la fac était une idée stupide, mais je ne pouvais pas me permettre de ne pas reporter le remboursement de mes prêts étudiants.

C'est au deuxième semestre que c'est parti en couille. J'avais commencé à donner des cours, ce qui m'avait beaucoup manqué. La première semaine s'est bien passée, ou du moins le pensais-je. J'enseignais surtout à des premières années. Une seule de mes étudiantes m'a reconnue, une fan de *true crime* un peu goth qui s'appelait Mei. Elle était tout le temps en retard, mais son écriture était phénoménale et elle restait toujours après les cours pour me questionner sur la famille Victor. Elle avait une drôle de voix, forte et nasillarde. C'est sans doute après nous avoir entendues discuter qu'une autre élève a décidé de me chercher sur Google. Puis elle a parlé de moi à ses parents.

En à peine vingt-quatre heures, l'université a reçu deux cents plaintes. Moins de quarante-huit heures plus tard, une pétition intitulée « PAS DE TUEUSE EN SÉRIE SUR LE CAMPUS » a récolté 6 745 signatures. À la fin de la semaine, le nombre de plaintes s'élevait à 700. La pétition comptait 14 000 signatures et le nombre continuait de grimper. Nashville Hair a pondu un reportage sur le sujet. Je l'ai regardé sur mon téléphone au restaurant du campus, déjà ivre à 2 heures de l'après-midi, comme tous les jours où je n'enseignais pas. Ça faisait des mois que j'arrivais bourrée aux séminaires.

J'ai abandonné. Je suis retournée vivre chez ma mère, et j'ai de nouveau sombré dans la dépression. Je suis allée à une réunion des Alcooliques anonymes et j'ai suivi consciencieusement les douze étapes comme la bonne élève que j'étais. J'ai arrêté de picoler et je me suis remise au sport. J'ai fini d'écrire mon livre. Mon éditrice l'a détesté. Elle a dit qu'il n'avait aucun sens. J'ai recommencé à picoler.

Un film d'horreur est sorti, intitulé *La Fille derrière le mur.* Serena Victor en était l'héroïne et Jae y était représentée comme la petite Japonaise dans *The Grudge,* ce que de nombreux critiques ont qualifié de raciste. Dans l'ensemble, le film s'est fait descendre en flèche. Jae était un croque-mitaine, un personnage de Wes Craven, tout droit sortie du sous-sol de la peur. Je n'étais pour ma part qu'un personnage mineur mais l'actrice qui interprétait mon rôle était vraiment canon, ce que j'ai apprécié. Celle qui jouait Jae ne lui ressemblait pas du tout. Elle était trop petite et féminine, avec de grands yeux ronds et un sourire à la Freddy Krueger. On ne voyait jamais nos personnages s'embrasser et encore moins coucher ensemble. Je n'étais qu'un accessoire, une simple victime traînée de force de chambres d'hôtel en résidences secondaires, qu'on voyait en train de geindre, prostrée sur le siège passager, dans une brève séquence en accolade.

Un mois après la sortie du film, ma mère m'a réveillée au milieu de la nuit. Groggy, je l'ai laissée me traîner dans le salon. La télé était allumée et le visage de Jae remplissait l'écran : une photo d'elle lors de sa mise en accusation, dans sa combinaison orange.

« JAE PARK S'ÉVADE DE PRISON. »

J'ai ri.

Je devais bien lui reconnaître une chose. Cette connasse était un modèle de constance.

La gardienne de prison qui avait aidé Jae à s'évader serait jugée l'année prochaine en Californie. Elle s'appelait Rosa. Sa photo faisait la une de tous les JT. Elle avait vingt-cinq ans, un visage en forme de cœur et de longs cheveux bruns. Elle était très jolie. Elle prétendait avoir été « séduite » et « trompée ».

Bienvenue au club, ma grande.

J'ai mal dormi pendant près d'un an après l'évasion de Jae. Je guettais des bruits de pas derrière les portes, des ombres se déplaçant à travers la pelouse. J'ai commencé à faire de longues promenades nocturnes, pendant lesquelles mes yeux voyaient des formes obsédantes dans les silhouettes des boîtes aux lettres ou des arbres qui se dressaient derrière les maisons. Je regardais dans les voitures. J'écoutais le hululement des chouettes et je suivais la piste des animaux qui faisaient bruisser les feuilles. Je m'enfonçais dans les bois et j'examinais les arbres. Parfois, je m'imaginais la voir perchée élégamment sur une branche. Elle ne m'invitait pas à approcher, mais elle ne cherchait pas non plus à me faire fuir. Ses yeux froids de Joconde, sa belle bouche à moitié amusée.

Puis je rentrais à la maison. Une fois à l'intérieur, je collais mon oreille contre le mur et je guettais les bruits de sa respiration.

« Jae ? chuchotais-je dans la bouche d'aération de la salle de bains en faisant courir mes doigts sur le papier peint. Jae ? »

Le manque de sommeil a des effets spectaculaires sur le cerveau. Parfois, j'entendais des voix qui me répondaient. Je n'aurais su dire si la possibilité qu'elles soient réelles me terrifiait ou me réjouissait.

Environ un an après l'évasion de Jae – ils ne l'avaient pas attrapée, bien sûr – j'ai reçu un colis par la poste sans adresse de retour. À l'intérieur se trouvait un carnet.

Je l'ai ouvert à la première page. Une maison y était dessinée. Le trait était simple et net, magnifique. C'était une maison de style Tudor, tout droit sortie d'un livre de contes de fées. Avec une fontaine et une serre.

Sur une autre page, il y avait une cuisine, avec un coin repas et un petit luminaire Tiffany suspendu au plafond. Le sol était en damier noir et blanc : je voyais les coups de crayon, chaque carreau soigneusement colorié. Le soleil se déversait par un Velux.

Un autre dessin représentait un jardin, où poussaient des rangées et des rangées d'œillets de poète et de rudbeckies hérissées, étiquetées avec leurs noms anglais et latin. Dans le belvédère, il y avait nous.

Les dessins étaient suivis d'un texte. Des pages et des pages de texte.

Parler a toujours été difficile pour moi. Je m'exprime plus facilement à l'écrit, ou du moins le pensais-je. J'ai longtemps tenu un journal intime.

Mais j'ai perdu la main. J'ai dû effacer tant de débuts et repartir de zéro. Je veux faire ça comme il faut, pour toi.

Je vais commencer par ceci : je sais écouter. Il y a beaucoup de choses pour lesquelles je ne suis pas douée, mais écouter n'en fait pas partie.

L'histoire démarrait ainsi.

49

Je t'aimais, Evie. Je t'aime. Voilà ce que je sais.

50

Evie Gordon, la Robin des bois d'Hollywood, a pris sa retraite. Elle n'existe plus. En fait, si l'on en croit l'opinion publique, elle n'a jamais existé : Evie Gordon n'est rien d'autre qu'une tueuse en série, une détraquée qui assassinait pour le plaisir.

La plupart de mes compatriotes sont toujours convaincus que c'est moi qui les ai tous tués, d'ailleurs.

La vérité, c'est qu'Evie Gordon a bel et bien pris sa retraite. Elle ne rôde plus dans les collines de Bel-Air, bien qu'elle y songe parfois. Ces jours-ci, ce qu'elle fait surtout, c'est conduire. Elle se rend dans des quartiers chics et se met en quête d'une Tesla. Il lui arrive de tomber sur une Porsche ou une Mustang vintage, mais le plus souvent, c'est une Tesla. Elle la prend en filature. Elle suit ses occupants jusque chez eux.

Aujourd'hui, je suis de passage à Los Angeles, pour rendre visite à Patrick Heath, mon ancien avocat. Les Carlisle me réclament deux millions de dollars pour préjudice moral. On prépare le procès. Dans un accès d'ennui, ou peut-être de menace nostalgique, appelez ça comme vous voulez, je décide de suivre quelques voitures. Ça fait presque cinq ans que je ne suis pas revenue à Los Angeles, alors au début, quand la Tesla me conduit dans les collines de Loz Feliz où s'alignent les villas de style néo-Tudor, colonial espagnol ou chalet suisse, je ne reconnais pas immédiatement la rue où j'avais l'habitude de me rendre tous les dimanches.

Ça n'a pas beaucoup changé. La mémoire musculaire prend le dessus et me conduit directement à la maison la plus célèbre du quartier.

Je remonte l'allée, franchis la douve (oui, une vraie douve), traverse le jardin luxuriant planté de cactées et de citronniers pour rejoindre l'imposante porte d'entrée en chêne qui, la dernière fois que je suis venue ici, était grande ouverte.

Elle est fermée aujourd'hui, alors je sonne.

Un homme l'ouvre. Il n'est pas bien grand, un mètre soixante-dix tout au plus. Il a la peau foncée et son sourire révèle les plus belles dents que j'aie jamais vues.

« Oui ? dit l'homme. Je peux vous aider ?

– Vous ne me reconnaissez pas ? »

Son grand sourire commence à s'estomper.

« Je suis navré. » Il parle avec un léger accent britannique. « Je ne pense pas que nous nous soyons déjà rencontrés, et je n'attends pas de visiteurs. Quel est votre nom ?

– Evie Gordon.

– Evie, répète-t-il, incrédule. Evie Gordon ?

– Oui. Je suis désolée de ne pas avoir appelé avant de venir, ce n'était pas prévu. Et je ne savais pas qui vivait ici.

– Evie Gordon », répète-t-il encore une fois avant de reculer. Non par peur, mais pour m'inviter à entrer. « Evie Gordon, je vous en prie, entrez. »

Je m'avance dans le vestibule et il commence à parler avec effusion. J'apprends qu'il s'appelle Ajani Effiong, que c'est un réalisateur anglais. Peut-être ai-je vu son dernier long-métrage, *Animators* ? C'est un film de zombies. Je m'excuse de ne pas l'avoir vu. Il dit ne vous excusez pas. Il m'explique qu'il vient d'emménager à Los Angeles pour travailler sur une adaptation de bande dessinée. Il dit qu'il ne connaît pas encore très bien la ville. Avant, son épouse et lui vivaient à Dublin. Il ajoute qu'en tant que réalisateur de films d'horreur, il n'a pas pu résister à la maison Victor. Il l'appelle comme ça, la maison Victor. Il entretient un flot constant de bavardage. J'aime ce petit café, je n'aime pas le chien de ce voisin, j'adorerais avoir un chien moi-même mais je n'ai pas le temps de m'en occuper, ma femme est une artiste et elle déteste la maison, elle dit qu'elle est pleine de mauvais esprits, je ne ressens pas ces mauvais esprits, en fait, la maison me déçoit un peu, pour tout vous dire, toutes ces histoires de couloirs et de mystères, mais c'est en réalité une maison très ordinaire, nous n'avons trouvé aucun passage, ce n'est pas faute d'avoir cherché, pourtant, ma femme veut repeindre toutes les pièces, si on conçoit un bébé ici, elle pense qu'il sera bizarre, je lui dis que c'est absurde, que ce n'est pas tout à fait la maison qu'on imaginait mais que c'est tout de même une belle maison, elle commence à l'apprécier, je crois, elle dit que Los Angeles est peuplée de fantômes, je dis n'importe quoi, cette ville est si jeune, il n'y a pas assez d'histoire, pas assez de culture, elle dit non il y a des choses anciennes ici, il n'y a pas que l'Amérique, ces choses ne partent pas comme ça, cette terre est fracturée, je dis bien sûr qu'elle est fracturée, toute terre est fracturée, oh, mais il y a un restaurant mexicain que nous aimons bien juste en bas de la rue, c'est impossible de trouver de la bonne cuisine mexicaine à Dublin.

« Mon épouse n'est pas à la maison, explique-t-il. Elle a une exposition qui approche. J'espère qu'elle sera là pour le dîner. Nous aimerions vous inviter à dîner. Je suis sûre qu'elle serait ravie de vous rencontrer… moi je le suis, en tout cas. Nous avons beaucoup lu à votre sujet. J'ai même votre livre. Désolé, je ne l'ai pas encore lu, mais je vais le faire. J'ai entendu des choses très intéressantes sur vous. »

Il me regarde avec une intensité décomplexée, en souriant.

« Vous souhaitez boire quelque chose ? Du thé ? De l'eau ? Vous voulez jeter un coup d'œil à la maison ? »

Je me dirige vers l'escalier principal.

« Tout va bien ? me demande-t-il, et son sourire s'estompe.

– Je crois que j'aimerais la visiter seule, dis-je. Si ça ne vous dérange pas ?

– Non, bien sûr. Vous êtes sûre que vous vous sentez bien ? Vous n'avez pas l'air dans votre assiette. »

Je ne me sens pas bien, non. Je me sens folle. La maison a des murs, ils se dressent autour de moi, ils ont un poids matériel, je pourrais les toucher, les sentir sous mes doigts. Je pose ma main sur la rampe d'escalier. Elle est réelle. Je me demande si la maison sait que je suis là. De nouvelles peintures ornent les murs : des couleurs vives, des formes abstraites, des bouches qui s'étalent comme du sang sur des visages géométriques. Ce sont de nouveaux yeux. Me reconnaissent-ils ? La porte sous l'escalier est toujours là, ronde et sinistre, elle me fait signe d'approcher. Comment ai-je pu un jour trouver cet endroit si beau ? Qu'avait-il de si beau ?

« Je suis désolé, dit Ajani. Je suis vraiment désolé.

– Quoi ? fais-je en me tournant vers lui.

– J'étais tellement excité », dit-il avec un sourire gêné. Une honte profonde envahit son visage. « Quand je vous ai vue. Je n'ai pas réfléchi. Ce n'est pas excitant, pour vous. C'est très différent. Une chose terrible s'est produite ici. C'est à vous que c'est arrivé. Vous avez vu de telles horreurs.

– Je suis venue de mon plein gré.

– J'ai peur de vous laisser seule.

– Je ne vais rien faire.

– Oh, non, non, ce n'est pas ce que je voulais dire. Je ne m'inquiète pas pour la maison. Ce n'est qu'une maison. En plus, je suis locataire. » Ajani sourit. « Mais je m'inquiète pour vous.

– Je vais bien. Mais j'aimerais être seule, si ça ne vous embête pas. »

Dès qu'Ajani s'en va, je me dirige vers la porte sous l'escalier. Elle s'ouvre facilement pour moi. J'utilise le flash de mon téléphone pour éclairer l'espace sombre. La lumière me joue un tour et je te vois, comme je t'ai vue il y a toutes ces années. Des yeux hantés dans l'obscurité.

Le couloir est bas, au début, pour accommoder l'escalier. Il aurait dû s'arrêter là. J'atteins une cloison. Je me baisse.

Tout peut devenir une porte.

Tu m'as dit ça, un jour.

Je tâte la cloison. Je fixe les ténèbres et j'attends que ma vision s'y accoutume. Je pousse.

Le couloir se révèle. Il s'étend, comme une maison, et s'élargit, comme un corps. Il dessine une courbe étrange, intestinale, que je longe pendant un certain temps, jusqu'aux profondeurs du ventre de la maison. Un escalier, incurvé et branlant, m'emmène à l'étage, dans un autre passage sombre, étroit mais haut. Je pousse une porte, qui me conduit à un placard, lequel s'ouvre sur une belle chambre avec un plafond en coupole peint d'un bleu-vert profond. La pièce est vide, à l'exception d'un chevalet. C'était la chambre de Serena, autrefois. À travers le dédale de couloirs, je retourne au rez-de-chaussée, traverse la salle à manger et pénètre dans la cuisine. J'entends Ajani de l'autre côté du mur, le sifflement d'une bouilloire. Il parle tout bas au téléphone.

« Je la laisse tranquille, murmure-t-il. Je crois qu'elle a traversé une épreuve très difficile. »

Je m'accroupis et je colle mon oreille contre le mur. Il est chaud, comme une joue, comme s'il contenait du sang. J'éclaire avec mon portable les lattes du plancher. Il y a des lettres gravées au pied du mur, à peine visibles.

E-V-I-E.

C'est moi.

C'est toi.

J'effleure les lettres de mes doigts, t'imaginant à ma place, en train de les graver il y a tant d'années. Tous les organes de mon corps se soulèvent et s'agitent comme une maison dans la tornade. Une structure, de la brique et du mortier, des meubles et des appareils, arrachés à la terre aussi facilement qu'un jouet entre les doigts d'un enfant.

Tu étais là.

Il n'y avait pas d'adresse de retour, sur ta lettre. C'est logique. Après tout, je pourrais encore nourrir de la rancune à ton égard. Je pourrais remettre le carnet à la police et les guider jusqu'à toi. Ce serait vain : tu t'échapperais de nouveau. Tu trouverais un moyen. Tu trouves toujours un moyen. Mais jamais je ne t'aurais dénoncée. Je pensais ce que j'ai dit à Washington. Tu aurais pu tout m'avouer quand j'avais encore la possibilité de te regarder dans les yeux et te dire que je me fous de ce que tu as fait. Je me fous de ces gens. Je n'en ai jamais rien eu à faire. J'étais en colère parce que tu m'avais menti. J'étais triste aussi, pour moi-même, pour mon avenir, pour mes espoirs de vie. Je crois que j'ai toujours su que c'était toi. Au fond, dans un recoin caché de mon esprit, je le savais déjà et je l'avais accepté. Tu contrôlais l'ouverture de mon champ de vision, mais je te voyais, Jae. Je te voyais bien mieux que tu ne l'imagines.

Tu as écrit dans ta lettre : *Tu ne m'as pas choisie.* Comme si ce qui s'était joué entre nous était aussi impersonnel qu'un mariage arrangé. Comme si je n'étais pas plus coupable qu'un bagage placé dans un train. Mais tu n'es pas quelque chose que j'ai subi. Tu n'es pas quelque chose qui m'est arrivé. Oui, une conspiration du temps, de l'espace et des circonstances nous a placées dans la même pièce, mais les accidents de longitude et de latitude ne sont rien d'autre que ça, des accidents. Je me trouvais dans un lieu à un moment donné. Nous sommes apparues l'une à l'autre comme des sphinx à la croisée des chemins. Nous nous sommes posé des énigmes. Je ne suis pas plus maligne que les autres. Je suis juste restée plus longtemps. Tu m'as permis d'aller plus loin. Ne confonds pas le destin et la beauté. Il y a toujours des choix à faire : des centaines, des milliers, des millions de choix. Des murs souples contre lesquels s'appuyer, pour voir jusqu'où ils plient. Je t'ai choisie, Jae. Personne ne t'a jamais choisie avant moi ? Je t'ai choisie tant de fois.

Je ne sais pas combien de temps je reste allongée là, à fixer cet espace sombre, à écouter. Assez longtemps pour entendre Ajani appeler mon nom d'une voix inquiète.

La maison émet un son, comme une inspiration soudaine, humaine.

Je me retourne.

« Jae ? »

Une expiration. J'essaie de me souvenir à quoi ressemblait ta respiration, mais c'était il y a si longtemps. Je fixe l'obscurité. Il n'y a plus aucun bruit. Je retiens mon souffle, j'écoute, j'attends.

Une lame de parquet craque.

Je ne devrais pas espérer une telle chose, mais c'est plus fort que moi. Évidemment. Pourquoi serais-je venue ici, sinon dans l'espoir de t'y trouver ?

« Où êtes-vous ? »

Silence.

Mon crâne me fait mal à force d'écouter. De chercher.

« Evie ? »

J'entends une porte s'ouvrir.

C'est Ajani, dans le vestibule.

Je regarde encore une fois. Rien.

Je regagne le réseau de couloirs et reviens sur mes pas, jusqu'à la pièce sous l'escalier. Je franchis la porte, retrouve la lumière du vestibule. Dehors, le soleil se couche. Ajani laisse plus de fenêtres ouvertes que les Victor.

« Où êtes-vous allée ? dit-il. Vous êtes partie si longtemps. Je vous ai cherchée partout. »

Où suis-je allée ? J'étais avec toi.

REMERCIEMENTS

Je ne peux commencer cette liste avec nulle autre que mon agente littéraire, Stephanie Delman – la femme, le mythe, la légende. Je n'arrive toujours pas à réaliser à quel point tu as changé ma vie. Ton soutien inébranlable m'émeut chaque jour. Merci de m'avoir aidée à affronter les horreurs de la publication d'un premier livre avec tant de patience, de joie et de rires, et de m'avoir rassurée chaque fois que j'arrivais à me convaincre que j'étais la victime d'une farce incroyablement élaborée de type *Truman Show* (j'avoue que je m'attends toujours à ce qu'on me révèle la supercherie). Merci à Khalid McCalla, qui m'a tirée de l'obscurité : sans toi, je ne plaisante pas, je crois que je serais toujours tutrice pour le SAT. Merci à Emma Finn, mon agente au Royaume-Uni : lire tes missives britanniques d'une gaieté contagieuse au réveil m'a presque convaincue d'apprécier les matins. Et à Alison Malecha, reine de la cession de droits à l'international : merci d'avoir amené ce roman dans des pays que je n'aurais jamais cru possibles. Merci à Elizabeth Pratt et toute l'équipe de Trellis pour leur enthousiasme et leur bienveillance. En tant que grande amatrice de cinéma et de télévision, je dois remercier Jasmine Lake, Mirabel Michelson et Addison Duffy chez UTA pour le travail époustouflant que vous avez accompli pour faire de ces rêves une réalité. Merci à Zakiya Dalila Harris, Alison Wisdom et Danya Kukafka : ce processus aurait été bien plus éprouvant sans votre gentillesse.

À mon éditrice Jessica Williams, un simple « merci » confine au comique tant il me paraît inadapté pour exprimer l'immense gratitude que je ressens envers toi. Ta clairvoyance et ta profonde compréhension de ce livre et de ces personnages n'ont jamais faibli. Jamais, dans mes rêves les plus fous, je n'aurais imaginé trouver une éditrice en qui j'aurais autant confiance. Merci d'avoir toujours compris mes références et d'avoir su apprécier mes blagues les plus bizarres. À mon éditrice britannique, Lettice Franklin : c'est un privilège extraordinaire d'être publiée par toi. Merci d'avoir offert ton cerveau d'une beauté éblouissante à ce livre. Peter Kispert, merci d'avoir défendu ce roman et d'avoir toujours répondu si promptement à mes e-mails. Je suis immensément reconnaissante à Victoria Cho pour sa prévenance et sa générosité dans ses premiers retours sur mon livre. Merci à ma correctrice, Stephanie Evans, et à l'équipe de HarperCollins pour l'incroyable travail que vous avez accompli sur ce livre.

Ce roman n'existerait sans doute pas sans les brillants professeurs et amis que j'ai eu la chance de rencontrer au cours des quatre années de doctorat que j'ai passées dans le département d'anglais de l'université d'Irvine. Merci à mes anciens étudiants de l'UCI pour votre intelligence et votre enthousiasme : j'ai énormément appris de beaucoup d'entre vous.

Je ne suis rien sans mes proches. Zoë, toujours ma première lectrice et ma préférée : merci d'avoir cru en moi et en ce livre, et dans les centaines de milliers d'autres mots que je t'ai fait lire. Aucune opinion ne compte plus que la tienne. Margaret : il y a tellement de blagues que j'aimerais faire, mais je me force à être sincère, tu mérites bien ça après avoir supporté mes conneries pendant près de deux décennies. Ma vie et mon écriture sont tellement meilleures grâce à toi. Jess : tu as lu ce roman alors qu'il n'était qu'un bébé de 10000 mots, et tu m'as encouragée à continuer alors que ma confiance en moi et en mon travail était au plus bas. Ta gentillesse et ton soutien indéfectible signifient beaucoup pour moi. Rae, mon âme sœur platonique, mon assistante de recherche, ma courageuse défenseuse des méchants (félicitations), ma Thelma jusqu'au jour de ma mort :

merci d'être toi. Ryan : j'ai beaucoup de chance que l'un des plus grands spécialistes de la relecture à voix haute soit aussi l'un de mes meilleurs amis. Je ne pourrais pas rêver de meilleur soutien que toi. Alexandra : merci pour ces décennies d'amitié et de fraternité, et pour avoir fait en sorte que nos nombreux road trips soient bien moins terrifiants que ceux d'Evie et Jae (à l'exception de Slidell).

Enfin, et surtout, merci à ma famille. Il n'en existe tout simplement pas de meilleure. Il y a tant de pièces qui ont dû se mettre en place pour que je puisse construire une vie autour de cette chose que j'aime, et chacune de ces pièces est liée à vous. Merci de m'avoir donné tant de confiance, de liberté et d'amour. Maman, papa, Jake et mon petit Ozzy : sans vous, tout ça n'a aucun sens.

TABLE

CET OUVRAGE
A ÉTÉ ACHEVÉ D'IMPRIMER
SUR ROTO-PAGE
PAR L'IMPRIMERIE FLOCH À MAYENNE
EN AVRIL 2025

#lisez! engagé
www.lisez.com
Pour plus d'information :
Imprimé sur du papier issu de forêts gérées durablement.

N° d'impression : 106751
S99172/01
Imprimé en France